ro
ro
ro

Natalie Cooper schreibt bereits seit ihrer Kindheit Geschichten. Auch während ihres Studiums der Kriminologie und Psychologie blieb ihre Leidenschaft bestehen, und oft kritzelte sie während ihrer Mittagspause oder spät am Abend noch Ideen aufs Papier. Sie liebt es, mit ihren Geschichten starke Emotionen hervorzurufen – so auch in «Freitags im Mondlicht», das ein Audible-Bestseller wurde. Die Autorin lebt mit ihrem Mann und ihren zwei Kindern in Derbyshire, und wenn sie nicht gerade liest oder schreibt – oder über das Lesen und Schreiben spricht! –, trifft man sie beim Joggen in der Natur.

Natalie Cooper

Freitags im Mondlicht

Roman

Aus dem Englischen
von Laura Lang

Rowohlt Taschenbuch Verlag

Deutsche Erstausgabe
Veröffentlicht im Rowohlt Taschenbuch Verlag,
Kirchenallee 19, 20099 Hamburg, April 2025
Copyright © 2025 by Rowohlt Verlag GmbH, Hamburg
«Iris Nightingale is more than okay»
Copyright © 2024 by Natalie Cooper
Redaktion Susann Rehlein
Die Nutzung unserer Werke für Text- und Data-Mining im Sinne von
§ 44b UrhG behalten wir uns explizit vor.
Covergestaltung FAVORITBUERO, München
Coverabbildung Shutterstock.AI
Satz aus der Dolly bei CPI books GmbH, Leck
Druck und Bindung GGP Media GmbH, Pößneck
ISBN 978-3-499-01604-2

Kontaktadresse nach EU-Produktsicherheitsverordnung:
produktsicherheit@rowohlt.de

Iris saß auf ihrer Bank und entspannte sich, zumindest versuchte sie es. Sie war ganz in sich versunken gewesen, auf diese schöne und gleichzeitig schmerzvolle Art, die ihr inzwischen so vertraut war. Doch der Mann, der sich direkt neben sie gesetzt hatte, hatte offensichtlich kein Gespür für Distanz. Sie merkte, dass er sie ansah, sie sogar mehrere unangenehme Sekunden lang musterte. Die Intensität seines Blicks brachte ihre Haut zum Kribbeln.

Immer wieder musste sie dem Drang widerstehen, aufzustehen und zu gehen oder ihn zur Rede zu stellen. Schließlich war sie zuerst hier gewesen. Sie musterte ihn verstohlen aus den Augenwinkeln, hoffte, dass sie dabei subtiler war als er, und fragte sich, ob sie sich womöglich kannten, sie und dieser große, aufdringliche Kerl – aber wenn ja, hätte er sie dann nicht längst angesprochen?

Iris faltete die Hände und befühlte die kleine Delle an ihrem Ringfinger. Sie wurde allmählich flacher. Bei der Vorstellung, dass die glatte Kerbe irgendwann gar nicht mehr da wäre, drehte sich ihr der Magen um. Ein nicht zu entwirrendes Gefühlsknäuel ballte sich in ihr zusammen. Außerdem kribbelten und pieksten ihre Beine. Sie verlagerte das Gewicht und spürte, dass der Mann schon wieder zu ihr hersah. Sie war wütend, weil die unerbetene Gesellschaft eines Fremden sie dazu brachte, sich derart unwohl zu fühlen. Schluss jetzt mit dem Unsinn, sie setzte sich zurecht, schlug die Beine übereinander und faltete die Hände im Schoß. Sie würde in der Stille Kraft suchen.

Das letzte Abendlicht verblasste, am Himmel tauchten die ersten Sterne auf, und im Süden prangte der Mond. In der Ferne war ein Flugzeug im Sinkflug Richtung East Midlands Airport zu sehen, dessen Lichter den Horizont erhellten. Das leise Dröhnen der Motoren verursachte in Iris ein nostalgisches Gefühl: Als Kind war sie mit ihrem Vater oft beim Flugzeuge-Schauen gewesen. Sie hatte auf einem Hügel mit Blick auf die Landebahn gesessen, auf dem Schoß ein kleines Notizheft, in dem all die verschiedenen Flugzeugtypen aufgelistet waren: Boeing 747, Airbus A320, Cessna 172, Douglas DC-3. Wenn die Maschinen gelandet waren, hatte Iris sie abgehakt, während der dröhnende Umkehrschub in ihren Ohren vibrierte. Manchmal, bei den größeren Motoren, hatte sie das Gefühl gehabt, die Schallwellen würden ihr direkt unter die Haut gehen, von ihrem Körper absorbiert werden. Ab und zu hatte ihr Vater über den Rand seiner drahtgefassten Brille einen Blick in ihr Heft geworfen, um zu überprüfen, ob sie die Flugzeugtypen richtig zugeordnet hatte. Sie hatte kein einziges Mal danebengelegen, und er hatte anerkennend genickt.

Iris sah zu, wie das Flugzeug immer tiefer sank, und versuchte, sich auf das Blinken der roten und grünen Positionslichter an den Flügeln zu konzentrieren anstatt auf den Fremden neben sich, aber das war schier unmöglich. Er hatte etwas an sich, etwas, das sie dazu zwang, ihn anzusehen. Wahrscheinlich lag es an seiner Größe. Oder an seiner selbstbewussten Ausstrahlung. Wieder wagte Iris einen verstohlenen Blick nach links – er saß breitbeinig da, die

Hände ruhten dazwischen auf der Bank, die Fingerspitzen berührten sich. Er wirkte völlig entspannt, als wäre es selbstverständlich, sich neben wildfremde Leute auf eine Bank zu hocken. Wusste er denn nicht, wie bedrohlich es wirkte, sich im dunklen Park einer Frau zu nähern? Iris schaute sich um, registrierte die Stille, und plötzlich hatte sie Angst. Es war niemand in der Nähe. Niemand, der ihr zu Hilfe käme, falls sich plötzlich rausstellte, dass der Typ ein Mörder war. Eilig rief sie sich auf der Suche nach einer geeigneten Waffe den Inhalt ihrer Handtasche vor Augen. Als ihr klar geworden war, dass weder Lipgloss noch Tampons es bringen würden, fiel ihr Blick auf ihre Schuhe. Sie trug solide, schwere, stabile Pumps mit knapp neun Zentimeter hohem Absatz – dann eben die.

Zumindest besaß der Mann den Anstand, sie nicht mehr anzustarren. Er hielt den Blick inzwischen geradeaus gerichtet, doch seine Gegenwart verletzte noch immer ihre Intimsphäre, ihren persönlichen Raum, den Raum, nach dem sie sich so schmerzlich sehnte. Sie hatte einen langen Arbeitstag hinter sich, von morgens bis abends Tabellen mit endlosen Zahlenreihen zum Budget und zu den Ausfallzeiten der Fertigungsanlagen. Am späten Nachmittag hatte Iris regelrecht das Gefühl gehabt, in Zahlen zu ersticken.

In den Mann neben ihr kam Bewegung. Er fuhr sich mit der Hand durch die Haare. Sie war wütend auf ihn, weil er ihre Zeit mit sich allein zunichtemachte, die Stille zerstörte, die sie brauchte wie eine warme Decke. Andererseits, vielleicht hatte der Mann ja auch Probleme, dachte sie. Vielleicht war er ebenfalls verlassen worden. Vielleicht war seine Welt ebenfalls zusammengestürzt. Vielleicht ging bei ihm gerade alles in Flammen auf, und die warme Asche wehte ihm in die Augen. Man konnte nie wirklich wissen, was andere Menschen durchmachten. Auf der Welt wimmelte es von Leuten, die so taten als ob, genau wie sie selbst.

Das Flugzeug verschwand hinter einem Wäldchen. Auf der Suche nach etwas Neuem, auf das sie sich konzentrieren konnte, ließ Iris den Blick über den Horizont schweifen. Sie entschied sich für den Mond: Er war an diesem Abend unfassbar riesig und beinahe vollkommen rund. Er war vor Kurzem erst aufgegangen und berührte gerade noch die Wipfel der Bäume. Aber nicht seine Größe erregte ihre Aufmerksamkeit, sondern die außergewöhnliche Farbe – er war leuchtend orange, als wollte er die Abendsonne nachahmen. Iris kam es so vor, als hätte der Mond sich verkleidet, als würde er für einen einzigen Abend in eine andere Rolle schlüpfen. *Das kann ich gut verstehen*, dachte sie. *Sich hinter einer Maske verstecken, ist manchmal wunderbar.*

Der Mann neben ihr räusperte sich. Gleich würde er etwas sagen. Iris schloss die Augen und flehte zu Gott, an den sie nicht glaubte, er möge den Gedanken, den dieser Kerl offensichtlich dringend äußern wollte, aus seinem Kopf löschen.

«Jägermond, auch Hunter's Moon genannt», sagte er. Seine Stimme klang ein bisschen belegt, als hätte er länger nicht gesprochen. Iris fühlte sich an eine alte CD in ihrem Auto erinnert. Alanis Morissette, so zerkratzt und mit Fingerabdrücken übersät, dass sie sich nicht mehr abspielen ließ. Plötzlich sprang ihr ein Songtext in den Kopf, unvollständig, fast vergessen. Es ging irgendwie darum, dass das Leben die komische Angewohnheit hatte, einem in dem Moment, wo man glaubte, alles wäre fein, eins auszuwischen.

Iris nahm sich vor, sich den Song, sobald sie nach Hause kam, auf YouTube anzuhören.

Sie zog den Mantel enger um sich und tat, als wäre nichts gewesen. Vielleicht führte der Typ Selbstgespräche. Das machten viele Leute. Nur eben keine Leute, mit denen Iris etwas zu tun haben wollte.

«Der erste Vollmond nach dem Erntemond», fuhr er fort. «Manchmal wird er auch Blutmond genannt, aber mir ist Hunter's Moon lieber.»

Ignorieren, einfach abblitzen lassen, den Typen, sagte Iris zu sich.

«In früheren Zeiten nutzten die Jäger das Licht des Mondes, um ...»

Iris drehte sich abrupt zu ihm um, und sein Redefluss verstummte.

«Verzeihung», sagte sie. «Kennen wir uns?»

Der Mann sah auf sie herunter, er war riesengroß, seine Beine waren so lang, dass sie bis in den Weg hineinragten. Das Mondlicht spiegelte sich in seinen Augen, es ließ sich unmöglich sagen, welche Farbe sie hatten. Er sah nicht wirklich aus wie ein Mörder oder ein Perverser oder wie jemand, der kurz davorstand, sie auszurauben. Aber schließlich trugen Mörder keine Serienkillerrequisiten am Leib, und Perverse hatten sich ihre Vorlieben nicht auf die Stirn tätowiert. In dem eleganten dunkelgrauen Mantel und den glänzenden Schuhen sah er ziemlich gut aus. Definitiv nicht wie jemand, der sie jeden Moment fesseln und dann ein Messer aus der Tasche ziehen würde. Bei genauerer Betrachtung stellte Iris fest, dass er gar keine Tasche dabeihatte – dafür wirkten seine Manteltaschen ziemlich groß. Verdächtig groß sogar.

Vielleicht hatte sie auch einfach nur zu viele Fernsehdokus über Serienmörder gesehen.

«Ich bin Hunter.» Seine Stimme durchschnitt die Stille. Der Tonfall stand in seltsamem Kontrast zu seinen Worten. Eine solche Stimme sollte Menschen vorbehalten sein, die öffentliche Reden hielten oder dem Unterhaus den aktuellen Haushaltsplan präsentierten. Das Zucken in seinen Mundwinkeln hätte Hinweis auf ein Lächeln sein können, vielleicht aber auch nicht. Ein Vielleicht-Lächeln. Iris missfiel diese Unklarheit.

«Wie der Mond?» Sie konnte nicht anders – er wollte sie doch veräppeln, oder nicht?

Er nickte. Einmal. Bestimmt. Selbstgewiss. Wer brauchte ein zweites Nicken, wenn mit dem ersten alles gesagt war? Vielleicht war Nicken der neue Händedruck, fest und selbstsicher. Iris fragte sich, ob er das einstudiert hatte. «Wie der Mond», wiederholte er und wandte den Blick wieder zum Himmel.

«Gut, *Hunter*», sagte sie betont. «Ist Ihnen bewusst, dass es bedrohlich wirkt, sich neben eine Frau zu setzen, die allein im Park auf einer Bank sitzt? Vor allem, wenn es dunkel wird?»

Hunter schien ihre Worte kurz abzuwägen, dann musterte er sie, eindeutig ebenfalls abwägend, mit leicht schräg gelegtem Kopf. Braun, dachte sie, seine Augen waren definitiv braun – tief und dunkel, aber nicht unfreundlich. Intensiv. Iris schaute weg.

«Ich möchte nicht, dass Sie sich durch meine Anwesenheit bedroht fühlen.» Es klang aufrichtig.

Iris wartete auf eine Erklärung, doch es kam keine.

«Schauen Sie mal, da drüben.» Sie deutete nach links, wo der Weg eine Kurve machte. In der Biegung stand eine Bank.

«Was genau meinen Sie?», fragte Hunter.

«Die Bank?», antwortete Iris schroff.

«Ich sehe die Bank.»

«Ach, tatsächlich?»

Hunter sah sie fragend an.

Iris sprach weiter. «Also, diese Bank hier, ja? Hier saß ich. Die Bank da drüben? War vollkommen leer. Sie hätten sich in die Mitte setzen können. Oder sich Ihre Lieblingsseite aussuchen. Sie hätten sich sogar der Länge nach drauflegen können, wenn Ihnen danach gewesen wäre.»

«Ah!», machte Hunter, als hätte er gerade erst verstanden, worauf sie hinauswollte. «Sehen Sie das?» Er zeigte nach links, ein Stückchen neben die Bank. «Den Baum da drüben? Den großen Baum, der den Blick auf den Mond verstellt, und zwar vollständig?»

«Ach so. Sind Sie etwa hergekommen, um den Mond zu betrachten oder zu beobachten oder wie auch immer Sie das nennen?», fragte Iris skeptisch.

«Den Mond anschauen, würde ich es nennen.»

«Wow! Und dafür haben Sie so lange gebraucht?»

Wieder dieses einzelne Nicken.

«Falls ich Sie damit belästigt haben sollte, tut es mir leid.»

«Na ja, was heißt belästigt», erwiderte Iris. «Ich spüre bloß ziemlich starke Serienmörder-Vibes.»

Hunters dichte Augenbrauen schossen nach oben. «Wie bitte? Serienmörder-Vibes? Was soll das denn heißen?»

«Na ja, Sie mit Ihren riesigen Manteltaschen! Kommen einfach herspaziert und verletzen meine Intimsphäre.»

Iris wusste nicht, was in sie gefahren war. Sie hatte das Gefühl, keine Kontrolle über die Worte zu haben, die aus ihrem Mund kamen. Sie wusste, dass sie unverschämt war, aber sie konnte trotzdem nicht aufhören.

«Was denn für riesige Manteltaschen? Das sind ...» – Hunter sah an sich herunter – «... ganz normale Manteltaschen. Vollkommen gewöhnliche Allerweltsmanteltaschen.»

Iris ließ den Blick über seinen Mantel wandern und nahm übertrieben konzentriert die Taschen in Augenschein. Sie schürzte die Lippen, sagte aber nichts.

Hunter verlagerte das Gewicht. «Wäre Ihnen wohler, wenn ich die Taschen ausleere?», fragte er.

«Das würde Ihnen gefallen, was?», sagte Iris spöttisch.

Er runzelte die Stirn. «Was genau würde mir gefallen? Wovon reden Sie?»

«Ihre Serienmörderrequisiten auszupacken», antwortete Iris und musterte ihn von Kopf bis Fuß.

«Äh, ich besitze keine ...» – Hunter zögerte, um sich den genauen Wortlaut in Erinnerung zu rufen – «*Serienmörderrequisiten*. Ganz ehrlich? Ich hätte mir nie träumen lassen, dass mir eine wildfremde Frau im Park befehlen würde, meine Brieftasche und mein Telefon aus der Tasche zu holen.»

«Wirklich, mehr haben Sie nicht dabei?» Iris schob sich eine lose Strähne hinters Ohr.

«Was *sollte* ich denn sonst noch in der Tasche haben?» Hunter sah sie skeptisch an.

«Taschentücher? Ein Buch? Einen Kamm?» Iris dachte an ihre Handtasche und die vielen Dinge, die sich darin befanden.

Hunter reagierte nicht gleich, sondern sah sie nur weiter

mit derselben Intensität an, die von Anfang an in seinem Blick gelegen hatte. «Also, ich benötige normalerweise keine Taschentücher, meine Bücher lasse ich zu Hause, wo sie hingehören, und was den Kamm betrifft – ich wäre nicht auf den Gedanken gekommen, dass ich einen brauchen würde.»

Iris musterte seine schwarzen Haare, die verstrubbelt waren, als wäre er gerade erst aufgestanden. Um das hinzukriegen, hatte er wahrscheinlich Stunden vor dem Spiegel gestanden.

«Das mit dem Kamm würde ich mir an Ihrer Stelle noch mal überlegen.»

«Autsch!» Hunter legte sich eine Hand auf die Brust und machte ein verletztes Gesicht, aber der amüsierte Glanz in seinen Augen verriet ihn.

Iris konnte sich ein Grinsen nicht verkneifen und versuchte, es einzudämmen, indem sie sich auf die Lippe biss. Sie wandte sich wieder dem Mond zu, und sie schwiegen beide. Trotz seiner unerwünschten Anwesenheit, seiner irritierenden Größe und der Tatsache, dass er mindestens doppelt so viel Platz einnahm wie sie, fing Iris an, sich eigenartig wohlzufühlen.

Ein kühler Wind fuhr durch die Bäume und zerzauste Iris die blonden Locken. Sie schob sich erneut ein paar Strähnen hinter die Ohren und kuschelte sich tiefer in ihren Schal. Ihr war kalt. Sie hatte, als er gekommen war, bereits beinahe eine Stunde auf der Bank gesessen und an Elliott gedacht und an den Moment, wo alles schiefgelaufen war. Sie nahm einen tiefen Atemzug. Es war höchste Zeit zu gehen.

«Also gut, vielen Dank, dass Sie ... äh, dass Sie mich nicht umgebracht haben.» Sie stand auf. «Nein, ich nehme meinen

Dank zurück. Schließlich haben Sie meine Privatsphäre verletzt.»

Hunter wandte sich ihr zu. Er schlug die Beine über und legte den Ellbogen lässig über die Lehne. Er war älter als Iris, sie schätzte ihn auf Anfang vierzig. Allerdings wirkte er eher wie Bradley Cooper oder Ryan Reynolds als damals in ihrer Kindheit der Vater ihrer Freundin Sally – was, wurde Iris bewusst, ein einigermaßen seltsamer Vergleich war. Sie erinnerte sich plötzlich wieder, dass er immer zu viel Spucke auf den Lippen hatte. Dann die unheimliche Blässe seiner Haut, die gleichzeitig straff und trotzdem irgendwie zu schlaff gewesen war. Vielleicht hatte er unter Eisenmangel gelitten oder war gerade von den Toten auferstanden, Iris wusste es nicht, jedenfalls hatte sich sein Gesicht in ihr Gedächtnis eingegraben.

«Ich lasse nicht gelten, dass Sie Ihren Dank zurücknehmen», sagte Hunter ungerührt.

«Verzeihung … Sie … wie bitte?» Iris war perplex.

«Ich akzeptiere lediglich Ihren ursprünglich ausgesprochenen Dank», antwortete er tonlos.

«Aber den habe ich zurückgenommen!»

Hunter schürzte die Lippen und sagte: «Hm, nein, ich glaube, das ist inakzeptabel.»

«Daran gibt es nichts zu akzeptieren», widersprach Iris. «Es war *mein* Dank, und ich entscheide, ob ich ihn zurücknehme oder nicht.»

«Richtig», sagte er. «Aber Sie haben keine Kontrolle darüber, wie ich mich bis ans Ende aller Zeiten an dieses Gespräch erinnern werde.»

«Bis ans Ende aller Zeiten?» Sie stützte die Hände auf die

Hüften und schaute auf ihn hinunter. «Ist das nicht ein bisschen dramatisch?»

«Gut, dann eben bis ans Ende *meiner* Zeit. Ich werde mich jeden einzelnen Tag, der mir auf Erden noch vergönnt ist – und, wer weiß, vielleicht auch bis darüber hinaus –, an diesen Tag als den Tag erinnern, als sich eine schräge Frau mit zu langem Schal in einem Park entschloss, sich bei mir zu bedanken.»

Iris wusste nicht, was sie davon halten sollte. Das konnte er unmöglich ernst meinen. Sie musterte ihren rot-blau karierten Schal. Er war tatsächlich ein wenig lang, aber er ragte nicht über den Mantelsaum hinaus, und das war in Sachen Schallänge nun mal das ungeschriebene Gesetz. Sie ballte die Hände zu Fäusten und wandte sich endgültig zum Gehen, doch Hunter kam ihr zuvor. Er stand plötzlich auf.

«Ich werde gehen.» Sein Tonfall war bestimmt und voller Überzeugung, als gäbe es keine andere Möglichkeit und keinerlei Raum für Widerspruch. Dieser Mann war es offenbar gewohnt, dass andere Menschen taten, was er sagte.

«Nein, das werden Sie nicht tun, weil *ich* jetzt gehe», widersprach sie. «Das hatte ich bereits angekündigt.»

«Hören Sie ...» Er schaute sie an und streckte die Hand aus, wie um sie einzuladen, ihm ihren Namen zu nennen, doch den Gefallen tat sie ihm nicht. «Sie haben recht, Sie waren zuerst hier. Also werde ich gehen. Außerdem möchte ich nicht schuld daran sein, dass Sie was verpassen ...» Er deutete zum Mond.

«Ich bin nicht hier, um den Mond anzugaffen», fuhr Iris ihn an.

Hunter löste den Blick vom Mond, sah sie kurz an und

schaute wieder zum Himmel, als müsste er verdauen, was sie da eben gesagt hatte.

«Nicht?», fragte er ungläubig.

«Nein», sagte sie. «Das ist nur der Mond.»

Er wirkte, als hätte sie ihn persönlich beleidigt.

«Das ist ... haben Sie ... Sie haben doch Augen im Kopf, oder?»

Iris wandte sich von ihm ab und schaute zum Mond, der, das ließ sich nicht leugnen, an diesem Abend wirklich die ganz große Show abzog. Doch das würde sie ihm garantiert nicht auf die Nase binden.

«Ja. Sehe ich. Der Mond.» Sie reckte übertrieben den Hals. «Richtig. Immer noch. Der Mond.»

Er schüttelte gereizt den Kopf. «Das ist Hunter's Moon.»

«Ihnen ist aber schon klar, dass der nicht nach Ihnen benannt wurde, oder?» Iris wurde nicht aus ihm schlau. Sie kniff die Augen zusammen.

Er fuhr fort, als hätte er sie nicht gehört. «Dieser ganz besondere Vollmond erscheint jedes Jahr nur ein Mal, und ich finde ihn ziemlich, na ja, atemberaubend.» Er stand da, die Hände in die Seiten gestützt, und betrachtete wieder den Mond. Er holte tief Luft und atmete die kühle Nachtluft ein.

«Möchten Sie lieber mit Ihrem Mond noch ein bisschen alleine sein?» Iris verschränkte die Arme und unterdrückte ein Grinsen. Dieses seltsame Geplänkel hatte etwas an sich, das sie regelrecht elektrisierte, und sie wollte mehr davon. Sie war so etwas nicht mehr gewohnt – diese Bank war normalerweise ausschließlich ihrer Verzweiflung vorbehalten. Trotzdem stand sie jetzt hier, aufgeputscht von dem Nervenkitzel, diesen wildfremden Mann zu provozieren und auch, sich von ihm provozieren zu lassen.

«Sind Sie immer so feindselig?» Hunter löste den Blick vom Himmel und sah sie an. Das Mondlicht tauchte seine Gesichtszüge in tiefe Schatten.

Sie schnaubte. «Vielleicht haben Sie einfach ein Thema mit Frauen, die mehr wissen als Sie oder besser gekleidet sind oder eindeutig sehr viel jünger.»

Er machte große Augen, und Iris rieselte es freudig den Rücken hinunter. Ihn zu provozieren, wirkte wie ein Gegengift gegen die dunklen Schatten, die sie normalerweise hier heimsuchten. Allerdings war sie nicht bereit, diesem Gedanken zu viel Aufmerksamkeit zu schenken.

Er prustete. «Jünger, okay, aber *viel, viel* jünger? Das zweite *Viel* erscheint mir ein bisschen … na ja, zu viel, finden Sie nicht?»

Iris legte übertrieben mitleidig den Kopf schief. «Habe ich einen wunden Punkt getroffen?»

«Nein», entgegnete er. «Aber wenn Sie schon mit Behauptungen um sich werfen, wäre mir lieber, Sie wären ein bisschen präziser.»

«Aha. Gegen die Vorstellung, ich könnte klüger sein als Sie oder besser gekleidet, haben Sie also nichts einzuwenden?» Er sah ihr fest in die Augen, und sie musste sich schon wieder ein Grinsen verkneifen.

«Doch, aber diesbezüglich ist die Datenlage dürftig. Gut möglich, dass Sie sich besser kleiden als ich. Das ist nicht mein Fachgebiet», sagte er achselzuckend, und nach einer winzigen Pause fügte er hinzu: «Obwohl ich, was das Thema Schalllänge betrifft, auf meinem Standpunkt beharre.

Außerdem wurde mir in puncto Kleidung durchaus guter Geschmack bescheinigt.»

Iris lachte. «Von wem? Von Ihrer Mutter?»

Er ignorierte sie. «Und was den Wissensstand betrifft ...» Er schien einen Moment darüber nachzudenken, schob die Hände in die Manteltaschen und trat von einem Bein aufs andere. «Ich besitze eine durchaus umfassende Allgemeinbildung, weshalb ich sagen würde, es ist unwahrscheinlich, aber unmöglich ist es natürlich nicht.»

«Sie können sich wohl kaum als gebildet bezeichnen, nur weil Sie sich zufällig mit dem Mond auskennen», widersprach Iris. «Über Dinge, die wir lieben, wissen wir alle viel. Aber was die balinesische Währung betrifft oder den iranischen Präsidenten ...»

«Die indonesische Rupiah», fiel Hunter ihr triumphierend ins Wort. «Und beim zweiten Punkt bin ich mir zwar nicht ganz sicher, aber ich meine mich zu erinnern, dass Hass ...»

«Wir sind hier doch nicht in einer Rate-Show!», rief Iris. «Ich wollte keine Antworten, ich wollte meinen Standpunkt verdeutlichen.»

Er runzelte die Stirn. «Und wie lautet Ihr Standpunkt?»

Iris' Verstand setzte aus. Sie konnte nicht mehr denken. Welcher Standpunkt? Noch vor einer halben Stunde hatte sie hier gesessen und einen friedlichen Abend genossen, und jetzt stand sie hier und ließ sich von ihren Impulsen lenken. Das sah ihr überhaupt nicht ähnlich. Sie schüttelte den Kopf.

«Das spielt doch überhaupt keine Rolle!»

«Tatsächlich?», fragte er spöttisch. «Das klang eben nämlich noch ganz anders.»

Entnervt setzte Iris sich zurück auf die Bank und stöhnte. Die Kälte der Metallstreben drang durch ihren Mantel.

«Dürfte ich Sie etwas fragen ...», fing Hunter an, aber sie schnitt ihm das Wort ab.

«Nein!»

Er ignorierte sie. Sie hätte auch nichts anderes erwartet. «Wenn Sie nicht hergekommen sind, um sich den Mond anzusehen, warum dann? Mutterseelenallein, an einem Freitagabend?»

Iris fuhr sich genervt durch die Haare. «Haben Sie eigentlich auch noch irgendwelche anderen Themen als den bescheuerten Mond?»

In seinen Mundwinkeln zuckte der Hauch eines Lächelns. Er besaß Selbstbeherrschung, das musste sie ihm lassen. Iris schaute weg. Sie musste selbst die Lippen zusammenpressen, um nicht zu grinsen. Sie weigerte sich, ihm etwas anderes zu zeigen als ihre Verärgerung, doch das war schwieriger, als sie zugeben wollte. Sie ertappte sich dabei, wie sie wieder mit der Delle in ihrem Ringfinger spielte, eine Angewohnheit, die ihr vielleicht auf immer bleiben würde. Sie hob den Blick und sah, dass er ihre Hände beobachtete. Schnell schob Iris sie in die Manteltaschen.

«Mir gefällt es hier. Es ist so schön ruhig.» Sie sah ihn mit zusammengekniffenen Augen an. «*Normalerweise.*»

Er nickte, und Iris wusste selbst nicht, was an ihm sie so auf die Palme brachte. Die Ausstrahlung dieses Kerls bewegte sich auf einem schmalen Grat zwischen Selbstbewusstsein und Arroganz, sie konnte sich gut vorstellen, dass er in einer Führungsposition arbeitete. Reden hielt. Sitzungen leitete.

Er saugte die Lippen nach innen, als würde er ernsthaft

nachdenken. «Verstehe», sagte er schließlich. Er wandte Iris wieder den Rücken zu und schaute zum Mond. Iris musste lächeln. Es fühlte sich an, als würde er sich stumm verabschieden.

«Sie wissen schon, dass man den Mond von fast überall gut sehen kann?», fragte sie.

«Weiß ich», antwortete er, ohne sich ihr noch einmal zuzuwenden.

«Warum dann ausgerechnet hier?» Iris wurde bewusst, dass die Antwort sie tatsächlich interessierte. Sie wollte weiterfragen, das Gespräch fortsetzen. Diese Begegnung verdrängte all das andere, was sie normalerweise umtrieb, wenn sie hierherkam.

Langsam drehte Hunter sich um und sah ihr in die Augen. «Es ist so schön ruhig hier», sagte er, und dann: «Normalerweise.»

«He!», protestierte Iris. «Ich wäre den ganzen Abend lang stumm geblieben. Sie waren derjenige, der plötzlich zu plappern anfing. Warum haben die Leute eigentlich ständig dieses Bedürfnis?»

«Welches Bedürfnis?», fragte er zurück. «Zu reden?»

«Genau.»

Hunter hob die Hand an den Mund und fuhr sich mit der Reißverschlussgeste über die Lippen. Er winkte, machte auf dem Absatz kehrt und ließ sie allein auf ihrer Bank sitzen. So, wie sie es gewollt hatte.

Iris beschloss, sich nicht weiter mit der Frage zu beschäftigen, weshalb sich die Stille, jetzt, wo er weg war, plötzlich viel weniger tröstlich anfühlte.

2

Iris saß an dem großen ovalen Konferenztisch und knibbelte an ihrer Nagelhaut, während sie Jeremy Sterling zuhörte, der ihnen von den jüngsten Problemen bei Taylor and Newton berichtete. Jeremy war ein großer, schlanker Mann mit Knopfaugen, Halbrandbrille und volltönender Stimme, der einem alles abverlangte und selbst alles gab. Er war ein Arbeitstier, der Erste, der morgens die Firma betrat, und der Letzte, der abends wieder ging. Er hatte das Unternehmen schon des Öfteren durch unruhige Gewässer gesteuert. Er war ein erfahrener, kompetenter Geschäftsführer, und Iris respektierte ihn ebenso sehr, wie sie sich von ihm eingeschüchtert fühlte.

«Wir haben derzeit innerhalb des Unternehmens einige Cashflow-Probleme», dröhnte Jeremys Stimme durch den Besprechungsraum. «Die Hauptursache ist ein Auftragsrückstand in Höhe von derzeit 5,3 Millionen Pfund.» Er führte sie durch eine PowerPoint-Präsentation. Iris zog den Kaffeebecher zu sich her und legte die Hände darum.

«Wir müssen also handeln», sagte Jeremy schließlich und strich sich über die graue Seidenkrawatte. «Wir müssen uns und sämtliche Abteilungen gründlich unter die Lupe nehmen und prüfen, was wir tun können. Um Sie darin zu unterstützen, haben wir beschlossen, einen externen Berater mit ins Boot zu holen, einen Experten auf dem Gebiet von Wertschöpfung, Effektivität und Operational Excellence. Er nimmt morgen seine Arbeit auf ...»

Iris stand unter Schock. Ihre Gedanken begannen, wild durcheinanderzuwirbeln. Jeremys Stimme verblasste zu einem Hintergrundrauschen. Ein externer Berater? Sie wusste genau, was das hieß. Sie ballte die Hände so fest zu Fäusten, dass sich die Nägel ins Fleisch gruben, und fragte sich, wie viele der Leute, die gerade um diesen Tisch versammelt saßen, ihren Job verlieren würden. Dann war die Power-Point-Präsentation zu Ende, und noch ehe die Lichter wieder angingen, erhob sich Gemurmel. Sie war offensichtlich nicht die Einzige, die sich von den Neuigkeiten verunsichert fühlte.

Iris schaute zu Diane hinüber und versuchte unauffällig, quer über den Tisch Blickkontakt aufzunehmen – *Was zum Teufel soll das werden?* – doch Jeremy funkte dazwischen und belegte Diane mit Beschlag.

Taylor and Newton war ein Auftragsfertigungsbetrieb für die Kosmetikindustrie. Ihr Hauptprodukt waren Luxusdüfte, und es war einer dieser Düfte – *Asha* – der zu dem Auftragsstau geführt hatte. Iris waren die beiden größten Probleme durchaus bekannt: mangelnde Schulung der Mitarbeitenden sowie in die Jahre gekommene Betriebsmittel, beides Themen, die sie bereits des Öfteren zur Sprache gebracht hatte. Doch offensichtlich brauchte Jeremy Sterling einen männlichen Anzugträger von außen, um sich von dem sagen zu lassen, was sie ihm längst erklärt hatte.

Seufzend ließ Iris sich gegen die Stuhllehne sinken. An dieser Stelle hatte sie sich mit Mitte dreißig früher definitiv nicht gesehen, weder beruflich noch privat. Sie hatte davon geträumt, in der Luft- und Raumfahrtindustrie zu arbeiten, in einer Branche, die sie begeisterte. Stattdessen hatte sie es geschafft, sich in einer Sparte nach oben zu arbeiten, für die sie im Grunde nicht brannte. Klar, die Maschinen waren interessant, und Iris liebte es, Ergebnisse zu sehen. Technische Leiterin in einer Kosmetikfirma zu sein, war ein Erfolg. Aber weiter von Flugzeugen weg konnte sie kaum sein. Was ihr Privatleben betraf ... tja, an der Misere war sie ganz alleine schuld.

Die Besprechung endete mit lautem Stühlerücken, die anderen konnten offensichtlich nicht schnell genug aus dem Besprechungsraum flüchten. Auf ein Meeting wie das, was sie gerade durchlitten hatten, hatte niemand Lust, und schon gar nicht an einem Montagnachmittag um fünf. In der Hoffnung, dass Diane noch dableiben und ihr mehr Infos geben würde, klappte Iris ihren Laptop auf. So ernüchtert sie hinsichtlich ihres beruflichen Werdegangs auch war, sie brauchte diesen Job. Jeder wusste, warum externe Berater ins Boot geholt wurden. Sie machte sich Sorgen um die Zukunft des Unternehmens und um die Jobs der Leute, für die sie Verantwortung trug, von ihrem eigenen Job ganz zu schweigen.

Nachdem Jeremy sich einige Minuten leise mit Diane unterhalten hatte, verschwand er mit einem Stapel Unterlagen unterm Arm und seiner persönlichen Kaffeetasse mit der Aufschrift *Boss*.

Sobald die Tür hinter ihm ins Schloss fiel, fragte Iris: «Wusstest du davon?»

Diane schüttelte den Kopf. «Ich habe es am Freitag erfahren. Das ist definitiv über meiner Gehaltsstufe.»

Diane Woodman war die Werksleiterin von Taylor and Newton. Außerdem war sie Iris' Mentorin und beste Freundin. Sie hatte ihr in der schwersten Zeit ihres Lebens beigestanden, und Iris wusste, dass sie ihr das nie würde vergelten können.

«Wer ist dieser Berater?», fragte Iris.

«Wie er heißt, weiß ich nicht, aber ich habe ihn heute Morgen kurz gesehen, als er einen Rundgang machte, und ...» Diane sah sich verstohlen um, um sicherzugehen, dass niemand mehr im Raum war. «Mir ist das genauso zuwider wie dir, das kannst du mir glauben. Es ist beleidigend, jemanden von außen anzuschleppen, als wären wir unfähig. Aber», sagte sie anzüglich, «eins kann ich dir sagen: Wenigstens sieht der Typ super aus.»

«Di!», sagte Iris entrüstet.

«Wart's ab – er ist einfach ...» Diane verzog das Gesicht und griff sich ans Herz, als wäre der Typ zu schön, als dass es dafür Worte gäbe.

«Wirklich, Di, das ist äußerst unprofessionell.» Iris schüttelte den Kopf. «Ich glaube, ich muss dich melden.»

Diane lachte. Sie schaute auf die Uhr und stand auf. «Zeit zu gehen – kommst du mit?»

Iris schüttelte den Kopf. «Ich muss mich noch umziehen. Heute ist mein Lauftag.»

Diane verdrehte die Augen; sie hatte Iris' Liebe zum Joggen noch nie nachvollziehen können. Jeden Montagabend ließ Iris den Wagen auf dem Firmenparkplatz stehen und lief nach Hause, um wiederum Dienstagmorgen zur Arbeit zu joggen. Dasselbe wiederholte sie mittwochs und donnerstags.

Als Elliott vor drei Jahren gegangen war, hatte Iris sich an ihre Routinen geklammert, wie es vorher nie nötig gewesen war. Als sie von einem Tag auf den anderen allein dagestanden hatte, war es überlebenswichtig gewesen, Tag für Tag dieselben Dinge zu tun, bis ihre Routinen für sie auf eine Weise verlässlich wurden, wie Menschen es nicht waren.

Als sie nach Hause joggte, leuchtete ein noch immer beinahe voller Mond durch die Wolken. Iris musste unwillkürlich grinsen, als ihr das Geplänkel mit Hunter wieder in den Sinn kam, und in ihrem Bauch breitete sich ein komisches Gefühl aus. Sie verdrängte es und zwang sich zurück zu ihrer einzigartigen Spezialmischung aus Schuld und Selbstvorwürfen, hinter der bereits der dumpfe Schmerz des Versagens lauerte.

Iris' Wecker klingelte um sechs. Nachdem sie im Bad fertig war, zog sie sich schwarze Laufleggins und ein graues Funktionsshirt an, steckte eine schwarze Hose und eine schlichte weiße Seidenbluse in einen Kleiderbeutel und verstaute ihn in ihrem Rucksack. Auch an diesem Morgen war es kühl. Mit jedem Tag kam der Winter ein Stück näher. Die Sonne malte rote Streifen an den Himmel. Iris lebte seit mehr als vier Jahren in der kleinen Sackgasse, in einem hübschen Stadthaus mit drei Stockwerken, das für einen einzelnen Menschen viel zu groß war. Doch sie konnte das Haus, das sie gemeinsam mit Elliott gekauft hatte, unmöglich loslassen. Das würde sich nur anfühlen wie der nächste Fehlschlag, das nächste Versagen.

Sie schloss die Haustür ab, steckte den Schlüssel in das Täschchen im Bund ihrer Laufhose und trat hinaus auf die Straße. Ein Geräusch in der Nähe ließ sie aufhorchen. Ihr

Nachbar trat gerade vor die Tür, um mit dem Hund rauszu-
gehen.

«Guten Morgen!», rief er. Der Hund bellte schwanzwe-
delnd und zerrte seinen Besitzer in ihre Richtung. David war
Anfang fünfzig, ein freundlicher Herr mit grau melierten
Haaren und ebensolchem Bart.

«Morgen, David.» Iris beugte sich runter, um den Hund
zu streicheln, einen Golden Retriever namens Beau, der es
liebte, sich gegen ihre Beine zu lehnen und sich von ihr den
Bauch kraulen zu lassen.

«Gehen Sie laufen?», fragte David.

«Ja. Ich jogge heute zur Arbeit», antwortete sie. «Irgendwie muss ich schließlich Strecke machen.»

Fröstelnd zog David den Reißverschluss höher. «Wie weit
ist das entfernt?»

«Nicht allzu weit. Ungefähr fünf Meilen.» Iris kraulte
Beau zum Abschied noch einmal die Ohren, dann richtete sie
sich auf und fing an, sich zu dehnen.

«Wie läuft es bei der Arbeit?», fragte David.

Sein Sohn Philip war technischer Ingenieur, genau wie
Iris, allerdings wusste sie nicht, in welcher Branche. David
erkundigte sich grundsätzlich nach ihrer Arbeit, nach dem
Laufen, nach ihrem Leben, doch sie hatte jedes Mal das Bedürfnis abzublocken. Sie wusste genau, worauf solche Gespräche hinausliefen – direkt hin zu den Enttäuschungen in
ihrem Leben und zu den Geheimnissen, die sie hütete.

«Läuft gut, danke.» Sie warf einen Blick auf die Uhr.
«Heute ist viel zu tun.» Sie fing an, auf der Stelle zu hopsen,
um zu signalisieren, dass sie es kaum erwarten konnte, endlich loszulaufen. In dem Moment fiel ihr wieder ein, dass

der externe Berater heute anfangen würde, und bei dem Gedanken, was das bedeutete, schnürte sich ihr die Kehle zu. «Ich muss dann mal», sagte sie und öffnete die Lauf-App auf ihrer Uhr.

«Okidoki», antwortete David fröhlich. «Schönen Tag!»

«Ihnen auch.»

Sie lief los und ließ David und ihre Sackgasse hinter sich, Alanis Morissette auf den Ohren.

Um halb acht war Iris in der Firma. Die Bänder liefen rund um die Uhr, und es war immer jemand da, egal, wann sie kam oder ging. Trotzdem ging es frühmorgens im Verwaltungstrakt entschieden ruhiger zu als zu den üblichen Bürozeiten, und Iris mochte das. Es bedeutete weniger Hektik. Weniger Menschen.

Sie holte ihren Waschbeutel aus dem Büro und machte sich auf den Weg zu den Umkleiden. Sie betrat die Damenumkleide, betätigte den Lichtschalter und blieb abrupt stehen. Das Licht war kaputt, und weil es keine Fenster gab, stand sie im Dunkeln. Sie holte das Telefon aus dem Rucksack und schaltete die Taschenlampe ein, aber das war nicht genug. So konnte sie sich unmöglich für den Tag zurechtmachen.

Es blieb ihr nichts anderes übrig, als die Dusche in der Herrenumkleide zu benutzen. Das hatte sie letztes Jahr schon einmal getan, als bei den Damen die Dusche verstopft gewesen war. Die Reparatur hatte fast einen Monat gedauert, und in den drei Wochen war kein einziges Mal jemand gekommen, um die Herrendusche zu benutzen. Wer Arbeitskleidung tragen musste, benutzte die Räumlichkeiten neben der Fertigungsanlage am anderen Ende des Gebäudes. Doch das wäre für Iris nicht infrage gekommen, denn dort gab es keine Duschen.

Iris betrat die Herrenumkleide. Die App hatte den morgendlichen Lauf bereits synchronisiert. Sie war gut gewesen, zwei Minuten schneller als am Vorabend. Allerdings war der Weg zur Arbeit generell etwas leichter, weil es auf dem Heimweg eine leichte Steigung zu bewältigen galt. Außerdem hatte sie unten an der Umgehungsstraße von einem ordentlichen Rückenwind profitiert.

Über all diese Faktoren dachte Iris also nach, während sie den morgendlichen Lauf abspeicherte und das Telefon zurück in den Rucksack steckte – in Gedanken eine Sekunde länger als unbedingt nötig mit Statistiken beschäftigt – und es dauerte definitiv eine Sekunde zu lange, ehe sie reagierte.

Iris stieß einen kleinen Schrei aus, ihr Gehirn rekalibrierte sich mit einem Ruck, und ihre Sinne waren augenblicklich in Alarmbereitschaft. Eine tiefe Stimme drang an ihr Ohr.

«Das ist doch die Herrendusche, oder?» Auf der anderen Seite des Raums stand, von ihr abgewandt, ein nackter Mann und wickelte sich eilig ein Handtuch um die Taille.

«Jaja, stimmt ...» Iris stand starr vor Schreck da, und der Rucksack baumelte an ihrer Ellenbeuge, während sie versuchte, irgendwohin zu schauen, nur nicht zu ihm. Sie hatte keine Ahnung, was sie tun sollte. Wegrennen oder bleiben, sich der Peinlichkeit stellen und eine Erklärung liefern oder einfach fliehen und so tun, als wäre nichts gewesen? «Soll ich ... ich sollte besser gehen, oder?»

Ohne eine Antwort abzuwarten, hielt sie sich mit einer Hand die Augen zu und streckte die andere tastend vor sich aus. Sie steuerte die Tür an, machte ein paar kleine hektische Schritte seitwärts und knallte mit dem Schienbein gegen eine Holzbank.

«Ach, Scheiße!» Keuchend krümmte sie sich zusammen, als stechender Schmerz sie durchfuhr. Sie nahm die Hand von den Augen, um sich das Schienbein zu reiben, und stellte dabei fest, dass der Mann sich inzwischen bewegt hatte. Wieder stand er genau in ihrer Sichtachse. Schnell richtete sie den Blick nach unten auf den Fliesenboden und sah nur seine nackten Füße.

«Alles okay?» Er klang aufrichtig besorgt.

«Ja, glaub schon. Ich ... ich hab nichts gesehen. Na ja, natürlich hab ich was gesehen, aber nichts, Sie wissen schon ...» Sie faselte wirres Zeug, unfähig, auch nur einen vollständigen Satz zu bilden. Sie starb vor Scham. Wäre es besser, direkt hier ihr Leben auszuhauchen oder doch lieber in der Privatsphäre ihres Büros?

«Ich bin bedeckt», sagte der Mann vollkommen gelassen. «Kein Problem, Sie können ruhig schauen, wohin Sie laufen. Meinetwegen müssen Sie sich nicht selbst k. o. schlagen.»

Zögernd hob sie den Blick und musterte mit zusammengekniffenen Augen das weiße Handtuch um seine Hüften. Sie ließ den Blick aufwärts schweifen, über den straffen Brustkorb und die breiten Schultern und schließlich bis nach oben zu seinem Gesicht.

Sie realisierten gleichzeitig, was los war.

«Sie!», rief Iris. Sie hatte sich schon gedacht, dass die Stimme ihr bekannt vorkam, war aber nicht in der Lage gewesen, diesen Gedanken weiterzuverfolgen, weil sie gerade einem nackten Mann in die Arme gelaufen war, was eindeutig Vorrang hatte. Ganz abgesehen von ihrem immer noch pochenden Schienbein.

«Sie!», rief Hunter. «Die Frau mit dem Schal.»

Iris kniff die Augen zusammen. «Der Mondfreund.»

«Das ist doch keine Beleidigung», entgegnete er.

Sie warf entnervt die Hände hoch. «Hat auch niemand behauptet.»

«Doch, Ihr Tonfall.»

Er war es tatsächlich, halb nackt, mit tropfnassen Haaren, eine Hand zur Sicherheit am Handtuch. Iris' Blick verfolgte unwillkürlich einen Wassertropfen, der sich langsam seinen Weg über den Bauch Richtung Handtuch bahnte, das eindeutig etwas zu tief saß.

«Wollen Sie ein Foto?», fragte er.

Iris machte ein höhnisches Geräusch. «Für wen? Meine Oma?»

Er zog die dichten Augenbrauen zusammen. «Was machen Sie überhaupt hier?»

Sie schob sich eine Locke aus der Stirn und spürte den kalten Schweiß, der immer noch dort stand. «Drüben bei den Damen ist die Lampe kaputt.»

«Aha», sagte Hunter. «Und das lässt sich in einem Haus voller Techniker und Ingenieurinnen nicht in den Griff kriegen.»

«Ich musste duschen!», setzte Iris sich zur Wehr. «Außerdem ist dafür das Facility-Management zuständig, und die sind …» Sie verstummte und verzog das Gesicht. Sie wollte auf keinen Fall lästern und sich damit womöglich in die Nesseln setzen, ehe sie wusste, wer der Kerl war und was er hier zu suchen hatte. «Sind Sie vom Facility-Management?»

«Nein», antwortete Hunter. «Sie?»

«Nein! Die sind …» – Iris zögerte kurz – «na ja, die sind manchmal nicht die Schnellsten. Aber ich kümmere mich drum.»

Er strich sich durch die Haare, worauf sich ein paar Wassertropfen lösten. «Verstehe. Und jetzt müssen Sie die Herrendusche benutzen?», fragte er wenig begeistert.

«Bis auf Weiteres.» Iris versuchte, sich von den neuen Wassertropfen loszureißen, die über seine Bauchmuskeln liefen. Sie räusperte sich und blinzelte heftig. «Wobei ich mir das nach diesem Morgen vielleicht noch mal überlege.»

Sie lenkte den Blick wieder weiter nach oben und starrte statt auf seinen Bauch seine Schultern an. Er hatte eine gute Haltung, einen selbstbewussten Stand.

«Stehen Sie eigentlich öfter in der Gegend rum und glotzen halb nackte Männer an?», fragte er feixend.

Iris wurde rot. «*Glotzen* würde eine lüsterne Absicht unterstellen …»

«Ich bin mir der Bedeutung des Begriffs durchaus bewusst», sagte Hunter. «Deshalb habe ich ihn gewählt.»

«Oh, klar, ich vergaß – Ihre Allgemeinbildung übertrifft ja die der meisten Menschen. Wobei, was den iranischen Präsidenten betrifft, haben Sie sich leider getäuscht», sagte Iris. «Sie wollten Hassan Rouhani sagen, dabei ist Ebrahim Raisi inzwischen Präsident. Seit 2021, um genau zu sein.»

Sie genoss seinen gequälten Gesichtsausdruck, so flüchtig er auch sein mochte. Sie schwelgte in seinem offensichtlichen Unbehagen und genoss die Vorstellung, wie er diese

Tatsache garantiert so bald wie möglich überprüfen würde, um sie für alle Ewigkeit in seinem Hirn abzuspeichern. So wie sie selbst, sobald sie am Freitagabend nach Hause gekommen war, mit *Ironic* von Alanis Morissette im Hintergrund.

«Ich bitte um Verzeihung», sagte er. «Meine Kenntnisse hinsichtlich der Politik im Iran sind offenbar nicht ganz auf dem neuesten Stand.»

«Kann schon mal passieren. Rouhani war schließlich nur *acht* Jahre lang Präsident», sagte Iris süffisant.

Er atmete hörbar aus. «So sehr ich unser kleines Geplänkel auch genieße, ich müsste mich dann mal anziehen, falls es Sie nicht stört.»

«Nur zu, schlüpfen Sie gern wieder in Ihre weinroten Socken.»

Er runzelte die Stirn, sein Blick war so intensiv, dass er ihr durch und durch ging. «Ich fühle mich geehrt, dass Sie sich neulich abends offensichtlich so sehr für mein Äußeres interessiert haben. Ich kann mich nur noch an den Schal erinnern.»

Iris stemmte die Hände in die Seiten. «Die waren ja wohl kaum zu übersehen. Wer, bitte, trägt zu schwarzer Hose und schwarzen Schuhen weinrote Socken?»

«Äh ... die meisten Männer, würde ich sagen?»

Er fuhr sich schon wieder durch die Haare. Sie fielen ihm ständig in die Stirn. Iris wünschte, er würde das lassen. Es lenkte sie ab.

«Nein. Definitiv nicht die meisten Männer», beharrte sie. «Manche, vielleicht. Solche, die Fossilien sammeln. Oder Briefmarken.»

Hunter schürzte die Lippen, um sich ein Lächeln zu verkneifen. Iris spürte, wie sehr es ihr gefiel, diesen Typen zu provozieren, an seiner Beherrschung zu kratzen. Es verlieh ihr ein Gefühl, das sie lange nicht mehr gespürt hatte. Tief in ihrem Innersten loderte etwas auf.

«Gut. Ich entschuldige mich im Namen der Männer allerorten dafür, Ihre Augen beleidigt zu haben», sagte er salbungsvoll. «Dürfte ich fragen, zu welcher Sockenfarbe ich künftig greifen soll?»

«Schwarz», antwortete Iris wie aus der Pistole geschossen.

Er zog eine Augenbraue hoch. «Ausschließlich Schwarz?»

Sie zuckte die Achseln. «Dunkelgrau ginge vielleicht auch noch, im Notfall», gestand sie ihm zu. «Aber nichts Buntes.»

«Was ist mit Mustern?» Sein Tonfall war tiefernst, als würde er Marktforschung betreiben.

Iris zog die Nase kraus. «Auf keinen Fall.»

Er beugte sich über die Bank und angelte das Telefon aus seiner Tasche. «Entschuldigen Sie mich bitte eine Sekunde, mir ist gerade aufgefallen, dass ich vergessen habe, meine diesjährigen Weihnachtssocken zu bestellen. Was meinen Sie? Rentiere oder Santa Claus? Oh, Moment.» Er scrollte nach unten. «Es gibt einen eindeutigen Favoriten ... Weihnachtssocken mit kleinen Rosenkohlköpfen.»

Er ließ erwartungsvoll die Augenbrauen tanzen, aber Iris war außerstande zu antworten. In ihrem Kopf hatte nur ein Gedanke Platz, nämlich, dass er das Handtuch losgelassen hatte – das Handtuch, das jetzt endgültig gefährlich tief auf seinen Hüften saß. In ihr verspannte sich alles. Ihr wurde heiß. Sie schaute weg, wandte sich zur Tür.

«Äh, ja, gut», stammelte sie. «Ich würde vorschlagen, Sie ziehen sich erst mal an, damit ich die Dusche benutzen kann.»

«Sie möchten, dass ich mich in Ihrer Gegenwart umziehe? Das fände ich dann doch ziemlich unangemessen», sagte Hunter mit gespielter Strenge. «Ich weiß ja nicht mal, wie Sie heißen.»

Iris stöhnte. «Ich gehe raus.» Sie verließ den Umkleideraum und lehnte sich draußen auf dem Flur gegen die Wand gegenüber der Tür. Über ihr tickte vernehmlich eine Uhr. Um sie herum war alles still. Sie konnte Hunter hinter der Tür hantieren hören. Sie wartete darauf, dass der Föhn anging, und war überrascht, als er knapp fünf Minuten später auf den Flur trat.

«Was für ein interessanter erster Tag, dabei ist es noch nicht mal acht Uhr morgens.» Ohne hinzusehen, befestigte er die Uhr an seinem Handgelenk. Er ließ Iris nicht aus den Augen.

«Ach so, Sie haben heute Ihren ersten Tag bei uns», sagte sie. Das erklärte, weshalb sie ihn noch nie hier gesehen hatte.

«Na ja, im Grunde war mein erster Tag gestern, aber das war mehr eine Formalität.» Hunter richtete sich den Hemdkragen. «Trotzdem», sagte er. «Es passiert nicht jeden Tag, dass eine fremde Frau hereinplatzt, während ich unter der Dusche stehe, und von mir verlangt, mich vor ihren Augen anzuziehen.»

«Okay, erstens bin ich nicht hereingeplatzt, als Sie *unter* der Dusche waren, und zweitens habe ich ...» Plötzlich dämmerte ihr etwas. «O Gott!» Sie schlug sich die Hände vors Gesicht. «O mein Gott, bitte sagen Sie mir, dass Sie nicht der

Typ sind ... den sie geholt haben, um ...» Sie senkte die Hände und schaute ihn entgeistert an, nicht in der Lage, ihren Satz zu beenden. Sie im Zustand der Sprachlosigkeit zu erleben, bereitete Hunter offensichtlich großes Vergnügen. Ein unverfrorenes Grinsen breitete sich auf seinem Gesicht aus.

«Ich bin Hunter Monroe», sagte er und fummelte an den Hemdaufschlägen herum. «Externer Berater.» Sein Blick bohrte sich mit einer Intensität in Iris' Augen, von der sie gedacht hatte, sie sei allein dem Vollmond vorbehalten. Sie konnte förmlich spüren, wie ihr die Gesichtszüge entgleisten.

«Wow», sagte er mit hochgezogenen Augenbrauen. «Ich muss sagen, das ist ein überwältigender Empfang.»

Iris schob sich von der Wand weg, machte ein paar Schritte nach rechts, drehte um und ging wieder zurück. Sie schaute ihn an, die feuchten Haare, das ordentlich in die Hose gesteckte blütenweiße Hemd, das aussah wie frisch gebügelt. Hunter entging nicht, dass sie den Blick von oben nach unten über seinen Körper gleiten ließ.

«Stimmt was nicht mit meinem Outfit?», fragte er und streckte die Arme zur Seite aus, wie um sich von ihr begutachten zu lassen. «Das Weiß nicht weiß genug? Die Taschen zu groß? Zu klein?»

«Weißes Hemd und schwarze Hose. Das tragen hier alle», sagte sie abfällig.

Wie aufs Stichwort betrat Hector vom Einkauf mit seinem violetten Hemd das Gebäude, ein wandelnder Widerspruch zu ihrer Aussage.

«Guten Morgen, Iris», sagte er fröhlich und nickte Hunter höflich zu.

«Guten Morgen», murmelte sie und sah ihm nach. Er trat durch die Tür am Ende des Gangs und verschwand in einem der Büros.

«Seltsamer Weißton», sagte Hunter.

«Hector zählt nicht», sagte Iris brüsk und schob sich den Rucksackriemen über die Schulter.

Hunter tat, als würde er zusammenzucken. «Armer Kerl. Weiß er das?»

«Er entstammt einer anderen Generation!», rief sie aus. Sie nahm einen tiefen Atemzug und zwang sich zur Ruhe.

«*Wir beide* gehören doch auch verschiedenen Generationen an, nicht wahr?» Hunter zeigte mit der flachen Hand an sich herunter. «Wie war das gleich wieder? Ich wäre viel, viel, *viel* älter als Sie?»

«Zwei. Zweimal viel», korrigierte Iris ihn, um eine möglichst gelassene Stimme bemüht. «Nicht drei.»

Er nickte feixend. «Ah, stimmt.»

Sie lieferten sich ein Blickduell. Sie hielt es als Erste nicht mehr aus. Innerlich stöhnend wegen ihrer Schwäche, schaute sie weg. «Ich muss jetzt duschen», sagte sie und machte einen entschiedenen Schritt auf die Umkleide zu. Doch Hunter rührte sich nicht vom Fleck, und sie landete direkt vor ihm. Ihre Nasenspitze berührte fast seinen Brustkorb. Er roch frisch geduscht, nach Seife und irgendwas Noblem – ein teures Shampoo oder Aftershave vielleicht. Iris atmete seinen Duft ein, ohne sofort zu merken, was sie da tat. Erschrocken sah sie zu ihm hoch, voller Angst, dass er es auch gemerkt hatte. Er wirkte überrascht, vielleicht auch ein winziges bisschen amüsiert, aber er hatte sich sofort wieder im Griff. Er straffte die Schultern und räusperte sich.

«Iris?», sagte er mit tiefer, leicht rauer Stimme.

Sie trat seufzend einen Schritt zurück und rief sich zur Ordnung. Dieser Mensch war ins Haus geholt worden, um das Unternehmen unter die Lupe zu nehmen, um festzulegen, wer bleiben durfte und wer gehen musste, um zu entscheiden, wer für die Firma von Wert war und wer nicht. Egal, was sie von ihm halten mochte, er besaß die Macht, ihr das Leben ziemlich schwer zu machen.

Sie zwang sich zu einem Lächeln. «Ja?»

«Vielleicht sollten wir ein Signal vereinbaren. Ich möchte nämlich ungern, dass so etwas noch einmal geschieht. Vor allem will *ich* auf keinen Fall bei *Ihnen* reinplatzen. Ich meine, können Sie sich das vorstellen?» Er schüttelte sich, als würde die Vorstellung ihn anwidern. Vielleicht war es ja so.

«Ein Signal?», fragte sie.

«Ja, Sie wissen schon, eine Socke an der Türklinke oder so was?», schlug er vor.

«Wie alt sind Sie eigentlich? Achtzehn?» Sie biss sich betreten auf die Lippe. Schon wieder so eine spitze Bemerkung.

«Nein. Zweiundvierzig», antwortete er. «Aber ich nehm's als Kompliment.»

«Das war kein Kom...», fing Iris an, aber er fiel ihr ins Wort.

«Vielleicht könnten wir die Tür mit farbigem Klebeband markieren?», sagte er und rieb sich übers Kinn, als würde er angestrengt nachdenken. «Um eine Wiederholung dieses Vorfalls zu vermeiden?»

Iris zwang sich mit aller Macht, dem vernünftigen Teil ihres Gehirns zu gehorchen, der ihr den dringlichen Rat gab, sich gut mit ihm zu stellen. «Sehr gern», murmelte sie.

«Wunderbar.» Hunter trat unvermittelt beiseite und gab die Tür frei. Iris drückte sie mit beiden Händen auf. Sie konnte plötzlich nicht schnell genug von ihm wegkommen. Als sie die Tür leise hinter sich ins Schloss fallen hörte, nahm sie sich vor, gleich nach Feierabend farbiges Klebeband zu besorgen.

3

Die Besprechung der Abteilungsleiter zog sich in die Länge. Iris saß da und fühlte sich unangenehm unsauber; sie hatte maximal dreißig Sekunden unter dem lauwarmen Duschstrahl verbracht und sich in Windeseile die Haare gewaschen, es aber nicht gewagt, sie auch noch mit Conditioner zu spülen oder sich mit ihrem Kokosduschgel zu waschen. Sie hatte die Tür nicht eine Sekunde aus den Augen gelassen, aus Angst, dass plötzlich jemand hereinplatzte – so wie sie vorhin bei Hunter hereingeplatzt war. Bei der Erinnerung an die Szene krümmte sie sich innerlich. Sie hatte keine Erklärung dafür, weshalb sie sich nicht einfach entschuldigt und die Tür schnell wieder zugemacht hatte.

Ohne sich wirklich abzutrocknen, hatte sie sich hektisch angezogen und mit so viel Deo eingesprüht, dass überall weiße Flecken zu sehen waren. Die hatte sie mehr schlecht als recht mit dem Handtuch weggerubbelt, das auf den Boden gefallen war. Sie sehnte sich, nach Hause zu kommen und endlich richtig zu duschen, vielleicht sogar in die Badewanne zu gehen, ein schönes Schaumbad und dazu ein Buch. Sie bildete sich ein, der Geruch der Herrenumkleide hätte sich an sie geheftet – ein schwacher Uringestank, vermischt mit dem muffigen Geruch ewiger Feuchtigkeit.

Iris warf einen Blick in die Runde und musterte Hemden und Blusen der anderen – niemand trug etwas Weißes. Wirklich niemand außer ihr.

Sie war froh, als sich das Ende der Besprechung näherte; sie hatte einen arbeitsreichen Tag vor sich und wollte endlich loslegen. Patrick, der Betriebsleiter, sammelte seine Unterlagen ein und klemmte sich den leeren Coffee-to-go-Becher unter den Arm.

«Gut. Damit hätten wir's, oder?», fragte er in die Runde.

Allgemeine Zustimmung ertönte, und alle wollten sich gerade erheben und an die Arbeit gehen, als es klopfte. Mit zwei langen, selbstsicheren Schritten betrat Jeremy Sterling das Zimmer. Er lächelte in die Runde und drehte sich um, um den Mann vorzustellen, der in diesem Moment hereinkam.

«Guten Morgen. Darf ich vorstellen? Das ist Hunter Monroe. Er wird in den kommenden Wochen eng mit Ihnen zusammenarbeiten, unsere Themen identifizieren und die Probleme ausmerzen.» Jeremy legte eine Kunstpause ein und schaute Hunter an, der inzwischen direkt neben ihm stand, quasi Schulter an Schulter. Iris verlagerte das Gewicht und verschränkte abwehrend die Arme. Jeremy fuhr fort. «Ehe ich das Wort an Hunter übergebe, würde ich vorschlagen, Sie stellen sich reihum kurz vor, nennen Ihren Namen und Ihre Funktion. Hunter wird im Laufe der Woche mit Ihnen allen das Gespräch suchen.»

Ed hob die Hand, um zu zeigen, dass er gerne bereit war, den Anfang zu machen. Iris kam sich vor wie in der Schule.

«Ed Hanbury. Ich arbeite seit elf Jahren für die Firma, seit sieben Jahren als Vertriebsleiter.»

Bob hob als Nächster die Hand. «Bob Clarke. Herstellungsleiter.»

Hunter nickte und folgte der Vorstellungsrunde mit wachem Blick. Plötzlich überfiel Iris ein lebhaftes Flashback des Vorfalls in der Herrenumkleide. Vor ihrem inneren Auge schwebte das gefährlich locker um Hunters Hüften gewundene Handtuch. Sie schloss die Augen, um die Erinnerung zu vertreiben, und als sie sie wieder öffnete, merkte sie, dass Jeremy sie musterte. Die Konferenzleuchte über dem Tisch spiegelte sich in seinen Brillengläsern, und sie konnte seine Augen nicht richtig erkennen. Doch das störte sie nicht wirklich. Im Gegenteil, so fühlte sie sich wohler. Weniger exponiert. Seine grauen Knopfaugen machten sie immer nervös. Sie passten zu seinen Haaren und unterschieden sich nur durch ein paar Nuancen von seinem Hautton.

Iris räusperte sich. «Iris. Abteilungsleiterin Technik.» Sie sprach hastig, weniger bestimmt, als angebracht wäre, trotzdem registrierte sie, dass Hunters Gesichtsausdruck sich veränderte, ganz leicht nur – kurz sah es so aus, als wäre er beeindruckt, aber vielleicht hatte auch nur ein Nerv gezuckt, oder er hatte ein Niesen unterdrückt.

Ihre Gedanken schweiften ab. Jeremys Worte verfolgten sie wie ein Fluch. *Hunter Monroe. Er wird in den kommenden Wochen eng mit Ihnen zusammenarbeiten.* Grausam. Was für eine quälende Vorstellung.

Sie war so tief in Gedanken, dass sie erst nach ein paar Minuten merkte, dass Hunter inzwischen das Wort ergriffen hatte. Seine Stimme erfüllte mühelos den ganzen Raum. Sie rutschte auf ihrem Stuhl nach unten und weigerte sich, ihn anzusehen. Sie hatte den Eindruck, er wäre es gewohnt, dass die Leute ihn ansahen. Sie wusste, es gab Frauen, auf die diese Aura von Selbstbewusstsein attraktiv wirkte, aber auf sie wirkte er lediglich arrogant. Selbstbewusstsein war sowieso keiner ihrer Lieblingscharakterzüge. Selbstbewusste Menschen verunsicherten sie. Sie hatte Mühe, sie zu verstehen. Obwohl Iris auf ihrem Gebiet absolut kompetent und fähig war, zweifelte sie generell alles an, was sie tat, wachte nachts häufig voll quälender Unsicherheit auf. Hier in dieser Runde, zwischen lauter Männern, kam sie sich in ihrer strahlend weißen Bluse immer noch vor wie eine Hochstaplerin.

«... ich freue mich auf die Zusammenarbeit», hörte Iris Hunter abschließend sagen. Sie hob den Blick und sah ihn selbstsicher nicken, eine Hand lässig in die Hosentasche geschoben.

Ehe Jeremy den Raum wieder verließ, sagte er leise etwas zu Hunter und nahm ihn dabei mit dieser unverwechselbaren Männergeste bei der Schulter. Dann wurde es laut im Raum, alle erhoben sich fast gleichzeitig von ihren Plätzen. Iris musterte ihren Notizblock. Sie war heute fürs Protokoll zuständig gewesen und hatte sich seit Hunters Eintreffen und ihrem Abdriften keine einzige Notiz mehr gemacht. *Mist.*

Sie stand auf und musste feststellen, dass außer Hunter und ihr niemand mehr anwesend war. Die Hände in die Hosentaschen geschoben, sah er sie erwartungsvoll an.

«Kann ich Ihnen helfen?», fragte Iris.

«Sie haben offensichtlich mein Outfit kopiert. Ich finde das reichlich anmaßend.»

Iris verdrehte die Augen und spürte, wie ihr die Röte ins Gesicht stieg. «Die Sachen waren bereits in meinem Rucksack, sonst hätte ich definitiv was anderes angezogen, vertrauen Sie mir.»

«Tut mir leid, das kann ich nicht.» Hunter machte einen

Schritt auf sie zu. «Sie haben etwas absolut nicht Vertrauenswürdiges an sich.»

«Ist das so?»

«Ja. Ich glaube, es liegt daran, dass Sie nicht anklopfen, bevor Sie einen Umkleideraum betreten.»

«Die Frage war rhetorisch gemeint», schnauzte Iris. Sie schob den Stuhl etwas heftiger unter die Tischplatte, als nötig gewesen wäre, und schnappte sich Block und Stift.

«Ich freue mich auf das Protokoll», sagte er feixend und atmete derart tief ein, dass sich das Hemd über dem Brustkorb spannte.

«Ach ja, was das betrifft ...» Iris bemühte sich, nicht allzu kleinlaut zu klingen. «Wäre es möglich, noch mal kurz durchzugehen, was Sie gesagt haben?»

«Mhm ...» Hunter tat, als müsste er darüber nachdenken, kratzte sich sogar am Kinn. «Nein. Ich glaube nicht.»

«Warum denn nicht?»

Er zuckte desinteressiert die Achseln. «Ich finde, damit würde ich meine Zeit verschwenden.»

«Aber hier rumzustehen und mein Outfit zu kritisieren, ist keine Zeitverschwendung?»

«Nein, ich denke nicht», erwiderte Hunter. «Das fällt unter Beziehungspflege und so weiter.»

Iris runzelte die Stirn. «Was genau meinen Sie mit und so weiter?»

«Teambuilding», sagte er.

«Sie gehören nicht zu meinem Team.» Iris klickte an dem Stift in ihrer Hand herum. Sie war fahrig und durcheinander. Sie musste dringend hier raus, aber sie war auf ihn angewiesen, weil sie etwas für ihr Protokoll brauchte.

Hunter zog einen Stift aus der Hosentasche und kritzelte sich etwas auf die Handfläche. «Nur was, das ich nachher mit Jeremy besprechen möchte.»

Iris schluckte die Bemerkung runter, die ihr auf der Zunge lag. «Ich habe nur das Ende nicht mitbekommen ...», sagte sie.

«Oder den Anfang», erwiderte er. «Hab ich gesehen.»

Iris' Puls beschleunigte sich. Sie versuchte, sich zu sammeln, versuchte, ruhig zu bleiben. Warum musste er so eklig sein?

«Sie haben es gesehen?»

Hunter nickte. «Ja.»

«Was genau haben Sie gesehen?»

«Ihren abwesenden Blick.» Hunter verlagerte das Gewicht und kam ihr noch ein Stückchen näher.

«Oh. Ach so», Iris wand sich unter seinem Blick.

«Kein Problem», sagte er. «Ich kann mir schon denken, dass Sie noch mit dem Anblick beschäftigt waren, wie ich aus der Dusche kam.»

«Nein!» Sie verzog das Gesicht. «Ganz sicher nicht!» Ihr schoss das Blut in die Wangen. Er hatte natürlich recht, aber das Bild mit dem Handtuch war keine absichtliche Vorstellung gewesen. «Ich habe an ... ich habe an ... ich weiß nicht mehr, woran ich gedacht habe. Was sollte das eigentlich? An Ihrem allerersten Tag hier die Dusche benutzen?» Iris ging zum Angriff über. «So was würde mir im Traum nicht einfallen. Das ist doch arrogant, finden Sie nicht?»

Hunters Augen glitzerten. Er presste die Lippen zusammen, ehe er reagierte. «Duschen ist arrogant?», fragte er.

«Im Büro ... an Ihrem ersten Tag. Man sollte meinen, dass

Sie vielleicht zuerst mal die Firma kennenlernen, einen guten ersten Eindruck hinterlassen, ehe Sie hereingefegt kommen und die Mitarbeitereinrichtungen benutzen.»

«Hereingefegt?» Er sah sie fragend an, und Iris merkte jetzt erst, wie nah sie vor ihm stand. Sie waren einander in ihrem Hickhack immer näher gekommen. Plötzlich war seine Nähe überwältigend. Sie machte einen Schritt zurück, stieß gegen den Stuhl und fluchte leise.

«Ja», sagte sie und rieb sich die Hüfte. «Hereingefegt.»

Hunter reckte die Schultern. «Gehört das hier zum Unternehmenskodex? Kein Hereinfegen und Duschen am ersten Tag?»

«Nein. Das sind schlicht allgemeine Benimmregeln», erwiderte Iris.

«Aha. Und wie lange hätte ich warten müssen, ehe ich es wage, an meinem Arbeitsplatz zwei Minuten unter die Dusche zu steigen?» Er sah sie neugierig an.

Sie zuckte die Achseln. «Das weiß ich nicht. Jedenfalls länger als vierundzwanzig Stunden.»

«Ich bin insgesamt nur einen Monat hier. Außerdem dusche ich sehr kurz.» Hunter richtete sich auf, als wäre er stolz auf dieses Detail.

In dem Versuch, ihren inneren Aufruhr in den Griff zu kriegen, hielt Iris sich an der Stuhllehne fest. «Mir ist egal, wie lange Sie duschen. Die Tatsache bleibt.»

«Welche Tatsache?»

«Dass es seltsam ist.»

«Ihre Einstellung ist seltsam», sagte Hunter trocken. «Wenn es Ihnen lieber ist, jogge ich künftig zur Arbeit, behalte den ganzen Tag meine verschwitzten Klamotten an, und falls Jeremy mich darauf anspricht, sage ich, Iris hat mir gesagt, ich darf erst duschen, wenn ich nicht mehr ganz neu bin.» Er musterte sie verträumt. «Oder aber wir benutzen einfach beide die Dusche.»

Iris zog sich der Magen zusammen. Höchst unangemessene Bilder schossen ihr durch den Kopf. Hunter schloss kurz die Augen, als würde er rekapitulieren, was er eben gesagt hatte.

«Getrennt», fügte er schließlich hinzu. «Natürlich.»

Einen Moment lang standen sie beide betreten da. Iris massierte sich den Nacken und fragte sich, wie das von nun an weitergehen sollte. Ab sofort würden alle in der Firma um Hunter ein großes Bohei veranstalten, ihm unter die Nase reiben, wie wichtig sie für das Unternehmen waren. Sie dagegen hatte ihn quasi beim Duschen gestört und diverse Male beleidigt. Sie schaute zu Boden, doch ehe sie wusste, was sie sagen sollte, ergriff Hunter die Initiative.

«Ich schicke Ihnen eine Mail», sagte er und steckte den Stift zurück in die Tasche.

«Was für eine Mail?» Iris hatte schon wieder den Faden verloren.

«Bezüglich dessen, was ich gesagt habe», stellte er klar. «Dann können Sie's einfach in Ihr Protokoll kopieren. Sie müssen es nicht mal lesen.»

«Das wäre toll.» Sie wurde von einer Woge Dankbarkeit erfasst, der unmittelbares Misstrauen folgte. Warum war er plötzlich so nett? Wusste er irgendwas, das sie nicht wusste? Ihr Puls fing an zu rasen, als sie plötzlich Jeremy vor sich sah, der Dinge sagte wie *müssen uns trennen* und *Rationalisierungsmaßnahmen bezüglich der Belegschaft.*

«Wie lautet Ihr Nachname?» Seine Stimme riss sie aus ihrem Gedankenkarussell.

Sie zog verwirrt die Nase kraus. «Wozu?»

«Damit ich Ihre E-Mail-Adresse finde?»

«Ach so. Ja, natürlich. Nightingale. Iris Nightingale.»

«Interessant!» Sein gelassener, selbstsicherer Blick ruhte noch immer auf ihr.

«Was soll daran denn interessant sein?», fragte sie, obwohl ihr klar war, dass ihr die Antwort nicht gefallen würde.

«Nun», sagte er, «Nachtigallen sind dafür bekannt, ganz erstaunlich viel Lärm zu veranstalten.»

Iris stemmte eine Hand in die Hüfte. Sie ermahnte sich innerlich, nicht auf diese Provokation einzusteigen. Vergeblich. «Sind sie das?»

Er nickte. «Allerdings.»

«Sind Sie jetzt etwa außer Vollmondfreund auch noch Vogelexperte?», blaffte sie.

«Kein Experte. Nur ein ganz durchschnittlicher Vogelkenner», erwiderte er achselzuckend.

«Ja, jetzt, wo Sie's sagen, fällt mir ein, dass die Leute diese völlig *durchschnittliche* Tatsache ständig erwähnen», sagte Iris sarkastisch. «Erst heute Morgen hat mein Nachbar mich darauf aufmerksam gemacht. Und dann, als ich zur Arbeit kam, direkt im Anschluss an einen äußerst traumatischen Vorfall, sprach Hector mich darauf an.»

«Traumatisch?», wiederholte er. «Das muss Ihnen wirklich nicht peinlich sein, Iris. Sie sind nicht die erste Frau, die mich so angestarrt hat.»

Iris stöhnte genervt, was ihm zu gefallen schien. Seine Mundwinkel zuckten schon wieder.

«Was ist das überhaupt für ein Name, Hunter Monroe?»
Sie spürte Trotz in sich aufsteigen.

Er schaute sie mit einer Mischung aus Verwirrung und
Neugier an. «Es ist ... *mein* Name», sagte er nur.

«Klingt ein bisschen ... *angeberisch*, finden Sie nicht?» Iris
konnte einfach nicht anders; der amüsierte Ausdruck, der
kurz über sein Gesicht flackerte, kam ihr vor wie eine Belohnung. Seine Augenbrauen wölbten sich, sein Mund verzog
sich unwillkürlich zu einem Lächeln. Iris war sich plötzlich
ihres Herzschlags nur allzu bewusst.

Er nahm das Telefon aus der Tasche und fing an zu tippen.

«Was machen Sie da?»

«Ich schreibe meinen Eltern, um ihnen mitzuteilen, dass
sie ihrem einzigen Kind einen lächerlichen Namen verpasst
haben», sagte er. Seine Finger flogen über den Bildschirm.
«Ich bitte um eine Namensänderung, aber ich bin mir nicht
sicher, was sie dazu sagen werden, schließlich kommt es
reichlich spät.»

«Ein Einzelkind! Darauf wäre ich nie gekommen», sagte
Iris mit gespieltem Erstaunen. Sie schaute auf die Uhr. Sie
musste dringend hier raus, ein bisschen Abstand zwischen
sich und ihn bringen. «Ich muss dann mal.»

Sie versuchte, zur Tür zu kommen, ohne Hunter zu berühren, aber das war unmöglich. Im Vorbeigehen streifte sie
mit der Schulter seinen Arm. Er nahm wirklich viel zu viel
Raum ein. Er versuchte nicht mal, sich einzuschränken, weder in Bezug auf seine Breite und Höhe noch auf den Lärm,
den er veranstaltete.

«Ach, und Iris?», rief er ihr nach.

Sie drehte sich um. «Ja?», sagte sie genervt.

«Wir sehen uns.»

Iris nickte höflich, drehte sich um und öffnete die Tür. Sie konnte nur hoffen, dass die nächsten vier Wochen möglichst schnell vorbeigingen.

4

Nach der Besprechung hatte Iris sich in ihrem Büro verbar-
rikadiert, was den Vorteil hatte, dass sie so nicht Gefahr lief,
versehentlich schon wieder Hunter über den Weg zu laufen,
der offensichtlich keine Zeit verlor. Als sie sich zwischendurch in der Kantine ihren Vormittagskaffee geholt hatte,
hatte sie ihn dort sitzen sehen. Mit seinem blütenweißen
Hemd und dem aufgeklappten MacBook Pro vor sich auf
dem Tisch war er der Inbegriff von Professionalität. Er saß
mit Jeremy und ein paar anderen aus der Geschäftsleitung
zusammen, in ein lebhaftes Gespräch vertieft, als wären sie
alte Freunde. Als Iris vorbeiging, hob er den Kopf und sah sie
einen Hauch länger an als nötig. Iris war sich nicht sicher,
was das mit ihm war, jedenfalls brachte Hunter in ihr etwas
zum Klingen, das sich beinahe unangenehm anfühlte und
das nichts mit dem Grund seiner Anwesenheit in der Firma
zu tun hatte.

Inzwischen saß sie wieder am Schreibtisch und starrte auf
ihren Bildschirm. Das Hintergrundbild zeigte Elliott und sie
vor dem Eiffelturm. Warum hatte sie das eigentlich immer
noch nicht ersetzt? Die permanente Erinnerung war die rei-
ne Folter. Iris war schon ein paarmal kurz davor gewesen, das
Foto endgültig zu entfernen, und hatte es dann doch nicht
über sich gebracht. Es war schwer genug gewesen, den Ehering abzulegen. Am Anfang hatte sie sich ohne den schlichten Goldreif regelrecht nackt gefühlt. Sie war nachts aufge-

wacht, den Daumen an die Delle gepresst, panisch, als hätte sie einen lebenswichtigen Teil von sich verloren.

Es klopfte, und ohne eine Antwort abzuwarten, betrat Diane das Zimmer.

«Mittagessen», verkündete sie und schwenkte eine braune Papiertüte.

Iris klappte den Laptop zu und schob ihn beiseite. Dienstags bestellten sie sich immer etwas im Café um die Ecke. Ein Käsesandwich mit Salat für Iris, Nudeln mit Pesto für Diane.

«Danke. Ich bin am Verhungern. Ich habe nicht gefrühstückt.»

Diane machte sich daran, die Tüte auszupacken. «Bist du heute nicht gelaufen?»

«Doch, aber mir ist was dazwischengekommen. In der Damenumkleide ist das Licht kaputt, und die Männerdusche war besetzt.»

«Ach, tatsächlich?»

Diane setzte sich auf den Besucherstuhl am Schreibtisch, strich sich die Haare zurück und machte sich über ihre Nudeln her.

«Ja, dieser Beratertyp. Hunter irgendwas.» Iris tat, als wüsste sie nicht genau, wie er hieß.

«Monroe? Hast du ihn schon kennengelernt? Und, was sagst du? Sieht gut aus, oder?» Diane grinste sie begeistert an.

Iris zuckte die Achseln. «Ist mir nicht aufgefallen.»

«Komm schon, Iris», sagte Diane ungläubig. «Ich weiß, dass du noch nicht wieder bereit bist, jemanden kennenzulernen, aber du hast trotzdem noch einen Pulsschlag, oder?»

«Ja. Und der blieb gänzlich unbeeindruckt. Ich steh nicht auf solche Typen.» Iris öffnete die Pappschachtel. Sie konnte förmlich spüren, wie Dianes Blick sich in sie bohrte.

«Auf Typen wie Hunter stehen alle», sagte Diane.

Was ihren Stil betraf, bewegte sich Diane auf dem schmalen Grat zwischen professionell und Hippie. Sie hatte eine wilde Silbermähne und trug einen chaotischen Mix farbenfroher Klamotten, die allerdings immer klug mit einem eleganten Blazer oder einer schlichten Hose kombiniert waren, um dem Dresscode der Firma zu genügen.

«Geschmäcker sind verschieden», sagte Iris entschieden.

Diane tupfte sich mit einer Serviette den Mund ab, lehnte sich zurück und musterte Iris misstrauisch. «Was ist los mit dir?», fragte sie.

«Gar nichts», antwortete Iris. «Warum?»

«Auf mich wirkst du ...» Iris schürzte nachdenklich die Lippen. «Irgendwie aufgewühlt.»

Iris seufzte. Sie hatte manchmal das Gefühl, Diane würde sie besser kennen als sie sich selbst.

«Ich hab nur ... viel um die Ohren. Ich hab momentan eine Menge Arbeit auf dem Tisch, und dass jetzt auch noch dieser Typ hier rumschnüffelt, ist nicht gerade hilfreich.»

Diane beugte sich vor und stützte die Arme auf den Tisch. «Lass dich von den Idioten bloß nicht kirre machen. Du bist eine fantastische Technikerin.»

Iris runzelte die Stirn. Die Beförderung zur technischen Leiterin hatte sie vor allem Dianes Empfehlung und ihrer Rolle als Mentorin zu verdanken – doch das war gewesen, ehe Elliott gegangen war. Damals war sie ein anderer Mensch gewesen – kraftvoller, kompetenter.

Es klopfte wieder. «Herein?», rief Iris und schob eilig die Überreste des Mittagessens beiseite.

Die Tür ging auf, und Hunter betrat ihr Büro. Er war so groß, dass er den Blick auf den Gang verstellte. Er lächelte Diane zu, die eilig ihre Sachen einsammelte.

«Ich wollte sowieso gerade gehen», sagte sie und grinste Iris an. Iris starrte böse zurück.

Hunter trat beiseite, um Diane vorbeizulassen, und schloss die Tür.

«Kann ich Ihnen helfen?» Eilig setzte Iris sich kerzengerade hin und versuchte, sich daran zu erinnern, wie man sich normalerweise verhielt. Seine Anwesenheit verunsicherte sie, sie hatte das Gefühl, kontrolliert zu werden.

«Das hoffe ich.» Hunter setzte sich auf den gerade frei gewordenen Besucherstuhl und spielte abwesend mit der ID an dem Schlüsselband um seinen Hals. «Haben Sie meine Mail bekommen?»

Iris mied seinen Blick. Natürlich hatte sie seine Mail bekommen, direkt nach dem Meeting, aber sie hatte sie noch nicht geöffnet. Sie war mit einem Zulieferer in Mail-Kontakt gewesen und hatte wohl auch versucht, Hunters Mail zu verdrängen. Je besser es ihr gelang, den ganzen Typen irgendwie zu verdrängen, desto einfacher konnte sie so tun, als würde all das überhaupt nicht passieren.

«Ich habe noch nicht nachgesehen. Ich war beschäftigt.» Sie zog den Laptop zu sich her, klappte den Bildschirm auf, tippte das Passwort ein und öffnete seine Mail. «Ja, danke. Ihr Beitrag zum Meeting.»

«Den Sie so interessant fanden, dass Sie sich lieber in eine Fantasie geflüchtet haben», sagte er spöttisch.

«Ich habe mich in keine Fantasie geflüchtet», fuhr sie ihn an.

Hunter zog die Augenbrauen hoch. Sie waren genauso dicht und dunkel wie seine Haare. Und, was sie gerade bemerkte, wie seine außerordentlich langen Wimpern.

«Ich habe eine Anfrage für ein Meeting angefügt, auf die Sie bitte noch antworten müssten», sagte er.

Mit einem Gefühl des Grauens öffnete Iris die Einladung. Sie würde alles darum geben, nicht einen längeren Zeitraum mit Hunter in einem Raum verbringen zu müssen.

«Ich habe Sie für morgen Nachmittag um drei vorgesehen», fuhr er fort. «Falls was dagegenspricht, sagen Sie mir bitte Bescheid.»

Iris wollte fragen, ob *Ich will nicht* als Hinderungsgrund reichte, aber sie presste die Lippen zusammen.

«Gibt es ein Problem?» Hunter beugte sich leicht nach vorne und stützte die Ellbogen auf ihren Schreibtisch. Die hochgekrempelten Hemdsärmel entblößten die gebräunten Unterarme. Der dunkle Flaum erinnerte sie unwillkürlich an die Haare auf seiner nackten muskulösen Brust. Was stimmte nicht mit ihr? Sie schloss kurz die Augen und atmete durch.

«Nein, nein, gar nicht. Ich … äh … ich dachte nur, ich könnte Ihnen doch genauso gut einen Bericht schicken, oder nicht? Ich meine, ich möchte Ihre wertvolle Zeit nicht verschwenden.» Sie wusste, dass sie Unsinn redete, aber sie konnte nicht anders. Ihr Mund war trocken. Unwillkürlich schnappte sie sich die Wasserflasche vom Schreibtisch, trank gierig und leckte sich die Unterlippe.

Hunter legte den Kopf schief und sah sie an. Es fühlte sich

an wie unter dem Mikroskop. Sein prüfender Blick blieb ein bisschen zu lange an ihrem Mund hängen.

«Geht es Ihnen gut, Iris?» Sein Tonfall war sanft, sein Blick weich.

Iris setzte sich kerzengerade hin. Er durfte auf keinen Fall auf die Idee kommen, sie sei das schwächste Glied der Firma. «Ja», sagte sie. «Was soll die Frage?»

Plötzlich spürte sie deutlich ihren Pulsschlag – in den Ohren, in den Fingerspitzen. Überall.

«Na dann!» Sein autoritärer Tonfall war zurück. «Ich freue mich auf unser Gespräch.»

Iris wusste nicht, was sie davon halten sollte. Machte er das mit allen? Sie aushorchen? Oder wurde diese besondere Aufmerksamkeit nur ihr zuteil? Sie spürte Panik in sich aufsteigen, fragte sich, ob er in ihrem Aufgabengebiet bereits einen Fehler gefunden hatte, jetzt schon zu dem Schluss kam, dass man gut auf sie verzichten konnte.

«Gibt es ...» Sie verstummte. Beinahe hätte sie gefragt, ob es ein Problem gäbe, aber sie wollte sich Hunter mit der Frage auf keinen Fall ausliefern. Er hatte die Macht, ihr den Job zu nehmen. Er war nicht ihr Freund. Er war der Feind.

«Was wollten Sie fragen, Iris?»

Sie räusperte sich. «Gibt es etwas, das Sie von mir brauchen? Für morgen, meine ich?»

Hunter schüttelte langsam den Kopf, als wäre er auf diesen Gedanken noch gar nicht gekommen.

«Das ist nur ein Gespräch», sagte er. «Ich möchte Sie gerne besser kennenlernen.»

«Äh ... mich kennenlernen?»

«Das ist mein Job, Iris», erklärte er. «Ich muss wissen, wer in welcher Rolle hier arbeitet, welchen Nutzen die Leute für die Firma haben.»

«Ach so. Natürlich», Iris wandte sich wieder dem Bildschirm zu und fing an zu tippen – ohne zu wissen, was. Sie musste sich dringend auf irgendwas anderes konzentrieren, Hauptsache, nicht auf ihn.

Hunter stand auf, und als Iris wieder den Blick hob, fand sie sich mit seiner Leistengegend konfrontiert. Sie zuckte erschrocken zurück, keine wirklich dezente Bewegung. Bestimmt war sie rot geworden. Ihre Wangen glühten jedenfalls. Hunter blieb ungerührt stehen. Iris beugte sich so tief über ihren Laptop, dass sie mit der Nasenspitze fast an den Bildschirm stieß, doch sie spürte seine Präsenz immer noch.

«Wir sehen uns also morgen.» Hunter schob den Stuhl zurück und ging zur Tür.

Iris brachte ein «Tschüss» zustande, aber es klang gepresst. In dem Moment, als die Tür ins Schloss fiel, ließ sie dumpf den Kopf auf die Tischplatte plumpsen. Sie musste sich unbedingt am Riemen reißen, durfte auf keinen Fall zulassen, dass dieser Typ ihr derart unter die Haut ging. Entschlossen öffnete sie seine Mail und begann zu lesen.

Hallo, Iris,

anbei meine kleine Vorstellung, die Ihnen heute Morgen entgangen ist.

Guten Tag, mein Name ist Hunter Monroe. Ich habe meine Karriere vor fünfundzwanzig Jahren mit einer Ausbildung zum Elektrotechniker begonnen und leite inzwischen meine eigene Firma – HM Solutions. Mein Schwerpunkt liegt auf der Beratung von produzierenden Unternehmen zur Verbesserung der Performance. Ich bin europaweit tätig. Zu Beginn möchte ich mich mit Ihnen allen zu Einzelgesprächen zusammensetzen, um etwas über Ihre Aufgabe im Unternehmen zu erfahren, mir einen kurzen Überblick über Ihren Verantwortungsbereich zu verschaffen und von Ihnen zu hören, wo in Ihrem Bereich ganz konkret der Schuh drückt. Ich freue mich sehr auf die Zusammenarbeit.

Gruß,
Hunter

Iris biss sich auf die Lippe. Sie war genervt von sich, von Hunter und überhaupt der ganzen Welt – weil sie tatsächlich ein kleines bisschen beeindruckt war. Sie öffnete die Einladung und klickte auf *Annehmen*. Wenn sie schon gezwungen war, mit diesem Kerl zusammenzuarbeiten, dann bitte möglichst unkompliziert. Schließlich hing nicht nur ihre Zukunft davon ab, sondern auch die der Leute in ihrem Team. Iris würde da morgen hingehen, Hunter sagen, was es zu sagen gab, und ihm im Anschluss möglichst aus dem Weg gehen.

5

Als Iris am Mittwochmorgen um sieben Uhr fünfundvierzig zur Arbeit kam, einen Becher Coffee to go in der Hand, war sie an der Tür zur Herrenumkleide mit zwei dicken blauen Klebestreifen konfrontiert. Dass Hunter die Streifen ausgerechnet zu einem Kreuz arrangiert hatte, nervte sie besonders. Eigentlich lag die Umkleide nicht auf dem Weg ins Büro, aber sie hatte in dem ganzen Durcheinander gestern irgendwo ihre Ohrhörer liegen lassen. Sie hoffte, dass sie im Umkleideraum waren – in jenem Raum, in dem Hunter, darauf hätte sie gewettet, in diesem Moment stand und duschte.

Iris sah sich gezwungen zu warten. Sie lehnte sich an die Wand gegenüber und lauschte dem lauten Ticken der Uhr über ihrem Kopf. Hinter der Tür war tatsächlich die Dusche zu hören, aber nicht sehr lange. Sie sah Hunter vor sich, das weiße Handtuch locker um die Hüften geschlungen, während er sich mit Deo einsprühte oder seinem Designer-Aftershave. Sie schüttelte den Kopf, um die Bilder loszuwerden. Warum hatte sie solche Gedanken über ihn im Kopf?

Ein paar Minuten später ging die Tür auf, und Hunter trat auf den Gang. Die feuchten Haare waren nach hinten gekämmt, und ihn umgab ein schwacher Duft nach Duschgel.

«Das wäre doch nicht nötig gewesen», sagte er und rückte sich den Kragen zurecht.

«Was wäre nicht nötig gewesen?»

«Mir Kaffee zu bringen», antwortete er.

Iris ging nicht darauf ein, nahm nur einen besonders tiefen Schluck aus ihrem Becher. «Haben Sie da drin ein paar Ohrhörer liegen sehen?», fragte sie.

«Ja», antwortete er tonlos.

Sie wartete ab, ob vielleicht noch etwas kam, aber da kam nichts mehr, natürlich nicht. Er machte sie schon wieder wütend. Sie drückte sich von der Wand ab und wollte durch die Tür gehen, doch ehe sie an ihm vorbei war, hielt er ihr die ausgestreckte Hand entgegen. Darin lag eine kleine, weiße Schachtel. Iris pflückte sie von seiner Handfläche und öffnete sie, um nachzusehen, ob die Ohrhörer auch darin lagen.

«Okay.» Sie räusperte sich und fügte hinzu: «Danke.»

Hunter nickte knapp, und sie wandte sich ab, um zu gehen.

«Iris?», rief er ihr nach.

Sie drehte sich um. «Ja?»

«Knapp verpasst, was das Outfit betrifft. Ich hätte heute auch fast mein dunkelblaues knielanges Trägerkleid mit weißem Blüschen angezogen», sagte er und ließ die Finger durch die Luft gleiten.

«Ich finde, zwei Tage hintereinander dasselbe anziehen ist eine super Alternative.»

«Das ist nicht dasselbe», schoss er zurück. «Dieses Hemd hat einen Button-down-Kragen.» Er deutete auf seinen Hals und sah sie mahnend an, als hätte ihr dieses Detail nicht entgehen dürfen.

«O Gott, tut mir leid, das hatte ich gar nicht bemerkt», sagte Iris sarkastisch.

Hunter zuckte die Achseln. «Kann schon mal passieren.»

«Ich werde mich vor unserem Meeting noch mal über Hemdkragen schlaumachen», sagte sie schmallippig.

Er lächelte freundlich. «Das würde ich sehr begrüßen.»

«Sonst noch was?»

Er schob die Unterlippe vor, dachte ausgiebig nach und sagte schließlich achselzuckend: «Ich mag Kekse …»

«Super. Ich maile Ihnen ein Rezept.» Iris zwang sich zu einem knappen Lächeln, drehte sich um und ging mit klackenden Absätzen davon. «Bis später», rief sie im Weggehen.

«Ich freue mich, Iris», rief er zurück.

Er hätte sie begleiten können – sie hatten schließlich dieselbe Richtung –, und Iris war froh, dass er genug Feingefühl besaß, um zu warten, bis sie weg war. Sie fühlte sich erschöpft, nicht aus Schlafmangel oder weil sie zu viel arbeitete, sondern weil der Jahrestag vor der Tür stand. Es war inzwischen drei Jahre her, dass ihr Mann sie verlassen hatte. Manchmal hatte sie das Gefühl, inzwischen seit Jahrzehnten alleine zu sein; dann wieder kam es ihr vor, als wäre es gestern gewesen. In den flüchtigen Sekunden direkt nach dem Aufwachen erwischte es sie immer noch eiskalt. Sie drehte sich im Bett um, streckte den Arm aus, und die Leere, die inzwischen weite Teile ihres Lebens besetzt hielt, konfrontierte sie mit der Wahrheit: Der einzige Mann, den sie je geliebt hatte, hatte sie verlassen.

Iris ging in ihr Büro, setzte sich an den Schreibtisch und klappte den Laptop auf. Sie googelte *Keksrezepte*, kopierte den ersten Link von der Liste und schickte ihn an Hunter. Danach verbrachte sie eine Stunde damit, E-Mails zu beantworten, zu telefonieren und ein paar Berichte zu lesen, ehe eine Mail aufpingte. Hunter Monroe.

Haferkekse mit Rosinen sind mir lieber, aber das konnten Sie
ja nicht wissen. H

War ja klar, dachte sie. Natürlich stand ein Typ wie Hunter
auf die schlimmsten Kekse überhaupt. Und wer, bitte, si-
gnierte eine Mail mit seinem Anfangsbuchstaben? Iris
löschte die Mail, klappte den Laptop zu und ging nach unten
in die Fertigungshalle.

⋆⋆⋆

Dann war es drei Uhr, viel zu schnell für ihren Geschmack.
Hunter hatte ein freies Büro am Ende des Flurs bezogen, drei
Türen hinter Diane. Iris war erst einmal dort gewesen, auf
der Suche nach einem DisplayPort, aber sie wusste, dass es
mindestens doppelt so groß war wie ihres.

Sie stand vor der Tür und wollte gerade klopfen, als
schwungvoll von innen geöffnet wurde.

«Oh», sagte Hunter. «Sie sind hier.»

Iris schaute mit großer Geste auf die Uhr, um zu zeigen,
dass es exakt fünfzehn Uhr und sie somit pünktlich war.
Er hielt ihr die Tür auf, und sie betrat das Büro. Vor seinem
Schreibtisch blieb sie verlegen stehen, den Laptop an die
Brust gedrückt. Hunter machte es sich auf einem riesigen
Lederdrehstuhl bequem und ließ die Beine unter dem großen hölzernen Schreibtisch verschwinden. Sie fragte sich,
ob die Möbel speziell für ihn angefertigt worden waren. Vielleicht war das ein Vertragsbestandteil: ein Riesentisch für
seinen Riesenkörper.

Er deutete auf den Stuhl gegenüber, den normal großen.

Iris setzte sich und stellte den Laptop vor sich auf den Tisch. Zu ihrer Linken ging ein Fenster auf den Parkplatz hinaus. Licht flutete das Zimmer. In Hunters Gesicht konnte sie die feinen Fältchen und eine kleine Narbe im Augenwinkel erkennen. Sie sah die grauen Strähnen in seinem Haar, besonders um die Schläfen herum. Sie konnte den leichten Bartschatten erkennen und sah, wie er beim Lesen stumm die Lippen bewegte, während er sich die Zahlen ansah, die Iris ihm gereicht hatte.

Sie gab sich einen Ruck und schaltete auf Arbeitsmodus um, informierte ihn über technische Einzelheiten und die Probleme, mit denen ihre Abteilung sich konfrontiert sah. Als sie fertig war, räusperte Hunter sich und legte die Hände gefaltet vor sich auf den Tisch.

«Bedauerlicherweise», sagte er, «wird, wenn die Anlagen versagen, häufig die Technikabteilung für den Produktivitätsabfall verantwortlich gemacht. Auch hier scheint mir das keinen Sinn zu ergeben. Aber mehr kann ich erst nach einer vollständigen Überprüfung sagen.»

Iris stellte überrascht fest, dass die Zeit relativ schmerzlos verging und Hunter effizient und kompetent wirkte. Schwierig wurde es erst wieder, als sie ihren Laptop zuklappte und er seinen. Es gab keine arbeitsbezogenen Themen mehr zu besprechen. Etwas in seinem Ausdruck veränderte sich – was genau, vermochte sie nicht zu sagen. Die plötzliche Stille zwischen ihnen fühlte sich unangenehm an. Iris stand eilig auf.

«Gut, wenn es sonst nichts mehr gibt?»

«Wissen Sie, Iris», sagte er, «Sie machen einen wirklich kompetenten Eindruck ...»

Iris sah ihn misstrauisch an. «Soll das ein Kompliment sein?»

«Ich war noch nicht fertig.» Er lehnte sich zurück, rollte mit dem Stuhl ein Stück nach hinten und schlug lässig die Beine übereinander. «Sie machen einen wirklich kompetenten Eindruck auf mich, Jeremy sagt, Sie füllen Ihre Rolle gut aus, und Diane spricht in den höchsten Tönen von Ihnen. Deshalb frage ich mich, woher diese Selbstzweifel kommen.»

«Ich habe keine Selbstzweifel», antwortete sie etwas zu schnell. Sie stand immer noch in leicht verdrehter Haltung zwischen Tisch und Stuhl.

«Ach so?»

«Nein!»

«Okay, gut zu wissen.» Er lächelte flüchtig, doch das half nur wenig gegen die Anspannung in ihren Schultern. Auf dem Tisch stand ein seltsamer Briefbeschwerer, oval und aus Glas, mit irgendeinem Bild darin, und Iris verspürte den plötzlichen Drang, das Ding zu packen und ihm an den Kopf zu werfen.

«Wie ... wie kommen Sie darauf?», fragte sie ihn.

«Ach, keine Ahnung», entgegnete er. «Vielleicht, weil meine Anwesenheit hier Sie offensichtlich verunsichert.»

Iris wusste nicht, was sie sagen sollte. Er hatte natürlich recht – seine Anwesenheit verunsicherte sie. Sehr sogar. Doch seine Schlussfolgerung gefiel ihr nicht – dass Selbstzweifel der Grund dafür waren. Sie dachte kurz nach, fragte sich, ob das tatsächlich stimmen konnte. Zweifelte sie tatsächlich so sehr an sich? Ihre Mutter hatte zu ihr gesagt: «Kenne deinen Wert, Iris», und das hatte auch lange für sie gestimmt.

Doch dann war auf einen Schlag ihre ganze Welt aus den Angeln gehoben worden, und sie hatte angefangen, alles infrage zu stellen. Was war sie wert, wenn der Mensch, der sie angeblich am meisten liebte, sie auf so grausame Weise im Stich ließ?

Hunter unterbrach ihre Gedanken. «Ich habe mich umgehört», sagte er. «Ich bin ein netter Mensch, die Leute unterhalten sich offenbar gern mit mir.»

Iris fiel ihm ins Wort. «Sie sind ein ... *netter* Mensch?»

«Ja, bin ich, und alle sprechen in den höchsten Tönen über Sie. Was mich zu der Annahme verleitet, dass Ihre ... *Feindseligkeit* mir gegenüber eigentlich nicht Ihrem Charakter entspricht.»

Kopfschüttelnd ließ Iris sich wieder auf den Stuhl sinken. Sie räusperte sich und schluckte. «Es ... es ist mir einfach unangenehm. Wir wissen doch alle, weshalb Sie hier sind. Um den Rotstift anzusetzen. Darum geht's doch.»

Er kniff die Augen zusammen. «Ich bin hier, um mir ganz allgemein die Effizienz des Unternehmens anzusehen, Iris. Außerdem sind Sie gut in dem, was Sie tun, weshalb ...»

«Woher wollen Sie das denn wissen?», unterbrach Iris ihn schroff. «Dass ich gut bin in dem, was ich tue? Sie sind seit gerade mal zwei Tagen hier, und nach allem, was ich mitbekommen habe, verbringen Sie die meiste Zeit unter der Dusche!» Das war ihr so rausgerutscht, aber der Ausdruck in seinen Augen war es ihr wert. Ein Flackern. Belustigung vielleicht. Oder Erschrecken.

«Davon sind Sie ja offenbar ganz besessen», murmelte er, richtete sich wieder auf, beugte sich vor, lehnte die Unterarme auf den Tisch und faltete die Hände. «Hören Sie. Ich bin hier schließlich nicht einfach so reinspaziert, blauäugig und unvorbereitet, ohne zu wissen, womit ich es zu tun habe. Ich habe im Vorfeld recherchiert. Ich bin über die Veränderungen im Bilde, die Sie angestoßen haben. Sie haben sehr zum Fortschritt der Produktion beigetragen. Sie haben genau das getan, was ich auch getan hätte.» Seine tiefe Stimme hatte einen warmen Klang, und Iris fühlte sich unwillkürlich von der Zuversicht angezogen, die darin mitschwang.

Sie lehnte sich zurück und musterte ihre Fingernägel. Sie fühlte sich seltsam entblößt. Hunter wusste definitiv mehr über sie, als sie erwartet hatte.

«Wie ich schon sagte ...» Er nahm einen Stift und ließ ihn gegen seinen Laptop klackern. «Ich bin ein netter Mensch.»

«Nett *und* mit großem Allgemeinwissen», sagte Iris.

«Sehr schmeichelhaft.» Es klang neckisch, und sein Blick wurde weich. Dann straffte er die Schultern und fügte hinzu: «Aber wir haben alle unseren wunden Punkt.»

Das war natürlich eine Steilvorlage, doch Iris hatte Angst, den Bogen zu überspannen. Sie zögerte kurz, und er lehnte sich wieder zurück. «Und was ist Ihrer?», fragte sie schließlich.

«Das britische Königshaus», sagte er wie aus der Pistole geschossen, als würde ihm der Mangel an Wissen auf diesem Gebiet schon seit Längerem zu schaffen machen.

«Das ... das britische Königshaus?» Iris war sprachlos.

Hunter nickte. «Da stolpere ich bei jedem Quizabend wieder drüber.»

«Sie gehen zu Quizabenden?»

«Wenn ich zu Hause bin.»

«Und wo sind Sie zu Hause?» Sie holte tief Luft und rief

sich zur Ordnung. Was interessierte sie das? Was interessierte sie, ob er Quizabende besuchte oder welches seine wunden Punkte waren? Andererseits, es konnte vielleicht ganz nützlich sein, ein bisschen mehr über ihn zu erfahren. Schaden konnte es jedenfalls nicht. Sei deinen Freunden nahe, doch deinen Feinden noch näher.

«In London», antwortete er.

«Gehen Sie allein zu Quizabenden, oder haben Sie ... *Freunde?*»

Hunter musterte sie. «Ich habe Leute, mit denen ich mich zum Quizzen treffe.»

Iris musste sich ein Lachen verkneifen. Die Vorstellung, wie Hunter mit seinen Beinahefreunden in einem Pub beim Quizabend entspannte, war zu lustig. Sie stellte sich vor, wie er die Frage nach dem iranischen Präsidenten beantworten musste, und seinen finsteren Blick, als ihm klar wurde, dass sein Wissen nicht auf dem neuesten Stand war.

«Was ist mit Ihnen?»

Iris fühlte sich eiskalt erwischt. «Was soll mit mir sein?»

«Was machen Sie zu Ihrem Vergnügen?»

Iris fing an zu schwitzen. Ihre Schultern verspannten sich unter seinem Blick. Er sah sie an, als würde er sich tatsächlich für sie interessieren. Er war in seinem Job noch besser, als sie gedacht hatte; seine Fähigkeiten beschränkten sich nicht nur aufs Technische – er wusste auch, wie man mit Leuten umging.

«Hm, also ...», stammelnd suchte sie nach einer Antwort. «Ich ... ich jogge.» Mehr fiel ihr nicht ein. Das war zwar keine Lüge, aber sie hatte trotzdem Angst, dass es sie reichlich langweilig rüberkommen ließ. Hunter bereiste in seinem

Urlaub garantiert exotische Ziele oder ging am Wochenende irgendwelchen Abenteuersportarten nach.

Sie stand endgültig auf und nahm ihren Laptop vom Tisch. Sie musste hier raus, ehe er ihr noch mehr Fragen stellte.

«Ich geh dann mal wieder an die Arbeit», sagte sie und wandte sich zur Tür.

«Eine Sache noch», sagte er, ohne aufzustehen. Iris drehte sich zu ihm um. «Brauchen Sie morgens die Herrenumkleide, oder kann ich duschen, ohne Angst vor Voyeurismus zu haben?»

«Ich jogge dienstags und donnerstags zur Arbeit», erwiderte Iris in der Annahme, dass das seine Frage beantwortete.

«Dann ... ist das ein Ja?»

Iris nickte. «Ja. Ja, dann brauche ich morgens die Dusche. Gibt es da, wo Sie wohnen, keine?»

«Ich wohne in einem Hotel», sagte er. «Natürlich gibt es eine Dusche.»

«Das ist doch sicher besser, als hier zu duschen?»

Hunter runzelte die Stirn. «Was ist mit der Dusche hier nicht in Ordnung?»

«Sie ist bestenfalls lauwarm und eigentlich nur ein Rinnsal. Außerdem stinkt es.» Bei der Erinnerung an den muffigen Geruch zog Iris die Nase kraus.

«Sind Sie sicher, dass das an der Dusche liegt?», gab Hunter feixend zurück.

Iris verdrehte die Augen. «Hundertprozentig.»

«Also, ich habe nichts gerochen.»

«Vielleicht sind Sie schlechte Gerüche gewohnt.»

«Nein, ich glaube, daran liegt es nicht. Ich verbringe neunzig Sekunden dort, maximal zwei Minuten. Versuchen Sie's einfach mit ein bisschen mehr Tempo, anstatt rumzustehen und zu schnüffeln.»

Iris schnaubte gereizt. «Okay, wie wäre es, wenn wir uns auf ein Zeitfenster einigen? Ich könnte um sieben Uhr dreißig duschen. Wäre das vorstellbar?»

«Ich denke, das ließe sich einrichten.»

«Wow!», erwiderte Iris. «Sie sollten *flexibel* unbedingt mit auf Ihre Liste positiver Eigenschaften setzen.»

Sie drehte sich zur Tür, um endgültig zu gehen, ehe er das nächste Gesprächsthema anreißen konnte, doch sie kam nicht weit.

«Iris?»

Laut seufzend drehte sie sich ein drittes Mal zu ihm um, den Laptop vor die Brust gedrückt.

«Ich bin nicht der Feind», sagte er mit Nachdruck. «Ich bin hier, um zu helfen.»

Iris umklammerte den Laptop so fest, dass ihre Knöchel weiß hervortraten. Er kam ihr plötzlich vor wie ein lebenswichtiger Schutzschild zwischen ihr und ihm. «Okay», sagte sie mit gepresster Stimme, drehte sich um, öffnete die Tür und ging. Auf dem Gang blieb sie kurz stehen und holte tief Luft, froh, endlich wieder frei atmen zu können.

6

Den Rest der Woche gelang es Iris, weiteren Gesprächen mit Hunter aus dem Weg zu gehen. Sie versuchte generell, zu große Emotionen zu vermeiden. Nachdem Elliott gegangen war, hatte sie schrecklich zu kämpfen gehabt. Im Laufe der Zeit waren ihre Emotionen einer inneren Taubheit gewichen, und diese Taubheit hatte sich für sie zu einem sicheren Raum entwickelt.

Am Donnerstagmorgen hatte sie bis Punkt sieben Uhr dreißig gewartet, ehe sie die Herrenumkleide betrat. Zuvor hatte sie fast eine halbe Rolle Klebeband verbraucht, um ein riesengroßes blaues X auf die Tür zu kleben. Zusätzlich hatte sie von innen den Rucksack dagegengestellt und dann so schnell geduscht wie noch nie in ihrem Leben. Als sie eine Viertelstunde später mit feuchten Haaren wieder auf den Gang trat, war sie froh zu sehen, dass er menschenleer war.

Freitag beim Mittagessen in der Kantine hatte sie Hunter mit zwei Frauen aus der Verwaltung am Tisch sitzen sehen. Sie hatte sich eilig einen Platz in der hintersten Ecke gesucht, ihren Laptop aufgeklappt, sich die Ohrhörer eingesetzt und möglichst konzentriert auf den Bildschirm gestarrt. Doch ihr Blick war immer wieder in Hunters Richtung geschweift. Ihr entging nicht, dass die beiden Frauen an seinem Tisch ihn fast ehrfürchtig ansahen.

Nicht nur die beiden – und Diane – fanden Hunter offensichtlich unwiderstehlich. Iris hatte bemerkt, dass auch andere Kolleginnen ihn auf diese ganz bestimmte Weise ansahen; langsamer gingen, sobald er in ihre Nähe kam; unwillkürlich erröteten; noch einmal einen Blick über die Schulter warfen, wenn er an ihnen vorbeiging. Gut, es stimmte, er war groß und ein dunkler Typ und womöglich tatsächlich ziemlich attraktiv, wenn auch auf reichlich konventionelle Weise, aber es stimmte auch, dass er hier war, um die Angestellten nach ihrem Wert für die Firma zu begutachten und um Jeremy Sterling bei der Restrukturierung des Unternehmens zu beraten. Iris fragte sich, warum das außer ihr niemandem etwas auszumachen schien. Hatte außer ihr wirklich niemand das Gefühl, in seiner Gegenwart zu wenig Luft zu bekommen? Fühlte sich außer ihr wirklich niemand von dem Gedanken an das, was da vielleicht auf sie zukommen würde, überwältigt? Vielleicht, dachte Iris, konnten die anderen einfach nur besser Theater spielen – wozu sie selbst in Hunters Gegenwart offensichtlich außerstande war.

Dann war wieder Freitagabend, und Iris wich trotz des dichten Nebels nicht von ihrer gewohnten Routine ab. Die feuchte Luft lag kalt auf ihrer Haut und machte ihr das Atmen schwer. Der Abend schien es heute besonders eilig zu haben, den Tag vor die Tür zu setzen. Iris hatte Verständnis. Der Tag war anstrengend gewesen. Am frühen Nachmittag war eine der Anlagen ausgefallen, und sie hatten Stunden gebraucht, um die Bänder wieder zum Laufen zu bringen.

Es war bereits kurz nach sieben, als sie die Bank im Park erreichte. Der orangefarbene Schein der Laternen zeigte ihr den Weg. Sie setzte sich hin und genoss die Stille und dieses ganz besondere Gefühl von Frieden, das sie sonst nirgendwo finden konnte. Sie wusste, dass es nicht so bleiben würde; bald schon würde sich dieser innere Frieden in etwas Drückendes, Banges verwandeln, etwas Gemeines und Unbequemes, doch selbst das empfand Iris inzwischen beinahe als tröstlich, weil es ihr so vertraut geworden war.

Iris hatte nie gewollt, dass diese Bank ein derart wichtiger Teil ihrer Routinen – ihres *Lebens* – wurde, es war eher allmählich passiert. Anfangs, in ihren finstersten Tagen, war dieser Ort nur ein winziger Trost gewesen. Doch mit der Zeit war die Bank für sie lebenswichtig geworden. Iris traf schon lange nicht mehr die bewusste Entscheidung, ihre Bank aufzusuchen. Sie ging automatisch hin, weil es für sie viel unangenehmer gewesen wäre, es nicht zu tun.

Hinter ihr fing eine Laterne an zu flackern, und Iris drehte sich unwillkürlich danach um. Dabei sah sie aus den Augenwinkeln eine Gestalt auf sich zukommen: zielstrebig, selbstbewusst, mit federndem Gang, langen Gliedmaßen und ausgesprochen guter Körperhaltung.

«Nein!», murmelte Iris entsetzt. «O Gott. Bitte nicht.» Wie grausam, dass sie ihm die ganze Woche aus dem Weg gegangen war, nur um ihm ausgerechnet hier in die Arme zu laufen.

Als Hunter sie sah, verlangsamte er seine Schritte. Er lächelte verhalten. Er hatte sich umgezogen, hatte die vertraute Kombination aus weißem Hemd und schwarzer Hose gegen eine Jeans und einen grauen Hoodie getauscht. Iris brauchte einen Moment, um diese lässige Hunter-Version mit dem Hunter in Einklang zu bringen, den sie aus der Firma kannte. Zwischen den beiden bestand eine entwaffnende Diskrepanz.

Sie schlug die Beine übereinander und legte den Kopf schief. «Stalken Sie mich?»

«Nein, aber ich würde Ihnen sowieso raten, diese Frage eher nicht zu stellen. Ein echter Stalker wäre entzückt über die Aufmerksamkeit.»

«Wahrscheinlich haben Sie recht.»

Hunter sah sie erstaunt an. «Haben ... haben Sie gerade gesagt, ich hab *recht*?»

«Ja. Ihre Kenntnisse über das Innenleben von Stalkern sind eins a», sagte sie und beobachtete skeptisch, wie er die Hände aus den Taschen zog. Er bemerkte ihren Blick und streckte ihr grinsend die Handflächen entgegen.

«Ich habe meine Serienmörderrequisiten heute im Büro gelassen. Darf ich?» Er zeigte auf die Bank.

Iris schaute zum Himmel. «Heute gibt es keinen Mond», sagte sie.

«Es gibt immer einen Mond.» Er warf einen Blick über die Schulter, hin zu dem sanften weißen Glanz, der undeutlich hinter dem Nebel lag.

«Aber den sieht man nicht, was ist also falsch an der Bank da drüben?» Iris nickte zu der leeren Bank rüber. «Zu grelle Beleuchtung, um Nachtigallen zu beobachten?»

«Wissen Sie», sagte er, «Nachtigallen sind schwer zu entdecken.»

«Ach was?» Iris zwang sich zu einem Lächeln. «Das müssen Sie mir unbedingt näher erklären. Setzen Sie sich doch.»

«Ich fürchte, das ist alles, was ich über Nachtigallen

weiß», sagte Hunter feierlich. «Aber darf ich Ihnen ersatzweise noch ein paar weitere Fakten über Vögel nahebringen?»

«Nein. Ich interessiere mich ausschließlich für Fakten über das britische Königshaus. Wie sieht's damit aus?» Iris hob das Kinn, um ihn besser ansehen zu können.

«Ach so», murmelte er und ließ den Kopf hängen. «Sie verwenden meine Schwäche gegen mich.»

«Wissen ist Macht», sagte sie. «Vielleicht sollten Sie diesen Schwachpunkt in Betracht ziehen, wenn Sie drüben bei HM Solutions ihre eigene Arbeit bewerten. Oder loben Sie sich selbst?»

«Ja, stimmt, das tue ich tatsächlich am liebsten, aber danke, ich werde Ihren Vorschlag im Kopf behalten.»

Hunter setzte sich, wobei der Abstand zu ihr nicht annähernd groß genug war.

«Das ist wirklich eine sehr große Bank für einen einzelnen, noch dazu sehr kleinen Menschen», sagte er und musterte abschätzend die Bank.

«Ja. Aber Sie zählen für zwei. Zwei sehr große.»

«Und Sie nur halb, was unter dem Strich gerade mal zweieinhalb Menschen ergibt. Jede Menge Platz also.» Er grinste sie an. Seine Augen strahlten. Iris wandte sich ab.

Ein paar Minuten lang saßen sie schweigend da, aber es war nicht mehr wie vorher, weil Hunter jetzt da war und die Hälfte der Stille für sich beanspruchte.

«Was machen Sie überhaupt hier?», fragte Iris. Es interessierte sie tatsächlich.

Hunter musterte sie kritisch. «Entschuldigung? Gehört der Park Ihnen?»

Sie zuckte die Achseln. «Nein. Ich bin einfach nur ein besorgtes Mitglied der Nachbarschaft.»

«Aha. Etwas, das wir offensichtlich im Augenblick gemeinsam haben. Die Nachbarschaft.»

Iris drehte sich zu ihm um. «Wohnen Sie etwa hier?», fragte sie mit etwas zu schriller Stimme.

«Im Hotel an der Ecke». Er deutete hinter sich.

«Das *Radcliffe*?»

«Das *Radcliffe*», wiederholte er und nickte.

«War ja klar. Von allen Hotels in dieser Stadt mussten Sie sich unbedingt das *Radcliffe* aussuchen. Zwei Straßen von mir entfernt.» Iris schüttelte ungläubig den Kopf.

Er senkte das Kinn. «Stört Sie das?»

«Nein», fuhr sie ihn an. «Es stört mich nicht. Es ist einfach nur typisch.»

Hunter runzelte die Stirn. Er drehte sich seitlich zu ihr, um sie anzusehen. «Inwiefern?»

«Zum Beispiel», sagte Iris, «ist es dadurch schwerer, Ihnen aus dem Weg zu gehen.»

«Ich verstehe nicht, weshalb Sie das Bedürfnis haben sollten, mir aus dem Weg zu gehen», sagte er langsam.

«Ach so, Ihnen macht das Spaß, mir ständig zufällig über den Weg zu laufen, ja?»

Hunter wackelte abwägend mit dem Kopf und musterte sie. Dabei fielen ihm die Haare in die Stirn. «Na ja, Spaß, das wäre ein bisschen ... übertrieben. Ich möchte da nicht zu viel hineininterpretieren. Ihnen keine falschen Hoffnungen machen.»

«Ach, bitte!», stöhnte Iris.

Obwohl es offensichtlich fast unmöglich war, diesen

Mann zu beleidigen, wusste sie, dass sie aufpassen musste. Sie war klug genug, um zu wissen, dass es eine feine Linie gab, die sie nicht übertreten durfte. Gleichzeitig brachte er sie derart auf die Palme, dass diese Linie unscharf wurde und sich ständig veränderte.

«Was machen *Sie* überhaupt hier?», fragte Hunter. «Haben Sie Freitagabend schon wieder nichts Besseres zu tun?»

«Entschuldigung?», schoss Iris zurück. «Gehört der Park *Ihnen?*»

«Nein. Ich bin einfach nur ein besorgtes Mitglied der Nachbarschaft.» Er wandte den Blick ab und schaute irgendwo in die Ferne. Aus den Augenwinkeln beobachtete Iris, wie er die Beine übereinanderschlug. Dabei rutschte das Hosenbein etwas höher, und sie sah seine Socken.

«Das ist doch wohl ein Witz!», entfuhr es ihr.

Sie hatte sich nicht getäuscht. Hunters schwarze Socken waren mit etwas bedruckt, das aussah wie Rosenkohlköpfe; mit runden Augen und kleinen Nikolausmützen.

«Ach, die.» Hunter war ihrem Blick gefolgt. «Die sind heute Morgen gekommen.» Er zog stolz das Hosenbein hoch und entblößte noch ein paar weitere Rosenkohlköpfe.

«Bis Weihnachten ist es noch ewig!», rief sie.

«Um in Stimmung zu kommen, ist es nie zu früh, Iris. Die sind doch perfekt, finden Sie nicht?» Er streckte die Beine vor sich aus, quer über den Weg.

Sie schaute ihn finster an. «Hat sich die Bedeutung des Begriffs *perfekt* verändert, ohne dass ich was mitbekommen habe?»

«Gehen Sie heute eigentlich nicht zum Laufen?», fragte er unvermittelt und setzte sich wieder grade hin. «Mir scheint,

Sie haben ziemlich viel ...» Er suchte nach dem passenden Begriff. «*Energie*. Könnte Ihnen guttun.»

Iris schloss die Augen und schüttelte den Kopf. Sie versuchte, sich in einen Zen-Zustand zu versetzen, aber das war unmöglich. Dazu saß er viel zu dicht neben ihr, breitbeinig, selbstbewusst, den Arm lässig über die Lehne gelegt. Sie merkte, dass sie schon wieder mit ihrem Ringfinger spielte, und zwang sich zu einem langen, beruhigenden Atemzug.

«Ich laufe freitags nicht», antwortete sie ruhig.

«Ich auch nicht», sagte Hunter. «Es könnte sich allerdings lohnen, da noch mal einen Blick drauf zu werfen.» Iris schaute ihn verständnislos an, und er fügte hinzu: «Das bedeutet, freitagmorgens ist die Dusche frei.»

«Ich laufe freitags nicht», wiederholte sie.

«Ja. Das sagten Sie bereits.»

«Außerdem habe ich endlich eine Antwort vom Facility-Team bekommen. Am Montag sollte das Licht wieder funktionieren.»

«Ach, das ist gut. Dann kann ich endlich duschen, ohne mich ständig umzudrehen.» Seine Augen funkelten. Iris wusste nicht, ob ihr sein Blick gefiel, trotzdem gelang es ihr nicht, wegzusehen.

«Geschlagene neunzig Sekunden lang.»

«Worauf trainieren Sie eigentlich?», wollte Hunter wissen.

«Ach, wissen Sie, für die EM. Vielleicht auch für Olympia, mal sehen, wie's läuft», antwortete Iris. Er rieb sich das Kinn, auf seiner Stirn erschien eine steile Falte. «Ach so. Das war ernst gemeint. Ich nehme nirgendwo teil», sagte sie leise.

«Nicht? Warum nicht?»

«Weil ich keine Lust habe?»

«Gehört das nicht dazu? Sich Ziele zu setzen und darauf hinzuarbeiten?»

Hunter wirkte lebhaft und begeistert und gestikulierte beim Reden mit den Händen. Iris musste lachen. Sie konnte sich nichts Schlimmeres vorstellen, als mitten in einem Pulk schwitzender Menschen zu rennen, während Wildfremde am Straßenrand standen und johlend applaudierten. Ihr war schleierhaft, weshalb man so etwas tun sollte, wo man doch auch ganz umsonst und für sich allein laufen konnte. Für Iris war das Laufen Therapie. Es erlaubte ihr, den Geist zu befreien und Ordnung in ihre Gedanken zu bringen. Das wäre umgeben von anderen Menschen nicht möglich, oder wenn man ihr sagte, wohin sie laufen musste und wie weit.

«Für jemanden wie Sie vielleicht», sagte sie.

«Jemanden wie mich?» Hunter fixierte sie mit seinen dunkelbraunen Augen, und Iris hatte wieder das Gefühl, er würde bis in ihr Innerstes dringen.

«Ja, Sie wissen schon, jemand, der auf …» Iris zögerte kurz. «Anerkennung angewiesen ist.»

«Ich bin auf Anerkennung angewiesen?», fragte er belustigt.

«Ja. Passt auch zum Namen. Hunter Monroe. Angebertyp. Hinter Medaillen her.»

Hunters Gesicht blieb unbewegt. «Lustig, genau das steht in meinem Lebenslauf.»

Iris musste schmunzeln. «Der Lebenslauf, mit dem Sie sich bei Hunter Monroe Solutions beworben haben?»

«HM Solutions», korrigierte er sie.

«Soll ich raten? HM steht für His Majesty?»

Hunter grinste, auch wenn Iris sich sicher war, dass es unfreiwillig war. «Testen Sie gerade mein Wissen über das Königshaus?»

«Sie meinen Ihr fehlendes Wissen.»

Er keuchte gespielt. «Ich wusste, dass ich Ihnen meine Achillesferse nie hätte verraten dürfen.»

«Also ich würde sagen, wenn das Ihre Achillesferse ist, sind Sie im Leben vom Glück geküsst.»

Hunter lehnte sich zu ihr und senkte verschwörerisch die Stimme. «Iris? Ich glaube, das ist das Netteste, was Sie jemals zu mir gesagt haben.»

Iris seufzte und schaute schnell weg. Er war ihr plötzlich viel zu nahe. «Und ich glaube, dass ich das bald bereuen werde, darum gehe ich jetzt.»

Sie stand auf, obwohl sie eigentlich nicht gehen wollte. Aber eine Stimme in ihr sagte ihr, dass es besser so war.

«Bis Montag, Iris», sagte er.

«Ja, Ihre Majestät, bis Montag.»

Sie drehte sich zu ihm um und machte einen übertriebenen Hofknicks, mit gekreuzten Knöcheln und ausgestreckten Armen. Hunter lächelte sie an, breit und strahlend und völlig ungehemmt. Das Lächeln machte seine Züge weich, und sein Blick wurde kurz ein bisschen weniger intensiv, der Augenblick war so fragil wie die Schmetterlinge, die zur Antwort ganz kurz in ihrer Magengegend aufgestiegen waren.

7

Am Samstagvormittag telefonierte Iris mit ihrer Mutter, ein wöchentlicher Anruf, den sie zwar nicht direkt fürchtete, auf den sie sich aber auch nicht freute. Sie liebte ihre Mutter, war es jedoch leid, dass ihre Eltern sich Sorgen in einem Ausmaß um sie machten, das bei einer Frau in den Dreißigern eigentlich nicht mehr nötig war. Als Kind hatte Iris naiverweise geglaubt, dass Menschen in ihrem Alter ihren Kram auf die Reihe kriegten. Sie hatte sich vorgestellt, sich um ihre Eltern zu kümmern oder sie wenigstens ab und zu zum Essen oder zum Sonntagsfrühstück einzuladen. Selbst in ihren schlimmsten Träumen wäre sie nie auf die Idee gekommen, dass ihre Eltern jeden Samstag mit angehaltenem Atem auf den Anruf ihres einzigen Kindes warteten, um zu hören, dass es ihm gut ging.

«Wie lief's bei der Arbeit?», fragte ihre Mutter, und ohne sie sehen zu müssen, wusste Iris, dass sie den Kopf schief legte und mit gerunzelter Stirn auf ihre Antwort wartete. Ihre Mutter legte noch immer jedes Wort von Iris auf die Goldwaage, immer auf der Suche nach Anzeichen dafür, dass sie Fortschritte machte – oder Rückschritte oder auf der Stelle trat oder was auch immer. Alles war geeignet, ihre Mutter nervös zu machen.

«Alles gut. Viel zu tun. Aber gut.» Sie betrachtete ihre Fingernägel. «Wie geht es Grandma?», fragte sie in dem Versuch, das Gespräch von sich selbst wegzulenken.

Ihre Mutter seufzte. «Ach, weißt du, nicht anders als letzte Woche. Gestern waren wir mit ihr in dem kleinen Café an der Hauptstraße Tee trinken.»

«Ich meine, wie geht es ihr, du weißt schon ... gesundheitlich?»

Bei Iris' Großmutter war vor fünf Jahren Demenz diagnostiziert worden. Sie war inzwischen in einem Pflegeheim untergebracht, und Iris' Eltern besuchten sie regelmäßig.

Ihre Mutter zögerte kurz, ehe sie antwortete. «Unverändert.»

«Wirklich?»

«Ein bisschen schlechter vielleicht. Manchmal ist sie etwas verwirrter. Aber das geht sehr auf und ab.» In ihrer Stimme schwang Sorge mit, die sie sich nicht anmerken lassen wollte, und Iris spürte einen schuldbewussten Stich, weil sie ihre Großmutter so lange nicht besucht hatte.

«Das tut mir leid, Mum. Geht's dir gut?»

«Mir? Mir geht's prima.»

In solchen Momenten wünschte Iris, sie würde näher an zu Hause wohnen, um einfach mal vorbeizugehen und ihre Mutter in den Arm zu nehmen, den Worten ihr Gewicht zu nehmen und einfach nur da zu sein. Stattdessen lebten sie mehr als hundert Meilen auseinander – Iris in Nottingham und ihre Eltern in Bridlington, wo sie aufgewachsen war. Wenn sie die Augen schloss, konnte sie das Haus vor sich sehen – sie hörte die Wellen gegen die Felsen donnern, roch die salzige Meerluft.

«Und Dad? Was macht sein Rücken?»

«Schon wieder besser. Der Arzt hat ihm stärkere Schmerzmittel verschrieben.»

«Sag ihm, er soll aufpassen. Er darf's nicht übertreiben.»
Iris' Vater hatte im Vorjahr einen Arbeitsunfall erlitten und war vorzeitig in Rente. Die Ärzte hatten ihm dringend geraten, es ruhig angehen zu lassen, aber er hielt sich nicht daran. Noch eine Sache, wegen der ihre Mutter sich Sorgen machte.

«Ja, ich weiß – aber du kennst ihn ja. Er kann nicht still sitzen. Er wird niemals still sitzen.»

«Wo ist er gerade?», fragte Iris.

«Im Garten.»

«Hoffentlich sitzt er auf der Bank und gräbt nicht gerade ein Beet um ...»

Iris hörte ihre Mutter im Haushalt hantieren, während sie telefonierten, das Klirren von Geschirr, laufendes Wasser. «Ich habe ihm vor einer halben Stunde eine Tasse Tee gebracht. Da saß er auf der Bank und hat die Zeitung gelesen, aber ich glaube, ich habe ihn vorhin im Schuppen rumoren gehört.»

«Mum! Du musst ihm sagen, er soll aufhören. Sei streng.»

«Ach, Iris, er hört nicht auf mich, das weißt du doch.»

«Du musst dafür sorgen, dass er auf dich hört, Mum. Sag ihm, *ich* hab gesagt, er soll es ruhig angehen lassen.» Iris mochte den Ton in ihrer Stimme, wenn sie Ansagen machte. Sie fühlte sich kompetent, als wüsste sie ausnahmsweise, was das Beste wäre. In Bezug auf ihre Eltern ging ihr das nur noch selten so. Als Elliott sie verlassen hatte, war sie viel zu bereitwillig in die Rolle der abhängigen Tochter zurückgerutscht.

«Was hast du heute vor?», fragte ihre Mutter.

«Ich gehe laufen. Zehn Meilen, vielleicht auch mehr. Je

nachdem, wie ich mich fühle.» Der Samstag war immer für die längste Strecke der Woche reserviert, und Iris freute sich darauf, wie andere Leute sich aufs Kino oder aufs Ausgehen freuten. Sie fand es tröstlich zu wissen, wozu ihr Körper in der Lage war.

«Vergiss bitte das Telefon nicht», sagte ihre Mutter. «Und stell die Musik nicht zu laut, hörst du?»

«Mach ich nicht.»

Darauf entstand eine Pause – doch es war keine unbeschwerte. Ein kurzes Schweigen, während Iris' Mutter sich sammelte. «Als wir gestern in der Stadt waren, habe ich aus reiner Neugier bei der Immobilienagentur ins Schaufenster geguckt ...»

«Mum ...», Iris versuchte, ihre Mutter zu unterbrechen, aber die tat, als hätte sie nichts gehört.

«Und weißt du, was? Auf der Bowler Street steht ein absolut niedliches Häuschen zum Verkauf. Eine Doppelhaushälfte mit drei Zimmern und einem entzückenden Garten. Frisch modernisiert. Ich schicke dir den Link, ja? Vielleicht hast du ja Lust, einen Blick darauf zu werfen.»

«Ich ziehe nicht zurück nach Hause, Mum», sagte Iris ausdruckslos. «Das geht nicht.»

«Du solltest dort nicht bleiben, Iris. Du musst dich nicht isolieren. Es gibt niemanden, dem du etwas beweisen müsstest.»

Iris atmete durch und ging im Zimmer auf und ab, um sich zu sammeln, ehe sie reagierte. «Mein Leben hier gefällt mir. Ich habe einen Job und ein Haus und meinen Freundeskreis. Was die Zukunft betrifft, will ich nichts ausschließen, aber im Moment bin ich genau da, wo ich sein muss. Okay?»

Sie bemühte sich, ihrer Stimme einen entschiedenen Klang zu verleihen, versuchte, ihrer Mutter eine Zuversicht zu vermitteln, die sie nicht wirklich in sich spürte.

«Wir machen uns einfach nur Sorgen um dich. Es wäre schön, dich etwas öfter besuchen zu können oder dich öfter hier zu haben.»

«Ich komme über Weihnachten nach Hause», sagte Iris. «Ich bleibe ein paar Nächte, und dann haben wir ganz viel Zeit zusammen.»

«Bis Weihnachten ist es noch lange hin.» Ihre Mutter klang niedergeschlagen.

«Du wirst sehen, die Zeit vergeht wie im Flug. Wir könnten heiße Schokolade mit Baileys und Marshmallows und Sahne trinken und uns *Tatsächlich Liebe* anschauen. Und *Liebe braucht keine Ferien*.» Iris stellte sich vor, wie ihre Mum lächelte und die sommersprossige Nase krauszog.

«Das fänd ich schön», sagte sie.

«Ja, ich auch. Ich muss langsam Schluss machen, Mum. Wir hören uns bald, okay?»

Sie verabschiedeten sich, Iris legte auf und schloss die Augen. Atmete. Sie nahm sich einen Moment Zeit, um das Telefonat sacken zu lassen, und verdrängte es in eine dunkle Ecke ihres Verstands, um möglichst nicht an den Schmerz denken zu müssen, den sie ihren Eltern bereitet hatte, an die Sorgen, die sie sich ihretwegen immer noch machten.

Iris schonte sich nicht. Zuerst drehte sie mehrere Runden um die Siedlung, in der sie lebte, ehe sie die umliegenden

Straßen miteinbezog und schließlich in Richtung Innenstadt lief. Als sie den Park umrundete, fingen ihre Schultern langsam an loszulassen. Die Herbstfärbung der Blätter war prächtig, ein Flickenteppich aus Farben, den der Wind davontrug. Ehe sie merkte, wohin sie lief, fand sie sich plötzlich vor dem *Radcliffe* wieder, ein imposantes Gebäude an der Ecke zur Hauptstraße. Unwillkürlich fragte sie sich, ob Hunter wohl da war oder unterwegs, um irgendwelchen Medaillen nachzujagen. Mit eingezogenem Kopf joggte sie am Eingang vorbei. Bei ihrem Glück rannte sie jeden Moment in ihn hinein. Oder er fuhr sie mit dem Wagen an.

Aus dem Café ein Stückchen weiter die Straße hinunter drang ihr der Duft von gebratenem Speck in die Nase. Der Geruch erinnerte sie wie die meisten Dinge an Elliott, daran, dass sie sonntags immer hierherspaziert waren, um sich ihr Frühstück zu holen. Iris hatte sich geweigert, sich von ihren Erinnerungen aus dieser Gegend vertreiben zu lassen, aber leicht war es nicht, auch nicht nach eintausendfünfundneunzig Tagen.

Elf Jahre waren sie ein Paar gewesen, eine lange Zeit. Sie hatten sich an der Uni kennengelernt. Elliott hatte Finanz- und Rechnungswesen studiert und Iris Elektrotechnik. Ihre Wege hatten sich erst im letzten Jahr gekreuzt. Sie hatten beide in der Bibliothek gesessen und an ihrer Abschlussarbeit geschrieben. Elliott hatte sich mit Red Bull wach gehalten und Iris mit lauwarmem Kaffee. An jenem Abend um kurz vor elf war Iris endlich fertig geworden. Draußen war es längst dunkel und die Bibliothek bis auf eine Handvoll versprengter Studierender verwaist. Sie war völlig erschöpft gewesen, die Haare fettig und ihr Körpergeruch bestenfalls grenzwertig. Als sie mit geröteten Augen und knurrendem Magen an den Drucker ging, um ihre ausgedruckte Arbeit in Empfang zu nehmen, war Elliott ihr gefolgt.

«Bist du fertig?», hatte er gefragt. Er hatte an dem Abend sein *Star Wars*-T-Shirt getragen und ausgesehen, als hätte er sich seit Tagen nicht gekämmt. Die Haare standen in alle Richtungen ab, aber Iris hatte ihn trotzdem niedlich gefunden.

«Ja. Brauchst du den Drucker?» Iris hatte ihre Sachen eingesammelt und war beiseitegetreten.

«Nein. Ich bin schon vor zwei Stunden fertig geworden.» Er hatte sich verlegen die Nasenwurzel gerieben. «Ich … ich habe auf dich gewartet, um dich zu fragen, ob du Lust hättest, mit mir mal was zu machen.»

«Was machen?», wiederholte Iris perplex.

«Ja, du weißt schon, ein Date.»

«Ach so. Ein Date?» Iris hatte gespürt, wie sie rot wurde. Sie war sich schlagartig ihrer ungewaschenen Haare und des drei Tage alten Outfits bewusst geworden: graue Leggins und ein sackartiges rosa Sweatshirt.

«Ja. Wir könnten was trinken gehen oder eine Kleinigkeit essen.» Elliott hatte sich von einem Bein aufs andere tretend nervös die Haare glatt gestrichen und heftig geblinzelt. Seine Nervosität hatte ihn ihr sofort sympathisch gemacht.

Es war eigenartig gewesen, in der stillen Bibliothek zu stehen wie in ihrer eigenen kleinen Welt. Eine leise Stimme in ihr hatte versucht, ihr einzureden, dass der Typ sich geirrt hatte; er konnte doch unmöglich mit ihr ausgehen wollen. Ob es an der aufsteigenden Panik lag oder an ihrer Erschöpfung oder der Tatsache, dass sie sich geschmeichelt fühlte, jedenfalls schaffte sie es, ihn anzulächeln und zu nicken.

«Heißt das ja?», hatte er gefragt.

«Äh, ja», hatte Iris nervös geantwortet.

«Gibst du mir deine Nummer?», Elliott hatte ihr sein Telefon hingehalten, immer noch ziemlich unsicher.

«Äh, ja, okay. Klar.» Als Iris ihm das Telefon abnahm, hatten ihre Finger sich kurz berührt. Sie tippte ihre Nummer ein und gab es ihm zurück.

«Ich ruf dich an.» Als Elliott ihren Namen auf seinem Bildschirm las, hatte er gelächelt. «Iris. Wie die Blume.»

Und das war es gewesen: der Beginn ihrer Liebesgeschichte.

Anderthalb Stunden später kam Iris wieder nach Hause, mit knapp über zehn Meilen auf der App und einem hohlen Gefühl in der Magengegend, das ihr sagte, dass sie sofort was essen musste. Ihr war nach was Salzigem, Fetttriefendem, am besten mit Käse. Sie holte sich eine Flasche Wasser aus dem Kühlschrank, leerte sie mit einem Zug und warf sie in den Leerguteimer. In ihrer Gürteltasche vibrierte das Telefon – eine Nachricht von Diane. Iris blinzelte sich die Schweißperlen aus den Augen.

Lust auf Take-away heute Abend? Ich komme zu dir. Ich zahle. Di x

Diane war Anfang fünfzig, ledig und hatte keine Kinder. In ihrem Leben hatte es eine langjährige Fernbeziehung zu einem Schotten namens Eric gegeben, einem Ingenieur bei der Bahn, den sie Ende der Neunzigerjahre auf einem Kongress kennengelernt hatte. Fast fünfzehn Jahre lang hatten sie eine Fernbeziehung geführt, ehe Diane beschloss, zu ihm nach Schottland zu ziehen. Sie ließ alles Vertraute hinter sich, um bei ihm zu sein. Aber es hatte nicht so funktioniert, wie sie sich das erhofft hatte. «Liebe lässt sich nicht erzwingen», hatte sie zu Iris gesagt. «Genauso wenig, wie sie sich verhindern lässt.»

Iris antwortete.

Klingt gut. Ich stifte den Wein. Bis dann x

Den Samstagnachmittag verbrachte sie so wie immer. Sie lag lange in der Badewanne, las ein paar Kapitel und scrollte ein bisschen auf Facebook und konnte nichts gegen den neidischen Stich tun, den sie spürte, als sie sah, dass ihre ehemalige Kommilitonin Emma Kemp auf den Bahamas geheiratet hatte und Suzie Leonard die Geburt ihrer Zwillinge verkündigte. Ihr war klar, dass Suzie höchstwahrscheinlich gerade ihre ganz eigene Form der Hölle durchmachte und dass das hübsche Bild, auf dem sie lächelnd ihre Babys präsentierte, nur ein Schnappschuss war. Sie wusste auch, dass Emma einen Mann namens Gavin Brenna geheiratet hatte und jetzt, falls sie seinen Namen angenommen hatte, lächerlicherweise Emma Brenna hieß. Trotzdem, die sozialen Medien hatten etwas an sich, das den gesunden Menschenverstand quasi außer Kraft setzte. Man nahm den größten Mist für bare Münze, nur weil er auf Hochglanz poliert war.

Als Iris aus der Badewanne stieg, die Duftkerze ausblies und sich in ein weiches weißes Handtuch hüllte, erinnerte sie sich plötzlich an den Duschvorfall. Ungebeten, lebendig und schonungslos sprang ihr das Bild des halb nackten Hunter vor Augen. Sie schickte ein Stoßgebet zum Himmel, dass Geoff, der Facility-Manager, zu seinem Wort stand und am Montagmorgen als Erstes endlich die kaputte Lampe reparierte. Als sie ihn, ehe sie ins Wochenende ging, noch einmal angerufen hatte, hatte sein genervter Tonfall keinen Zweifel daran gelassen, dass er alles tun würde, nur um sie endlich loszuwerden. Womit Iris kein Problem hatte.

Um kurz nach sieben kam Diane mit einer großen Tüte vom Chinesen und einer Riesentafel Schokolade als Nachspeise. Iris nahm Teller und Weingläser aus dem Schrank, deckte den Couchtisch im Wohnzimmer und holte die Flasche Weißwein aus dem Kühlschrank, die sie vorhin kalt gestellt hatte.

«Hattest du einen schönen Tag?», fragte Diane.

«Ja, danke. Ich bin heute Vormittag zehn Meilen gelaufen. Ich bin am Verhungern.»

«Ach, stimmt, heute war ja Lauftag», Diane verzog das Gesicht, als hätte Iris eine alte Frau überfallen oder eine Katze erwürgt. Diane war strikt gegen jegliche Form von Sport, es sei denn, betrunken in ihrem Wohnzimmer zu tanzen, wenn sie denn mal eine Party gab, zählte als Sport. «Ich habe bis zehn Uhr geschlafen», sagte sie versonnen. «Dann war ich ein bisschen shoppen und habe mir ein Stück Kuchen gegönnt. Ehrlich, das solltest du auch mal versuchen.»

«Ich esse durchaus Kuchen», sagte Iris und versuchte, sich an das letzte Mal zu erinnern.

«Das meine ich nicht. Ich meinte den ganzen Tag. Dir einen Tag nur für dich zu gönnen.»

«Joggen tue ich für mich.»

Diane sah sie an, als würde sie Chinesisch sprechen. «Manchmal frage ich mich, wie es sein kann, dass wir so gut befreundet sind.»

«Weil wir beide Technik lieben, aber die wenigsten Technikfreaks ausstehen können?», witzelte Iris.

«Stimmt», sagte Diane. «Das war's. Volltreffer.»

Diane öffnete eine der Schachteln und löffelte sich Gemüse mit Sojasoße auf den Teller. Sie trug eine Art Satinschlafanzug mit Leopardenmuster. Die Lederjacke hatte sie über eine Stuhllehne gehängt. Die Haare, eine Mischung aus glatt und lockig und wellig und krisselig, trug sie offen, das Blond war inzwischen fast völlig grau. Wenn Iris in diesem Aufzug das Haus verlassen würde, ganz zu schweigen davon, so beim Chinesen aufzukreuzen, würden die Leute glauben, sie wäre verrückt geworden, aber bei Diane war das einfach nur sehr … Diane-mäßig. Iris vermutete, dass Menschen Entscheidungen viel seltener anzweifelten, wenn man wirklich dazu stand.

«Wie läuft es mit Mr Handsome?», fragte Diane und schob sich eine Gabel Gemüse in den Mund.

Iris öffnete den Wein und schenkte ihnen ein. «Mit wem?»

«Mit Mr Handsome? Dem Sahneschnittchen? Dem Oberschnucki?» Diane ließ die Augenbrauen tanzen. «Wir brauchen einen Decknamen.»

«Wir brauchen definitiv keinen Decknamen.»

«Aber du weißt, von wem ich spreche, ja?» Diane grinste selbstgefällig, als hätte sie gerade ein Spiel gewonnen, von dem Iris nicht gewusst hatte, dass sie es spielten.

«Ja», antwortete sie. «Aber nicht weil deine Umschreibungen zutreffend wären.»

«Dann bist du in der ganzen Firma mit Sicherheit die Einzige, die das so sieht.»

Iris zuckte die Achseln. «Ist mir jedenfalls nicht aufgefallen. Wahrscheinlich zu viel zu tun.»

«Ist es doch, meine Liebe», sagte Diane ungerührt. «Jedenfalls, ich wollte etwas mit dir besprechen.» Sie setzte den Teller ab. Offensichtlich war das, was sie zu sagen hatte, so wichtig, dass es keine Ablenkung duldete.

«Okay?» Iris drehte sich zu ihr.

«Kannst du dich an meinen Cousin Max erinnern?»

Iris musste kurz überlegen. Der abrupte Themenwechsel kam überraschend. «Der, den ich auf deiner Geburtstagsfeier kennengelernt habe?»

Das war inzwischen fast zwei Jahre her. Diane hatte bei sich zu Hause ihren neunundvierzigsten Geburtstag gefeiert, weil sie, wie sie sagte, auf den fünfzigsten keine Lust hatte. Es waren jede Menge Leute da gewesen – viele neue Gesichter, tolles Essen, und der Alkohol floss in Strömen. Iris hatte sich Patrick und Meera angeschlossen, die sie von der Arbeit kannte. Sie hatte Meera gemocht. Die junge Frau hatte bei ihnen eine Ausbildung zur Elektrotechnikerin gemacht, die Firma aber danach wieder verlassen. Iris hatte ein paar Gläser Wein getrunken, die ihr heftig zu Kopf gestiegen waren. Sie meinte, sich vage an einen Mann namens Max zu erinnern, ungefähr in ihrem Alter, mit blonden gewellten

Haaren und einem T-Shirt, auf dem das Periodensystem abgedruckt war. Iris hatte es cool gefunden, sich aber nicht getraut, ihm das zu sagen.

«Ja, genau der. Er war ein paar Jahre in London und ist vor Kurzem wieder in die Gegend gezogen. Er unterrichtet an der Morton Academy. Ich weiß, du hast gesagt, du wärst noch nicht wieder bereit, jemanden kennenzulernen, aber das wäre hier ja gar nicht der Fall. Du kennst ihn schon. Deshalb dachte ich, ich könnte da was für euch arrangieren. Falls du Interesse hast?» Diane sah sie erwartungsvoll an.

«Habe ich nicht.» Iris musste über Dianes Vorschlag gar nicht erst nachdenken.

Diane ließ sich nicht so leicht abwimmeln. Mit gespieltem Entsetzen riss sie die Augen auf. «Warum das denn? Was stimmt nicht mit Max?»

«Nichts», antwortete Iris. «Nichts stimmt nicht mit Max. Jedenfalls nichts, was ich in der Viertelstunde hätte rausbekommen können, in der wir uns unterhalten haben.»

Es war laut gewesen. Musik und Stimmengewirr und Gläserklingen und lachende Menschen. Iris hatte sich nah zu ihm beugen müssen, um zu verstehen, was er sagte, und sie konnte sich vage an das Gefühl seines warmen Atems auf ihrer Haut erinnern. Sie hatte es nicht gemocht.

«Komm schon, du hast dich fast den ganzen Abend mit ihm unterhalten. Er mochte dich, aber damals lebte er einfach zu weit weg. Als er wiederkam, hat er sich nach dir erkundigt.»

«Wahrscheinlich wollte er nur höflich sein.»

Diane schüttelte lächelnd den Kopf. «Nein. Er ist an dir interessiert. Definitiv.»

«Ich fühle mich geschmeichelt. Trotzdem. Nein danke.»

«Iris», sagte Diane ein bisschen entnervt. «Du darfst dich wieder mit Männern treffen, weißt du?» Sie legte Iris mitfühlend die Hand aufs Knie und drückte es leicht.

«Weiß ich. Aber ich will nicht. Jedenfalls noch nicht.»

Diane beugte sich vor und griff zu ihrem Glas.

«Ich finde, du solltest dir das noch mal überlegen. Länger als null Komma fünf Sekunden, meine ich. Ich finde, ihr würdet gut zusammenpassen – beide blond, beide zierlich. Beide auf niedliche Weise nervig.»

«Ich glaube nicht, dass Partner wie Zwillinge aussehen sollten», widersprach Iris. «Und außerdem: Seit wann findest du mich nervig?»

Diane grinste. «Auf niedliche Weise. Was ich sagen wollte, ihr würdet einander ergänzen. Sag wenigstens, dass du darüber nachdenkst, okay?»

«Ich werde darüber nachdenken», sagte Iris tonlos. Sie gab sich nicht mal die Mühe, überzeugend zu klingen, aber das war Diane egal.

Sie hob das Glas. «Auf … neue Erfahrungen», sagte sie.

Iris stieß mit ihr an und sprach ihr nach: «Auf neue Erfahrungen.»

8

Iris stand im Supermarkt vor dem Kühlregal. Seit fünf Minuten diskutierte neben ihr in zunehmender Lautstärke ein Pärchen, und Iris kam nicht an den Joghurt ran. Die beiden waren kurz davor, sich ernsthaft zu streiten, was Iris ziemlich nervte, doch auch sie kannte das ungeschriebene Gesetz hinsichtlich der Einmischung bei einem sich streitenden Paar: Man tut es nicht. Also wartete Iris darauf, dass sie weiterzogen, und nahm währenddessen Produkte unter die Lupe, die sie nicht interessierten. Der Mann hatte offensichtlich etwas getan, was die Frau verletzt hatte, denn sie sah aus, als hätte sie geweint. «Können wir das jetzt bitte einfach vergessen?», fuhr sie ihn an, wobei ihr Tonfall verriet, dass sie, was auch immer er getan hatte, mit Sicherheit nie vergessen würde.

Der Mann seufzte laut und ließ die Schultern hängen. Iris machte ein paar zögerliche Schritte auf sie zu, in der Hoffnung, dass sie die Botschaft verstanden und weitergingen. Doch das passierte leider nicht, also blieb sie einfach stehen, wo sie war.

«Baby, können wir bitte irgendwohin gehen und in Ruhe darüber reden? Bitte!», sagte der Mann flehend.

«Ich ...», fing die Frau an und schaute zu Boden. «Ich weiß nicht, was ich sagen soll, Chris. Ich weiß es wirklich nicht.»

Iris verlagerte unbehaglich das Gewicht und fragte sich,

ob sie aufgeben und gehen sollte. Die Frau sah traurig aus, sie kämpfte eindeutig mit den Tränen, und der Anblick war sehr unbehaglich.

«Komm jetzt, wir setzen uns irgendwo hin und trinken was oder gehen ein paar Schritte. Bitte», flehte der Mann wieder.

Die Frau seufzte schwer und machte eine entnervte Geste. «Ich hab diesen ganzen Mist so satt. Ich bin diese Streitereien so leid. Ich habe die Schnauze voll davon, die Schnauze voll zu haben!»

Ihre Worte riefen in Iris etwas wach: eine alte Erinnerung, vergraben unter der tonnenschweren Last von allem anderen, was danach geschehen war. Es war wie ein elektrischer Schlag, und sie musste sich am Griff des Einkaufswagens festhalten. In ihrem Kopf hatte plötzlich nichts anderes mehr Platz.

Es war an einem warmen Samstagvormittag gewesen, der Himmel war klar und pastellblau. Iris hatte ihre Sachen ins Auto geräumt. Sie war auf dem Weg zu ihren Eltern gewesen, rauf nach Norden, ans Meer.

Sie hatte eine anstrengende Woche hinter sich gehabt und konnte sich noch immer an das belastende Gefühl erinnern. Sie hatten viel über irgendwelche Belanglosigkeiten gestritten, Elliott und sie. Schon seit geraumer Zeit war er reserviert und abwesend gewesen. Er hatte sich von ihr entfernt, und Iris hatte ihre ganze Energie darauf verwenden müssen, ihm hinterherzulaufen.

Nachdem sie mit Diane darüber gesprochen hatte – ein tränenreiches Gespräch hinter der verschlossenen Bürotür –, hatte sie beschlossen, Elliott den Freiraum zu geben, den er offensichtlich so dringend brauchte. Sie hatte nicht gewusst, was sie sonst hätte tun sollen.

«Am Montagabend bin ich wieder da», hatte sie zu ihm gesagt und war unsicher an der Haustür stehen geblieben, weil sie nicht mehr wusste, wie sie sich in der Gegenwart ihres eigenen Ehemanns verhalten sollte.

«Musst du nicht arbeiten?», hatte er gefragt.

Sie hatte den Kopf geschüttelt. «Nein. Ich habe mir Urlaub genommen.»

Elliott hatte die Hände in den Hosentaschen vergraben, als würde er möglichst viel von sich vor ihr verstecken wollen. Mit gesenktem Kopf hatte er vor ihr gestanden, ohne sie anzusehen.

«Willst du mich verlassen?», hatte er schließlich gefragt, noch immer nicht in der Lage, den Blick zu heben.

«Ich weiß nicht, was passieren wird, Elliott. So kann es jedenfalls nicht mehr weitergehen, oder? Ich habe es satt. Ich habe es satt, dieses Gefühl, uns beide tragen zu müssen. Wenn du nicht mehr hier sein willst – nicht mehr bei mir sein willst – dann nutz die Gelegenheit. Verlass mich.» Zögernd hatte Iris vor ihm gestanden und mit den Tränen gekämpft. «Alles andere können wir später regeln.»

Elliott hatte sie erschrocken angesehen. «Iris … das … nein, das doch nicht. Das will ich nicht, ganz und gar nicht.»

«Du bist so … so distanziert. Ich glaube …» Daraufhin hatte Iris tief Luft geholt und sich dafür gewappnet, auszusprechen, was hoffentlich nicht stimmte. «Ich glaube, du liebst mich nicht mehr.»

Elliott hatte einen großen Schritt auf sie zugemacht, ihr

die Hände auf die Schultern gelegt und sie unverwandt angesehen.

«Nein! Nein!» Seine Stimme war brüchig gewesen. Ihm waren die Tränen gekommen. Er hatte den Kopf geschüttelt, immer und immer wieder. «Das ist es doch gar nicht!»

«Was ist es dann? Rede mit mir. Was immer auch los ist, wir können versuchen, das wieder hinzukriegen.»

Sie hatte zu viel gesagt. Ihn zu sehr bedrängt. Elliott hatte sie losgelassen, war sich durch die Haare gefahren und hatte die Hände wieder in den Hosentaschen vergraben.

«Wir sprechen, wenn du wieder zu Hause bist, ja?» Aber er hatte verzagt geklungen, ohne jede Zuversicht, und als Iris losgefahren war und ihren Tränen endlich freien Lauf gelassen hatte, hatte sie sich gefragt, ob sie noch einen Ehemann haben würde, wenn sie wieder nach Hause kam.

Die Frau im Supermarkt hatte angefangen zu weinen und Iris aus ihren Erinnerungen geholt. Der Mann war nicht in der Lage, sie zu trösten. Iris hielt den Griff des Einkaufswagens so fest umklammert, dass ihre Knöchel weiß hervortraten. Sie hatte gerade durchgeatmet und sich endgültig zum Gehen gewandt, als eine vertraute Gestalt durch die automatischen Eingangstüren trat, so groß, dass sie sich fast den Kopf am Rahmen stieß. Die Größe, die breiten Schultern, die dichten dunklen Haare, die ellenlangen Beine, das konnte nur einer sein.

Hunter Monroe.

Wer auch sonst? Er war einfach überall. Iris sah ihn nach einem Korb greifen und auf die Sonderangebote zusteuern. Sie biss sich auf die Unterlippe und spürte, wie sich alles in ihr verspannte. Sie durfte ihm auf keinen Fall über den Weg laufen. Die Vorstellung, schon wieder in ein Hickhack zu geraten, war unerträglich. Schlimm genug, dass er ihr bei der Arbeit und im Park ständig auf die Pelle rückte – ihr Supermarkt war tabu.

Sie lenkte den Wagen um das streitende Pärchen herum und wich einem älteren Herrn aus, aus dessen Korb ein langes Baguette ragte. Im Laufschritt durchquerte sie den hinteren Bereich des Ladens und bog am Alkohol scharf rechts ab. Sie würde noch mehr Zeit damit vertrödeln müssen, sich die Etiketten von Dingen anzusehen, die sie nicht kaufen wollte, diesmal eben Wein. Wenn sie ganz vorne beim Whisky ein bisschen den Hals reckte, hätte sie die Kassen im Blick. Sie würde abwarten, bis Hunter gegangen war, und dann endlich ihren Einkauf beenden; vielleicht hätte das Pärchen dann ja auch endlich das Joghurtregal wieder freigegeben.

Iris spazierte ein paarmal den Gang auf und ab und ließ den Blick über Bier und Gin schweifen. Dann nahm sie den Weißwein in Augenschein und überlegte, während sie den Zeigefinger übers Regal streifen ließ, ob sie für Dianes nächsten Besuch eine Flasche besorgen sollte. Sie nahm einen Chardonnay zur Hand und studierte das Etikett.

«Iris?»

Erschrocken drehte sie sich um. Fast wäre ihr die Flasche aus der Hand gerutscht. Vor ihr stand eine Frau, den eleganten grauen Mantel bis zum Kragen zugeknöpft. Sie hatte lange dunkelbraune Haare, die ihrem schmalen Gesicht schmeichelten, und hielt einen vollen Einkaufskorb in der Hand.

«Ich bin's ... Emma.» Sie tippte sich auf die Brust.

«Emma!», rief Iris so begeistert sie konnte. «Aber ja! Wie geht es dir?»

Iris hatte Emma seit Jahren nicht gesehen, abgesehen von den Hochzeitsfotos auf Facebook. Emma Brenna.

«Gut, gut! Total gut geht's mir!» Emma hielt Iris die linke Hand hin. «Ich habe letzten Monat geheiratet! Wir sind gerade aus den Flitterwochen zurück.»

«Wow, ich gratuliere. Das ist ja wunderbar.» Iris hatte plötzlich eine sehr trockene Kehle. Sie musste schlucken. Ihre Handflächen waren schweißnass, und die Flasche drohte ihr aus der Hand zu rutschen. Schnell legte sie den Wein in den Einkaufswagen. Emma strahlte sie an, als würde sie sich tatsächlich freuen, dass sie sich über den Weg gelaufen waren.

Es waren Kleinigkeiten, die Iris sagten, dass Emma nichts von Elliott wusste. Ihr völlig sorgloser Blick. Die unbefangene Art, über ihr Leben zu sprechen, ohne bestimmte Themen zu meiden. Iris räusperte sich vorsorglich. Sie wusste, dass Emma sie nach ihrem Leben fragen würde. *Es ist okay*, sagte sie zu sich. Wahrscheinlich erinnerte Emma sich nicht mal mehr an Elliott – das zwischen ihnen war damals alles noch so neu gewesen.

«Und bei dir, Iris?», fragte Emma. «Wie geht es dir? Was treibst du so?»

«Ich bin technische Ingenieurin», sagte Iris. Weil ihr klar war, dass das nicht reichte, fügte sie hinzu: «Ich bin Abteilungsleiterin bei Taylor and Newton.»

«Ach, stimmt, die machen Parfum, oder?»

Iris nickte. «Richtig.»

«Wow, das klingt toll! So glamourös, Iris, wie schön für dich!» Weil Iris keine Lust hatte, Emma die Illusion zu rauben, lächelte sie nur. Emma verstand es als Einladung weiterzufragen. «Bist du verheiratet? Hast du Kinder?»

Iris konnte spüren, wie sich unwillkürlich ihr Gesichtsausdruck veränderte. Obwohl sie auf die Fragen gefasst gewesen war, trafen sie Iris trotzdem jedes Mal wie Peitschenhiebe und erinnerten sie an alles, was sie verloren hatte. Unwillkürlich schüttelte sie den Kopf. Plötzlich spürte sie eine Hand auf der Schulter.

«Wir müssen langsam weiter, wenn wir den reservierten Tisch nicht verlieren wollen.» Iris drehte sich perplex um. Neben ihr stand Hunter, einen weinroten Schal über dem dunkelgrauen Mantel. Er lächelte, ein offenes, strahlendes Lächeln, das Emma ebenso zu entwaffnen schien wie sie selbst. Er legte Iris den Arm um die Schulter, es fühlte sich stark an und beruhigend, und sein inzwischen vertrauter Geruch hüllte sie ein wie eine warme Decke.

«Hallo», sagte er zu Emma. «Ich bin Hunter.»

Emma stand das Erstaunen offen ins Gesicht geschrieben. «Hi, ich bin Emma.» Sie winkte etwas albern mit der freien Hand und steckte sie, als ihr bewusst wurde, was sie tat, eilig in die Manteltasche. Iris sah, wie ihr die Röte den Hals hinaufkroch bis in die Wangen.

Hunter sah auf die Uhr. «Es tut mir wirklich leid, aber ich muss Iris jetzt entführen. Wir sind spät dran.»

«Nein, nein, alles gut! Wie schön, dass wir uns getroffen haben, Iris. Ja, und Hunter … wie schön, dass wir uns getroffen haben», stammelte sie.

«Ebenfalls», sagte Hunter. Seine Stimme dröhnte in Iris' Ohr. Er setzte sich in Richtung Kassen in Bewegung und nahm Iris einfach mit. Sie folgte ihm verdattert. Er steuerte auf eine leere Kasse zu und machte sich daran, seinen Korb aufs Band zu leeren. Iris stand einfach nur da und sah zu, unfähig, sich zu bewegen.

«Äh, was bitte war das?», fragte sie schließlich.

Hunter ging an Iris vorbei, um seinen Korb abzustellen. Als er einen Schritt zurück machte, streifte er sie. Er fing an, ihren Einkaufswagen auszuräumen, und legte ihre paar Artikel direkt hinter seine aufs Band. Iris schaute immer noch zu. Als er fertig war, wandte er sich zu ihr um.

«Was war was?», fragte er.

«*Das*!», zischte sie. «Gerade eben?» Sie drehte sich verstohlen um, um zu schauen, ob Emma außer Hörweite war, und stellte erleichtert fest, dass sie nirgends zu sehen war.

«Ach so, Entschuldigung, wollten Sie lieber bleiben und sich noch ein bisschen von Emma grillen lassen?»

Iris hielt sich an ihrem Wagen fest und antwortete nicht. Hunter ging an der Kasse vorbei zum anderen Ende und fing an, seine Sachen einzupacken. Sie sah, wie er die Kreditkarte aus dem Geldbeutel holte und auf das Lesegerät legte, bis es piepte. Sie sah, was er tat, aber ihr Hirn konnte es nicht richtig verarbeiten. Diese Situation war viel zu schräg.

Hunter stellte seine Einkäufe in Iris' Wagen, zog ihn zu sich her und machte ihr Platz. Während sie bezahlte, packte er auch ihre Sachen ein, nahm den Wagen und schob ihn durch die Schiebetür hinaus auf den Parkplatz. Iris eilte ihm nach.

«Was tun Sie denn?», fragte sie und versuchte, mit ihm Schritt zu halten. Auf dem Parkplatz wehte ein ungemütlicher Wind.

«Ihren Wagen schieben», antwortete er ungerührt.

«Aber ... weshalb? Ich habe Sie da drin nicht gebraucht und ich brauche Sie definitiv nicht, um meinen Wagen zu schieben.» Sie wollte nach dem Griff greifen und erwischte stattdessen seine Hand. Er drehte sich zu ihr um und grinste so anzüglich, dass Iris losließ.

«Ich parke da drüben ...» Sie deutete nach links.

Er blieb stehen. «Möchten Sie, dass ich Ihren Wagen für Sie zum Auto schiebe, oder möchten Sie lieber noch mal versuchen, meine Hand zu halten?»

Iris holte scharf Luft. «Wieso beantworten Sie meine Frage nicht?»

«Welche Frage?»

An ihrem Auto blieb Iris stehen, und er schob den Wagen auf sie zu. Sie nahm ihn entgegen und schaute Hunter misstrauisch an.

«Warum haben Sie das getan? Warum haben Sie so getan, als hätten wir gemeinsame Pläne?»

«Falls es die Lüge ist, die sie stört, können wir gerne gemeinsam irgendwo zu Mittag essen.» Er sagte es achselzuckend, als wäre nichts dabei, als hätte er nicht gerade dafür gesorgt, dass Iris' Herz plötzlich einen Schlag aussetzte.

«Sie weichen meiner Frage aus!», fuhr sie ihn an.

Auf seinem Gesicht zeigte sich ein Ausdruck, den sie noch nicht kannte, ein Ausdruck, der Emma gefehlt hatte. Es wirkte fast wie Anteilnahme.

«Hören Sie.» Er straffte die Schultern und schob die Hände in die Taschen. «Ich kenne das. Als meine Ex-Frau und ich uns trennten, wollte ich auch nicht darüber sprechen. Vor allem nicht mit alten Bekannten, die nur mal schnell einen kurzen Überblick über mein Leben wollten. Ich habe Ihr Gespräch zufällig mitbekommen, und es kam mir vor wie das Echo von all dem, was ich damals über mich ergehen lassen musste. Ich hoffte dabei jedes Mal so sehr auf einen Ausweg. Darauf, dass irgendwer mich einfach am Arm nahm und mich vor der nächsten beschissenen Unterhaltung bewahrte, in der ich entweder gezwungen war zu lügen oder etwas preiszugeben, das niemanden etwas anging.»

Iris räusperte sich. Zu hören, dass Hunter verheiratet gewesen war, dass er eine *Ehefrau* gehabt hatte, machte ihn plötzlich irgendwie ... menschlicher, weniger superheldenhaft. Sie hätte ihn gern gefragt, was passiert war. Sie wollte mehr über seine Ex-Frau erfahren. Sie fragte sich, ob seine gescheiterte Ehe in seinem Leben auch ein klaffendes Loch hinterlassen hatte. Ob er auch an den unmöglichsten Stellen Schmerzen spürte.

Doch stattdessen starrte sie ihn nur mit offenem Mund an.

Als das Schweigen schließlich unangenehm wurde, sagte er: «Vielleicht habe ich mich aber auch getäuscht. Vielleicht habe ich nur mein eigenes Unbehagen auf Sie projiziert.»

«Nein», sagte Iris schnell. «Sie haben sich nicht getäuscht. Das Gespräch war mir sehr unangenehm, und ich wollte es nicht führen.»

«Die Menschen denken sich nichts dabei. Ihnen ist nicht klar, wie sehr sie andere mit ihren Fragen verletzen können.» Kurz zog etwas wie Traurigkeit oder Schmerz über sein Gesicht. Iris hätte ihn gerne gefragt, ob er aus Erfahrung sprach, aber sie riss sich zusammen. Hunter war nicht ihr Freund.

«Nein», sagte sie nur. «Wahrscheinlich nicht.»

Er warf einen Blick über ihre Schulter und machte einen Schritt auf sie zu. Sie konnte die Wärme spüren, die von ihm ausging.

«Machen Sie den Kofferraum auf», sagte er mit gesenkter Stimme.

«Wie bitte?»

«Da kommt Emma. Machen Sie den Kofferraum auf.»

Iris sperrte auf und öffnete den Kofferraum. Hunter räumte die Tüten aus dem Wagen und stellte sie nebeneinander. Iris hörte Schritte über den Asphalt eilen. Emma kam eindeutig auf sie zu.

«Iris?», rief sie von Weitem. «Was ich noch sagen wollte – ich treffe mich heute Abend mit ein paar Leuten von der Uni. Im *Lakehouse*. Kommt doch auch.»

«Äh … also …» Iris konnte nicht denken. Sie sah Emma an, ihr offenes, warmes Gesicht, und wurde von einer Flut Erinnerungen an ihre gemeinsame Studienzeit überschwemmt. Emma und sie waren gut befreundet gewesen, aber sie hatten sich aus den Augen verloren, als Emma nach dem Studium zurück nach Northampton gezogen war. Vor einigen Jahren hatte Iris auf Facebook gelesen, dass Emma wieder in der Gegend lebte, weil Gavin hier arbeitete, und hätte sich fast bei ihr gemeldet. Doch dann hatte sie es doch nicht getan. Aus denselben Gründen, die sie auch jetzt zögern ließen. Übertriebene Vorsicht wahrscheinlich; das Bedürfnis, ihre schmerzhaften Geheimnisse zu beschützen.

«Ich glaube, wir haben schon was vor …» Iris drehte sich Hilfe suchend zu Hunter um und bereute es sofort. Er sollte nicht den Eindruck bekommen, sie wäre auf seine Hilfe angewiesen.

Kurz wirkte er verunsichert, hatte sich aber sofort wieder im Griff. Er lächelte gelassen. «Ganz wie du möchtest, Iris. Ich kann das auch absagen?» Emma hatte das Fragezeichen offensichtlich nicht gehört. Sie klatschte erfreut in die Hände, dass die Einkäufe in der Tasche, die an ihrem Ellbogen baumelte, klirrend zusammenstießen.

«Wunderbar!», rief sie. «Sagen wir, um sieben?»

Iris war sprachlos. Hatte sie gerade zugestimmt? Oder Hunter? Während sie noch versuchte, einen klaren Gedanken zu fassen, übernahm er bereits das Kommando.

«Bis später dann», sagte er selbstsicher.

Iris schaute Emma hinterher, wie sie ins Auto stieg. Als Hunter den Einkaufswagen weggebracht hatte, schaute er sie zögernd an, die Hände in den Manteltaschen. Sie sagten beide nichts. Hunter musterte sie forschend. Dann holte er tief Luft und sagte: «Könnte doch lustig werden, oder?»

«Lustig?», wiederholte Iris tonlos. «Was … ich … ich …», stammelte sie. Emma dachte, sie wären ein Paar, und jetzt sollte sie sich mit Leuten auf was zu trinken treffen, die sie seit Ewigkeiten nicht mehr gesehen hatte, und sich dabei auch noch natürlich und ungezwungen geben – mit diesem riesengroßen Externen an ihrer Seite. Nur dass Hunter bei dieser Scharade kein externer Berater wäre, sondern ihr … was? Freund? Lover? Iris legte sich die Hand aufs Herz und versuchte, sich zu beruhigen.

«Iris?» Sein Tonfall, dieser bestimmende Tonfall von ihm, der sie gleichzeitig provozierte und hellwach machte, unterbrach das Chaos in ihrem Kopf. Sie sah ihn an. «Das ist nur ein Drink», sagte er ruhig.

«Nein, nein …» Iris schüttelte den Kopf. Sie fing an, hin

und her zu laufen wie ein Tier im Käfig. Direkt vor ihm blieb sie stehen und schaute ihn an. «Ich schreibe ihr auf Facebook. Ich sage ihr, mir geht's nicht gut.»

Auf seiner Stirn erschien eine steile Falte. «Wenn dir das lieber ist», sagte er. Sie merkte, dass er das Du beibehalten hatte. «Aber ich glaube, es wäre gut für uns.»

«Für uns?» Ihre Stimme klang so schrill, dass Iris sie selbst nicht erkannte.

«Wieso nicht? Es kann nicht schaden, wenn wir einander etwas besser kennenlernen. Schließlich werden wir eng zusammenarbeiten.»

«Ja, noch drei Wochen lang», widersprach sie.

Hunter schürzte blinzelnd die Lippen, und die lachhaft langen Wimpern warfen tatsächlich Schatten auf seine Wangen. Iris schlug sich stöhnend die Hände vors Gesicht.

«Kein Druck», sagte er. «Es tut mir leid, wenn ich übergriffig war. Ich wollte nur helfen.» Es klang aufrichtig, aber das konnte nichts gegen das flaue Gefühl in ihrer Magengegend ausrichten.

Sie ließ die Hände sinken. «Nein, nein, das ist es nicht. Es ist nur ... das wären alles Leute von früher, mit denen ich mal gut befreundet war, die mich fragen würden, ob ich verheiratet bin und Kinder habe, weil sich daran offensichtlich mein Wert als Frau misst.»

«Die Meinung anderer Menschen spiegelt nicht wider, wer wir sind», sagte Hunter. «Außerdem wäre ich ja dabei. Ich bin freundlich, liebenswert, mit einem wunderbaren Allgemeinwissen ausgestattet. Es gibt sogar Menschen, die behaupten, ich wäre attraktiv.»

Iris musste lächeln. «Wer sagt denn so was?»

«Meine Mutter», antwortete er trocken.

«Aha ... also *ein* Mensch, Einzahl?»

Sie musterte ihn einen Moment. Der Wind zerzauste seine Haare. Sie wurde nicht schlau aus ihm. Warum hatte er ihr geholfen? Warum wollte er ihr unbedingt weiter helfen? In ihrer Magengegend meldete sich ein seltsames Gefühl, gerade als würde sie entweder schweben oder fallen. Was von beidem, wusste sie nicht genau.

«Hübscher Schal», sagte sie schließlich.

Er strich stolz mit der Hand darüber. «Ja, ich hatte insgeheim gehofft, dir über den Weg zu laufen, um dir zu demonstrieren, wie so ein Schal eigentlich getragen wird.»

«Hast du dazu auch die weinroten Socken angezogen?»

«Mist! Vergessen.» Er beugte sich über den Kofferraum und nahm seine Einkäufe heraus. «Gibst du mir deine Adresse?», fragte er.

«Wozu?»

«Weil ich dann nicht raten muss, wo ich dich heute Abend abholen soll.»

Iris zögerte. Sie atmete durch. Dann traf sie eine Entscheidung, so spontan, dass sie sich an die Iris von früher erinnert fühlte, zuversichtlich und sorgenfrei. «Ich fahre. Ich bin um achtzehn Uhr fünfundvierzig vor deinem Hotel.»

9

Iris fragte sich, ob sie gerade einen Herzinfarkt bekam. Ihr Brustraum fühlte sich seltsam eng an, ihr Herz raste. Sonntags ging sie eigentlich nicht laufen, trotzdem hatte sie eine schnelle Runde durch den Park gedreht, um die Nervosität loszuwerden. Sie war fest entschlossen gewesen abzusagen, nur um festzustellen, dass sie von Hunter keine Telefonnummer hatte, und sie war sich nicht sicher, ob er sonntags seine E-Mails las. Kurz überlegte sie, auf dem Rückweg bei ihm im Hotel vorbeizuschauen, aber sie hatte Angst, dass er sie dann für verrückt hielt. Oder sich belästigt fühlte. Den externen Gutachter gegen sich aufzubringen, wäre keine gute Idee.

Das *Lakehouse* war ein Pub vor den Toren Nottinghams, ein altes Steinhaus mit schönem Blick über den See. Iris war erst einmal dort gewesen, mit Emma und ein paar anderen aus ihrem Jahrgang. Emma hatte ein Jobangebot gefeiert und als Studentinnen mit wenig Geld hatten sie das *Lakehouse* etwas protzig gefunden. Aber es war ein toller Abend gewesen. Die Vorstellung, an einen Ort zurückzukehren, der sich anfühlte wie aus einem vollkommen anderen Leben, war überwältigend.

Um kurz nach halb sieben lief Iris nervös und rastlos in ihrem Wohnzimmer auf und ab. Sie hatte sich für schmale Jeans, eine schwarze Seidenbluse und Stiefel mit Absätzen entschieden. Sie hatte sich die Haare geföhnt, um die wilden

Locken ein bisschen zu zähmen, und ein wenig Make-up aufgelegt. Es war ein heikler Balanceakt gewesen: der Wunsch,
sich für ihre alten Freundinnen hübsch zu machen, und
gleichzeitig bei Hunter nicht den Eindruck zu erwecken,
ihre Bemühungen würden ihm gelten. Sie redete halblaut
vor sich hin. «Es ist nur ein Drink. Nur ein Drink. Alles wird
gut.» Doch sie kaufte sich ihre Beschwichtigungen selbst
nicht ab.

Sie warf einen letzten Blick in den Spiegel, legte Lipgloss
auf, griff zur Handtasche und verließ das Haus.

Ihr Nachbar David kehrte gerade von seiner Abendrunde
zurück. Beau trug einen langen Ast im Maul. David wirkte gedankenverloren und registrierte sie nicht sofort, doch
beim Klang der ins Schloss fallenden Haustür hellte sich seine Miene auf.

«Iris!» Er lächelte. «Gehen Sie aus?»

«Nur auf einen Drink mit ein paar alten Freundinnen»,
antwortete sie und schloss ab.

«Na dann viel Spaß.»

Mit den Gedanken woanders, erwiderte Iris mechanisch
sein Lächeln, stieg ins Auto, ließ den Motor an und fuhr im
Schneckentempo zum *Radcliffe Hotel*.

Hunter wartete schon auf sie, die Hände in den Manteltä-
schen. Er trug ein hellgraues Hemd und eine Jeans. Er faltete
seinen langen Körper zu ihr ins Auto, und Iris registrierte,
wie nah sein rechtes Knie dem Schaltknüppel kam.

«Hallo», sagte er und schnallte sich an. «Ist alles okay?»

«Ja», antwortete sie angespannt. Sie hielt sich am Lenkrad fest wie an einem Rettungsring. Sie müsste jetzt den
Schaltknüppel betätigen, den ersten Gang einlegen, aber sie

bezweifelte, dass das möglich war, ohne Hunters Bein zu berühren.

«Sicher?»

Er wandte sich ihr zu und musterte sie zweifelnd, und Iris wurde klar, dass sie höchstwahrscheinlich aussah, als wäre ganz und gar nichts okay. Sie versuchte zu lächeln.

«Nervös?», fragte er, und in seiner Stimme klang keine Kritik mit, eher Besorgnis.

Fast hätte Iris abgewehrt, sie sei überhaupt nicht nervös. Sie hatte die Angewohnheit entwickelt, andere Menschen hinsichtlich ihrer Gefühle genauso zu belügen wie sich selbst, aber aus irgendeinem Grund schaffte sie es nicht und sagte stattdessen: «Ja.»

Hunter nickte, als hätte er nichts anderes erwartet, und Iris fühlte sich seltsam getröstet. Sie nahm allen Mut zusammen und schaffte es, den Gang einzulegen, wobei sie sein Bein nur minimal streifte. Sie setzte den Blinker und fuhr los. Die Fenster begannen zu beschlagen. Wahrscheinlich lag es an Hunters innerem Heizsystem, das in der Lage war, die Temperatur um ein paar Grad in die Höhe zu treiben. Sie schaltete die Klimaanlage ein, um die Windschutzscheibe freizubekommen, und die plötzliche Kühle jagte ihr einen Schauer über den Rücken.

«So», sagte Hunter und setzte sich möglichst bequem hin. «Was den heutigen Abend betrifft: Sind wir ein Paar?»

Iris stockte der Atem. Sie umklammerte das Lenkrad noch etwas fester.

«Wir müssen aber nicht gleich ... also, du weißt schon ...» Sie warf ihm einen hastigen Blick zu. Er zog die Augenbrauen hoch.

«Wir müssen aber nicht gleich *was*, Iris?»

Sie zögerte. «Zärtlichkeiten austauschen.»

«In Ordnung.»

«Ich meine, das würde ich auch niemals erwarten», sagte sie hektisch. «Ich wollte das alles überhaupt nicht, aber Emma geht offensichtlich davon aus, dass wir ein Paar sind, und jetzt weiß ich nicht, was ich machen soll.» Sie redete wie ein Wasserfall, viel zu schnell.

«Iris ...» Er klang sanft und beruhigend, und Iris spürte, wie die Anspannung in ihren Schultern ein bisschen nachließ.

«Ja?»

«Mach dir keinen Kopf. Betrachte es einfach als einen netten Abend unter Bekannten. Und wenn die glauben, wir wären ein Paar, dann ist das ihre Sache. Okay?»

Sie nickte. «Okay», wiederholte sie. «Okay.»

Zwanzig Minuten später parkten sie vor dem *Lakehouse*. Hunter hatte sich Mühe gegeben, die Zeit mit Small Talk zu füllen, doch Iris hatte es kaum geschafft, darauf zu reagieren. Sie konnte den tatsächlichen Grund seiner Anwesenheit nicht vergessen – in der Firma und in ihrem Leben. Unter dem Strich hatte Hunter eine Aufgabe zu erledigen. Er würde ein Urteil über ihre Leistung fällen, entscheiden, ob sie für die Firma von Nutzen war oder ob man auf sie verzichten konnte.

«Okay.» Sie stellte den Motor ab und umklammerte den Zündschlüssel. Das Metall bohrte sich in ihre Handfläche, und sie versuchte, sich mit diesem Gefühl von dem sehr viel unangenehmeren Toben in ihrer Magengegend abzulenken.

«Okay», wiederholte er. «Gehen wir also was trinken.»

Er ging voraus in den Gastraum mit offener Bar, unverputzten Steinwänden und Feuer im Kamin. Alles sah noch genauso aus wie in Iris' Erinnerung, und plötzlich wurde sie von einer Woge der Nostalgie überschwemmt. Sie gingen auf den Tresen zu, und Hunter legte ihr leicht die Hand auf den Rücken, ganz sanft, beinahe, ohne sie zu berühren.

«Was möchtest du trinken?», fragte er.

«Ich mache das», protestierte Iris, aber er warf ihr einen Blick zu, der keinen Widerspruch duldete, und trat an den Tresen.

Iris lenkte ein. «Dann bitte ein Glas Orangensaft», sagte sie.

Hunter bestellte, und während er bezahlte, hörte Iris jemanden nach ihr rufen. Sie drehte sich um und entdeckte am anderen Ende eine Gruppe von Leuten. Sie hob die Hand, winkte und blieb zögernd stehen, um auf Hunter zu warten.

«Wollen wir?», fragte er, ein Glas Saft in jeder Hand, und nickte zu dem Tisch in der Ecke.

Iris holte zitternd Luft, sah ihm kurz in die Augen und nickte.

★ ★
★

Iris merkte schnell, dass ein Großteil ihrer Sorgen unbegründet gewesen war. Niemand kam auf die Idee, sich nach Elliott zu erkundigen. Wahrscheinlich hatten sie den schüchternen und etwas seltsamen Mann tatsächlich längst wieder vergessen, den Iris quasi ganz am Ende ihres letzten Studienjahres kennengelernt hatte. Sie hatte noch nie zu denen gehört, die die sozialen Medien mit Einzelheiten aus ihrem Leben zupflasterten. Ihr Profilbild auf Facebook zeigte sie noch immer mit Abschlussrobe und Hut, und in ihrer Timeline war nichts zu finden außer ein paar Geburtstagsglückwünschen.

Emma, Steph und Laila hatten gemeinsam mit ihr studiert. Steph war eine direkte Kommilitonin gewesen, und Emma und Laila hatten mit ihnen in der WG gelebt. Emma hatte Gavin mitgebracht, aber Steph und Laila waren zu Iris' Überraschung Singles. Alle vier schienen sofort sehr an Hunter interessiert zu sein.

Iris fiel auf, wie charmant er sein konnte, wenn er wollte – er war entspannt und redselig, stellte interessierte Fragen und gab seinerseits bereitwillig Auskunft. Sie erfuhr tatsächlich eine Menge über ihn, saugte begierig sämtliche Details auf und speicherte sie ab wie kleine Geheimnisse. Sie redete sich ein, es sei wichtig herauszufinden, wie er tickte, um ihm möglichst professionell begegnen zu können, aber sie hatte den Verdacht, dass das nicht die ganze Wahrheit war. Je mehr sie über ihn erfuhr, desto mehr schien sie wissen zu wollen, und diese Erkenntnis überraschte und ängstigte sie gleichermaßen.

Hunter war beruflich viel unterwegs, hatte jedoch das Reisen langsam satt. Er besaß in London ein Haus, das er verkaufen wollte. Iris fragte sich, ob er die Wahrheit sagte oder schauspielerte. Sie hätte es ihm nicht verübelt, schließlich saß er wegen Vorspiegelung falscher Tatsachen überhaupt an diesem Tisch.

Hunters Leidenschaft für seine Arbeit wurde in dem Moment offensichtlich, als er anfing, darüber zu sprechen, und Iris stellte fest, dass sie ihm, wie die anderen auch, hingerissen lauschte. Was sie anfangs für Arroganz gehalten hatte, war etwas ganz anderes – bis auf einen winzigen Rest vielleicht. Es war Vertrauen in sich und in das, was er tat.

Eine Stunde verging wie im Flug. Hunter hielt ihr sein leeres Glas hin.

«Möchtest du noch was?», fragte er.

Iris zögerte nicht lange. «Ja bitte.»

Er fragte die anderen nach ihren Wünschen, stand auf und ging an die Bar. Gavin bestand darauf, ihn zu begleiten. Sobald sie außer Hörweite waren, beugten Emma, Steph und Laila sich mit glänzenden Augen über den Tisch.

«O Gott, Iris!» Laila presste die Handflächen auf die Tischplatte. «Wo hast du den denn aufgegabelt?»

«In der Firma.» Iris beschloss, so dicht wie möglich an der Wahrheit zu bleiben.

«In meiner Firma laufen solche Typen jedenfalls nicht rum», seufzte Steph. Sie griff geistesabwesend nach einem Bierdeckel und fing an, ihn zusammenzufalten, während sie träumerisch in Hunters Richtung schaute.

«Wo bist du gelandet?», fragte Iris in dem Versuch, das Gespräch zurück in sichere Bahnen zu lenken.

«Bei Fletcher's.» Steph verdrehte die Augen. «In der Herstellung. Seit sechs Jahren schon.»

«Er ... sieht einfach umwerfend aus!» Laila senkte verschwörerisch die Stimme.

Emma lachte. «Hey, das ist Iris' Freund!», sagte sie protestierend. Dann wandte sie sich an Iris. «Ach, entschuldige, ich habe dich gar nicht gefragt. Seid ihr verheiratet? Verlobt?»

In dem Moment kam Hunter zurück, und Iris konnte nicht antworten. Sie spürte seine Anwesenheit, ehe sie ihn sah. Sie wurde rot und schüttelte den Kopf. Sie hätte nicht gewusst, was sie sagen sollte.

«Irgendwann hoffentlich», sagte Hunter und setzte sich wieder. Sie merkte, dass er seinen Stuhl ein Stückchen näher an ihren gezogen hatte. Sein Arm berührte ihren Arm. Iris konnte seine Muskeln spüren, sie waren deutlich ausgeprägt und kräftig. Ein Arm zum Anlehnen.

«Hört, hört!», rief Steph.

Iris zog ihr Glas zu sich wie einen Schutzschild. Im Gegensatz zu ihr wirkte Hunter völlig ungekünstelt.

«Also gut», sagte er in seinem inzwischen vertrauten Befehlston. «Erzählt mal, wie war Iris an der Uni so?»

Iris fuhr entgeistert zu ihm herum und starrte ihn an, aber Hunter lächelte nur.

10

Noch eine Stunde später, nach einer weiteren Runde Getränke und viel zu vielen Geschichten über Iris' Studienzeit, löste das Grüppchen sich auf. Auf dem Parkplatz blieb Hunter stehen, den Blick auf den dunkel schimmernden See gerichtet. Sie beobachtete ihn. Die Laterne über ihnen beleuchtete sein Profil.

«Du hast wieder diesen Ausdruck im Gesicht», sagte sie.

Er drehte sich zu ihr um. «Welchen Ausdruck?»

«Denselben wie für den Mond.»

Hunter lachte. «Ich habe nur nachgedacht.»

«Worüber?» Iris machte einen Schritt auf ihn zu.

«Ich habe mir vorgestellt, wie eine einundzwanzig Jahre alte Iris versuchte, hier nackt zu baden.» Er nickte zum See.

Iris spürte, wie sie rot wurde, und schaute eilig weg. Sie hatte gewusst, dass ihr diese Geschichte auf die Füße fallen würde. Laila hatte einen Mordsspaß gehabt, sie zu erzählen, und Hunter hatte begeistert zugehört und dabei ein Gesicht gemacht, als hätte er den Jackpot gewonnen.

«Besteht eventuell die Möglichkeit, dass du die Geschichte einfach vergisst?»

«Ich will nicht mal so tun, als bestünde diese Möglichkeit.» Hunter ließ den Blick über den See schweifen. «Lust auf einen Spaziergang?», fragte er.

Entlang des Nordufers verlief ein Weg, der irgendwann im Gestrüpp endete. Man konnte nicht weit gehen, aber es war idyllisch. Der Abend war ziemlich kalt, doch die kühle Luft auf ihren Wangen war eine willkommene Abwechslung zu der Hitze im Pub. Sie hatte offensichtlich ein bisschen zu lange gezögert, denn Hunter sah sie stirnrunzelnd an.

«Wir können auch fahren, wenn dir das lieber ist.»

«Nein, komm, wir laufen ein Stück. Aber wenn du die Nacktbadesache noch einmal erwähnst, könnte es sein, dass du ins Wasser fliegst.»

Er schüttelte grinsend den Kopf. «Weißt du, was? Das könnte es glatt wert sein.»

Iris nahm den Mantel vom Rücksitz und fragte sich, wie um alles in der Welt sie in dieser Situation gelandet war. Ein Spaziergang im Mondschein am See, mit einem Mann, von dem sie immer noch nicht sicher war, ob sie ihn mochte.

«Das lief doch gar nicht so schlecht, oder?», fragte er, als sie losgingen. Unter Iris' Stiefeln knirschte der Kies.

«Finde ich auch.» Wieder war sie überrascht über ihre Offenheit.

«Deine Freundinnen scheinen wirklich nett zu sein», sagte er.

«Sie sind nett», antwortete sie. «Das ist nicht das Problem.»

«Was dann, wenn ich fragen darf?»

Sie erreichten das Ufer. Die Wasseroberfläche kräuselte sich unter einer leichten Brise. Sie bogen nach links ab und folgten im Schein der Laternen dem Spazierweg. Er war an manchen Stellen kaum breit genug für sie beide, und Iris stieß immer wieder gegen seinen Arm. Sie nahm sich einen Moment Zeit, um ihre Gedanken zu sortieren, ehe sie antwortete.

«Wir haben uns direkt nach der Uni aus den Augen verloren», sagte sie. «Als wir uns das letzte Mal sahen, dachte ich, ich hätte mein Leben auf der Reihe.»

«Im Gegensatz zu jetzt?»

Iris schüttelte den Kopf. Ihre Locken wehten im Wind. Sie schob sie sich hinter die Ohren, aber da blieben sie nicht.

«Na ja, vielleicht ist es auch gar nicht so erstrebenswert, immer alles auf der Reihe zu haben», sagte Hunter nachdenklich und schaute Iris an.

«Und das ausgerechnet aus deinem Mund», antwortete sie. «Du hast doch garantiert immer alles perfekt auf der Reihe, mit deiner eigenen Firma und deinen strahlend weißen Hemden, die keine einzige Knitterfalte haben.»

Hunter reagierte nicht. Der Weg endete im Gestrüpp, und Iris drehte um, aber er kam nicht mit. Mit hängenden Schultern und gerunzelter Stirn stand er da, während ihm der Wind in die Haare fuhr. Er strich sie mit den Fingern glatt und seufzte laut. Kurz meinte Iris, unter all dem Gehabe tatsächlich den Menschen zu entdecken – sah die Spalten in seiner Rüstung, die Risse in seinem Selbstvertrauen. Sie stellte sich vor ihn hin und schaute zu ihm hoch. Der Mond warf lange Schatten über sein Gesicht.

«Das ist ziemlich voreingenommen, Iris», sagte er.

Sie lachte. «Findest du?»

«Was glaubst du denn? Ich bin zweiundvierzig Jahre alt und geschieden und reise beruflich kreuz und quer durchs Land, nur um nicht nach Hause zu müssen.»

Iris zuckte zusammen. In seinen Worten lag etwas Wundes, eine Aufrichtigkeit, die sie nicht erwartet hatte. Sie erschauderte, und er trat auf sie zu, griff nach ihrem Mantelkragen und schlug ihn hoch, um sie vor der Kälte zu schützen. Seine Knöchel streiften ihr Schlüsselbein. Die Berührung hallte pulsierend in ihr wider. Sie wusste nicht, ob sie das Gefühl mochte. Es weckte etwas in ihr auf, das sich ein bisschen gefährlich anfühlte. Ihre Schutzwände bröckelten, drohten, ihr den Dienst zu versagen.

«Aber eines weiß ich», sagte er und kam noch näher. Iris hatte, ohne es zu merken, den Kopf in den Nacken gelegt und ihren Hals entblößt. Hunter ließ den Blick darüber gleiten, ehe er an ihren Lippen hängen blieb. Sie öffnete unwillkürlich den Mund, ihr Atem wurde flach und stockte in ihrer Kehle.

«Was denn?», fragte sie. Ihre Stimme war kaum mehr als ein Flüstern.

«Du hast in mir eine tiefe Traurigkeit wachgerufen ... Das war wie ein ...» Er dachte einen Moment nach. «Wie ein Weckruf.»

«Wie meinst du das?», fragte sie und spürte, wie sie sich zu ihm beugte, ganz leicht nur, um seine Hand zu berühren.

Plötzlich fing ganz in der Nähe etwas an zu vibrieren. Dann durchbrach ein schriller Klingelton die Stille, und Iris zuckte erschrocken zusammen.

«Verdammt.» Hunter zog das Telefon aus der Tasche und warf einen Blick auf den Bildschirm. «Da muss ich rangehen», sagte er.

Mit rasendem Herzen machte Iris einen Schritt zurück, brachte eilig etwas Abstand zwischen sich und ihn. «Natürlich.»

«Sekunde nur.» Er sah sich suchend um und hob den Zeigefinger. «Nur eine Sekunde», wiederholte er. Er trat zur Seite, zwischen die Büsche, weit genug, um ein bisschen Privatsphäre zu haben, aber sie konnte ihn trotzdem hören, wenn auch undeutlich.

«Hallo ... ja. Alles okay?»

Iris drehte ihm den Rücken zu und ließ den Blick über den See schweifen.

«Was haben sie gesagt?» Er klang aufgewühlt. Iris fragte sich, mit wem er da sprach und worum es gehen mochte. Sie riskierte einen Blick über die Schulter und sah, dass er sich mit gequältem Gesicht den Nacken massierte. Er hatte den Blick zu Boden gerichtet und kickte mit der Schuhspitze gegen etwas, das sie nicht erkennen konnte. Der Wind frischte auf und fuhr raschelnd durch die Blätter. Er wehte ihr die Haare ins Gesicht und trug Hunters Stimme mit sich fort. Sie wandte sich ab, zog den Mantel enger um sich und hörte, wie Hunter sich verabschiedete. Kurz darauf war er wieder bei ihr.

«Ich muss zurück», sagte er und presste die Lippen zusammen.

Iris spürte etwas tief in sich, ein Gefühl, das sie etwas zu sehr an Enttäuschung erinnerte.

«Ist alles in Ordnung?», fragte sie.

Er atmete tief ein und rieb sich das Kinn. «Jaja, alles in Ordnung», sagte er schließlich gepresst.

«Okay.» Iris musterte ihn. Offensichtlich war nicht alles in Ordnung, und offensichtlich wollte er ihr nicht sagen, was los war. Sie spürte einen Stich in der Herzgegend. Sie hatte sich ihm, wider besseres Wissen, geöffnet, war ehrlich zu ihm gewesen, hatte ihren Schutzschild gesenkt. Jetzt stand er vor ihr, eindeutig in Not, und weigerte sich, dasselbe zu tun. Iris kam sich vor wie eine Idiotin.

Sie wandte sich ab und setzte sich in Richtung Parkplatz in Bewegung. Er holte sie ein und ging neben ihr her.

«Iris, ich hoffe, ich habe dich nicht …»

«Alles gut», fiel sie ihm ins Wort. «Es wird sowieso langsam spät.» Sie räusperte sich. «Ich glaube, es ist am besten, wir belassen es dabei.»

Er schaute sie so intensiv an, dass ihre Haut zu prickeln begann.

«Wie du willst», sagte er.

«Ja. Wir sollten uns auf die professionelle Ebene beschränken.»

«Okay.»

Sie sah seine dunklen Augen vor sich, seinen Mund, seine vollen Lippen. Erinnerte sich an die Schmetterlinge in ihrem Bauch, an den Schauer, der ihr über den Rücken gelaufen war. Hätte er sie eben fast geküsst? Und hätte sie ihn gelassen? Bei der Vorstellung zuckte sie zusammen. Das wäre absolut unprofessionell gewesen. Ganz abgesehen davon, dass es nach Elliott ihr allererster Kuss gewesen wäre.

Bei dieser Erkenntnis überkam sie eine Welle der Übelkeit und riss all die warmen Gefühle mit sich fort, die vielleicht vorhanden gewesen waren. Nein, zu so etwas war sie definitiv nicht bereit, und schon gar nicht mit jemandem wie Hunter. Jemand, der die Macht hatte, sie bei Taylor and Newton für überflüssig zu erklären. Jemand, der in drei Wochen wieder weg wäre. Jemand, der, wie es aussah, genauso verschlossen war wie sie selbst.

11

Nach einer unruhigen Nacht kam Iris früh am Montagmorgen zur Arbeit. Sie hatte von Elliott geträumt, ein Traum, der auf einer Erinnerung fußte. Ferien in Griechenland, da waren sie noch nicht lange verheiratet gewesen, auf einer kleinen Insel, im Hafenbecken schwammen Schildkröten. In ihrem Traum war Elliott ins Wasser gefallen. Iris hatte um Hilfe gerufen, doch kein Laut war aus ihr herausgekommen. Ihre Kehle hatte sich vom verzweifelten Rufen wund angefühlt, sie versuchte verzweifelt, jemanden auf sich aufmerksam zu machen, aber niemand war in der Nähe.

Iris war schweißgebadet aufgewacht, mit rasendem Herzen, sämtliche Muskeln angespannt. Sie hatte ewig geduscht, hatte versucht, die Beklommenheit wegzuwaschen, die der Traum hinterlassen hatte, doch beim Betreten des Firmengebäudes hatte sie noch immer den unangenehmen Druck hinter den Rippenbögen gespürt.

Mit einer Tasse Kaffee und ihrem Laptop ging sie zum Montagsmeeting in den Besprechungsraum. Sie dachte, dass sie die Erste sein würde, und stellte überrascht fest, dass Diane schon am Tisch saß.

«Di, was machst du denn hier?»

«Wir haben Montagsmeeting?», sagte Diane. «Ich bin immer da.»

«Ich weiß, aber doch nicht so früh.» Iris schaute betont auf die Uhr. Bis zum Beginn der Besprechung waren es noch zwanzig Minuten, und aus Erfahrung wusste sie, dass es dann noch mal zehn Minuten extra dauerte, bis sie tatsächlich anfingen.

«Ich war früher hier. Das Sahneschnittchen hat mich heute Morgen angerufen.» Diane beugte sich vor, stützte die Ellbogen auf den Tisch und legte das Kinn auf die gefalteten Hände. «Hatten wir uns auf *Sahneschnittchen* geeinigt?»

«Definitiv nicht. Was wollte er denn?» Iris gab sich Mühe, möglichst beiläufig zu klingen, aber sie fürchtete, dass ihr das nicht besonders gut gelang.

«Er kommt heute nicht rein. Irgendwas Privates.» Diane zuckte die Achseln. Iris war plötzlich hellwach. Sie wollte nachhaken, Iris löchern und sich gleichzeitig auf keinen Fall etwas anmerken lassen.

«Wow. Seine zweite Woche, und schon nimmt er sich einen Tag frei.»

«Iris!», ermahnte Diane sie. «Es klang wichtig.»

«Wirklich?»

Diane nickte. «Ja. Morgen ist er zurück. Mach dir also keine Sorgen.»

Iris schnaubte. «Weshalb sollte ich mir Sorgen machen?» Sie nahm den Kaffeebecher in die Hände, nur um etwas zu tun zu haben. Sie fühlte sich zappelig, wie unter Beobachtung.

«Keine Ahnung, Iris?», sagte Diane süffisant. Iris beschloss, sie zu ignorieren, und klappte den Laptop auf.

Die Besprechung zog sich in die Länge und war so, wie Iris es erwartet hatte: unnötig gedehnt und inhaltlich wahrscheinlich genauso gut in Form einer E-Mail vermittelbar. Nach der

Mittagspause wurde sie nach unten in die Fertigung gerufen. Es gab ein Problem mit einem der Bänder, das sie den Großteil des Nachmittags in Beschlag nahm. Sie versuchte, konzentriert zu bleiben, erwischte sich jedoch trotzdem immer wieder bei der Frage, wo Hunter stecken mochte.

Wieso hatte er sich freigenommen? Hatte es etwas mit dem Anruf vom Vorabend am See zu tun? Iris schloss die Augen, atmete durch und versuchte, alle Gedanken an Hunter zu verdrängen – was noch schwieriger wurde, als sie zufällig das Gespräch zweier Kolleginnen mitbekam. Offensichtlich gab es Gerüchte, nach denen das Management umstrukturiert werden sollte. Iris gab normalerweise nicht viel auf Büroklatsch, aber diese Aussage lastete wie eine dunkle Wolke auf ihr.

Nachdem sie Schluss gemacht hatte, betrat sie die Damenumkleide, um sich umzuziehen – sie ging fest davon aus, dass Geoff Wort gehalten hatte. Doch als sie mit einem stummen Gebet den Lichtschalter betätigte, blieb alles dunkel. Musste sie eben noch mal die stinkige Herrenumkleide benutzen.

Was bedeutete, dass sie auch am nächsten Morgen wieder die Herrendusche würde benutzen müssen und damit erneut das Risiko bestand, Hunter über den Weg zu laufen. Sie versuchte, den Schmetterlingen, die sich bei der Vorstellung, ihn wiederzusehen, in ihrem Bauch regten, keine Beachtung zu schenken. Der gestrige Abend war ein Versehen gewesen. Wenn sie ihm das nächste Mal begegnete, würde sie die professionellen Grenzen wieder herstellen. Sie würde einen Strich unter alles ziehen, was war, und abwarten, bis er wieder weg war.

Sie hoffte nur, dass sie noch einen Job hatte, wenn alles vorbei war.

Der Dienstag begann mit einem Wolkenbruch. Iris war etwa auf halber Strecke, als sich sämtliche Schleusen öffneten. Als sie endlich die Firma erreichte, zitterte sie vor Kälte und sehnte sich nach einer heißen Dusche. Wider alle Vernunft versuchte sie es mit der Damenumkleide, aber das Licht ging immer noch nicht. Seufzend und mit triefend nassen Haaren ging sie nach nebenan. Auf der Tür war kein Klebestreifen. Sie nahm sich fest vor, Geoff, sobald sie am Schreibtisch saß, eine gepfefferte Mail zu schicken.

Um kurz vor neun ging sie nach unten in die Fertigungshalle. Eine Routineprüfung stand auf dem Programm, und sie freute sich auf die erholsame Monotonie. Sie zog sich den weißen Overall an, rollte ihn an Ärmeln und Beinen ein Stück nach oben, stülpte sich das Haarnetz über die Locken und schob die losen Strähnen darunter.

Mit dem Klemmbrett in der Hand trat sie durch die Doppelglastür in den Flur, der zur Produktionshalle führte, und blieb wie angewurzelt stehen. Vor ihr stand Hunter Monroe. Er stand zwar mit dem Rücken zu ihr, aber sie erkannte ihn trotzdem sofort. Der Overall war ihm zu kurz und spannte über seinem Kreuz. Als Hunter hörte, wie die Glastür ins Schloss fiel, drehte er sich zu ihr um, musterte sie blitzschnell von oben bis unten.

«Wie ich sehe, hast du schon wieder mein Outfit kopiert», sagte er trocken.

Er schmunzelte verhalten und sah sie mit hochgezogener Augenbraue an. Iris reagierte nicht sofort. Sie hatte sich fest vorgenommen, sich nicht mehr provozieren zu lassen, sondern höflich und professionell zu bleiben. Sie umklammerte ihr Klemmbrett und zwang sich zu einem Lächeln.

«Guten Morgen.» Sie nickte knapp und ging an ihm vorbei.

Hunter zögerte keine Sekunde. Er folgte ihr durch die Schleuse in die von den Produktionsbändern gesäumte Fertigungshalle, in deren Mitte ein Schreibtisch stand. Drei Leute vom Betriebspersonal standen an den Bändern, zwei am anderen Ende und einer am vorderen Band. Yohan war gerade damit beschäftigt, die Verpackungsmaschine mit einer frischen Rolle Zellophan zu bestücken. Als Iris den Raum betrat, drehte er sich um.

«Guten Morgen», sagte er. Seine Stimme drang gedämpft durch den Bartschutz.

«Guten Morgen, Yohan», antwortete Iris.

Sie schritt die gesamte Fertigungsstraße ab. Das Dröhnen der Maschinen durchfuhr ihren Körper. Sie konnte Hunter hinter sich spüren, er schaute ihr offenbar direkt über die Schulter.

«Kann ich dir irgendwie helfen?», fragte sie mit erhobener Stimme und drehte sich im Gehen zu ihm um. Kurz begegneten sich ihre Blicke. Iris wandte sich sofort wieder der Anlage zu.

«Danke. Ich bin froh, dass du fragst.»

«Na, wenigstens einer», murmelte sie.

«Ich bin hier, um dein Audit zu verfolgen», verkündete er.

Iris blieb abrupt stehen und drehte sich um, womit Hunter offensichtlich nicht gerechnet hatte. Er stieß mit ihr zusammen, und sie stolperte rückwärts. Die Wucht des Aufpralls hatte sie aus dem Gleichgewicht gebracht, doch Hunter streckte sofort die Hände aus und hielt sie an den Armen fest. Dabei schaute er Iris direkt an, sein Blick war so intensiv, dass ihr ganz mulmig wurde. Einige Sekunden vergingen, ehe er wegsah – lange, unangenehme Sekunden, von denen Iris ein bisschen schummrig geworden war. Ihre Wangen brannten.

«Du kannst mich wieder loslassen, oder wolltest du warten, bis jemand ein Foto macht? Oder mit einer Medaille für heldenhaftes Verhalten um die Ecke kommt?»

Hunter sah sie skeptisch an. «Obwohl es natürlich schmeichelhaft ist, dass du einen Helden in mir siehst», sagte er, ließ los und machte einen Schritt zurück, «finde ich trotzdem, es gehört sich, jemandem zu danken, der einen gerade vor einem Sturz bewahrt hat.»

«Ich wäre nur gestürzt, weil du in mich reingerannt bist mit deinen großen ...» Iris verstummte. Sie hatte eigentlich *Armen* sagen wollen, aber sie war sich sicher, dass er das als Kompliment verstanden hätte.

Er sah sie belustigt an, verschränkte die Arme und tippte ungeduldig mit dem Fuß, zweifellos wartete er darauf, dass sie ihren Satz beendete.

«Ich muss weitermachen», sagte Iris ausdruckslos, drehte sich um und ging weg.

«Was wolltest du sagen?» Er war schon wieder zu dicht hinter ihr.

«Das spielt keine Rolle.»

«Doch, ich bin neugierig. Wolltest du mir ein Kompliment über meine starken Oberarme machen oder über meine heldenhaften Brustmuskeln? Oder meintest du meine Beine? Ich habe in letzter Zeit nämlich an meinen Beinen gearbeitet ...»

Iris fiel ihm ins Wort. «Bitte tu das nicht», sagte sie.

«Was denn?»

«Das hier. Okay? Können wir das einfach lassen, bitte? Ich habe wirklich viel zu tun.»

«Du bist einfach viel zu leicht auf die Palme zu bringen», sagte Hunter. «Es nicht zu tun, wäre beinahe unhöflich.»

Iris seufzte. Sie wusste nicht, was sie sagen sollte. Sie war müde, sie war verwirrt. Sie war sich zwar nicht sicher gewesen, wie es nach dem gemeinsamen Abend sein würde, ihn wiederzusehen, aber so bestimmt nicht. Sie dachte, er würde zumindest kurz darauf eingehen. Stattdessen tat er, als wäre nichts gewesen, und nahm sie die ganze Zeit hoch.

Sie stemmte die Hände in die Seiten, reckte das Kinn und schaute ihn herausfordernd an. Er sah müde aus in der hellen Beleuchtung. Unter seinen geröteten Augen lagen dunkle Schatten.

Er atmete so tief ein, dass sich der Overall über seinem Brustkorb spannte. «Okay», sagte er. «Tut mir leid.»

Iris schaute ihn böse an. Da war was in seinem Tonfall, das eher belustigt klang und kein bisschen, als täte es ihm leid. Während sie ihn noch skeptisch musterte, ging er plötzlich in die Knie und griff sich ans Hosenbein.

«Die Dinger sind ganz schön nervig, oder?» Er zupfte den Overall zurecht und entblößte dabei eine Socke. Iris verdrehte die Augen.

«Ach bitte! Ist das dein Ernst? Ich weiß nicht, ob ich beeindruckt sein oder mich fremdschämen soll.»

Auf seinen schwarzen Socken prangten leuchtend orangefarbene Kürbisse.

«Das sind Jahreszeitensocken.»

«Klar», sagte sie seufzend. «Logisch.»

Hunter zog das Hosenbein wieder runter und stand auf. «Hast du etwa keine Jahreszeitensocken?»

Iris schnaufte entnervt. «Hör zu, so leid es mir tut, unser erhellendes Gespräch zu unterbrechen, aber ich muss wirklich zusehen, dass ich in die Gänge komme!» Sie deutete auf ihr Klemmbrett.

«Ja. Ich freue mich schon, dich endlich in Aktion zu erleben.»

Hunter hatte nicht zu viel versprochen. Er unterbrach sie zwar nicht mehr, aber er folgte ihr auf Schritt und Tritt, schaute ihr ständig über die Schulter, beobachtete jeden ihrer Handgriffe. Als sie etwa die Hälfte ihrer Liste abgehakt hatte, ging die Schleusentür, und Patrick, der Betriebsleiter kam auf sie zu. Er hob die Hand, um sie auf sich aufmerksam zu machen. Als er bei ihnen war, machte Hunter ein paar Schritte, um ihre Unterhaltung nicht zu stören. Patrick verstand die Geste offenbar nicht, er drehte sich zu Hunter um und rief mit erhobener Stimme: «Hallo! Na? Schon eingelebt?»

Hunter nickte. «Ja. Danke sehr.»

«Führt Iris Sie herum?»

«Ja, allerdings», erwiderte Hunter.

Iris wunderte sich über den Tonfall in Hunters Stimme. Er klang verändert, und sie wusste nicht, weshalb er Patrick gegenüber so wortkarg war. Vielleicht lag darin der Unterschied – in der Quantität dessen, was er sagte, nicht in der Qualität. Sie war sich nicht sicher, dass sie ihn schon mal derart zurückhaltend erlebt hatte.

Patricks Blick ging zwischen Iris, Hunter und der Anzeigentafel hin und her. Er trat von einem Bein aufs andere und wirkte ein bisschen unsicher. Iris verspürte den Drang, in die Bresche zu springen und das verlegene Schweigen zu durchbrechen.

«Und? Zufrieden mit der Gesamtanlageneffektivität?»

«Momentan macht mich alles über siebzig Prozent froh. Derzeit liegen wir bei zweiundsiebzig. Ich hoffe, das können wir die Woche über aufrechterhalten.»

Iris mochte Patrick. Außerdem würde sie ihm auf ewig dankbar sein. Letztes Jahr um diese Zeit, es war genau zwei Jahre her gewesen, dass Elliott sie verlassen hatte, war Iris verweint zur Arbeit gekommen. Das sah ihr nicht ähnlich, die öffentliche Zurschaustellung von Emotionen war ihr unangenehm – aber sie konnte nichts dagegen tun. Als Bob dann Ed zu Beginn irgendeines Meetings, ohne sich etwas dabei zu denken, erzählt hatte, er würde abends seine Frau zum Geburtstagsessen ausführen, war es um Iris geschehen. Sie musste an die Überraschungen denken, die Elliott sich zu ihrem Geburtstag immer ausgedacht hatte, und dass jetzt wahrscheinlich nie wieder jemand ein Geburtstagsessen für sie organisieren würde.

Patrick hatte neben ihr gesessen und mitbekommen, wie sie sich verstohlen eine Träne wegwischte. Dann war die nächste Träne geflossen, und Patrick hatte sich geräuspert und in die Runde gefragt, ob jemand vielleicht noch einen

Kaffee wollte, ehe sie anfingen. Rund um den Tisch hatte es zustimmendes Gemurmel gegeben, und Patrick hatte Iris gebeten, ihm in der Teeküche zur Hand zu gehen. Mit gesenktem Blick war sie ihm gefolgt. Er hatte nicht gefragt, was los war, hatte ihr nur Zeit und Raum gegeben, bis sie sich wieder gefasst hatte.

So was passierte ihr immer noch ab und zu. Jemand sagte irgendwas, das Erinnerungen weckte, manchmal war es auch ein Song im Radio oder eine Fernsehwerbung. Jemand, der so lange Teil des eigenen Lebens gewesen war, hinterließ überall Spuren.

«Na dann bis später», sagte Patrick schließlich, hob die Hand und ging.

«Ich glaube, ich habe dich noch nie so stumm erlebt», sagte Iris, sobald Patrick außer Hörweite war.

«Es gab nichts zu sagen.» Hunter zuckte die Achseln und rieb sich das Kinn.

Iris schnaubte. «Ach was! Heißt das, du hebst dir deine ganze …»

Er fiel ihr ins Wort. Seine Stimme übertönte ihre. «Wusstest du, dass unter Queen Elizabeth der Zweiten *fünfzehn* verschiedene Premierminister dienten?»

Iris blinzelte. Ihr fehlten die Worte.

«Erstaunlich, findest du nicht?»

«Ich … ich …», stammelte sie.

«Ja, ich muss gestehen, ich war auch sprachlos.»

«Nein. Vergiss es», sagte sie. «Ich habe zu viel zu tun. Bekommst du nicht einen lächerlich riesigen Haufen Geld dafür, dass du hier Dinge *tust*? Unsere Probleme lösen, zum Beispiel?»

Hunter tat, als müsste er nachdenken. Er legte den Kopf in den Nacken, schaute zur Decke und kaute auf der Unterlippe.

«Ich glaube nicht, dass wir uns schon gut genug kennen, um uns über unsere Gehälter zu unterhalten.»

Seine Betonung auf *schon* machte sie stutzig. Oder hatte sie sich das nur eingebildet? «Nein, stimmt», sagte sie knapp. «Und daran wird sich auch nichts ändern.»

Sie drehte sich um und musterte ihr Klemmbrett, zwang sich dazu, sich wieder auf die Arbeit zu konzentrieren, rauszufinden, was als Nächstes zu tun war, wohin sie gehen musste. Wie Atmen ging. Sie kam sich vor, als hätte sie alles vergessen.

Im Weitergehen spürte sie, wie die Temperatur um sie herum plötzlich wieder normal wurde, auch die Konsistenz der Luft war nicht mehr so dick. Es war, als wäre Hunter von einem eigenen Klima umgeben, als hätte er die Macht, Iris zum Schwitzen zu bringen, sie auf die Palme zu bringen, aus ihrer Mitte zu reißen. *Ist der Arbeitsbereich sicher?* Iris starrte die Frage auf dem Klemmbrett an und versuchte, ihre Bedeutung zu erfassen. Ihr Gehirn war vernebelt und wirr. Warum ließ sie sich von ihm derart provozieren? Dass Hunter sie auf Schritt und Tritt verfolgte, gab ihr das Gefühl, unter Beobachtung zu stehen, als würde man ihr unterstellen, einen derart grundlegenden Teil ihrer Arbeit nachlässig auszuführen.

Sie atmete durch, schloss kurz die Augen und wandte sich wieder dem Audit zu. *Ist der Arbeitsbereich sicher?* Sie schaute sich nach Stolperfallen und herumliegenden Gegenständen um. Sie schritt den ganzen Raum ab, schaute auch hinter die Anlage und hörte dabei die ganze Zeit ein paar Meter hinter sich Hunters Schritte.

So ging es weiter, bis das Audit endlich beendet war, Hunter ständig in Hör- oder Fühlweite. Als sie endlich fertig war, schwirrte ihr vor Anstrengung der Kopf. Sie verabschiedete sich von den Leuten und verließ die Halle durch die Schleuse, ohne sich noch einmal nach ihm umzudrehen.

Im Flur heftete sie das Formular ab und ging zu den Umkleiden. Sie bog um die Ecke und sah Hunter vor sich. Das Oberteil des Overalls hing um seine Hüften. Als er sie kommen hörte, drehte er sich zu ihr um.

«Du siehst aus wie einer True-Crime-Doku entsprungen», sagte sie.

Er legte den Kopf schief. «Komm, wir holen uns Kaffee, ja?»

Iris musterte den zur Hälfte herunterhängenden Schutzanzug. «Wirklich, gruselig.»

«Wir können mein Aussehen gerne weiterdiskutieren, sobald ich Kaffee intus habe», sagte er und streifte den Overall ab und zog sich das Haarnetz vom Kopf. «Wir treffen uns in der Kantine.»

Sie verschränkte abwehrend die Hände. «Ich möchte keinen Kaffee.»

«Dann kommst du eben und schaust mir zu. Friedensangebot.» Er strich sich die Haare aus dem Gesicht. «Außerdem möchte ich etwas mit dir besprechen.»

Er drehte sich um und verschwand in der Herrenumkleide. Iris stand stocksteif da und starrte die geschlossene Tür an.

12

Iris war es leid, nach seiner Pfeife zu tanzen. Sie hatte fest vor, nicht in die Kantine zu gehen. Sie zog sich den Overall aus und die hohen Schuhe wieder an und kämmte sich die Haare. Das Haarnetz landete im Müll. Sie *hasste* diese Dinger. Als sie auf den Gang trat, war alles still – entweder war Hunter noch damit beschäftigt, sich die Haare schön zu machen, oder bereits in die Kantine gegangen.

Sie nahm den Verbindungsgang zurück zum Verwaltungsbereich, fest entschlossen, an der nächsten Ecke nicht rechts abzubiegen. Sie hatte nach Sonntagabend beschlossen, den Kontakt zu Hunter aufs rein Berufliche zu beschränken und ihre Grenzen zu wahren, und mit ihm Kaffee trinken zu gehen – wenn auch nur in der Kantine – würde definitiv einen Rückschritt in diesen Graubereich bedeuten, wo das gemeinsame Hickhack eine ernsthafte Bedrohung dieser Grenzen bedeutete.

Als sie an dem Punkt angelangt war, wo sie eine Entscheidung treffen musste, spürte Iris plötzlich, wie sich in ihr eine gewisse Akzeptanz breitmachte. Er war nun mal hier, und sie musste sich endlich mit seiner Anwesenheit abfinden, bis auf Weiteres jedenfalls. Außerdem war es nötig, sich professionell zu verhalten, sich selbst zuliebe und für ihr Team.

Sie nahm sich noch einen kurzen Moment Zeit, lockerte die Schultern und drückte die Doppeltür zur Kantine auf.

Hunter war bereits da. Er saß an einem Tisch mitten im Raum. Iris atmete durch, setzte ein höfliches Lächeln auf und ging mit klappernden Absätzen quer durch die Tischreihen auf ihn zu. Sie musste zugeben, dass sie neugierig war, was Hunter mit ihr besprechen wollte. Ein winziger Teil von ihr hoffte, dass er ihr erklären wollte, was Sonntagabend passiert war – warum er es plötzlich so eilig hatte und wo er Montag gewesen war.

«Was hat denn so lange gedauert?», fragte er und sah unter seinen dichten Wimpern hindurch zu ihr hoch.

Sie ignorierte die Frage, zog sich einen Stuhl heran und setzte sich.

«Bist du in Gedanken immer noch bei meinen großen Muskeln?» Er grinste sie an, und Iris musste wegsehen. Dieses breite Lächeln und der fröhliche Gesichtsausdruck fühlten sich an wie eine Einladung, sie wusste nur nicht, wozu. Sie spürte, dass ihre Abwehr bröckelte, und hatte plötzlich ein glasklares Bild vor Augen: Hunter und sie am See, wie er sich über sie beugte, so nah vor ihr, dass sie seinen Herzschlag spürte.

«Wer, bitte, setzt sich in einer leeren Kantine ausgerechnet in die Mitte?», fragte sie. Es kam schärfer heraus als beabsichtigt.

Hunter sah sich um und ließ den Blick kurz auf dem einzigen anderen Tisch ruhen, der besetzt war. In der hintersten Ecke war Ed mit einer seiner Kolleginnen vom Versand ins Gespräch vertieft.

«Sie ist nicht leer», widersprach er. «Außerdem gehe ich jetzt Kaffee holen. Möchtest du auch etwas?» Er stand abrupt auf, und schon wieder war sein Schritt bei ihr genau in Augenhöhe – das musste er sich wirklich dringend abgewöhnen.

Iris hob den Kopf. «Jeder weiß, dass man mit den Tischen am Rand anfängt.» Sie hatte keine Ahnung, weshalb ihr das plötzlich so wichtig war. Vielleicht wollte sie ihn mit Streit auf Abstand halten, in sicherer Entfernung. Vielleicht machten ihr die Sticheleien und Frotzeleien aber einfach nur genauso viel Spaß wie ihm.

Er schaute von oben auf sie herab. «*Jeder* weiß das, ja?»

Iris schaute zu Ed hinüber. «Ed zum Beispiel.»

Hunter beugte sich vor, legte die Hände flach auf den Tisch und neigte den Kopf, um sie direkt anzusehen. Er atmete durch. «Iris», sagte er leise. «Ich brauche dringend Kaffee.» Aus dieser Nähe betrachtet, sah er tatsächlich sehr müde aus, und Iris fragte sich unwillkürlich, warum.

Sie seufzte. Sie brauchte ebenfalls Kaffee, aber sie wollte nicht, dass Hunter ihr einen ausgab. Sie stand nach dem gemeinsamen Abend sowieso schon tief genug in seiner Schuld, weil er die Getränke bezahlt und ihretwegen den Abend mit ihren Freundinnen verbracht hatte. Sie wollte auf keinen Fall, dass sich die Waagschale noch weiter zu seinen Gunsten senkte. Es fühlte sich falsch an, ihm etwas schuldig zu sein – vor allem, weil ihre Zukunft in seinen Händen lag.

«Ich gehe selbst.» Sie stand auf, schob den Stuhl zurück und merkte, dass sie ihre Handtasche nicht dabeihatte. Sie stöhnte.

«Was ist los?»

«Ich habe kein Geld dabei. Ich muss zurück ins Büro, aber wenn ich jetzt gehe, kann ich auch gleich dableiben …» Iris redete mehr mit sich selbst als mit ihm.

Hunter atmete ungeduldig aus. «Oder ...», sagte er mit Nachdruck, «wir kehren zu meinem ursprünglichen Plan zurück. Ich gehe Kaffee holen, und dann reden wir endlich über das, was ich mit dir besprechen will.»

Widerstrebend setzte Iris sich wieder hin. Plötzlich war sie nervös. Was wollte er von ihr? Ihr war schlecht vor Aufregung.

«Was nimmst du?»

«Nur Milch.» Sie räusperte sich, sagte etwas leiser: «Danke.»

«Von Herzen gern.»

Kurz darauf kam er mit zwei Bechern Kaffee zurück. «Gut», sagte er und schob ihr einen über den Tisch. «Bist du mit dem Audit zufrieden?»

Iris sah ihn misstrauisch an. Weshalb versuchte er plötzlich, Zeit zu schinden? «Worüber wolltest du mit mir sprechen?», fragte sie.

Hunter trank einen Schluck. «Ich muss dir was gestehen.»

Iris schlug die Beine übereinander und hielt sich an ihrem Kaffeebecher fest. Ihr Mund war plötzlich sehr trocken. «Ja?»

Er räusperte sich. «Jeremy war heute Morgen bei mir. Er hat mich gebeten, dich auf eine Reise zu begleiten.»

Iris sah ihn verständnislos an. «Was meinst du damit?»

«Eine Geschäftsreise. Es geht um die Besichtigung eines topmodernen Automobilwerks mit anschließender Konferenz.»

«Wie bitte?», sagte Iris schrill.

«Jeremy hat mich gebeten, mit dir dorthin zu fahren», sagte Hunter. «Es ist das beste Werk dieser Art auf britischem Boden.»

Iris starrte ihn immer noch verständnislos an. Sie verstand nur Bahnhof. «Aber ... wozu das denn?»

«Diese Fabrik ist in Sachen kontinuierliche Verbesserung unübertroffen. Jeremy möchte deren Mindset adaptieren. Am ersten Tag gibt es einen Vortrag mit anschließender Werksführung und zum Schluss hin Zeit für Fragen. Die Konferenz am nächsten Tag sollte sehr aufschlussreich sein. Am Morgen danach fahren wir dann zurück.»

«Also ... zwei Nächte?» Sie wartete darauf, dass er anfing zu grinsen. Das musste ein Witz sein.

Hunter nickte. «Ja, zwei Nächte. Die Firma bucht ein Hotel für uns. Das wird bestimmt amüsant.»

«Amüsant?» Iris brüllte ihm das Wort quasi entgegen.

Er trank noch einen Schluck. «Dort hat damals alles für mich angefangen. Aus einem Job wurde eine Karriere ... eine Leidenschaft. Ich bin bis heute mit dem Geschäftsführer in Kontakt geblieben – er schuldet mir noch einen Gefallen. Deshalb konnte ich auch so kurzfristig noch zwei Plätze ergattern.»

«Muss es denn unbedingt über Nacht sein? Wir könnten pendeln.» Verzweifelt versuchte ihr Gehirn, mitten im Chaos auf Problemlösung umzuschalten.

Hunter sah sie stirnrunzelnd an. «Das Werk liegt in Exeter, das sind fast vier Stunden Fahrt.» Er trank aus.

«Fährt sonst niemand mit?» Sie wusste selbst nicht, warum sie fragte.

«Nein, nur wir beide. Wir berichten den anderen, und ich hoffe, dass es künftig möglich sein wird, noch mehr Leute hinzuschicken.»

Nur sie beide, zwei Nächte, irgendwo in einem Hotel,

allein? Sie suchte panisch nach einem Ausweg. «Wieso nimmst du nicht Patrick oder Diane mit?»

«Du bist die Leiterin der Technikabteilung, Iris», antwortete Hunter. «Es macht Sinn, dass du mich begleitest. Außerdem muss Patrick das Kundenaudit vorbereiten.»

Iris schlug sich die Hände vors Gesicht und schloss die Augen. «Wann?», fragte sie tonlos.

«Diesen Donnerstag.»

Sie ließ die Hände sinken und sah ihn erschrocken an. «Nein. Nein, das geht auf keinen Fall.»

Hunter musterte sie überrascht. «Okay, vielleicht nimmst du dir kurz Zeit, um ...»

Iris fiel ihm ins Wort. «Ich brauche keine Zeit.»

«Bist du sicher? Ich habe nämlich das Gefühl, du hast mich falsch verstanden. Ich habe dich weder dazu aufgefordert, ein Tierheim in Brand zu stecken, noch ein Päckchen Heroin ins Flugzeug zu schmuggeln.» Er grinste, aber es war nicht ganz echt. Offensichtlich hatte er nicht damit gerechnet, dass das Gespräch diese Richtung nehmen würde.

Sie ballte die Hände zu Fäusten. «Ließe sich das um eine Woche verschieben?»

«Ja, klar, ich bin mir sicher, dass mehrere Hundert Konferenzteilnehmer mit Freuden ihre Pläne ändern, um es Iris Nightingale recht zu machen.»

«Das sind zwei Tage Vorlauf!», rief sie. «Was, wenn ich Pläne habe?»

«Hast du Pläne?», fragte er zurück.

Iris antwortete nicht. Sie starrte ihn nur weiter an und versuchte, seinen Vorschlag zu verdauen.

«Was ist mit Diane?»

Hunter antwortete nicht gleich. Schließlich sagte er: «Du hast wirklich Glück, dass ich nicht schnell beleidigt bin.»

«Ich habe viele Dinge, aber ganz sicher kein *Glück!*» Es kam emotionaler rüber, als sie beabsichtigt hatte. Es verriet zu viel von ihrer Geschichte, zu viel Gefühl. Hunters Blick war zu intensiv. Das war alles viel zu viel. «Das Datum ...», sagte sie. «Donnerstag geht bei mir einfach nicht. An dem Tag kann ich nicht verreisen. Auf keinen Fall.»

«Warum nicht?»

«Das geht dich nun wirklich nichts an», sagte sie böse.

«Na ja, irgendwie schon.» Er zuckte die Achseln. «Ein bisschen zumindest.»

«Das hat persönliche Gründe.»

«Tagung der Trägerinnen schwarzer Socken?», sagte er betont fröhlich. Iris fragte sich, ob dies sein Versuch war, die Spannung zu lösen. Hatte er mitbekommen, dass sie den Tränen nahe war? Sie blinzelte eilig, holte tief Luft, versuchte, sich wieder unter Kontrolle zu kriegen. Sie wollte nicht, dass er sie so sah.

«Das ist viel zu kurzfristig!», sagte sie entschieden. «Du kannst nicht von mir erwarten, dass ich von jetzt auf gleich verreise.» Sie schnipste mit den Fingern.

«Mir ist bewusst, dass es kurzfristig ist», räumte Hunter ein. «Aber die Möglichkeit hat sich nun mal kurzfristig ergeben, und ich dachte, das wäre eine gute Erfahrung für dich.»

Iris sah ihn skeptisch an. «Für *mich?*»

«Na ja», antwortete er ruhig. «Für eine technische Leiterin ist so was eine großartige Gelegenheit.» Sein Blick war

aufrichtig. Sein Tonfall auch. «Iris? Ist alles in Ordnung?»,
fragte er. «Hat das vielleicht was mit Sonn...»

«Ich muss gehen.» Iris stand so abrupt auf, dass die Stuhlbeine quietschend über den Fußboden schrappten. Sie
konnte jetzt auf keinen Fall über Sonntagabend sprechen.
Sie konnte nur noch an Donnerstag denken. An dem Tag
konnte sie auf gar keinen Fall verreisen. Hunter schaute sie
besorgt an.

Nicht an diesem Tag.

Er versuchte nicht, sie aufzuhalten. All seiner offensichtlichen Defizite zum Trotz musste Iris ihm zugutehalten,
dass selbst er zu wissen schien, wann er die Klappe halten
musste.

Iris platzte in Dianes Büro, ohne anzuklopfen, und bereute
es sofort. Diane saß mit gezücktem Stift am Schreibtisch,
vor sich ein paar Unterlagen, und war offensichtlich in ein
lebhaftes Gespräch mit dem Menschen gegenüber vertieft –
Jeremy Sterling, ausgerechnet. Er saß mit dem Rücken zur
Tür und drehte sich ruckartig um, als sie das Büro betrat.
Bei seinem entrüsteten Blick krampfte sich Iris der Magen
zusammen. O Gott, warum hatte sie nicht angeklopft? Als
Diane Iris sah, wurden ihre Gesichtszüge weich. Offenbar
erkannte sie ihre Not, die Verzweiflung in ihrem Blick und
machte sich Sorgen um ihre Freundin.

Jeremy ergriff als Erster das Wort. «Iris? Ist alles in Ordnung?» Sein Tonfall war eine Mischung aus Besorgnis und
Unmut.

Iris schluckte den dicken Kloß in ihrer Kehle herunter, doch Panik hatte sie im Griff, und sie konnte nicht mehr klar denken, geschweige denn antworten.

«Nein, nein stimmt», sagte Diane eilig. «Wir waren doch verabredet, Iris, richtig?»

Jeremy sah sie immer noch an, und Diane nickte hinter seinem Rücken überdeutlich mit dem Kopf.

Iris brachte mühsam ein «Ja» heraus. «Äh, ja, jetzt.» Sie schaute auf die Uhr. «Soll ich später wiederkommen?»

«Nicht nötig.» Jeremy nahm ein paar Unterlagen vom Tisch. «Wir waren sowieso gerade fertig. Also gut, Diane ...» Er drehte sich wieder nach vorn. «Wenn Sie mir den Bericht bitte bis nächste Woche zukommen lassen, können wir gemeinsam noch einmal drübergehen und von dort aus weitermachen.»

«Selbstverständlich.» Mit leicht geröteten Wangen lächelte Diane ihn an.

Jeremy stand auf und wandte sich an Iris. Er musterte sie einen Moment, dann sagte er: «Ich gehe davon aus, dass Sie bereits von der Kongressteilnahme gehört haben, die Hunter für Sie organisiert hat?»

«M-hm.» Iris nickte, in der Hoffnung, dass die winzige Geste genügte, um die Sprache zu ersetzen, die sie verlassen hatte.

«Hervorragend.» Jeremy schob sich die Brille auf den Nasenrücken. «Derzeit besteht unser größtes Problem darin, dass wir nicht in der Lage sind, die Nachfrage zu bedienen. Dieses Werk ... deren Geschäftsmodell ... ist absoluter Goldstandard. Wir brauchen bei Taylor and Newton jemanden mit diesem Wissen. Das ist für Sie eine großartige Gelegenheit, Iris. Ich vertraue darauf, dass Sie das Beste daraus machen?»

Es war definitiv eine Frage, keine Aussage. Sie hörte es an seinem Tonfall, sie las es an seiner Körperhaltung ab, wie er da vor ihr stand, erwartungsvoll, die Augenbrauen leicht hochgezogen. Aber sie hatte ihre Sprache immer noch nicht wiedergefunden. Sie räusperte sich und warf einen Hilfe suchenden Blick in Dianes Richtung. Diane nickte ihr aufmunternd zu.

«Ja.» Ihr schlug das Herz bis zum Hals. Jeremy stand immer noch da und schaute sie an. Ihre Antwort reichte ihm noch nicht. Er wartete auf ihre Zusicherung. «Absolut!», brachte sie hervor. «Ich freue mich darauf.»

Jeremy lächelte. «Ich bin froh, das zu hören», sagte er fröhlich.

Er verließ ohne ein weiteres Wort Dianes Büro. Iris wartete, bis die Tür hinter ihm ins Schloss gefallen war, lehnte sich dagegen und atmete durch, die Hand auf ihr pochendes Herz gepresst.

«Was ist passiert?» Diane war aufgestanden und ging um den Schreibtisch herum auf Iris zu. «Was ist denn nur passiert?»

«Wusstest du davon?» Es gelang Iris nicht, ihre Verzweiflung zu verbergen.

«Von der Reise?»

Iris nickte heftig. «Von der *dreitägigen* Reise.»

«Jeremy hat es eben erwähnt.»

«Am Donnerstag!», rief Iris. «Der Jahrestag ... und ausgerechnet mit *Hunter*. Das geht nicht!»

«Oh, Iris», sagte Diane mitfühlend. «Das tut mir leid.»

Sie legte Iris die Hand auf die Schulter und drückte sie sanft. «Aber …», sie biss sich auf die Lippe, «… meinst du nicht, dass dir das vielleicht guttun könnte? Dich abzulenken?»

«Nein!» Heftig schüttelte Iris den Kopf. «Nein. Ich glaube nicht, dass mir das guttäte. Und ich glaube ganz bestimmt nicht, dass eine Reise mit Hunter, ausgerechnet mit dem, mich von irgendwas ablenken würde.»

Iris war sich nicht ganz sicher – sie war außer sich und wütend, und die Emotionen vernebelten ihr die Sinne –, aber hatte sie da eben in Dianes Mundwinkel ein Schmunzeln gesehen und ein Glitzern in ihren Augen?

«Was?», fragte sie. «Was grinst du so?»

«Ich grinse nicht.» Diane streckte Iris die Hände entgegen. «Ich grinse nicht. Ich bin nur … na ja, ein winziges bisschen amüsiert, das ist alles.» Sie schob sich die langen Haare hinter die Ohren, ging zurück an ihren Schreibtisch, setzte sich wieder und bat Iris mit einer Geste, sich auch hinzusetzen.

«Du findest das also amüsant?» Iris massierte sich den Nacken, versuchte bewusst, Kiefergelenke und Schultern zu entspannen, aber es ging nicht.

«Nur ein winziges bisschen», sagte Diane. «Weißt du, ich habe noch nie erlebt, dass dich ein anderer Mensch dermaßen tangiert. Das ist irgendwie schön zu sehen.»

Iris sah sie finster an.

«Ich weiß, du glaubst, er regt dich auf, aber für mich sieht es so aus, als würde er dir Auftrieb geben. Echt schön, dich wieder so stürmisch zu erleben. So leidenschaftlich.»

«Auf die schlimmstmögliche Weise!», rief Iris.

«Fahr da bitte hin, Iris», sagte Diane sanft. «Hierzubleiben und dich zu verkriechen, macht es auch nicht besser.»

Iris registrierte Dianes flehenden Blick. Sie hatte sich immer um sie gekümmert. Iris vertraute ihr blind, und jetzt saß ihre beste Freundin vor ihr und versuchte, sie zum kompletten Gegenteil dessen zu überreden, was sie wollte.

Diane fing an, mit den Fingern auf die Tischplatte zu trommeln. Sie schaute Iris prüfend an. «Hör mal», sagte sie. «Du bist Ingenieurin, also betrachte die Sache doch mal von der technischen Seite. Wenn du hier in der Firma auf ein Problem stößt, machst du dann auch immer wieder dasselbe? Nein, natürlich nicht! Du würdest sofort eine der Variablen verändern. Also ändere etwas, Iris. Hör damit auf, dazusitzen und an Elliott zu denken und an alles, was schiefgelaufen ist.» Diane beugte sich vor, stützte die Ellbogen auf den Tisch und faltete die Hände. «Versuch es zur Abwechslung mal mit etwas, das völlig außerhalb deiner Komfortzone liegt. Wer weiß, vielleicht überraschst du dich ja selbst.»

Iris schwieg immer noch. Sie dachte über Dianes Theorie nach. Hatte sie womöglich recht?

«Ich, ich weiß nicht ...», sagte sie schließlich und rang die Hände.

«Wenn ich mich irre und es schrecklich wird», sagte Diane, «hast du was gut bei mir, keine Kleinigkeit, sondern was richtig *Großes*. Du kannst mich um alles bitten, was du willst, und ich muss es tun. Egal, was.»

Iris überlegte. Zwei Nächte unterwegs mit Hunter? Ausgerechnet an dem Tag, an dem ihr Ehemann sie verlassen hatte? Iris hatte nicht vergessen, wie schwer es letztes Jahr für sie gewesen war, und das war nur ein ganz normaler Arbeitstag gewesen.

«Abgesehen davon», sagte Diane und lächelte sie an, «hat Jeremy recht – es wäre toll für deine Karriere. Für deine Zukunft.»

Diane sagte im Grunde dasselbe, was Hunter zu ihr gesagt hatte, und im Grunde war Iris klar, dass sie recht hatten. So was würde sich definitiv sehr gut in ihrem Lebenslauf machen, außerdem würde es definitiv ihre Zukunft bei Taylor and Newton sichern. Sie würde die Tage in der Fabrik oder auf der Konferenz verbringen und die Nächte in ihrem Zimmer. Das sollte doch zu schaffen sein, oder nicht? An diesem Tag nicht zu Hause zu sein, war definitiv die Veränderung einer Variablen.

«Außerdem ...», fuhr Diane fort, «hast du Jeremy gerade eben bereits zugesagt.»

Verdammter Mist, dachte Iris. *Wo sie recht hat, hat sie recht.*

13

Hast du gewusst, dass der König keinen Reisepass benötigt?»

Iris drehte sich um, aber das wäre nicht nötig gewesen. Sie wusste genau, wer da hinter ihr herumlungerte und die Temperatur um ein paar Grad ansteigen ließ.

«*Außerdem* ist er Eigentümer sämtlicher unmarkierter Schwäne im Land.»

Iris sah Hunter ungläubig an. Es war zu früh für so was. Es war immer zu früh für so was, aber heute ganz besonders. Sie war eben erst zur Arbeit gekommen, verschwitzt und noch leicht außer Atem, und wollte nur unter die Dusche. Sie hatte beschlossen, heute beide Wege zu joggen, weil die Reise ihr einen Strich durch ihre üblichen Pläne machte. Dass sie Donnerstag nicht laufen gehen konnte, war ein Problem.

Hunter trug sein übliches weißes Hemd und stand so nahe, dass sie seinen sauberen Geruch wahrnahm. Iris machte einen Schritt zurück, damit er sie nicht roch, und wischte sich den Schweiß von der Stirn.

«Guten Morgen», sagte sie tonlos. Sie hatte beschlossen, sich endgültig nicht mehr provozieren zu lassen. Sie würde sich einfach vorstellen, er wäre Bob oder Hector oder vielleicht sogar Jeremy Sterling, obwohl diese Vorstellung ihr nur unnötig Angst einjagen würde. Aber das war vielleicht nicht das Schlechteste.

«Ich habe überlegt ...», sagte Hunter und knöpfte sich

die Manschetten zu, «ob wir morgen zusammen fahren sollten.»

«Nein!», sagte Iris etwas zu heftig und fügte schnell hinzu: «Nein danke. Ich fahre selbst.»

«Aha. Wir fahren also mit zwei Autos, obwohl wir nur ein
paar Straßen voneinander entfernt wohnen und exakt dasselbe Ziel haben?» Hunter fuhr sich mit dem Zeigefinger unter den Hemdkragen. Iris sah, wie sich unter dem Stoff sein
Bizeps anspannte. Sie nickte knapp.

«Jaja, genau.»

«Iris!», rügte Hunter. «Mir war nicht klar, dass du so wenig Umweltbewusstsein hast.»

Iris spürte, wie ihr Kiefer sich verspannte. Der Nacken.
Die Schultern. Der ganze Körper. Warum machte er es ihr so
schwer?

«Vorschlag zur Güte», sagte er. «Ich fahre. Du kannst deine Ohrhörer reintun. Dir deine True-Crime-Podcasts oder
dein Shania-Twain-Album anhören oder was auch immer du
gerne hörst.»

Es war nicht als Frage formuliert, sein gebieterischer Tonfall ließ wieder mal eine ganz normale Aussage klingen wie
eine öffentliche Ansprache. Iris stellte sich die Fahrt vor:
Hunter am Steuer, sie mit Musik in den Ohren, während sie
zum Fenster hinaussah und die Landschaft an sich vorbei-
ziehen ließ. Sie müsste ihn nicht mal ansehen. Außerdem
fuhr sie nicht gern, zumal wenn sie sich nicht auskannte.

«Das klingt gar nicht schlecht», sagte sie.

Hunter wirkte kurz überrascht, dann fasste er sich wieder. «Ich hole dich um sieben Uhr ab. Mail mir bitte deine
Adresse.»

«Ich kann sie dir auch gleich sagen.»

«Schick mir lieber eine E-Mail – nicht, dass ich es wieder vergesse.» Er schob die Hände in die Hosentaschen und schaute sie lächelnd an. Es kam Iris vor wie die Einladung, auf sein Geplänkel einzusteigen.

Sie blieb bei ihrem Vorsatz und holte nur tief Luft. «Ich gehe duschen», sagte sie ruhig. «Ich schicke dir nachher meine Adresse.»

«Danke, Iris! Das ist wirklich nett von dir!»

Sie betrat die Damenumkleide in der Hoffnung, dass endlich die Glühbirne ausgetauscht war, und blieb erschrocken stehen. Vor ihr stand Geoff persönlich.

«Sie sagten, das Licht ist kaputt?» Die Hände in die Seiten gestemmt, schaute er zur Deckenlampe hoch.

«Ja, stimmt.» Iris folgte seinem Blick rauf zu der bestens funktionierenden Leuchte.

«Jetzt jedenfalls nicht mehr.»

«Vielleicht war schon jemand da?», sagte Iris. «Ich habe gestern noch mal eine Mail an euch geschickt.»

«Nicht, dass ich wüsste. Sind Sie sicher, dass das Licht kaputt war?»

«Ja, natürlich.»

Geoff sah sie zweifelnd an. «Jetzt geht es wieder.»

Iris musterte die grelle Deckenleuchte. «Ja, das sehe ich.»

Eine halbe Stunde später stand sie vor Hunters Büro, frisch geduscht, in schwarzer Hose und cremefarbener Seidenbluse, die fast fertig geföhnten Haare nur noch ein bisschen feucht. Sie klopfte an und wartete, bis ein deutliches «Herein» ertönte, ehe sie die Tür öffnete, für den Fall, dass er gerade mit Jeremy Sterling zusammensaß, beim Whisky oder einer Zigarre oder beim Fachsimpeln über Aktien oder ihre Geldanlagen auf irgendwelchen Offshore-Konten.

«Oh, gut.» Sie betrat das Büro. «Du bist allein.»

Hunters Augenbrauen schossen nach oben. Er lehnte sich zurück, schlug die Beine übereinander und tippte sich mit dem Stift, den er in der Hand hielt, gegen die Lippen.

«Iris, eine so freundliche Begrüßung bin ich von dir ja gar nicht gewohnt. Da wird mir gleich ganz warm ums Herz.»

«Das hat seinen Grund», sagte Iris und schloss die Tür hinter sich. «Ich bin sehr froh, dass du allein bist, weil ich dich etwas fragen muss, das in fremden Ohren etwas seltsam klingen könnte.»

Hunter beugte sich vor. «Jetzt bin ich neugierig.»

«Hast du in der Damenumkleide die Glühbirne ausgetauscht?»

Er schürzte die Lippen und fing wieder an, mit dem Stift dagegenzuklopfen. Iris wusste nicht, ob er sie hinhielt oder überlegte, was er sagen sollte. Schließlich seufzte er und sagte: «Ja.»

Iris schnaubte und warf entnervt die Arme in die Luft. Es war schließlich nicht so, dass sie das nicht auch alleine hinbekommen hätte. Sie war durchaus in der Lage, eine Glühbirne auszuwechseln, aber es gab schließlich Verfahren, und die mussten eingehalten werden – interne Verfahren, die Hunter offenbar völlig egal waren.

«War ja klar!», sagte sie heftig.

«Gern geschehen?» Das hörbare Fragezeichen am Ende brachte Iris schon wieder auf die Palme, und sie musste all ihre Willenskraft aufwenden, um nicht nach dem dämlichen

Briefbeschwerer zu greifen und ihn aus dem Fenster zu werfen. Oder ihm an den Kopf.

«Hör zu, Hunter. Es ist absolut unnötig, dass du durch die Gegend läufst und für mich irgendwelche Glühbirnen austauschst.»

«Es war nur eine», sagte er.

«Ja. Ist dir nicht klar, wie seltsam das ist?»

Hunter runzelte die Stirn und kratzte sich am Kinn. «So seltsam wie dein Überfall auf mich in der Dusche?»

Iris schlug die Hände vors Gesicht. Sie wollte heulen und schreien und mit Dingen schmeißen. Im Grunde war ihr natürlich klar, dass das, was er getan hatte, sehr nett gewesen war. Was sie beunruhigte, war das Motiv dahinter, und was er im Gegenzug von ihr erwartete. Sie hatte seit Sonntag das Gefühl, dass die Sache zwischen ihnen etwas aus dem Gleichgewicht geraten war. Jetzt fühlte es sich endgültig an, als wäre die Waagschale unumstößlich in seine Richtung gekippt und sie stünde für den Rest seiner Zeit in der Firma in seiner Schuld.

Hunter beugte sich vor.

«Ist dir in den Sinn gekommen, dass ich die Lampe meinetwegen repariert haben könnte?»

«Damit du ab jetzt beide Duschen benutzen kannst?» Iris verschränkte trotzig die Arme.

«Damit ich mir beim Duschen nicht ständig über die Schulter schauen muss.» Hunter streckte die Hand und zählte die Gründe an den Fingern ab. «Damit ich die Augen zumachen kann, anstatt ständig zur Tür zu schauen. Damit ich meine Duschzeiten nicht mehr an deine Laufzeiten anpassen muss. Um endlich meinen Klebebandverbrauch wieder zu reduzieren. Damit ich mich nicht mehr in Windeseile anziehen muss, falls du wieder die Herrenumkleide stürmst.»

«Stürmen ist ein bisschen übertrieben, findest du nicht?»

Er kratzte sich an der Schläfe. «Ich finde, du warst recht forsch.»

«Ich wollte duschen!», rief Iris. «Nicht einen mittelalten Mann nackt sehen!» Sie griff nach der Lehne seines Besucherstuhls und krallte sich hinein. «Okay, ich hab's verstanden», sagte sie. «Das mit dem Licht.»

Er beugte sich zurück und legte den Kopf schief. «Gut.»

Iris wandte sich zum Gehen, dann fiel ihr noch etwas ein. Sie drehte sich wieder um und schaute ihn an. «Äh, übrigens, warum um alles in der Welt machst du beim Duschen die Augen zu?»

Hunter sah sie verständnislos an. «Warum nicht?»

«Du siehst dir tatsächlich nie True-Crime-Dokus an, oder?»

Er zuckte die Achseln. «Nein, nicht mein Ding. Ich bin eher so der David-Attenborough-Typ.»

Iris war überrascht, wie sehr sie sich über dieses kleine Schnipselchen Information freute. Sie schaute zu Boden, um ihr Lächeln zu verbergen.

«Ehrlich gesagt gehört Sir David zu meinen drei absoluten Lieblingsmenschen», fuhr Hunter mit ernster Miene fort.

Iris lachte auf. «Du hast eine Liste mit deinen drei Lieblingsmenschen?»

Wieder dieses selbstverständliche Nicken, als hätten alle auf der Welt eine solche Liste, weshalb sich jede weitere Erklärung erübrigte. Iris hätte gern gewusst, wer die anderen beiden waren. Sie wusste, dass er schon einmal verheiratet gewesen war. Vielleicht war er wieder in einer Beziehung. Vielleicht war er mit einer Frau verlobt, die es toll fand, in den unpassendsten Momenten mit irgendwelchen Fakten bombardiert zu werden. Iris fragte sich, ob sie es gewesen war, die ihn am Sonntagabend angerufen hatte, diese Verlobte, von deren Existenz sie nicht wirklich überzeugt war. Die Frage führte zu den nächsten: Ob er wieder heiraten würde, ob er Kinder hatte?

Ob sie je Kinder kriegen würde.

Iris räusperte sich. Sie hatte schon wieder den Faden verloren.

«Gut. Jetzt gibt es wenigstens wieder zwei funktionierende Duschen.»

«In zwei getrennten Räumen.»

«Mit Privatsphäre.» Sie schob sich ein paar feuchte Strähnen hinters Ohr.

«Wenn du möchtest, zeige ich dir Geoffs Geheimvorrat an Glühbirnen», bot Hunter ihr an. «Und den Schlüssel zum Schrank.»

Iris grinste ihn an. «Muss nicht sein, nur noch zwei Wochen und zwei Tage, dann habe ich beide Umkleiden wieder für mich.»

«Du zählst tatsächlich die Tage, was?»

«Ich habe ein Belohnungsdiagramm zu Hause. Für jeden Tag, den ich überlebt habe, bekomme ich einen kleinen Sticker», frotzelte sie.

Er schüttelte grinsend den Kopf. «Was für ein Aufwand, Iris. Ich fühle mich geschmeichelt.»

«Tschüss, Hunter», sagte sie und ging zur Tür.

«Ach, und Iris?», rief er ihr nach.

Leise stöhnend drehte sie sich um. «Ja?»

«Ich warte noch immer auf deine Adresse.»

Iris ging zurück und riss ein gelbes Post-it vom Block auf dem Schreibtisch. Sie nahm Hunter den Stift aus der Hand, kritzelte ihre Adresse auf den Zettel und klebte ihn mitten auf Hunters Bildschirm. Die Hände fest gegen den Tisch gestemmt, sah sie ihm trotzig in die Augen. «Bitte sehr», sagte sie.

Hunter leckte sich über die Unterlippe. Iris folgte der Bewegung. Ihr Mund öffnete sich einen Spaltbreit. Sekunden verstrichen, ihr Herz raste. Schließlich riss sie sich los und machte einen Schritt zurück.

«Bis morgen», sagte sie. Beinahe hätte ihr die Stimme versagt.

Hunter räusperte sich. «Ich freue mich drauf.»

14

Obwohl Iris gehofft hatte, Hunter für den Rest des Tages los zu sein, hunterlose Zeit zum Ausgleich für die kommenden Tage gewissermaßen, tauchte er am frühen Nachmittag mit iPad und Kaffeebecher in einem Managementmeeting auf.

Er grüßte in die Runde und setzte sich neben Diane, die das Treffen eine Woche zuvor anberaumt hatte und offensichtlich entzückt war, dass Hunter kurzfristig mit dazustieß. Sie grinste Iris an, während Hunter es sich bequem machte. Er nahm so viel Raum ein, dass er Diane fast berührte, aber die schien das nicht zu stören. Im Gegenteil, Iris hatte den Eindruck, dass sie noch ein Stückchen näher an ihn heranrückte.

«Wir warten nur noch auf Bob», sagte Diane. «Dann fangen wir an.»

Iris vertrieb sich die Zeit damit, über Hunters Hemden nachzudenken. Während sie das Hemd anstarrte und sich fragte, ob er ein spezielles Bügelspray benutzte oder irgendein Luxuswaschmittel, ertappte er sie. Er lächelte nicht, er verzog nicht das Gesicht, eigentlich bewegte er keinen einzigen Muskel. Er sah ihr nur direkt in die Augen, bis sie spürte, dass sie rot wurde und eilig den Blick abwandte, in der Gewissheit, einen Kampf verloren zu haben, auf den sie überhaupt nicht eingestiegen war.

Als Bob schließlich kam und sie anfangen konnten, räusperte Hunter sich und blickte in die Runde.

«Schönen Nachmittag. Diane hat mich netterweise eingeladen, mit dabei zu sein, weil es eine gute Gelegenheit ist, den aktuellen Stand der Dinge mitzubekommen. Vielen Dank, Diane. Tun Sie einfach so, als wäre ich gar nicht hier.»

Iris musste sich ein Lachen verkneifen. *Das ist leider unmöglich*, dachte sie.

Sie war froh, dass sie ihren Laptop dabeihatte, um sich dahinter zu verstecken. Sie rutschte auf ihrem Stuhl etwas nach unten, hielt den Blick starr auf den Bildschirm gesenkt und versuchte, sich unsichtbar zu machen. Nur ab und zu trank sie einen Schluck aus ihrer Tasse. Die Haltung war zwar denkbar unbequem, aber nötig; sie hatte keine Lust, ständig Hunters Wuschelhaare vor sich zu haben, während er auf seinem iPad herumtippte. Wahrscheinlich machte er gerade eine Liste, wer zuerst flog.

Erst, als sie an der Reihe war, um einen Überblick über die Fortschritte aus technischer Sicht zu geben, setzte sie sich gerade hin. Den Blick richtete sie abwechselnd auf Diane und ihren Bildschirm. Hunter schaute sie, während sie sprach, kein einziges Mal an. Ihr war klar, dass er es schaffen würde, sie aus dem Konzept zu bringen. Vielleicht indem er die Füße auf den Tisch legte und irgendwelche grottigen Socken entblößte, am Ende noch mit seinem eigenen Gesicht drauf.

Doch Hunter überraschte sie. Er unterbrach niemanden, gab keine sarkastischen Kommentare von sich und meldete sich ganze zweimal zu Wort, um sich bei Hector nach Einzelheiten zu erkundigen.

Iris entschuldigte sich nach dem Meeting umgehend und eilte in ihr Büro zurück, um letzte Vorbereitungen für ihre Reise zu treffen. Die unvermittelt verkürzte Arbeitswoche hatte ihren Terminkalender gehörig durcheinandergebracht, aber das konnte sie schlecht als Ausrede benutzen, nicht zu fahren.

Nach ein paar Stunden am Schreibtisch brauchte sie dringend einen Kaffee. Sie ging in die kleine Teeküche am Ende des Gangs, und als sie durch die Tür trat, tauchte unvermittelt eine Erinnerung auf. Plötzlich und glasklar. Genau hier hatte sie damals vor drei Jahren gestanden, als Elliott sie anrief. Sie wusste noch, dass sie darauf wartete, dass das Wasser kochte, und sofort nervös geworden war. Sie hatte hektisch das Telefon aus der Tasche geangelt, um ranzugehen. Zwischen ihnen hatten schon seit einer ganzen Weile Spannungen geherrscht, auch wenn sie nicht mehr festmachen konnte, wann genau es angefangen hatte.

«Hallo? Elliott?» Mit klopfendem Herzen und Panik in der Stimme war Iris rangegangen.

Sie hatte ihn am anderen Ende der Leitung atmen hören. Kurze, flache Atemstöße.

«Elliott?», hatte sie noch einmal gesagt und war rastlos durch die kleine Küche gelaufen.

«Iris? Ich … ich muss mit dir sprechen. Ich muss dir etwas sagen.»

Iris' Hände wurden feucht, ihr Atem war abgehackt. So hatte sie ihn noch nie erlebt, so aufgewühlt. So verzweifelt.

«Ja, okay», hatte sie geantwortet und versucht, möglichst ruhig zu klingen, obwohl ihr ganz schlecht geworden war. Wollte er ihr sagen, dass er sie verließ? Dass er eine andere kennengelernt hatte? «Okay, natürlich. Heute Abend?», hatte sie in dem Versuch gesagt, das Unvermeidliche hinauszuzögern.

Elliott hatte gezögert, ehe er antwortete. «Ja, gut. Heute Abend.»

Keiner von ihnen hatte zuerst auflegen wollen, und so waren sie in der Leitung geblieben, eine ganze Minute lang, vielleicht sogar länger, auf eine Art verbunden, wie sie es eine ganze Weile nicht mehr gewesen waren – beide präsent im gegenwärtigen Moment. Elliott war in letzter Zeit so still gewesen, so distanziert, geradezu abwehrend. Hilflos hatte sie mit angesehen, wie ihr Ehemann sich in einen Fremden verwandelte. Sie hatte in der Zeit viel gearbeitet, hatte sich nach ihrer Beförderung unbedingt beweisen wollen. In den Monaten, die ihrer Krise vorausgegangen waren, war sie immer wieder beruflich unterwegs gewesen, hatte sämtliche Gelegenheiten ergriffen, die sich ihr geboten hatten. Doch dabei hatte sie Elliott vernachlässigt. Sie hatte ihn vermisst. Sie hatte es vermisst, mit ihm zu lachen; hatte vermisst, wie er sie auf die Nasenspitze küsste, wenn sie kurz vor dem Einschlafen war. Sie vermisste das Strahlen, das über sein Gesicht ging, wenn er sie sah. Iris konnte sich nicht mehr erinnern, wann sie zum letzten Mal ein richtiges Gespräch geführt hatten, wann er das letzte Mal ihre Hand genommen und gesagt hatte: *Iris, wie die Blume.*

An jenem Abend war Iris zum ersten Mal seit Monaten früher nach Hause gegangen. Seit Elliotts Anruf hatte sie einen schrecklichen Knoten im Bauch, der sich von Minute zu Minute schwerer angefühlt hatte. Sie hatte sich alle möglichen Szenarien ausgedacht und ihre jeweiligen Reaktionen darauf. Falls er eine Affäre hatte, würde sie ihm verzeihen können? Falls er sie verließ, würde sie ihn anflehen zu bleiben? Doch als sie dann nach Hause gekommen war, durchnässt von einem plötzlichen Regenguss, war das Haus leer gewesen.

Die Erinnerung kehrte an ihren Platz zurück, direkt neben ihrem Herzen, zu den anderen, die sich dort eingenistet hatten, scharfkantig und kaum zu ertragen.

Iris hielt inne, konzentrierte sich auf Dinge, die sie sehen konnte, Dinge, die sie hören konnte, verankerte sich wieder in der Gegenwart. Sie übergoss das Instantpulver mit Wasser und rührte um. Sie gab mehr Milch in ihren Kaffee als sonst, um ihn abzukühlen, und trank in einem Zug die halbe Tasse leer, um sich den dringend benötigten Energieschub zu verschaffen. Es fiel ihr schwer, konzentriert zu bleiben, sich nicht in den vielen Was-wenns und Vielleichts zu verlieren. Sie atmete durch und ging zurück.

Sie war immer noch nicht wieder ganz klar im Kopf und passte nicht auf, wo sie hinlief. Bis sie spürte, wie sie mit der Stirn gegen etwas Hartes knallte und der lauwarme Kaffee ihre Bluse durchtränkte.

«Scheiße!», rief sie. Als sie den Blick hob, war sie sich sicher, dass irgendwo im Himmel Gott, an den sie nicht glaubte, schallend lachte.

«Alles okay?» Hunter stand erschrocken vor ihr und musterte sie von oben bis unten.

«Nein! Offensichtlich nicht!», antwortete sie mit Blick auf ihre Bluse.

«Komm rein.» Er öffnete die Tür zu seinem Büro. Iris zögerte kurz, dann folgte sie ihm. «Die musst du ausziehen», sagte er und zeigte auf die Seidenbluse. Es war eine ihrer Lieblingsblusen, und jetzt zog sich ein dunkelbrauner Fleck von der Schulter bis zum Busen.

«Ich ziehe mich sicher nicht vor dir aus!» Sie konnte nicht fassen, dass er so was vorschlug.

«Keine Angst. Ich gehe raus. Nur weil du anderen Leuten gerne beim Umziehen zusiehst, heißt das nicht, dass es allen so geht.»

Iris verdrehte die Augen und zog sich den klammen Stoff von der Haut.

«Ich gehe dir ein Handtuch und ein T-Shirt holen.»

«Ein T-Shirt?»

«Ja, ich habe in der Umkleide ein paar T-Shirts im Schrank.»

«Ich weiß nicht, ob dir das aufgefallen ist, aber ich bin ein bisschen kleiner als du.»

«Wir können schließlich nicht alle groß und stark sein, Iris.» Grinsend verließ er das Zimmer und zog die Tür hinter sich zu.

Iris stand unschlüssig in seinem Büro herum. Schließlich knöpfte sie die Bluse auf, zog sie aus und hielt sie vor sich hin, aus Angst, Hunter könnte hereinplatzen. Doch er tat es nicht. Als er wiederkam, klopfte er leise an, öffnete die Tür einen Spaltbreit und reichte mit ausgestrecktem Arm ein Handtuch und ein T-Shirt zu ihr rein. «Ich hole Kaffee. Willst du einen frischen?»

Sie spähte in ihren praktisch leeren Kaffeebecher. «Ja bitte.»

Sie hob das Handtuch auf, trocknete sich ab und hielt sich dann das T-Shirt vor. Ein schlichtes dunkelblaues T-Shirt mit weißer Aufschrift – *Ingenieur*, gefolgt von einer Definition aus dem Wörterbuch. Iris zog es lächelnd an. Es roch sauber und war weich. Aber natürlich viel zu groß. Sie kam sich vor wie ein kleines Kind, das Verkleiden spielte. Sie knöpfte die Hose auf und versuchte, möglichst viel Stoff im Hosenbund zu verstauen.

Ein paar Minuten später klopfte es wieder. «Bist du angezogen?»

«Ja», antwortete sie.

Er betrat mit zwei Bechern Kaffee das Zimmer und lächelte, als er sie sah. «Ich wusste, dass es dir gefällt», sagte er und deutete auf das T-Shirt.

«Wer sagt, dass es mir gefällt?»

«Dein Gesicht?» Hunter kam auf sie zu. «Kannst du bitte zwei Untersetzer aus dem Regal holen?»

So nah, wie er vor ihr stand, konnte Iris sehen, wie seine Brust sich hob und senkte, und den leichten Bartschatten auf seinen Wangen. Sie ertappte sich bei der Vorstellung, wie sie mit den Fingerspitzen sein Kinn entlangfuhr. Sie schluckte, drehte sich um und legte zwei Untersetzer auf den Tisch. Hunter stellte die Kaffeebecher ab und blieb vor ihr stehen, die Hände in den Hosentaschen. Auf seinem weißen Hemd waren winzige Kaffeesprenkel. Er wirkte immer so entspannt, so unangestrengt und gelassen. Iris fragte sich, ob er eigentlich nie nervös war oder an sich zweifelte. Wachte er jemals mitten in der Nacht auf und fragte sich, ob er die richtige Entscheidung getroffen hatte? Das war unvorstellbar. Auf sie wirkte er wie ein Mann, der immer eine Antwort wusste und sich nie fragte, ob es die richtige war. Doch dann fiel ihr wieder ein, was er neulich abends am See zu ihr gesagt hatte. *Ich bin zweiundvierzig Jahre alt und geschieden und reise beruflich kreuz und quer durchs Land, nur um nicht nach Hause zu müssen.*

Sie hob das Kinn und sah ihm in die Augen. Sofort überfiel sie wieder dieses komische Gefühl, das Gefühl zu fallen, dieses Herzflattern. Er machte einen Schritt auf sie zu, ließ den Blick über ihr T-Shirt gleiten. Sein Kiefer spannte sich an, und er saugte die Lippen ein. Einen flüchtigen Moment lang stellte Iris sich vor, wie es sich anfühlen würde, die Hände auf seinen Brustkorb zu legen, sich auf die Zehenspitzen zu stellen, mit ihren Lippen seinen Mund zu berühren. Sie riss die Augen auf, überrascht und verlegen, weil sie direkt vor ihm in eine kleine erotische Fantasie abgeglitten war. Sie machte einen Schritt nach hinten und räusperte sich.

«Ich muss zusehen, dass ich fertig werde», sagte sie. «Bis morgen.»

Sein Blick war leicht glasig, und er reagierte nicht sofort. Schließlich nickte er und sagte: «Ich hole dich um sieben ab.»

«Ja. Bis morgen. Um sieben», sagte sie mechanisch und ging zur Tür.

«Iris?», sagte er.

Sie drehte sich zögernd um. «Ja?»

«Vergiss deine Sachen nicht.» Er kam zur Tür und hielt ihr die befleckte Bluse und den frischen Kaffeebecher hin.

«Oh, richtig. Danke.» Sie nahm ihm beides ab.

Hunter beugte sich zu ihr vor, langsam und zielstrebig. Ein, zwei Sekunden lang wusste sie nicht, was passierte. In ihrem Nacken fing es an zu kribbeln, ein Schauer lief ihr über den Rücken. Ihre Blicke trafen sich, und Iris merkte, dass sie den Atem anhielt. Hunter streckte den Arm aus, griff um sie herum und öffnete die Tür.

«Oh», stammelte sie. «Danke.»

Sie hatte das Gefühl, zu viel Koffein im Blut zu haben. Ihr war schwindelig, und ihr Magen fuhr ein bisschen Karussell. Sie konnte nicht schnell genug wegkommen. Sie meinte zu hören, wie Hunter sich verabschiedete, aber in ihren Ohren rauschte es, und ihr Herzschlag hallte darin wider.

Ja, dachte sie, *definitiv zu viel Koffein.*

15

Die Unterbrechung in ihrer Routine nervte Iris. Zwei Lauftage am Stück waren ungewohnt für sie, und ihr Körper war schwer wie Blei. Es war ein kalter, nebelfeuchter Abend. Sie versuchte, sich auf ihre rhythmischen Schritte auf dem Asphalt zu konzentrieren, aus dem Gedankenkarussell auszusteigen und den Tag zu verdauen. Sie konzentrierte sich auf ihren Atem, darauf, wie die Lunge sich beim Einatmen weitete. Langsam wurden ihre Schultern lockerer, und die ersehnte Müdigkeit in den Muskeln setzte ein.

Sie erreichte den Park und lief außen herum, weg von Hunters Hotel. Es schien, als hätte ihr Körper, nicht ihr Verstand, diese Entscheidung getroffen. Vor ihr lag das Stadtzentrum und an der Ecke ein Restaurant mit dem Namen A *Spoonful of Sugar*. Die Nachspeisen dort waren spektakulär. Während die Hauptspeisen auf einer einzigen Seite Platz fanden, gab es für die Desserts eine eigene Karte, inklusive Bildern und ausführlichen Beschreibungen. Elliott hatte Iris zu ihrem letzten Geburtstag, den sie mit ihm gefeiert hatte, dorthin eingeladen. Sie hatte ein Banana Split bestellt, mit Schlagsahne und Bananeneis und Schokostreuseln, das ganze Programm. Als es serviert wurde, steckte in einer der Bananenhälften eine Kerze und auf der anderen stand mit Erdbeersoße *Happy Birthday* geschrieben. Sie hatte die Hand nach seiner ausgestreckt, sie festgehalten und ihn angelächelt, auf der Suche nach dem Elliott, der irgendwo in ihm verborgen war. Er war damals schon eine ganze Weile geistesabwesend gewesen, doch an jenem Abend war Iris besonders traurig gewesen. Sie hatte sich Sorgen über ihre Zukunft gemacht, hatte sich gefragt, weshalb Elliott ihr nicht mehr in die Augen sehen konnte, weshalb er ständig verstohlen aufs Telefon schaute. Jetzt, wo sie wusste, was damals mit ihm los gewesen war, schnitt ihr die Erinnerung ins Herz wie ein Messer.

Iris lief schneller, weg von dem Lokal und ihren Erinnerungen. Die kalte Luft ergriff von ihr Besitz, drang in ihre Ohren ein, in die Lungen, machte Finger und Zehen taub. Sie zog im Laufen ein Paar Handschuhe aus der Jackentasche, schlüpfte hinein und genoss die Wärme. Sie bog rechts ab und lief parallel zum Park weiter, durch eine ruhige Wohnstraße mit alten Doppelhaushälften. Vor ihr lud eine Frau die Einkäufe aus dem Kofferraum ihres Wagens; Iris wich auf die Fahrbahn aus.

Das Bild erinnerte sie an Hunter. Sie war nervös wegen der Fahrt, nervös wegen der Reise generell. Sie war schon oft beruflich unterwegs gewesen, auch über Nacht, manchmal auch mehrere Nächte, mit Menschen, die sie kaum kannte. Aber diesmal fühlte es sich anders an. Vielleicht lag ihre Nervosität auch darin begründet, dass sie inzwischen, was ihren Job betraf, ziemlich desillusioniert war. Sie liebte ihren Beruf, aber sie spürte, dass der Funke der Begeisterung, der sie einst angetrieben hatte, langsam erlosch.

Ehe Elliott gegangen war, hatte Iris damit begonnen, sich anderswo umzusehen. Sie hatte, beflügelt von Selbstvertrauen durch die Beförderung bei Taylor and Newton diverse Bewerbungen für Stellen in der Luft- und Raumfahrtsparte losgeschickt. Doch als Elliott dann aus ihrem Leben verschwunden war, war es ihr ein dringendes Bedürfnis gewesen, wenigstens eine vertraute Konstante in ihrem Leben zu behalten, wenn schon der Rest ihrer Welt um sie herum zusammenbrach.

Schließlich kam sie atemlos zu Hause an, froh, die Strecke hinter sich zu haben. Ihr taten die Knie weh. Sie schob die Hand in die Tasche, um den Schlüssel herauszuholen, doch die Tasche war leer. Ihr Verstand weigerte sich anzuerkennen, was passiert war.

«Mist!», murmelte sie. «Mist, Mist, Mist!» Frustriert stampfte sie mit dem Fuß auf.

Wann hatte sie den Reißverschluss aufgemacht? Sie hatte irgendwann die Handschuhe herausgeholt. Wann war das gewesen? Auf alle Fälle nach dem Lokal und vor der Frau mit den Einkäufen. Offensichtlich war ihr dabei der Hausschlüssel aus der Tasche gefallen. Sie beugte sich vor, stemmte die Hände auf die Knie und wartete darauf, dass ihr Atem sich beruhigte. Sie richtete sich wieder auf und wischte sich mit der Rückseite des Handschuhs den Schweiß von der Stirn. Ihre Mutter hatte einen Schlüssel und – in diesem Moment sehr viel hilfreicher – Diane ebenfalls. Iris tastete nach ihrem Telefon und schloss entnervt die Augen. Es steckte in ihrem Rucksack, weil der Akku den Geist aufgegeben hatte.

«Mist!», sagte sie wieder. Ihr war kalt. Sie hatte Hunger. Das hatte ihr gerade noch gefehlt. Sie ließ den Blick über die Straße gleiten, ohne zu wissen, wonach sie eigentlich suchte. Sie war nie auf die Idee gekommen, bei einem der Nachbarn einen Ersatzschlüssel zu deponieren. Sie würde zurücklaufen müssen. *Okay*, dachte sie. *Das ist kein Weltuntergang, lediglich ein verlorener Hausschlüssel.* Zögernd machte sie kehrt und fing wieder an zu laufen.

Eigentlich hatte sie sich auf eine heiße Badewanne und ein Glas Wein gefreut und darauf, im Pyjama vor dem Fernseher zu sitzen und sich durch die Netflix-Dokus zu scrollen. Aber jetzt musste sie zurücklaufen und die Nadel im Heuhaufen suchen. Sie erreichte das Lokal. Sie wusste noch, dass sie ungefähr hier die Handschuhe aus der Tasche geholt hatte. Als sie an der Frau in der Straße um die Ecke vorbeigekommen war, hatte sie die Dinger definitiv schon getragen.

Den Park zur Rechten, blieb sie stehen. Ein Mann mit einem kleinen Hund an der Leine kam aus dem Park. Der Hund trug ein rotes Mäntelchen.

«Guten Abend», sagte der Mann. Der Hund beschnüffelte Iris' Schuhe.

«Guten Abend», antwortete sie, ohne den Blick vom Asphalt zu haben. Ein Gulli war in den Bordstein eingelassen und zwischen den Streben klafften lange, schmale Lücken. Was, wenn ihr Hausschlüssel dort reingefallen und auf Nimmerwiedersehen verschwunden war? Ein Bus kam vorbei, dann ein Mann auf einem Fahrrad. Iris drehte sich einmal um die eigene Achse und überlegte, wie sie die Suche am besten strukturieren sollte. Sie brauchte ein System. Sie beschloss, die Straße in Abschnitte zu unterteilen. Sie würde jeden Abschnitt einzeln ablaufen und Meter für Meter untersuchen, ehe sie sich dem nächsten Abschnitt zuwandte. So müsste sie den Schlüssel eigentlich finden.

Das erste Segment sollte die Stelle, an der sie stand, bis zur nächsten Laterne umfassen, parallel zum Park. Sie lief systematisch auf und ab, den Blick fest auf den Boden gerichtet, in der Hoffnung, auf dem dunklen Asphalt etwas schimmern zu sehen. Sie konzentrierte sich ausschließlich auf den Boden direkt vor ihren Füßen und achtete weder auf den Verkehr noch auf irgendwelche Fußgänger – weshalb sie Hunter erst sah, als er direkt vor ihr stand, eine Einkaufstüte in der Hand und mit verwirrtem Blick.

«Iris?»

Erschrocken trat sie einen Schritt beiseite. Unwillkürlich musste sie an vorhin im Büro denken, daran, wie sich in ihr alles zusammengezogen hatte, als er sich zu ihr beugte.

«Du schon wieder!», schnaubte sie.

«Bitte keine unnötigen Höflichkeiten.» Er wechselte die Tüte von einer Hand zur anderen. Er trug den dunkelgrauen Mantel und die schwarze Bürohose. Sie fragte sich, ob er unter dem Mantel immer noch das Hemd mit den Kaffeesprenkeln anhatte. «Was tust du hier?», fragte er.

«Ich bin nach Hause gejoggt», antwortete Iris abwesend. Sie suchte bereits wieder den Boden ab.

«Ach so? Für mich sah das ehrlich gesagt von dort drüben aus eher so aus, als wärst du nicht ganz bei dir.»

Iris folgte mit dem Blick seinem ausgestreckten Arm – er meinte das Chinarestaurant auf der anderen Straßenseite. Unter dem großen, verblichenen Schild war ein breites Fenster mit Blick auf den Park. Bei der Vorstellung, wie Hunter sie beobachtet hatte, zuckte sie zusammen.

«Ja, äh, also, ich ...» Zögernd trat sie von einem Bein aufs andere. Sie wollte auf keinen Fall zugeben, dass sie ihren Hausschlüssel verloren hatte. Sie brauchte keine Hilfe, zumindest nicht von ihm. Davon hatte sie schon mehr als genug bekommen, ob erbeten oder nicht, und sie wollte auf gar keinen Fall noch tiefer in seiner Schuld stehen. Am Ende hielt er sie noch für unfähig, und das hätte sicher keinen guten Einfluss auf ihre Zukunft bei Taylor and Newton. Ihre Hypothek zahlte sich nicht von alleine ab.

Sie konnte ihren Hausschlüssel auch ohne Hunter suchen. Andererseits, wenn sie den Schlüssel nicht fand, musste sie Diane anrufen, und ihr Akku war leer. *Mist!*

«Mein Schlüssel …», sagte sie zögernd. «Mir ist offensichtlich der Hausschlüssel aus der Tasche gerutscht. Irgendwo hier, glaube ich.» Sie deutete mit einer ausladenden Bewegung auf die Straße vor sich.

«Herrje.» Hunter kratzte sich mit der freien Hand am Kopf und ließ den Blick auf und ab schweifen. «Lässt sich das eingrenzen?»

«Klar, Hunter», sagte Iris sarkastisch. «Auf einen Quadratmeter, um genau zu sein, aber ich dachte, ich könnte mir doch ebenso gut einen Spaß draus machen, in der Eiseskälte auf der Straße rumzuspazieren, natürlich in der Hoffnung, dass er nicht zu schnell wieder auftaucht.»

Hunter musterte sie grinsend. «Ach so, und ich wollte dir schon meine Hilfe anbieten. Umso besser, dann kann ich ja weiterziehen. Ich hab die Tüte voll mit Sachen vom Chinesen.»

«Super. Sieht aus wie für eine ganze Kompanie. Guten Appetit.»

Sie wandte ihm den Rücken zu und tat, als würde sie weitersuchen, obwohl es definitiv die falsche Richtung war. Sie hielt den Blick starr zu Boden gerichtet, ging ein paar Schritte und verschränkte die Arme. Ihr war eiskalt. Der Schweiß hing ihr am Leib wie eine klamme Decke. Sie musste diesen

Schlüssel finden. Sie seufzte, drehte sich wieder in Suchrichtung um und war überrascht, Hunters Rücken vor sich zu sehen. Langsam suchte er den Asphalt ab.

«Entschuldigung?», rief sie ihm zu. «Was machst du da? Ich dachte, dein Essen wird kalt.»

«Wetten, dass ich den Schlüssel finde?», sagte er, ohne den Blick zu heben.

«War ja klar.» Iris stemmte die Hände in die Seiten. «War ja klar, dass du daraus gleich einen Wettkampf machen musst.»

«Wir brauchen ein System», verkündete er und musterte die Straße.

«Wir?»

Hunter nickte. «Ja. Wir müssen die Straße in Abschnitte unterteilen.»

«Was, glaubst du, habe ich getan?»

Er drehte sich zu ihr und sah sie stirnrunzelnd an. «Ehrlich gesagt, für mich sah es so aus, als würdest du ziellos hin und her laufen.»

Sie verdrehte die Augen. «Ich habe systematisch einen Abschnitt abgesucht.»

«Ja, wie gesagt, lass uns systematisch suchen.»

Auch wenn Iris genervt war, wie Hunter vorpreschte und die schlichte Suche nach einem Hausschlüssel in eine militärische Operation verwandelte, musste sie zugeben, dass vier Augen mehr sahen als zwei, auch wenn zwei davon Hunter Monroe gehörten.

«Leider muss ich dir sagen, dass dem Finder keine Goldmedaille winkt», sagte sie. «Bist du sicher, dass du damit umgehen kannst?»

«Deine Dankbarkeit ist mir Belohnung genug», erwiderte er.

Iris schaute ihn finster an.

«Also. Die ganze Straße?», fragte er.

«Ungefähr an dieser Stelle habe ich meine Handschuhe aus der Tasche geholt, also muss es irgendwo zwischen diesem Parkzugang und ...» – Iris verrenkte sich den Hals, um an Hunter vorbeizuschauen – «der Kreuzung zur Fairdale Street gewesen sein.»

Hunter nickte und suchte dann weiter. «Ich übernehme den Abschnitt ab hier bis zu dem Mülleimer da vorne.» Er deutete in die entsprechende Richtung. «Und du bis zur Kreuzung.»

Iris wollte widersprechen, doch dann ließ sie es bleiben. Ihr war wirklich kalt. Und sie hatte Hunger. Der Duft aus Hunters Tüte war ihr in die Nase gestiegen, und jetzt knurrte ihr der Magen. Als sie an ihm vorbeiging, sagte er, ohne die Suche zu unterbrechen: «Möchtest du meinen Mantel?»

Sie drehte sich zu ihm um. «Wie bitte?»

«Meinen Mantel ... möchtest du den haben?»

Iris hasste es, wenn er das tat – dieses Umschalten von Sarkasmus auf Fürsorge. Es verwirrte sie, brachte ihre Meinung über ihn ins Wanken, machte es schwerer für sie, ihn als Feind zu sehen.

«Nein. Mir geht's gut.» Als sie merkte, wie harsch sie klang, sagte sie schnell: «Aber trotzdem, danke.»

Hunter suchte weiter, als hätte er ihre Antwort nicht gehört, den Kopf gesenkt, langsam und methodisch. Er wirkte, als wäre er ganz in seinem Element, als wäre es sein täglich Brot, das Unmögliche möglich zu machen. Iris fragte sich, ob er ihr half, weil er ihr wirklich helfen wollte oder weil es ihm einfach Spaß machte.

Eine halbe Stunde später waren sie noch immer nicht fündig geworden. Iris hatte ihr Suchgebiet sogar noch weiter ausgedehnt und die Fairdale Road mit eingeschlossen. Hunter war ihr mit gesenktem Kopf hinterhergegangen, als hätte er Zweifel an ihrer Gründlichkeit. Als Iris schließlich abrupt stehen blieb und sich umdrehte, er nur knapp hinter ihr, richtete er sich auf.

«Wie lautet Plan B?»

Iris legte die Hände vors Gesicht und holte tief Luft.

«So schlimm?», fragte er. Als sie die Hände wieder vom Gesicht nahm, stand Hunter im Hemd vor ihr, die Tüte vom Chinesen neben sich, und hielt ihr den Mantel hin.

«Hier.» Er legte ihr den Mantel um die Schultern, der sich anfühlte, als hätte er über der Heizung gehangen. Auf seinem Hemd waren tatsächlich noch Kaffeesprenkel von ihrem Zusammenstoß.

«Ich ... das ... dir wird kalt ...», sagte sie protestierend.

«Dir ist schon kalt. Außerdem lautet mein Plan, jetzt ins Hotel zu gehen und mein Kompanie-Abendessen zu verschlingen.»

Iris nickte. Was hatte sie erwartet? Warum sollte er ihr weiter Gesellschaft leisten, während sie darauf wartete, dass wie durch ein Wunder ihr Schlüssel wieder auftauchte. «Danke, jedenfalls. Für deine Hilfe.»

«Du kommst mit», sagte er gelassen.

In Iris sträubte sich alles. «Wie bitte?»

«Na ja, Iris, hast du wirklich eine Wahl?»

«Vielleicht könnte ich kurz dein Telefon benutzen?», ihre

Stimme wurde mit jedem Wort leiser. Er hatte ihr schon genug geholfen. «Ich muss Diane anrufen», sagte sie. «Sie hat einen Ersatzschlüssel.»

Hunter holte das Telefon aus der Tasche. «Hast du ihre Nummer?», fragte er.

Iris fluchte verhalten.

«Ich interpretiere das als Nein», sagte er. «Und ich nehme an, dies war dein Plan B. Auch wenn ich der Meinung bin, dass es dein Plan A hätte sein sollen.» Er verstummte und sah sie durchdringend an. Auf den Fußballen wippend, erwiderte sie seinen Blick.

Er schaute über die Schulter und dann zurück zu ihr. «Hör mal, du frierst. Komm mit ins Hotel. Ich habe ihre Nummer in meinem Diensthandy. Du kannst sie anrufen und mir helfen, dieses ganze Essen zu vertilgen.» Er musterte die Tüte. «Du hast recht – ich habe etwas zu viel bestellt.»

Iris grinste. «Ich habe recht?»

«Konzentrier dich auf die Lösung, Iris, nicht auf dein Ego.»

«Ich ... ich kann doch nicht mit dir ins Hotelzimmer ...», stammelte sie.

«Oh, okay. Wie lautet dann der Plan?»

Iris zog den Mantel enger um sich. Er roch nach Hunter. Tja, wie lautete ihr Plan? Sie musste Diane erreichen ... was anderes fiel ihr nicht ein.

«Ach, verdammt!» Frustriert stampfte sie auf dem Asphalt auf.

«Ist das ein Ja?», fragte er mit unbewegtem Gesicht. Iris konnte nicht sehen, ob er sich freute oder genervt war.

«Ich muss einfach nur Diane anrufen», wiederholte sie.

«Okay, gut, dann gehen wir jetzt Diane anrufen.»

Sie gingen die Fairdale Road zurück, bogen nach links auf die Hauptstraße ab, vorbei an dem chinesischen Restaurant und am Park, bis sie das *Radcliffe* erreichten, ein altes, elegantes Stadthotel. Hunter drückte die breite Schwingtür auf und ließ Iris den Vortritt. Sobald die Tür hinter ihnen zuschwang, wurden sie von heimeliger Wärme begrüßt, vom schwachen Duft nach frischer Wäsche und von leiser Musik.

Iris folgte Hunter an der Rezeption vorbei und über die Treppe hinauf in den ersten Stock. Er zog eine Schlüsselkarte aus der Hosentasche und hielt sie an das Lesegerät. Iris zögerte. Sie war dabei, Hunter Monroes Hotelzimmer zu betreten, den Raum, in dem er schlief und duschte und aß. Sie hatte das Gefühl, seine Intimsphäre zu verletzen.

Plötzlich erschien ein flüchtiges Bild von Elliott vor ihrem inneren Auge, und sie versuchte, es zu verdrängen. Aber es hielt sich hartnäckig – scheu lächelnd sah er Iris über den Rand seiner Zeitung hinweg an, vor ihm auf dem Tisch eine halb leere Kaffeetasse. Wie schlicht diese Erinnerung war, und trotzdem verursachte sie in Iris' Brustraum einen dumpfen Schmerz. So wie die meisten Erinnerungen an Elliott.

«Kommst du?», fragte Hunter und hielt ihr die Tür auf.

Iris schüttelte die Erinnerung ab und betrat Hunters Zimmer.

16

Sie ließ den Mantel von den Schultern gleiten und legte ihn zusammengefaltet auf das große Doppelbett in der Mitte des Raums. Es war ordentlich gemacht, mit blassgrüner Tagesdecke und passenden Zierkissen. Das Zimmer war nicht besonders groß und sparsam möbliert: ein an die Wand montierter Fernseher, darunter ein Mahagonitisch mit Schreibtischlampe, außerdem passende Nachtschränkchen zu beiden Seiten des Betts. Zu Iris' Rechter führte eine Tür ins Bad. Sie stand offen, und Iris konnte einem kurzen Blick nicht widerstehen. Außer einer Dose Deodorant und einer elektrischen Zahnbürste wies nichts darauf hin, dass dieses Bad benutzt wurde. Keine Klamotten, keine *Dinge*. Iris machte noch zwei Schritte in das Zimmer hinein. Das Tablett mit den Utensilien für Kaffee und Tee wirkte unberührt, sonst gab es nichts zu entdecken.

«Wo hast du deine ganzen Sachen?», fragte sie.

Hunter sah sich um. «Welche Sachen?»

«Du lebst doch hier, oder nicht?»

Er runzelte die Stirn. «Vorübergehend?»

«Hast du denn keine ... Habseligkeiten? Private Gegenstände?»

«Selbstverständlich.» Hunter trat an den Schreibtisch und zog die obere Schublade heraus. Darin lagen ein Telefon, ein Ladekabel und ein Buch.

«Wow. Ganz schön viel Gepäck», sagte sie trocken.

Hunter machte einen Schritt beiseite und legte den Kopf schief. «Die Anziehsachen verwahre ich im Schrank, falls du die sehen möchtest? Oder bist du auf der Suche nach meinen ... wie war das gleich wieder? Meinen Serienmörderrequisiten?» Er stellte die Tüte vom Chinesen auf den Tisch und machte sich daran, das Essen auszupacken. Iris zählte sechs Schachteln. «Ich konnte mich nicht entscheiden», sagte Hunter achselzuckend. «Also hab ich von jedem ein bisschen was bestellt. Bedien dich.» Er nahm eine Frühlingsrolle zwischen die Finger und biss hinein. Iris konnte das Loch in ihrem Bauch förmlich spüren. Ihr lief bei dem Anblick das Wasser im Mund zusammen.

«Ich habe tatsächlich ein bisschen Hunger.» Sie nahm sich ebenfalls eine Frühlingsrolle, und Hunter beugte sich über die Schublade und brachte zwei Plastikteller und Besteck zum Vorschein. «Das ist ja reinste Zauberei – was versteckst du sonst noch da drin?»

«Ach, weißt du, Kneifzange, Kettensäge, Abdeckplane ...», sagte er wie aus der Pistole geschossen.

Sie griffen gleichzeitig nach derselben Frühlingsrolle, und ihre Finger berührten sich. Iris zog nervös die Hand zurück.

«Entschuldigung», murmelte sie und wurde rot, ohne zu wissen, warum; es war schließlich nur seine Hand gewesen. Vielleicht lag es daran, sein Zimmer zu teilen, sein Essen zu essen, sich in seinem Raum aufzuhalten.

Hunter verkniff sich ein Grinsen. «Ladies first», sagte er.

Iris verdrehte die Augen, sagte aber nichts. Sie griff nach der Frühlingsrolle und warf einen scheuen Blick aufs Bett. Plötzlich durchzuckte sie ein Gedanke: *Ob er nackt schläft?*

Schnell schob sie sich die Frühlingsrolle in den Mund, um die Vorstellung zu verdrängen.

«Hier.» Hunter reichte ihr Teller und Besteck.

Iris nahm sich etwas Chicken Kung Pao und dazu ein wenig Reis und sah sich nach einer Sitzgelegenheit um. Hunter deutete aufs Bett.

«Für eine Essecke hat es leider nicht gereicht», sagte er.

Iris setzte sich auf die Bettkante und balancierte den Teller auf den Knien. Hunter bevorzugte es offenbar, im Stehen zu essen und weiter über ihr aufzuragen.

«Warum wohnst du hier?», fragte Iris.

«Meinst du das Hotel?»

Sie nickte mit vollem Mund. Das Essen war gut, wenn auch inzwischen so gut wie kalt. Hunter zuckte mit einer Schulter. «Warum nicht?»

«Die Firma hätte dich bestimmt auch etwas näher untergebracht. Etwas … schicker. Im Stadtzentrum von Nottingham gibt es jede Menge Hotels.»

«Ja, sie haben es angeboten. Aber ich bin lieber etwas außerhalb.»

«Lebst du in London?», fragte sie.

«Genau», antwortete er. «Wenn ich erst wieder zu Hause bin, habe ich genug Trubel um mich herum.»

Seine Stimme klang plötzlich ein bisschen rauer. Iris fragte sich unwillkürlich, was dahintersteckte, aber sie wollte nicht neugierig sein. Oder vielleicht wollte sie auch neugierig sein, wollte aber nicht, dass Hunter es mitbekam. Sie fragte sich, ob es etwas mit seiner Ex-Frau zu tun hatte. War sie der Grund, weswegen er in London lebte? Gemeinsame Kinder? Seine Eltern?

«Aber Nottingham ist eine nette Stadt», sagte er. «Das findest du sicher auch, schließlich lebst du hier.»

«Ja, das stimmt, bis zu einem gewissen Grad.» Er zog fragend die Augenbrauen hoch. «Ja, Nottingham ist nett», sagte sie eilig.

«Aber?»

«Aber ...» Iris wusste nicht, ob sie weitersprechen sollte. «Manchmal würde ich lieber nach Hause zurückgehen.»

«Wo bist du zu Hause?» Iris merkte, dass er aufgehört hatte zu essen. Er musterte sie mit seinem intensiven Blick.

«In Bridlington. Am Meer.»

Hunter nickte. «Aber du bleibst trotzdem hier.» Es war eine Feststellung, keine Frage, aber ihnen war beiden klar, dass es in Wirklichkeit doch eine Frage war, als Feststellung verkleidet, auf die Iris antworten konnte, wenn sie wollte.

«Ja. Ich bleibe hier.» Iris nahm den Teller von den Knien und stand auf. Die Richtung, die dieses Gespräch nahm, gefiel ihr nicht. «Ich sollte Diane anrufen.»

«Klar. Diane.» Hunter griff in die Schublade und holte das Telefon heraus. Er tippte ein paarmal das Display an, scrollte durch die Kontakte und reichte es ihr. «Bitte sehr.»

Der Bildschirm zeigte Dianes Namen und ihre Nummer und in Klammern darunter den Namen der Firma. Unwillkürlich fragte Iris sich, wie viele Dianes wohl in seinem Telefon gespeichert waren und ob sie alle mit seiner Arbeit zu tun hatten. Überrascht von ihren Gedanken zog sie die Nase kraus, konzentrierte sich auf das Telefon in ihrer Hand und drückte den Anruf-Button.

«Ja, bitte?»

Dianes Tonfall brachte Iris zum Lächeln. Professionell

und höflich. Sie hatte offenbar Hunters Namen auf dem Display gelesen.

«Diane, ich bin's, Iris.»

«Iris? Was tust du denn mit Hunters Telefon? Oh ... bist du ...»

Iris fiel ihr ins Wort, ehe sie den Gedanken weiter ausführen konnte. «Wir sind uns zufällig über den Weg gelaufen. Ich habe meinen Hausschlüssel verloren, und mein Akku ist leer. Meinst du, du könntest mir meinen Ersatzschlüssel vorbeibringen?»

«Natürlich! Wohin soll ich kommen?»

«Ich laufe nach Hause, und wir treffen uns dort.»

«Nein. Das tust du nicht», sagte Diane bestimmt. «Draußen ist es dunkel, von der Kälte ganz zu schweigen. Bleib, wo du bist. In welchem Hotel wohnt Hunter?»

«Im *Radcliffe*», antwortete Iris.

«Okay, ich mache mich auf den Weg, sobald ich kann. Ich rufe dich an, wenn ich da bin.»

«Danke sehr.»

Iris legte auf und gab Hunter das Telefon zurück.

«Sie ruft an, wenn sie hier ist. Falls es dir lieber ist, kann ich auch in der Lobby warten.»

«Mir ist lieber, du wartest hier», sagte er nur.

Angesichts seiner Direktheit zuckte Iris unwillkürlich zusammen, aber Hunter schien es gar nicht zu bemerken. Er nahm noch eine Gabel voll, dann stellte er den Teller hinter sich auf den Tisch.

«Warum sagst du solche Dinge?» Die Frage war Iris herausgerutscht, ehe sie sich davon abhalten konnte.

Hunter zog eine Augenbraue hoch. «Was für Dinge?»

«Dass du möchtest, dass ich hierbleibe.»

«Weil es wahr ist. Warum sollte mir lieber sein, dass du unten wartest?» Er zuckte die Achseln, und Iris fragte sich, was er bezweckte. Seine Worte standen im Widerspruch zu seinem gleichgültigen Auftreten. Er holte zwei Flaschen Wasser aus der Tüte und reichte Iris eine davon. Sie drehte die Kappe ab und trank einen tiefen Schluck, durstig von dem würzigen Essen und dem langen Lauf.

«Bereit für morgen?», fragte er sie.

Iris schraubte die Flasche wieder zu und leckte sich einen Tropfen von der Unterlippe. «So bereit, wie ich sein kann», sagte sie.

Hunter setzte sich aufs Bett, lehnte sich gegen das Kopfteil und streckte die Beine aus. Verunsichert blieb Iris mit dem Rücken zu ihm auf der Bettkante sitzen. Sollte sie aufstehen? Sich zu ihm umdrehen? Sie beschloss, aufzustehen und den Teller auf den Schreibtisch zu stellen. Unsicher ließ sie den Blick durchs Zimmer schweifen und fragte sich, ob sie lieber doch gehen sollte.

«Du darfst auch sitzen bleiben», sagte Hunter. «Ich verspreche, dass ich dir nicht zu nahe komme.»

Zögerlich setzte Iris sich auf die andere Bettseite, streifte die Schuhe von den Füßen und überkreuzte die Beine. «Das war wahrscheinlich nicht besonders klug», sagte sie. «Ich bin total eklig, so verschwitzt vom Laufen.»

«Du bist niemals eklig, Iris.»

Iris sah ihn böse an. «Jetzt hast du es schon wieder getan.»

«Was denn?»

«Ständig sagst du solche Sachen. Eben noch bist du total

ernst, und eine Sekunde später sagst du Dinge, bei denen ich mich frage ...» Sie verstummte und wünschte, sie hätte den Satz gar nicht erst angefangen.

«Bei denen du dich was fragst?»

Iris seufzte heftig und ließ die Schultern hängen. «Ob ich dich nicht völlig falsch verstehe.»

«Das kommt ganz drauf an», sagte Hunter und schlug die Beine übereinander. Er wirkte vollkommen entspannt. Er wirkte immer vollkommen entspannt. Brachte nichts ihn je aus der Ruhe? «Wie verstehst du mich denn?»

Iris schüttelte den Kopf. «Nein. Das machen wir nicht.»

«Was machen wir nicht?» frotzelte er.

«Wir werden nicht versuchen, einander zu analysieren. Da kommt nichts Gutes bei raus.»

«Ach was?»

«Definitiv. Lass uns ...» Iris legte die Hände auf die Oberschenkel, holte tief Luft und hielt eine Sekunde lang den Atem an. Es war der Versuch, Zeit zu schinden, weil sie selbst nicht wusste, was genau sie sagen wollte. «... die professionelle Ebene wahren.»

Hunter nickte. Es lag etwas in seinem Blick, das sie nicht ganz deuten konnte. Es sah ein bisschen nach Enttäuschung aus.

«Professionell», sagte er und nickte wieder. Er schien über den Begriff nachzudenken, als wäre er ihm unbekannt. «Wie wär's mit einem Technikquiz?» Sein Tonfall war absolut ernst. Doch er versuchte eindeutig, sich ein Grinsen zu verkneifen. Iris konnte nicht anders. Sie musste lachen.

«Im Ernst?», sagte sie. «Ein Quiz?»

«Du hast professionell gesagt ...»

Iris schüttelte grinsend den Kopf und wechselte das Thema, obwohl die Vernunft sie innerlich anschrie, den Mund zu halten. «Sag mal, wie bist du eigentlich ausgerechnet hier gelandet, bei Taylor and Newton?»

Hunter schaute weg. Iris kannte diesen abwesenden Blick, der ihr sagte, dass er an etwas dachte, woran er eigentlich nicht denken wollte. Sie bereute ihre Frage sofort, aber noch ehe ihr etwas anderes einfiel, räusperte er sich.

«Die Anfrage kam und …» Er verstummte, schluckte und schaute Iris wieder an. «Es passte gerade.» Er strich sich fahrig übers Hemd und holte tief Luft. Iris sah, wie sein Brustkorb sich weitete, wie die Schultern sich hoben und wieder senkten. Unwillkürlich ließ sie den Blick über seinen Körper schweifen und biss sich auf die Unterlippe.

«Und? Wie läuft es bis jetzt für dich bei Taylor and Newton?»

«Der Auftrag? Fantastisch. Bis auf diese eine Angestellte. Sie ist reingeplatzt, als ich duschen war, und hat mit ihrer Kaffeetasse nach mir geworfen. Ist das zu fassen?» Er schüttelte empört den Kopf.

Iris schlug sich die Hand vor den Mund. So betrachtet, klang es tatsächlich, als wäre sie etwas neben der Spur.

«Vielleicht solltest du nicht so streng mit ihr sein», sagte sie leise.

«Warum das denn?» Hunter schaute sie amüsiert an.

«Sie ist dir versehentlich in der Dusche begegnet, oder nicht?» Iris riss die Augen auf. «Die Ärmste!» Sie fasste sich in gespieltem Entsetzen an die Brust.

Lachend stieß er mit seinem Fuß gegen ihr Bein. Iris legte den Kopf schief, um ihn anzusehen. Er wich ihrem Blick nicht aus. Das Zimmer fühlte sich plötzlich viel kleiner an. Intimer. Sie konnte seinen Atem hören und das Rauschen ihres Blutes. Plötzlich gab es irgendwo im Zimmer ein Geräusch. Sie zuckten beide zusammen. Irgendwas fing rhythmisch an zu summen. Iris konnte es nicht sofort zuordnen.

Hunter räusperte sich. «Ich glaube, deine Rettung naht», sagte er und zeigte zum Schreibtisch. Dort lag vibrierend sein Telefon. Iris stand auf und nahm es vom Tisch. Auf dem Bildschirm leuchtete Dianes Name auf.

«Hallo.»

«Iris? Ich stehe draußen, direkt gegenüber vom Hotel.»

«Super, bin sofort unten.»

Iris legte das Telefon zurück auf den Tisch und sah Hunter an. Er saß immer noch auf dem Bett, den Kopf angelehnt, einen Arm dahinter abgewinkelt.

«Bis morgen», sagte er.

Iris schaute den Mann an, aus dem sie einfach nicht schlau wurde, der ungebeten in ihre Privatsphäre eingedrungen war, der sich so nett mit ihren Freundinnen unterhalten hatte, der ihr geholfen hatte, ihren Hausschlüssel zu suchen, obwohl sie ihm gesagt hatte, er solle gehen. Der Mann, der ihr seinen Mantel geliehen hatte, obwohl sie abgelehnt hatte, der sie bei sich beherbergte und sein Abendessen mit ihr teilte und sie sein Telefon benutzen ließ. Der Mann, der plötzlich nicht mehr so schlimm wirkte, wie sie gedacht hatte. *Er ist immer noch der Feind*, sagte sie still zu sich. Sie zog die Turnschuhe an, machte die Tür auf und drehte sich noch einmal zu ihm um.

«Danke», sagte sie. «Für deine Hilfe. Und für das Essen.»

«Jederzeit gern», antwortete Hunter.

Iris zog die Tür zu und atmete auf. *Der Feind*, wiederholte sie.

Plötzlich war Iris sich nicht mehr sicher, ob das tatsächlich stimmte.

17

Iris stieg zu Diane ins Auto und merkte sofort, wie sie sich entspannte. Endlich konnte sie nach Hause. Mit einem Schlüssel. Sie seufzte tief, die Sitzheizung wärmte ihr den Rücken, und Dianes Blick drang ihr bis in die Seele. Iris wandte sich ihr zu und sah sie an.

«Danke!», sagte sie, obwohl ihr klar war, dass Diane definitiv nicht auf Dankbarkeit aus war. Sie wollte Informationen. Einen detaillierten Bericht über die Geschehnisse des Abends.

«Jetzt erzähl schon!», stieß Diane aus. «Was ist passiert?»

Der Motor lief leise, das Radio war aus, die Handbremse angezogen. Diane hatte sich Iris zugewandt, eine Hand auf dem Lenkrad, die andere im Schoß. Sie hatte es offensichtlich nicht eilig. Iris spähte durch die Scheibe hoch zum Hotel und hoffte inständig, dass Hunter nicht irgendwo da oben stand und durchs Fenster zu ihnen runterschaute, eine Schachtel mit Resten in der Hand und ein zufriedenes Grinsen im Gesicht. Zum Glück konnte sie ihn nirgendwo entdecken.

«Gar nichts ist passiert», sagte Iris entschieden. «Es gibt nichts zu erzählen.»

«Sag mal, Iris, glaubst du, ich bin von vorgestern? Ich habe dich gerade von Hunters Hotel abgeholt ...»

Diane fuhr sich durch die Haare, die Locken fielen ihr lose über die Schultern. Iris bemerkte ihr Outfit: ein eng anliegendes schwarzes Kleid, dazu ein hellrosa Kunstfellmantel, roter Lippenstift und Perlenkette. Sie hatte offensichtlich Dianes Pläne durcheinandergebracht. In ihre Dankbarkeit mischten sich Schuldgefühle. Sie gab nach. «Ich habe beim Nach-Hause-Joggen den Hausschlüssel verloren.»

«Und?», sagte Diane gedehnt und klopfte mit dem Zeigefinger gegen das Lenkrad.

«Ich bin noch mal zurückgelaufen, um danach zu suchen. Dabei bin ich zufällig mit Hunter zusammengestoßen.»

«Ihr seid zufällig *zusammengestoßen*? Einfach so?», fragte Diane skeptisch.

«Also nicht sprichwörtlich. Er hatte sich auf der anderen Straßenseite gerade was zum Mitnehmen besorgt, und als er mich unter der Laterne auf und ab gehen sah, beschloss er ...» Iris verstummte. Ihr wurde klar, dass er ihr ebenso gut hätte aus dem Weg gehen können. Er hätte einfach auf seiner Straßenseite bleiben und direkt zurück ins Hotel gehen können, um in Ruhe sein noch heißes Abendessen zu genießen. Doch das hatte er nicht getan.

«Zu helfen?», beendete Diane ihren Satz. Sie lächelte. Offensichtlich fand sie die ganze Angelegenheit amüsant.

Iris zuckte die Achseln. «Wahrscheinlich.»

«Und wie bist du dann in seinem Zimmer gelandet?»

«Ich musste telefonieren und hatte deine Nummer nicht. Ich hätte nicht gewusst, was ich sonst tun sollte.»

Diane drehte sich wieder um und setzte den Blinker. Offensichtlich war sie zufrieden mit Iris' Bericht.

«Danke, dass du gekommen bist.» Iris wechselte eilig das Thema. «Du siehst hübsch aus. Wo gehst du hin?»

«Was trinken.» Ein Wagen blendete auf, um Diane vorzulassen, und sie fädelte sich in den Verkehr ein. «Ich bin mit meinem Cousin und ein paar Freunden verabredet. Komm doch einfach mit!», sagte sie begeistert. «Sue und Kathryn kennst du noch von meiner Geburtstagsfeier, oder? Und Robin, der Läufer, mit dem du dich ausgetauscht hast? Ach, und Max.» Diane sagte es betont beiläufig, als hätte sie ihn fast vergessen zu erwähnen. «Das wird sicher lustig.»

Iris hatte das dringende Bedürfnis, Nein zu sagen. Sie hatte einen langen Tag hinter sich, sie war erschöpft, und alles, was sie wollte, war eine warme Badewanne und sich danach gemütlich ins Bett zu kuscheln.

«Sag mal, versuchst du schon wieder, mich mit Max zu verkuppeln?», fragte sie.

«Was? Nein!», protestierte Diane. «Überhaupt nicht! Ich wusste doch gar nicht, dass wir uns heute Abend sehen würden, oder?» Ihre Stimme war ein bisschen zu schrill, ihre Empörung ein bisschen zu gezwungen. «Jetzt komm schon, Iris, das wird gut.»

«Aber …» Iris suchte verzweifelt nach einer Ausrede – obwohl es eigentlich keine Ausrede brauchte, das war pure Vernunft – aber sie wusste, dass Diane nichts gelten lassen würde. Sie versuchte es trotzdem. «Ich muss dringend unter die Dusche, außerdem habe ich morgen einen langen Tag. Ich sollte früh ins Bett. Packen muss ich auch noch.»

«Unsinn. Du musst mit mir ausgehen und dich ablenken.»

Iris war klar, worauf sie anspielte. Diane benutzte den Begriff *ablenken* grundsätzlich für alles, was mit Elliott zu tun hatte, in diesem Fall war es der morgige Jahrestag. Das Datum hatte sich bei Diane fast genauso tief eingebrannt wie bei Iris. Sie hatte Iris hautnah im freien Fall erlebt. Sie hatte ihrer Freundin am absoluten Tiefpunkt beigestanden. Sie hatte bei ihr gesessen, während sie weinte, und Essen für sie gekocht, das sie kaum anrührte. Sie hatte bei ihr zu Hause aufgeräumt und sie an die frische Luft gelockt. Iris wusste, welches Glück sie hatte, jemanden wie Diane zur Freundin zu haben. Eine Freundin, die wusste, was gut für sie war, wenn sie selbst keinen blassen Schimmer hatte.

«Okay», sagte Iris. «Aber nur wenn es dir nichts ausmacht zu warten, bis ich geduscht habe.»

«Ganz und gar nicht. Duschen ist *definitiv* angesagt.» Diane zog die Nase kraus.

«Wohin gehen wir eigentlich?», fragte Iris.

«*The Windmill.*» Diane parkte vor Iris' Haus, stellte den Motor ab und zog den Zündschlüssel ab.

«Ich kann auch selbst fahren.» Iris wollte Diane nicht noch mehr zur Last fallen.

«Sei nicht albern.»

Sie stiegen aus, und Diane kramte in ihrer Handtasche und drückte Iris ihren Hausschlüssel in die Hand.

«Vielen Dank.» Iris schloss die Haustür auf.

Diane folge ihr ins Haus. «Ich rufe Max an und sage ihm, dass ich mich etwas verspäte.»

«Okay, ich brauche nicht lange», sagte Iris und lief, zwei Stufen auf einmal nehmend, nach oben ins Bad.

Sie stellte die Dusche an, zog sich aus, stieg unter den heißen Wasserstrahl und wusch sich die Haare. Als sie fertig war, föhnte sie sich eilig, legte getönte Tagescreme und etwas Wimperntusche auf und schlüpfte in eine Jeans, ein weißes T-Shirt und ihren hellbraunen Blazer. Sie fühlte sich gehetzt. Es erinnerte sie an die nervenaufreibenden Tage letzte

Woche, als sie die Herrendusche benutzen musste, in ständiger Eile, aus Angst, Hunter könnte jeden Moment auftauchen. Die Erinnerung bescherte ihr ein unerwartetes Flattern in der Magengrube, und Hunters Bild drängte sich in den Vordergrund, halb nackt und noch nass vom Duschen. Iris biss sich auf die Lippe, als sie an die Muskelstränge dachte, die rechts und links auf seinem Bauch unter dem Handtuch verschwunden waren, an den Wassertropfen, der von seiner Brust Richtung Bauch gelaufen war. *Reiß dich gefälligst zusammen!*, ermahnte sie sich.

Als sie aus dem Bad kam, saß Diane auf der untersten Treppenstufe und tippte in ihr Telefon.

«Fertig», rief Iris und griff zu ihrer Handtasche.

Diane stand auf und sah sie an. «Hübsch siehst du aus. Du hast so einen netten Glow.»

Iris reagierte wie immer, wenn sie ein Kompliment bekam. Sie wischte es unbehaglich beiseite. «Wahrscheinlich der Schweiß.» Sie holte den Ersatzschlüssel aus der Schublade, nahm sich vor, so bald wie möglich einen neuen zu besorgen, und öffnete die Haustür. Es war noch kälter geworden, ein dünnes Wolkenband durchzog den ansonsten klaren Abendhimmel. Iris überlegte, ob sie noch mal zurückgehen und den wärmeren Mantel nehmen sollte, als von nebenan eine Stimme ertönte.

«Diane?»

«Phil! Das gibt's doch gar nicht.» Diane ging nach nebenan auf Davids Auffahrt und umarmte einen großen, schlaksigen Mann, der gerade aus dem Haus gekommen war. Iris erkannte Davids Sohn. Sie hatte ihn schon ab und zu von Weitem gesehen, aber noch nie mit ihm gesprochen.

«Wie lange ist das her?», fragte Phil.

Diane stützte die Hände auf die Hüften und sah ihn nachdenklich an. Iris versuchte zu begreifen, was hier vor sich ging. Die beiden kannten sich offensichtlich, aber woher?

«Das müssten jetzt sieben oder acht Jahre sein, oder?», sagte Diane.

«So ungefähr.» Phil hatte kurz geschorene braune Haare und meerblaue Augen – er war seinem Vater wie aus dem Gesicht geschnitten. Iris schätzte ihn auf Ende zwanzig, Anfang dreißig. Er wirkte sympathisch.

Diane drehte sich zu ihr um. «Das ist Phil. Wir waren vor Ewigkeiten mal Kollegen, bei Bolton.»

«Hallo», Philip nickte und winkte verlegen.

«Hallo, Phil. Freut mich.» Iris machte einen Schritt auf sie zu und zog den Blazer enger um sich. Es war wirklich kühl.

«Ebenfalls.» Phil lächelte ihr zu und entblößte dabei zwischen den Schneidezähnen eine winzige Lücke. Dann wandte er sich wieder an Diane. «Ich komme gerade von meinem Dad.» Er deutete mit dem Daumen auf die graue Haustür hinter sich. Eine Außenlampe tauchte die gepflasterte Auffahrt in einen blassgelben Lichtschein.

«Wie geht es ihm?», fragte Diane sanft.

«Es geht ihm gut, danke sehr.»

«Wo bist du inzwischen gelandet?», fragte sie weiter. «Ich hoffe, immer noch im Technikbereich.»

Phil nickte begeistert. «Ja klar, ich bin in der Luftfahrtindustrie gelandet. Krasse Schichten, aber ich liebe meinen Job. Nachwuchs habe ich inzwischen auch bekommen. Edie ist gerade zwei geworden, und Oscar ist fast eins.»

«Das ist großartig, Phil. Ich freue mich sehr für dich.»

Iris beobachtete die beiden verwirrt. Sie spürte, dass sie etwas Tieferes verband, als nur ehemalige Arbeitskollegen zu sein. Diane war regelrecht erleichtert, dass es Phil gut ging, und Phil wirkte stolz, als er ihr von seinem Leben erzählte.

«Und was ist mit dir?», fragte Phil. «Ich habe gehört, du hast Karriere gemacht. Du warst immer schon zu Höherem berufen.» Unvermittelt fragte Iris sich, ob Diane ihn damals auch unter ihre Fittiche genommen hatte, so wie sie selbst.

«Ich bin inzwischen bei Taylor and Newton, Iris und ich sind Kolleginnen», sagte Diane.

«Das trifft es nicht ganz», mischte Iris sich ins Gespräch und machte noch einen Schritt auf sie zu. «Diane ist die Werksleiterin.»

«Wow, Diane, das ist toll!»

«Ich fürchte, es ist nicht ganz so glamourös, wie es klingt», sagte Diane bescheiden. «Jede Menge Budget-Meetings und nervige Diplomatie.»

«Ja, aber in so was warst du immer schon gut», sagte Phil. «Du kannst super führen. Die beste Vorgesetzte, die ich je hatte. Aber solltest du jemals Lance Edwards über den Weg laufen, sag das bitte nicht laut.»

Diane sah ihn stirnrunzelnd an. «Wer ist Lance Edwards?»

«Mein jetziger Vorgesetzter.» Phil grinste.

Sie lachten, und Diane schüttelte den Kopf. In dem Moment ging die Haustür auf, und David streckte neugierig den Kopf heraus.

«Dad? Das ist Diane Woodman», Phil deutete auf Diane, und sie lächelte den älteren Mann freundlich an. «Wir waren vor Jahren mal Kollegen, bei Bolton.»

«Diane Woodman», wiederholte David und machte ein nachdenkliches Gesicht. «Ich kann mich an den Namen erinnern. Phil hat damals ständig über Sie gesprochen. Er hat immer wieder erzählt, wie nett Sie zu ihm waren.»

Diane tat das Kompliment mit einer Handbewegung ab. «Phil war einer meiner besten Techniker. Ich weiß noch, wie er an seinem ersten Tag bei mir auftauchte, voller Eifer und brennend vor Tatendrang.» Diane lächelte David zu, und Iris sah, dass es ihr offenbar nicht leichtfiel, ihm direkt in die Augen zu sehen. Falls sie sich nicht täuschte, wurde Diane sogar ein bisschen rot.

David lehnte sich lässig an den Türrahmen, die Hände in die Hosentaschen geschoben. «Sie haben ihn unterstützt», sagte er. «Sie haben ihm ein derart umwerfendes Zeugnis ausgestellt, er hätte überall einen Job bekommen. Ich hatte immer gehofft, Sie eines Tages kennenzulernen, um Danke zu sagen.»

«Ach, wozu denn.» Der Wind fuhr Diane in die Haare, und sie strich sie aus dem Gesicht.

«Diane und Iris sind Kolleginnen», sagte Phil zu seinem Vater. «Bei Taylor and Newton.»

«So klein ist die Welt!»

Diane räusperte sich verlegen und wandte sich Phil wieder zu. «Wir müssen langsam los», sagte sie. «Wir sind verabredet. Es hat mich sehr gefreut, dich wiederzusehen.»

«Mich auch. Wir sollten uns mal austauschen, oder?»

«Absolut. Ich bin auf LinkedIn, schick mir doch einfach eine Nachricht.»

«Mache ich», Phil nickte, dann lächelte er verhalten, beugte sich vor und umarmte Diane zum Abschied.

«War schön, Sie kennenzulernen, Diane», rief David von der Haustür her und hob die Hand. Sie drehte sich zu ihm um, lächelte und ging zu ihrem Auto.

Sobald sie saßen, schnallte Diane sich an, machte aber keine Anstalten, loszufahren. Sie wartete, bis David die Haustür geschlossen hatte und Phil weggefahren war. Dann atmete sie hörbar auf. Ihre Hände umklammerten das Lenkrad.

«Das war ein Trip in die Vergangenheit», sagte sie schließlich.

Iris sah sie an. «Nicht zu fassen, dass du Davids Sohn kennst.»

«Phil ist ein toller Junge», sagte Diane. «Und absolut fleißig.»

«Aber David bist du noch nie begegnet, oder?»

Diane schüttelte den Kopf. «Nein. Aber ich habe schon viel von ihm gehört.»

«Also auf mich hast du eben kurz ein winziges bisschen verlegen gewirkt», stichelte Iris.

«Ach, bitte, Iris, wie alt sind wir denn? Zwölf?»

Iris lachte. «Du bist ja wohl die Königin der Doppelmoral.»

Diane ließ den Motor an. «Ich kenne Phil schon seit seiner Ausbildung. Er hatte es damals nicht leicht.»

«Inwiefern?», fragte Iris.

«Als Teenager war er in einen schrecklichen Verkehrsunfall verwickelt. Seine Mutter und seine Schwester kamen dabei ums Leben.»

«O Gott ...» Iris schlug sich die Hände vor den Mund. Sie wusste nicht, was sie sagen sollte.

«Sein Vater saß am Steuer», fuhr Diane fort. «An einer Kreuzung wurden sie von einem Wagen gerammt. Phils Mutter und seine Schwester waren sofort tot. Er selbst lag wochenlang im Koma. Furchtbar tragisch, das Ganze.»

«Das wusste ich nicht.» Iris spürte, wie sich der Schrecken in ihr ausbreitete, eiskalt und scharfkantig. Er kroch ihr die Wirbelsäule hinauf und zog sich bis in die Fingerspitzen. Sie und David waren seit Jahren Nachbarn. Wie konnte es sein, dass sie noch nie etwas davon gehört hatte? Die Antwort senkte sich auf sie wie eine dunkle Wolke: weil sie nie gefragt hatte.

«Aber die beiden haben es überwunden», erzählte Diane weiter. «Phil hat sich in der Schule alle Mühe gegeben, hat früh geheiratet. Sein Vater ist allerdings allein geblieben, zumindest, soweit ich weiß.»

«Stimmt, ich habe ihn immer nur allein gesehen oder mit Phil.» Iris spürte einen Schmerz in ihrem Herzen. War sie tatsächlich immer so sehr mit ihrem eigenen Leben beschäftigt gewesen, dass sie David nicht ein einziges Mal nach seinem gefragt hatte? Sie fühlte sich schrecklich. Hätte sie sich ihm auch nur einen Millimeter weit geöffnet, hätten sie vielleicht Gemeinsamkeiten entdecken können. Vielleicht hätte ihr das Ausmaß seiner Einsamkeit ein Spiegel für die ihre sein können.

Den Rest der Fahrt verbrachte sie mit dem Versuch, sich aus den Schattenbereichen ihrer Gedanken zu befreien, wo Trauer und Verlust lauerten. Sie nahm sich fest vor, nicht wieder so schnell davonzulaufen, wenn sie David das nächste Mal begegnete.

18

Als sie das *Windmill* erreichten, einen kleinen Pub mit niedrigen Decken und quirliger Atmosphäre, war es fast neun. Sie betraten den Schankraum und wurden von undurchdringlichem Stimmengewirr begrüßt. Max hob grüßend die Hand, als er sie entdeckte, stand auf und bahnte sich einen Weg durch das Gedränge.

«Diane!» Max gab seiner Cousine ein Küsschen auf die Wange und legte ihr sanft die Hand auf die Schulter. «Wie geht es dir?»

«Gut, danke», antwortete Diane. «Du erinnerst dich noch an Iris, oder?»

Max drehte sich zu ihr und lächelte. Er sah aus, als wäre er direkt von der Arbeit gekommen – ein kurzärmliges blaues Hemd zur dunkelgrauen Hose. Die blonden Haare fielen ihm bis über die Ohren, und auf dem Kinn lag der Hauch eines Bartschattens.

«Klar! Wie schön, dich wiederzusehen, Iris.»

«Ebenso.» Das Wort wäre ihr fast im Hals stecken geblieben. Obwohl Diane ihr versichert hatte, dies sei *kein* abgekartetes Spiel, hatte sie das überwältigende Gefühl, dass es trotzdem so war. Vielleicht spontan, aber trotzdem abgekartet.

«Ich kümmere mich um eure Getränke», sagte Max und stellte sich zwischen sie an den Tresen. «Was möchtet ihr?»

«Für mich nur Cola, danke.» Diane hielt erklärend den Autoschlüssel hoch.

Max schaute Iris an, das Kinn leicht gesenkt, mit weichem Blick. Sie schluckte, drehte sich zum Tresen um und musterte die Auswahl.

«Ich nehme ein Glas Weißwein, bitte», sagte sie.

Max nickte. «Geht ruhig schon vor.»

Sie gingen rüber zu den anderen, und auf dem Weg flüsterte Diane Iris zu: «Gut erzogen, oder?»

Iris verdrehte zur Antwort nur die Augen. Sie setzte sich zum Rest der Gruppe an den Tisch und merkte plötzlich, wie müde sie war. Der Tag war die Hölle gewesen … die endlosen Meetings, der verlorene Schlüssel, Hunter, David. Sie hätte zu Diane Nein sagen, stattdessen ihre Tasche packen, früh ins Bett gehen und versuchen sollen zu schlafen, aber wem machte sie eigentlich was vor? Iris wusste, dass sie an diesem Abend nicht leicht würde einschlafen können. Wenigstens würde ein Glas Weißwein ihr dabei helfen, etwas zu entspannen.

Max stellte Iris den Wein hin und setzte sich ihr gegenüber an den Tisch. Das war definitiv nicht der Platz, an dem er gesessen hatte, als sie eben gekommen waren.

«Danke.» Iris hob das Glas und trank einen Schluck, genoss die fruchtige Kühle in ihrer Kehle.

«Iris, ihr kennt euch ja alle noch, oder?» Diane zeigte allgemein in die Runde.

Iris nickte. «Ja, von deiner Geburtstagsfeier.»

«Wenigstens eine kann sich noch an den Abend erinnern», sagte Robin lachend und schob die Hand in eine Tüte Chips.

Robin war groß und schlank, hatte eine Glatze und tief liegende Augen. Iris erinnerte sich, dass sie sich mit ihm übers Laufen unterhalten hatte – er hatte ihr vom sogenannten Fartlek-Work-out erzählt, Fartlek war Schwedisch und bedeutete so viel wie Geschwindigkeitsspiel. Er hatte ihr davon vorgeschwärmt und ihr geraten, es auszuprobieren.

Sue und Kathryn waren Mitte vierzig und ein Paar, beide blond und zierlich. Sue betrieb eine Dorfbäckerei, und Kathryn war Journalistin. Auf der Party waren sie beide sehr nett zu Iris gewesen, hatten sich mit ihr unterhalten und dafür gesorgt, dass sie immer was zu trinken hatte.

Dramatisch hieb Diane mit den flachen Händen auf den Tisch. «Wir werden *nicht* über mein Geburtstagsfest reden. Das Thema ist endgültig rum.»

Kathryn streichelte in gespieltem Mitgefühl ihren Arm. «Ich bin mir ganz sicher, Di, dass du nicht der erste Mensch bist, der in einer Badewanne übernachtet hat.»

«Mit einer leeren Wodkaflasche im Arm ...» Max grinste, und in seiner linken Wange erschien ein Grübchen. Er fing Iris' Blick auf und trank einen Schluck aus seinem Glas. Sie unterhielten sich fröhlich weiter über das legendäre Fest, zogen Diane durch den Kakao und erinnerten sich begeistert ans Karaoke.

«Ich weiß noch, dass ich dich an dem Abend irgendwann gesucht habe», sagte Max so leise, dass nur Iris ihn hörte.

«Tatsächlich?»

«Ja. Ich fand unser Gespräch schön.»

Iris wusste nicht, wie sie reagieren sollte. Er war sehr direkt. Ihr wurde warm, und ihre Wangen fingen an zu brennen.

«Entschuldige. Ich wollte dir nicht zu nahe treten», sagte Max verunsichert.

«Nein, gar nicht. Mir ist nur ... mir ist warm ... und ich bin müde.» Iris fühlte sich unbeholfen, ihr gingen die Worte aus, und sie fummelte an ihrem Weinglas herum. Sie trank noch einen Schluck.

«Hattest du einen vollen Tag?»

Iris seufzte. «Ja. Voll und lang.»

«Meiner auch. Elternsprechtag bis um acht. Und morgen dasselbe Spiel noch mal.»

«Als Kind habe ich mich immer vor dem Elternsprechtag gefürchtet.» Iris verzog das Gesicht.

«Ich kann mir nicht vorstellen, dass irgendjemand über dich was Schlechtes zu sagen hatte.» Max beugte sich ein wenig vor. Er wirkte aufrichtig interessiert.

«Nein, das nicht. Aber ich fand es furchtbar, im Mittelpunkt der Aufmerksamkeit zu stehen, und gleichzeitig redete der Lehrer über einen, als wäre man nicht existent. Wenn er meinen Eltern erzählte, wie *vielversprechend* ich wäre, aber dass es mir an Selbstbewusstsein fehlen würde, ich mich mehr am Unterricht beteiligen sollte, mehr Fragen stellen müsste. Es war mir so unangenehm!»

«Wenigstens musstest du dir nicht anhören, *Iris stört ständig den Unterricht* oder *Sie klaut ständig unsere Reagenzgläser. Ich habe keine Ahnung, was sie damit macht, aber sicher nichts Gutes.*»

Iris lachte. «Gibt's das tatsächlich?»

«Zwei aktuelle Zitate vom heutigen Abend, leider. Und bei dir?» Max wechselte das Thema. «Hat Di dir Überstunden aufgebrummt?»

Iris schüttelte den Kopf. «Im Gegenteil. Sie hat mich gerettet. Ich habe meinen Hausschlüssel verloren, und sie hat mir den Ersatzschlüssel vorbeigebracht.»

Max zog die Augenbrauen hoch. «Oh nein. Wie ist das denn passiert?»

«Ich habe ihn beim Laufen verloren. Absoluter Anfängerfehler.»

Max stützte die Arme auf den Tisch und beugte sich vor. «Dazu hab ich eine Geschichte. Willst du sie hören?»

«Unbedingt!»

Max räusperte sich. «Vor einigen Jahren, als ich noch in London lebte, bin ich immer mit dem Fahrrad zur Arbeit gefahren. Eines Tages kam ich nach Hause und konnte meinen Schlüssel nicht finden. In der Annahme, ich hätte ihn in der Schule vergessen, fuhr ich die ganze Strecke zurück – *zehn Meilen!*», betonte er dramatisch. «Ich habe alles abgesucht, den Tisch, das Klassenzimmer, das Lehrerzimmer, sogar auf den Toiletten ... ehrlich, ich habe Stunden damit verbracht, den verflixten Schlüssel zu suchen. Irgendwann musste ich mir eingestehen, dass der Schlüssel weg war – irgendwo unterwegs verloren gegangen, auf Nimmerwiedersehen verschwunden. Natürlich hatte ich nirgendwo einen Ersatzschlüssel deponiert ... Mann, habe ich den Fehler bereut.»

Iris lächelte. Max konnte wirklich gut erzählen. Sie mochte seine lebhafte Art. Es war leicht, ihn sich vor einer Schulklasse vorzustellen.

«Als ich wieder nach Hause kam, war ich fix und alle», fuhr er fort. «Mir blieb nichts anderes übrig, als den Schlüsseldienst zu rufen. Inzwischen war es fast neun – *Nachtzuschlag*, sagte man mir. Aber ich hatte keine andere Wahl, irgendwie musste ich schließlich in meine Wohnung kommen. Jedenfalls hole ich die Kreditkarte aus dem Geldbeutel, um den Typen zu bezahlen, und rate mal, was mir da entgegenkommt?»

«Nein!» Iris schlug sich die Hand vor den Mund. «Aber nicht dein Schlüssel?»

Max nickte. «Ganz genau. Offensichtlich war er beim Fahrradfahren irgendwie in den Geldbeutel reingerutscht. Tja, Iris», sagte er plötzlich ernst. «Wenigstens musstest du nicht zweihundert Mäuse zum Fenster rauswerfen.»

Iris lachte. «Weißt du, was?», sagte sie vergnügt. «Jetzt fühle ich mich tatsächlich besser.»

«Ich bin froh, dass mein Missgeschick am Ende doch noch zu was gut ist.» Max hielt seinen ernsten Blick noch eine Sekunde aufrecht, dann konnte er sich ein Grinsen nicht länger verkneifen. Er hob das Glas. «Auf …» Max runzelte die Stirn und dachte nach. «Darauf, immer das Beste zu hoffen und aufs Schlimmste gefasst zu sein.»

«Und darauf, nie zu vergessen, auch im Geldbeutel nachzusehen.»

Sie stießen an, Max lächelte, und sie erwiderte sein Lächeln, überrascht, dass sie sich tatsächlich langsam entspannte. Nach einer Weile fing Diane an, über *die guten alten Zeiten* zu sprechen, Iris saß da und lauschte Geschichten aus Dianes Jugendzeiten und genoss die geteilten Erinnerungen der Gruppe, weil sie ihr das Gefühl gaben, ihre Freundin von einer Seite kennenzulernen, die sie sonst vielleicht nicht entdeckt hätte.

Die Zeit verging, ohne dass Iris auch nur einmal auf die Uhr sah, ohne dass Gedanken an die Arbeit oder an David oder die bevorstehende Reise sie ablenkten. Der einzige Mensch, der immer wieder ungebeten ihre Gedanken kreuzte, war Hunter.

19

Iris konnte nicht schlafen, sie war zappelig und nervös. Dieser verdammte Tag mit seinen Erinnerungen würde niemals leicht für sie werden. Sie wünschte, sie könnte ihn einfach verschlafen. Aufwachen und feststellen, dass er vorbei war. Aber der Tag zog so offensichtlich und schmerzhaft herauf wie eh und je, verkündete lauthals seine Ankunft und verlangte ihre Aufmerksamkeit.

Iris war nach einem erstaunlich schönen Abend um kurz nach elf nach Hause gekommen. Sie hatte sich gut und unangestrengt mit Max unterhalten, hatte seine Geschichten über Diane gelauscht, die sich immer um ihn gekümmert und ihm gleichzeitig das Leben schwer gemacht hatte. Max war fünfzehn Jahre jünger als Diane, und Iris hatte festgestellt, wie sehr er seine Cousine bewunderte. Ab und zu hatte sie gespürt, wie Diane sie beobachtete, und wenn sie sich umdrehte, hatte sie das zufriedene Lächeln ihrer Freundin gesehen, die offensichtlich begeistert war, dass ihr Plan aufging.

Beim Verabschieden hatte Max Iris umarmt und die Hoffnung geäußert, sie bald wiederzusehen. Daraufhin hatte Iris kurz Panik bekommen, weil sie nicht wusste, wie sie reagieren sollte. Wollte sie ihn wiedersehen? Sie wusste es nicht. Sie hatte gelächelt, irgendetwas gemurmelt, das klang wie «Ich auch», und war zum Auto geflüchtet. Diane war ihr gemächlich gefolgt.

Inzwischen war es kurz nach drei Uhr morgens, und Iris

wusste, dass nichts ihr helfen würde einzuschlafen, keine Atemübungen und keine Meditationsvideos auf YouTube. Sie stand auf und schlüpfte in ihren Bademantel. Sie konnte keine Sekunde länger im Bett bleiben. Sie ging ins Bad, trank Wasser direkt aus der Leitung und spritzte sich das Gesicht nass. Als sie sich beim Aufrichten im Spiegel sah, zuckte sie zusammen. Die Haut unter ihren Augen war geschwollen und grau, das Weiß blutunterlaufen, die braune Iris trüb. Sie sah schrecklich aus. Sie fühlte sich schrecklich. Sie hielt sich am Waschbecken fest und spürte die Kälte des Porzellans. Sie packte zu, bis ihre Finger zu schmerzen begannen, versuchte, die Emotionen zu verdrängen, die in ihr brodelten. Sie starrte sich an und wurde in der Erinnerung zu ihrem Spiegelbild vor drei Jahren zurückkatapultiert, damals, als sie die Frau, die ihr entgegenschaute, fast nicht erkannt hätte. Sie hatte sich gehen lassen. Sie hatte sich gequält, nur um etwas zu essen oder zu schlafen oder zu duschen oder auch nur aus dem Bett zu kommen. Eine Zeit lang hatte sie ihr Spiegelbild ganz gemieden, weil dort die Wahrheit noch grausamer wirkte, sich noch schlechter ignorieren ließ. Iris' Atem hinterließ einen feuchten Fleck auf dem Spiegel. Sie wollte ihn schon wegwischen, doch dann ließ sie es bleiben.

Sie ging im Dunkeln nach unten ins Erdgeschoss, behutsam, um nicht versehentlich auf der Treppe zu stolpern. Durch die Haustür fielen schmale Streifen Licht, die Straßenlaternen warfen einen orangefarbenen Schimmer in den Flur. Iris tastete sich bis zur Küche vor und schaltete das Licht an. Sie goss sich eine Tasse Milch ein, stellte sie in die Mikrowelle und wartete an den Küchentresen gestützt auf das Pling. Als sie ein kleines Mädchen war, hatte ihre Mutter ihr abends vor dem Schlafengehen immer warme Milch gemacht, und als Elliott gegangen war, hatte sie es wieder getan, während Iris in ihren Armen gelegen und so heftig geweint hatte wie noch nie in ihrem Leben.

Sie nahm die Tasse aus der Mikrowelle, testete zögernd mit den Lippen die Temperatur, legte die Hände darum und ging ins Wohnzimmer. Auf der Tasse war ein Foto der Küste von Bridlington. Iris hatte sie in einem kleinen Laden am Ufer gekauft, als sie zu Besuch bei ihren Eltern war – zur Erinnerung an den Ort ihrer Kindheit.

Sie setzte sich aufs Sofa, zog die Beine hoch und deckte sich zu. Wenn sie schon nicht schlafen konnte, würde sie wenigstens hier unten sitzen und ruhen. Der Druck, unbedingt schlafen zu müssen, war in ihrem Schlafzimmer viel zu groß, sie würde niemals zur Ruhe kommen und sich hin und her wälzen, bis die Morgendämmerung sie rettete.

Iris trank einen großen Schluck Milch, dann stellte sie die Tasse auf den Sofatisch. Die Dunkelheit fühlte sich in ihrer Unerbittlichkeit bedrückend an, füllte sämtliche Lücken und Räume mit der Tatsache, dass Nacht herrschte. Iris versuchte, die Stille zu genießen, in der Lautlosigkeit der frühen Morgenstunden ein wenig Trost zu finden, aber es ging einfach nicht. Sie war nervös wegen der bevorstehenden Reise und fragte sich, wie sie vor Hunter ihre Gefühle verbergen sollte. Sie musste sich ihm von ihrer kompetenten, professionellen Seite zeigen.

Iris schaltete den Fernseher ein und stellte den Ton ab. Blaues Licht flackerte durchs Zimmer. Ihr Blick fiel auf das Lego-Kolosseum, das in der Ecke auf dem Schrank stand.

Einen Monat, nachdem Elliott gegangen war, war Diane mit einer Schachtel unter dem Arm bei ihr aufgetaucht.

«Was sind die Dinge, die du liebst, Iris?» Diane hatte ihr keine Gelegenheit gegeben, auf die Frage zu antworten. «Probleme lösen und Puzzles. Du musst dich dringend ablenken und ab und zu an etwas anderes denken, und wenn es auch nur ein paar Stunden am Tag sind.»

Iris hatte Diane wortlos dabei zugesehen, wie sie die Schachtel auspackte und Tüten über Tüten voller Legosteine auf dem Fußboden ausbreitete.

«Jetzt komm», hatte Diane gesagt. «Wir schauen uns wenigstens mal die Anleitung an.»

Iris hatte sich in dem Pyjama, den sie seit vier Tagen ununterbrochen trug, zu Diane auf den Fußboden gesetzt, mit fettigen Haaren und einem pelzigen Gefühl im Mund. Sie konnte sich nicht erinnern, wann sie zum letzten Mal geduscht hatte. Ihre Mutter hatte zwischenzeitlich nach Hause gemusst – Iris' demente Großmutter war gestürzt, und ihr Zustand wurde zunehmend schlechter. Ihre Mutter hatte abgenommen, und in ihrem Gesicht waren klare, harte Kanten zum Vorschein gekommen. Ihre Haut war durchscheinend geworden, silbrig-grau und wie Pergamentpapier. Der Druck, ständig an zwei Orten gleichzeitig gebraucht zu werden – zwei Orte, die über einhundert Meilen voneinander entfernt lagen – hatte sie aufgerieben.

Iris hatte mit halbem Ohr mitbekommen, dass ihre Mutter am Tag ihrer Abreise mit Diane gesprochen hatte, um sicherzugehen, dass Diane Iris jeden Tag besuchen kam. Ihre Stimme hatte dünn geklungen, da war keine Spur von der sonst üblichen Fröhlichkeit gewesen. Der Klang ihrer Stimme hatte sich einen Weg bis in Iris' Herz gebahnt. In dem Moment war ihr klar geworden, dass sie versuchen musste, wieder auf die Beine zu kommen, wenn auch nur ihrer Mutter zuliebe.

Am Anfang hatte sie sich darauf beschränkt, Diane bei der Suche nach den richtigen Teilen zu helfen, und sie ihr zögernd rübergereicht. Aber sie war nicht bei der Sache gewesen. Ermutigt von Diane, hatte sie schließlich allein weitergemacht, und es dauerte nicht lange, da spürte sie in ihrem Solarplexus ein Gefühl, als würde ein Funke versuchen, Feuer zu versprühen. Sie sah, wie die Struktur zum Vorschein kam. Sie spürte, wie ihr Interesse erwachte. Darauf folgte das beinahe berauschende Gefühl, wieder etwas zu *tun*.

«Hast du gewusst, dass das Kolosseum diverse Brände und Erdbeben überstanden hat?» Diane hatte interessiert die Erklärungen in der Bauanleitung vorgelesen. «Mit erheblichen Schäden», fuhr sie fort. «Aber es wurde immer wieder aufgebaut. Natürlich nie so wie vorher, aber es ist immer noch da, unvollkommen, aber wunderschön.»

Iris hatte Diane ungeduldig die Bauanleitung aus der Hand genommen. Sie wollte weitermachen. Sie wollte erleben, wie aufgrund ihres Handelns etwas Gestalt annahm. Sie suchte sich die Teile zusammen, die sie als Nächstes brauchte, ließ die Fingerspitzen über die glatten Seiten gleiten und fing an, sie zusammenzustecken.

«Ich weiß nicht, wie ich darüber hinwegkommen soll.» Iris hatte wieder den verräterischen Knoten in ihrem Hals gespürt. Sie versuchte, ihn runterzuschlucken, aber es ging nicht. Sie spürte Dianes besorgten Blick auf sich.

«Iris», sagte sie sanft. «Du musst einen Fuß vor den anderen setzen. Du musst weitermachen, Tag für Tag, bis du eines Morgens aufwachst und merkst, dass du nicht mehr nur überlebst, sondern lebst.»

«Ich weiß nicht, ob ich das kann.» Iris' Stimme war gebrochen. Ihre Zunge hatte sich angefühlt, als hätte sie Schleifpapier im Mund.

«Ein Schritt nach dem anderen, okay?» Diane hatte ihr beruhigend die Hand aufs Knie gelegt. «Wie das Kolosseum hier. Wie diese Bauanleitung. Ein Schritt nach dem anderen.»

Acht Tage später hatte das fertige Kolosseum vor ihnen gestanden.

Unvollkommen, aber wunderschön.

20

Am Donnerstagmorgen, fünf Minuten vor der verabredeten Zeit, parkte Hunter vor Iris' Haus. Iris hatte ihn kommen sehen. Sie hätte gedacht, er würde einen schicken neuen Wagen fahren, aber zu ihrer Überraschung kam er in einem alten Mercedes, einem Oldtimer.

Sie verrenkte sich den Hals, um besser sehen zu können, selbst jedoch auf keinen Fall gesehen zu werden. Die Hände aufs Lenkrad gelegt, saß er bei abgestelltem Motor einfach nur da. Iris fragte sich, worüber er nachdachte. Was ging jemandem wie Hunter Monroe morgens um sieben durch den Kopf?

Sie war irgendwann nach fünf Uhr früh doch noch auf dem Sofa eingenickt und eine Stunde später von ihrem Wecker aus dem Tiefschlaf gerissen worden. Sie hatte kalt geduscht, um wach zu werden, sich eingecremt und die Haare geföhnt, hatte Wimperntusche und einen Hauch Parfum aufgetragen und dann im Wohnzimmer gewartet. Sie war hin und her gelaufen, zu nervös, um still zu stehen. Ihr Blick fiel auf das Kolosseum – die Stockwerke, die Winkel, die schiere Schönheit –, und sie dachte an Diane, ihre Freundin und die Person, die sie zu dieser bescheuerten Reise überredet hatte.

Iris hatte sich für dunkelblaue Chinos entschieden. Widerstrebend hatte sie auf hohe Absätze verzichtet und war in die bequemen Loafers geschlüpft, weil sie ahnte, dass sie viel würde laufen müssen. Aber es nervte sie, dass Hunter jetzt im Vergleich noch größer wirkte.

Als sie um Punkt sieben die Haustür öffnete, trug Hunter zu ihrer Überraschung statt seiner üblichen Bürouniform eine dunkle Jeans und einen dünnen schwarzen Pullover. Er stieg aus und lächelte zur Begrüßung, aber Iris sah ihm an, dass er ebenfalls müde war.

«Bereit?», fragte er.

«Natürlich.»

Hunter beugte sich vor, um ihre Reisetasche zu nehmen, doch Iris war schneller.

«Ich kann mein Gepäck selbst tragen», sagte sie entschieden. Sie wusste, dass er helfen wollte, aber sie wollte das nicht. Er hatte ihr schon genug geholfen.

«Ich hatte gehofft, deine Nachbarn mit meiner Ritterlichkeit zu beeindrucken», witzelte er.

Er öffnete den Kofferraum, und sie stellte die Tasche hinein und stieg dann selbst vorne ein. In der Handtasche zu ihren Füßen war alles, was sie für eine bequeme Reise brauchte. Sie hatte sich spätabends noch jede Menge Podcasts besorgt und die Ohrhörer aufgeladen. Sie brauchte dringend einen sicheren Rückzugsort, wo sie ihre Emotionen in Schach halten konnte.

In Hunters Wagen roch es nach altem Leder und Chrom. Entweder pflegte er sein Auto generell außerordentlich, oder er hatte es Iris zuliebe gereinigt – ein Gedanke, den sie eilig beiseiteschob. Hunter ließ den Motor an, und Musik erfüllte den Innenraum, nicht besonders laut, aber im Gegensatz zu der Stille dieses ruhigen Morgens trotzdem abrupt und harsch. Es klang nach einer einzelnen Geige.

«Ich hätte dich nicht für einen Oldtimerfan gehalten», sagte Iris und schnallte sich an.

Hunter lachte laut auf. «Hast du etwa an mich gedacht, Iris?», sagte er schmunzelnd.

«Nein», antwortete sie eilig – ein bisschen zu eilig womöglich, gemessen an Hunters Blick. «Mein Vater hat früher immer alte Autos gekauft und sie wieder hergerichtet», sagte sie.

«Tatsächlich?» Hunter schaute sie interessiert an. «Was für Autos?»

Iris zuckte die Achseln. «Alles Mögliche. Was immer sich ergab.»

«Aber inzwischen nicht mehr?», fragte Hunter.

Iris schüttelte den Kopf. «Nein. Er hat sich letztes Jahr eine Rückenverletzung zugezogen und muss sich schonen. Obwohl es mich nicht wundern würde, wenn er immer noch heimlich an einem Oldtimer rumschraubt, während meine Mutter schläft.»

Hunter lachte wieder, und Iris spürte, wie ihr der Klang seiner Stimme ein bestimmtes Gefühl durch die Adern jagte. Sie schaute zum Fenster hinaus. Hunter fädelte sich in den morgendlichen Berufsverkehr ein, und sie lehnte den Kopf zurück und lauschte der Musik, die zunehmend intensiver wurde. Das Stück hatte etwas Berührendes an sich. Es war kraftvoll und zurückhaltend zugleich. Kurz darauf erreichten sie die Autobahn, und Iris merkte, dass ihre Kopfhörer entgegen ihrem Plan immer noch in ihrer Tasche steckten. Bis jetzt war die Fahrt erstaunlich angenehm. Die Klänge, die den Wagen und ihre Gedanken erfüllten, hatten offenbar eine beruhigende Wirkung.

«Ich wusste gar nicht, dass mir solche Musik gefällt», sagte sie zögernd. Sie hatte das Gefühl, damit etwas von sich preiszugeben, was sie vielleicht besser für sich behielt.

«Tatsächlich?» Hunter klang ein bisschen überrascht.

«Ja. Offensichtlich eine Sache, die wir gemeinsam haben.»

«Iris», sagte Hunter mit leicht belegter Stimme. «Wir haben viel mehr gemeinsam. Das willst du nur einfach nicht sehen.»

Iris reagierte nicht. Sie wusste nicht, was sie davon halten sollte. Bezog er sich aufs Berufliche? Schließlich hatten sie beide einen technischen Hintergrund. Oder meinte er die Tatsache, dass sie offenbar beide gerne joggten? Oder dass sie einander gerne provozierten? Während Iris dasaß und im Geiste all die Dinge aufzählte, die sie tatsächlich gemeinsam hatten, wurde ihr klar, dass die Schnittmenge erstaunlich groß war. Sie wandte sich wieder dem Fenster zu und überließ sich aufs Neue der Musik.

Hunter wirkte stiller als sonst, nachdenklich. Iris war sich nicht sicher, ob sich darin nur ihr eigener Zustand spiegelte oder ob er sich Sorgen machte.

«Wer ist das?», fragte sie.

«Escala», antwortete Hunter. «Ein Streichquartett.»

«Die sind gut», räumte sie ein.

«Finde ich auch.» Das Stück endete, und ein neues erklang. «*Palladio*», erklärte Hunter.

Iris war sich sicher, dass er gerade eine ganze Liste von Dingen runtergeschluckt hatte, die er ihr über dieses Stück hätte aufzählen können, und sie fragte sich, weshalb. Wusste selbst Hunter Monroe, wann es genug war? Spürte er ihre Trauer? Iris kannte die Antwort nicht, und im Moment genügte es ihr zu wissen, dass sie Trost in Musik fand, die sie noch nie gehört hatte, und in Gesellschaft, die vielleicht, möglicherweise, doch nicht so schlimm war, wie sie geglaubt hatte.

Irgendwo unterwegs hielt er plötzlich, und Iris schreckte hoch.

«Entschuldige. Ich brauche eine Pause.» Hunters Stimme war viel sanfter als sonst, und Iris brauchte kurz, um sich zu orientieren. Sie war offensichtlich eingeschlafen, mit dem Kinn auf der Schulter, das Gesicht ihm zugewandt. Eilig fuhr sie sich mit dem Handrücken über den Mund, in der Hoffnung, dass sie nicht gesabbert hatte.

«Wie lange habe ich geschlafen?» Sie versuchte, ihre Augen wach zu blinzeln, aber sie waren schwer und trocken.

«Ein paar Stunden.» Er machte die Tür auf, und kühle Luft strömte herein. «Möchtest du was?»

«Ich komme mit rein, mich frisch machen.»

Sie gingen nebeneinanderher, Iris bemühte sich, mit seinen langen Schritten mitzuhalten. Sie war froh über die frische Luft, die die Müdigkeit vertrieb, die sie unterwegs gepackt hatte. Im Waschraum spritzte sie sich kaltes Wasser ins Gesicht und kämmte sich mit den Fingern durch die Haare. Als sie zurückkam, wartete Hunter schon auf sie. Er hielt ihr einen Becher Kaffee hin.

«Danke», sagte Iris. «Du warst schnell.» Sie trank einen Schluck, froh über den belebend bitteren Geschmack.

«Ich bin effizient», sagte Hunter.

«Ah, ein Mann mit vielen Fähigkeiten.»

Er grinste. «Sagt meine Mutter auch immer.»

Iris fragte sich, was seine Mutter wohl für eine Frau war und ob die beiden sich nahestanden. Unwillkürlich schweiften ihre Gedanken noch weiter ab, und sie stellte sich Hunter als kleinen Jungen vor, eine vierjährige Version des Mannes, der da vor ihr stand. Iris beschloss, nicht zu analysieren, warum sie sich so für ihn interessierte, und folgte ihm nach draußen auf den Parkplatz.

«Du kannst gern weiterschlafen», sagte er und sperrte den Wagen auf.

«Bin jetzt wach», antwortete sie und unterdrückte ein Gähnen.

Sie stiegen ein und schnallten sich an.

«Bist du sicher? Du siehst müde aus.» Hunter ließ den Motor an und fuhr, einen Arm über Iris' Rücklehne gelegt, rückwärts aus der Parklücke.

«Ich habe nur eine unruhige Nacht hinter mir.»

Hunter setzte den Blinker und fuhr zurück auf die Autobahn.

«Warum das denn?», fragte er und stellte die Musik leiser.

«Ich konnte nicht schlafen.»

«Reisefieber?» Er warf ihr einen kurzen Blick zu und überholte einen Lkw. «Ein Scherz», sagte er. «Warum konntest du nicht schlafen?»

Iris musste schlucken. «Ach ... ich hatte einfach zu viel im Kopf.»

«Möchtest du darüber sprechen?» Er warf ihr noch einen Blick zu.

Iris schüttelte den Kopf, und als ihr klar wurde, dass er es vielleicht nicht gesehen hatte, fügte sie leise hinzu: «Nein danke.»

Sie spielte wieder mit ihrem Ringfinger, umkreiste mit der Fingerspitze die Delle, wo einst ihr Ehering saß. Sie hatte ihn erst vor Kurzem abgelegt, hatte sich lange dagegen gewehrt. Ihre Mutter und Diane hatten ihr schon vor über einem Jahr behutsam nahegelegt, dass es Zeit wäre, den Ring abzulegen, aber Iris war noch nicht dazu bereit gewesen. Ja, sie war im Besitz von Dokumenten, die es offiziell machten, aber der Ring war ein Symbol. Das Ehegelübde hatte ihr etwas bedeutet.

Einmal, vor fast zwei Jahren, hatte sie am Ufer des Ladybower Reservoir gestanden, mit dem Ring in der Hand und dem lodernden Vorsatz, ihn ins Wasser zu werfen. Der Plan hatte regelrecht in ihrem Herzen gebrannt. In der Kehle. In den Händen. Bebend hatte sie mit diesem rohen, greifbaren Vorsatz dagestanden. Und hatte es trotzdem nicht über sich gebracht. Sie hatte sich zu Erinnerungen hinreißen lassen. Das war der Fehler gewesen.

Sie hatte dagestanden und sich an Elliotts Heiratsantrag erinnert – es war in der Bonfire Night gewesen, vor knapp zehn Jahren. Sie waren auf ein paar Drinks im Pub um die Ecke gewesen und dann am Kanal entlang nach Hause gelaufen. Man hatte von dort aus einen wunderbaren Blick auf das Feuerwerk. Sie waren an den Booten vorbeigeschlendert und dann an einer Bank vorbeigekommen, die am Ufer stand. Einen Moment lang hatte Iris gedacht, er würde den Vorschlag machen, sich zu setzen. Er war fürchterlich nervös gewesen und hatte plötzlich keinen normalen Satz mehr zustande gebracht. Iris war der Wein ein bisschen zu Kopf gestiegen, und sie fand sein Verhalten niedlich. Schließlich hatte er sich hingekniet, und sie hatte sich weggedreht, weil sie dachte, er wollte sich den Schnürsenkel binden. Sie hatte dagestanden und sich das Feuerwerk angesehen, bis er plötzlich ihren Namen sagte, mit einer Stimme, die anders klang als sonst, drängend und ernst. Als sie sich umdrehte, hatte Elliott ihr einen Ring entgegengestreckt, einen wunderschönen, von zwei Saphiren gefassten, rechteckig geschliffenen Diamanten. Sie hatte sich die Hände vor den Mund geschlagen, hatte nicht gewusst, ob sie schreien sollte oder sich übergeben, und Elliott war über ihre plötzliche Blässe und die Notwendigkeit, sich zu setzen, etwas erschrocken. Sie hatte mit Überraschungen noch nie gut umgehen können. Iris hatte ihren Verlobungsring geliebt, aber für die Arbeit war er ein bisschen zu groß gewesen, und als sie dann heirateten, hatten sie sich für einen schlichten Goldring entschieden, graviert mit dem Datum ihrer Verlobung und dem Hochzeitstag.

Am Ende war es ein Prozess gewesen. Iris hatte damit angefangen, den Ring im Büro nicht zu tragen und erleichtert wieder anzustecken, wenn sie nach Hause kam. Schließlich hatte sie ihn nur noch nachts getragen, war damit aufgewacht. Manchmal machte sie das immer noch. Nicht mehr oft, nur noch an besonders finsteren Tagen. Für Iris war das ein Weg, sich an den Mann zu erinnern, den sie immer noch liebte, die Möglichkeit, zumindest eine kleine Weile so zu tun, als wäre er nie gegangen.

«Also», sagte sie, um das Thema zu wechseln. «Wie lautet der Plan für heute?»

«Um dreizehn Uhr treffen wir uns mit dem Werksleiter.

Wir sollten am besten vorher eine Kleinigkeit essen. Dort gibt es eine Kantine. Danach die Werksführung, ein Vortrag, anschließend Zeit für Fragen.»

«Okay.» Iris war in Gedanken bereits beim Abend. «Und danach?», fragte sie.

Wieder warf Hunter ihr einen forschenden Seitenblick zu. «Wir könnten im Hotel zu Abend essen. Die Konferenz beginnt morgen Vormittag um zehn.»

Iris war beim ersten Vorschlag hängen geblieben ... Abendessen im Hotel. Ein privates Abendessen mit Hunter fühlte sich seltsam an. Sie war seit Elliott mit keinem Mann mehr essen gewesen. Bei der Vorstellung zog sich Iris der Magen zusammen.

«Und wenn's vorbei ist», fuhr Hunter fort, «kannst du nach Hause fahren und dir die nächsten zwei Sternchen auf dein Belohnungsdiagramm kleben.»

Iris lächelte. Er hatte recht. Nach der Reise waren es nur noch zwei Wochen. Zwei Wochen, in denen sie ihm ständig über den Weg lief – während der Arbeit und außerhalb. Zwei Wochen bangen, was ihre Zukunft und die Zukunft der Firma betraf.

Schweigend fuhren sie weiter, und irgendwann beugte Iris sich vor, um die Musik wieder lauter zu stellen, allerdings hatte Hunter im gleichen Moment dieselbe Idee. Flüchtig berührten sich ihre Hände, eine kurze Verbindung Haut an Haut, absolut belanglos und doch wieder nicht. Iris zuckte zurück. Es war, als wäre ein Funke übergesprungen, blitzschnell und stechend. Die Pragmatikerin in ihr wusste, dass es nichts anderes gewesen war als statische Entladung, aber der romantische Teil ihres Verstands – der normalerweise nur selten was zu melden hatte – war der Meinung, es könnte vielleicht, unter Umständen, doch etwas ganz anderes gewesen sein.

Iris stellte fest, dass Hunter im Gegensatz zu ihr seine Hand nicht zurückgezogen hatte. Er war genauso unerschütterlich geblieben wie immer, hatte nicht mal mit der Wimper gezuckt. Sie wagte einen Blick und sah, dass seine Mundwinkel amüsiert zuckten. Iris wandte sich ab und schaute wieder zum Fenster hinaus. Die Musik erfüllte die Luft, und während sie dahinfuhren, Hunter unangestrengt die Spuren wechselte, spürte Iris, dass die Pausen zwischen den einzelnen Stücken eigenartig aufgeladen waren. Womit genau, vermochte sie nicht zu sagen. Es war greifbar. Intensiv. Hunter hielt mit beiden Händen das Lenkrad umfasst. Iris fragte sich, ob er es ebenfalls spürte oder ob sie sich das nur einbildete.

21

Kurz hinter Taunton meldete Google Maps einen Unfall vor ihnen auf der M5. Hunter blinkte und reihte sich links ein, um die nächste Ausfahrt zu nehmen.

«Das lässt sich sicher umfahren», sagte er voller Zuversicht.

«Soll ich die Route anpassen?», fragte Iris.

«Das bekommen wir auch so hin.» Er bog rechts ab, verringerte vor einem Verkehrskreisel die Geschwindigkeit und löschte die Meldungen der Navigations-App.

Iris sagte nichts und überließ es ihm, sich zu orientieren. Nachdem sie ein paarmal abgebogen waren, ließ der Verkehr merklich nach. Sie schaute zum Fenster hinaus. Die Aussicht war atemberaubend.

«Wo genau sind wir hier?» Sie wusste zwar, dass sie irgendwo in der Nähe von Somerset waren, aber nicht, wo genau.

«Das da drüben», Hunter deutete mit dem Kinn zu ihrem Fenster, «sind die Blackdown Hills. Sie sind als AONB klassifiziert, als Gebiet von außergewöhnlicher natürlicher Schönheit.»

«Zu Recht.»

Schweigend fuhren sie weiter. Um sie herum öffnete sich eine zauberhafte Landschaft. Jede einzelne Kurve offenbarte neue Hügel und noch mehr Grün. Nach einer Weile räusperte Hunter sich, als wolle er etwas sagen. Iris schaute ihn an. Sein Profil war in strahlendes Sonnenlicht getaucht.

«Ich glaube, ich halte mal kurz.» Er fuhr sich mit der Zunge über die Unterlippe.

Iris grinste. «Mal kurz die Route checken?» Als er vorhin an einer Kreuzung kurz gezögert hatte und dann zwischendurch immer wieder langsamer wurde, um die spärlich vorhandenen Hinweisschilder zu entziffern, hatte sie geahnt, dass er sich nicht wirklich sicher war, ob sie auf diesen schmalen Sträßchen noch richtig waren.

«Kein Empfang», sagte er. «Aber ich habe hinten einen Straßenatlas.»

«Sehr oldschool», sagte sie belustigt.

«Na ja, ich bin ja auch viel, viel älter als du. Schon vergessen?» Hunter schaute sie an. Sein Lächeln war weniger selbstsicher als sonst.

«Auf dem Rücksitz? Ich kann navigieren», bot Iris ihm an, aber er hatte schon angehalten.

«Nein, irgendwo im Kofferraum.» Er stieg aus und kam kurz darauf zurück. Der Atlas war bereits auf der richtigen Seite aufgeschlagen, und Hunter studierte konzentriert die Karte. «Dachte ich's mir doch», murmelte er. Nickend fuhr er mit dem Zeigefinger eine Straße nach. «Wir müssen einfach weiter dieser Straße folgen. Dürfte nicht mehr lange dauern.»

Iris konnte sich ein Grinsen nicht verkneifen. Hunter war tatsächlich ein bisschen aus dem Konzept gebracht, nicht ganz so selbstsicher wie sonst. Sie empfand es als eigenartig liebenswert.

«Soll ich die Karte nehmen?»

Er wandte sich ihr zu und gab ihr den Atlas. «So müssten wir eigentlich direkt zurück zur Autobahn kommen.» Er zeigte auf die Karte, schnallte sich wieder an und griff zum Zündschlüssel. «Iris? Ich wollte mit dir über etwas sprechen», sagte er etwas leiser. «Wegen Sonntagabend ... Ich hoffe, ich ...» Er unterbrach sich mitten im Satz und drehte ein zweites Mal den Zündschlüssel um, aber es tat sich nichts. Der Motor machte keinen Mucks. Er versuchte es noch mal und noch mal und noch mal. Irgendwann blies er frustriert die Wangen auf, atmete geräuschvoll aus und ließ die Schultern hängen. «Das ist gar nicht gut.» Er rieb sich die Nasenwurzel.

«Mach mal die Motorhaube auf», sagte Iris, schnallte sich ab und stieg aus.

Er beugte sich in den Fußraum, und sie hörte, wie der Riegel aufsprang. Sie öffnete die Motorhaube und arretierte die Haltestange.

«Dreh mal den Zündschlüssel um.» Es ging ein ziemlicher Wind, und sie musste es Hunter zurufen.

«Kein Mucks.» Er lehnte sich zur geöffneten Türe hinaus. «Da ist kein Strom.» Er stieg aus, stellte sich neben sie und musterte den Motorraum.

Iris zog einen Flunsch. «Könnte es die Zündung sein? Vielleicht der Anlasser?»

«Daran muss es liegen – die Batterie habe ich erst vor ein paar Monaten ausgewechselt.» Er richtete sich auf und stemmte mit kritischem Blick die Hände auf die Hüften.

Iris nahm das Telefon aus der Tasche, aber sie hatten noch immer keinen Empfang. Sie musterte die Straße in beide Richtungen, doch sie lag völlig verlassen. Sie zog den Mantel enger um sich. Der Wind war heftig, und sie fröstelte. Hunter musterte sie besorgt und sah sich forschend um. Offensichtlich kam er zu demselben Schluss wie sie. Mit angespanntem Gesicht rieb er sich die Hände.

«Wir haben schon seit einer ganzen Weile kein Signal mehr», sagte er.

Das Telefon von sich gestreckt, machte Iris ein paar Schritte, den Blick fest auf die Signalbalken gerichtet, doch es tat sich nichts.

«Ich glaube nicht, dass wir den wieder zum Laufen kriegen.» Hunter hatte sich erneut über den Motor gebeugt. Iris beobachtete ihn. Er war aufgewühlt, das sah sie ihm an. Wahrscheinlich war er es nicht gewohnt, die Kontrolle zu verlieren. Er richtete sich frustriert auf.

«Ich laufe in die Richtung», sagte er und nickte nach vorn, «bis ich wieder Empfang habe. Das sollte nicht allzu weit sein. Und dann rufe ich den Pannendienst. Setz du dich ins Auto und warte. Und sieh zu, dass du warm bleibst.»

Sie standen in einer kleinen Parkbucht mit Blick auf die Hügellandschaft. Soweit Iris das sah, war ringsherum meilenweit gar nichts.

«Das könnte ein ziemlicher Marsch werden», sagte sie. «Vielleicht sollten wir vorher noch ein paar Dinge ausprobieren?»

Hunter dachte darüber nach. Besorgt musterte er ihre im Wind flatternden Haare und die vor Kälte zitternden Schultern. Sie war für eine Panne mitten im Nirgendwo nicht passend gekleidet.

«Das hält uns nur noch länger auf», sagte er entschieden. «Ich beeile mich.» Er blieb noch einen Moment stehen und sah sie an. Ohne die Motorhaube zu schließen, drehte er sich in den Wind und lief mit eingezogenem Kopf los.

Iris sah ihm nach. Sie fragte sich, was er eben hatte sagen wollen. Über Sonntagabend. Sie blieb eine Weile stehen, wo sie war, und ging im Geiste ihre Möglichkeiten durch, straffte die Schultern und ging zum Kofferraum, um sich einen Pullover aus der Reisetasche zu holen. Sie zog ihn an, knöpfte den Mantel wieder zu, strich sich die Haare aus dem Gesicht und machte sich einen Pferdeschwanz. Sie war schon dabei, den Reißverschluss der Tasche wieder zu schließen, als ihr Blick auf ihr dickes, ledergebundenes Notizbuch fiel. Aber es war nicht das Buch selbst, das ihre Aufmerksamkeit erregt hatte, sondern die Büroklammer, die zwischen ein paar Seiten steckte. Der Anblick weckte eine Erinnerung in ihr.

Iris erinnerte sich, wie sie als Kind einmal ihrem Vater zugesehen hatte, während er an einem alten Ford Capri herumschraubte. Sofort hatte sie wieder den schweren Ölgeruch in der Nase. Sie hatte ihm jeden Abend in seiner Werkstatt Gesellschaft geleistet, während er das alte Auto sorgsam restaurierte und ihr dabei den Motor und sämtliche Einzelteile erklärte. Sogar helfen durfte sie. Die Arbeit hatte sie fasziniert. Als er einmal ein Problem mit der Zündung hatte, hatte er den Deckel des Verteilers angehoben und mit einem Stück Draht das Anlasserrelais überbrückt. Iris hatte nicht schlecht gestaunt, und ihr Vater hatte damals zu ihr gesagt: «Im Grunde ist das nichts anderes als ein absichtlich herbeigeführter Kurzschluss, Liebes. Manchmal ist es hilfreich, um die Ecke zu denken.»

Iris wendete die Büroklammer zwischen ihren Fingern. Eigentlich müsste sie denselben Zweck erfüllen wie damals der Draht ihres Vaters. Plötzlich schoss ihr das Adrenalin durch den Körper. Obwohl sie sich in einer vergleichsweise heiklen Lage befand, mitten im Nirgendwo, ohne Empfang und ganz allein, musste sie zugeben, dass sie es kaum erwarten konnte, es auszuprobieren, das Problem zu lösen, um die Ecke zu denken. Hunters Gesicht, wenn sie an ihm vorbeifuhr, wäre dann nur noch das Sahnehäubchen.

Iris ging methodisch vor. Sie drehte den Zündschlüssel, nahm den Gang raus und stellte sicher, dass die Handbremse angezogen war. Dann ging sie nach vorne, suchte und fand den Verteiler und nahm den Deckel ab.

Plötzlich wurde sie sich der umfassenden Stille bewusst, sie war ganz allein auf sich gestellt.

Entschlossen suchte sie nach dem Anlasserrelais und trennte es. Sie bog die Büroklammer zu einem U. Leise «Bitte, bitte!» murmelnd, überbrückte sie die Kontakte mit der Büroklammer.

Der Motor erwachte stotternd zum Leben. Iris reckte begeistert die Faust. Sie machte einen Luftsprung und grinste übers ganze Gesicht. Sie konnte es kaum erwarten, ihrem Vater davon zu erzählen. Er wäre begeistert. Außerdem konnte sie es kaum erwarten, Hunter davon zu erzählen, aber auch den Gedanken schob sie einstweilen beiseite.

Sie schloss die Motorhaube, stieg in den Wagen und stellte fest, dass sie kaum die Pedale erreichte. Sie rutschte mit dem Sitz vor, schnallte sich an, stellte die Spiegel ein, löste die Handbremse, legte den Gang ein und fuhr los.

Diesen alten Wagen zu fahren, war die reinste Freude. Iris genoss das Dröhnen des Motors, die Kupplung, die Gänge. Sie konnte die Mechanik tief in sich vibrieren fühlen. Sie war beinahe enttäuscht, als sie ein Stück weiter Hunter auf der Straße gehen sah, eine Hand in der Hosentasche, in der anderen sein Telefon. Sie war höchstens eine Meile weit gefahren und hatte nicht das Gefühl, dass ihr das schon reichte.

Als er das Motorengeräusch hörte, drehte er sich ungläubig um. Iris hielt neben ihm. Er streckte die Hand aus, öffnete die Beifahrertür und beugte sich herein.

«Kann ich dich mitnehmen?», fragte Iris und versuchte vergebens, sich ihr Grinsen zu verbeißen.

«Was ... Wie ... Was ist passiert?» Halb verwirrt, halb staunend sah er sie an.

Ohne den Blick aus seinem zu lösen, hob Iris die Hand und ließ die Büroklammer zwischen Daumen und Zeigefinger rotieren.

«Erstaunlich, wozu diese Dinger zu gebrauchen sind», sagte sie.

Er war immer noch sprachlos.

«Du brauchst ein neues Anlasserrelais», fügte sie trocken hinzu.

Hunter fing laut an zu lachen, immer noch etwas ungläubig. Etwas in seinem Blick verursachte tief in Iris' Innerem ein sehr warmes Gefühl.

«Iris Nightingale, du bist unglaublich!»

Iris spürte, dass sie knallrot wurde. Ihr Nacken fing heftig an zu kribbeln. Sie wusste nicht, was sie sagen sollte. Sie merkte, dass sie das Lenkrad umklammerte und Hunter immer noch in die Augen sah. «Danke schön», brachte sie schließlich heraus, ihre Stimme kaum mehr als ein Flüstern.

Sie zog die Handbremse an, stieg bei laufendem Motor aus und ging nach drüben auf die Beifahrerseite. Sie schlüpfte zwischen Hunter und der Tür auf den Sitz, vorsichtig, um ihn nicht zu berühren, und schnallte sich an. Hunter blieb regungslos stehen und lächelte. Schließlich machte er sachte die Tür zu und stieg auf der Fahrerseite ein. Als er saß, drehte er sich zu ihr um.

«Würdest du mir glauben, wenn ich dir sagen würde, dass das Teil der Reise war? Ein Test? Den du bestanden hast?»

Iris bemühte sich, ernst zu bleiben. «Würdest du mir glauben, wenn ich dasselbe behauptete, nur mit dem Unterschied, dass du durchgefallen bist?»

Hunter lachte schallend und schüttelte den Kopf. «Du bist eine Frau mit vielen Talenten, Iris.»

Iris lächelte verhalten und genoss die Heizungswärme, die langsam den Innenraum füllte. Sie ließ den Kopf gegen die Lehne sinken, das Motorengeräusch verblasste zu einem Hintergrundrauschen, und Iris erkannte, dass sie stolz auf sich war, ein Gefühl, das sie lange nicht mehr gespürt hatte.

22

Sie kamen erst um kurz nach sieben im Hotel an, just in dem Moment, als der Himmel die Schleusen öffnete und es anfing zu regnen. Sie hatten einen vollen Tag gehabt, für Iris war es ein echter Augenöffner gewesen. Während der Werksführung hatte sie sich jede Menge Notizen gemacht. Hunter war zurückhaltend und professionell gewesen, wie immer in Gegenwart anderer Menschen. Iris machte sich nicht die Mühe, ernstlich darüber nachzudenken, weshalb er seinem Sarkasmus und seinen kleinen Sticheleien ausschließlich dann Raum gab, wenn sie allein waren. Sie ging einfach davon aus, dass es ihm Spaß machte, ausgerechnet sie zu nerven.

Es konnte sein, dass ihre erste Begegnung hinsichtlich des Setzens von Grenzen nicht wirklich hilfreich gewesen war. Sie hatte schließlich behauptet, er sähe aus wie ein Serienmörder. Ganz zu schweigen von dem Zwischenfall in der Dusche, den Iris am liebsten aus ihrem Gedächtnis gestrichen hätte. Manchmal durchlebte sie die beiden Szenen mitten in der Nacht aufs Neue. Ihr Gehirn hatte offenbar Freude daran gefunden, sie aus dem Trost eines traumlosen Schlafs herauszureißen, um ihr ihre peinlichsten Momente vorzuführen.

Der Werksleiter war ein netter Mensch mit mächtigem Schnurrbart, den Iris immer wieder unwillkürlich anstarrte. Er erinnerte sie an ihren ehemaligen Direktor Mr Portland, den sie gleichermaßen bewundert wie gefürchtet hatte. Der

Werksleiter war von Hunter offensichtlich sehr angetan. Er hatte ihn mit einem herzlichen Lächeln und enthusiastischem Händeschütteln begrüßt und ihm freundschaftlich die Schulter gedrückt, als wäre er nicht sicher, ob nicht sogar eine Umarmung angebracht wäre. Als Iris sich von der Gruppe gelöst hatte, um sich ein paar Notizen zu den Voreinstellungen einer Maschine zu machen, hatte der Mann Hunter beiseitegenommen und leise mit ihm gesprochen. Sie fragte sich, ob sie mehr waren als ehemalige Kollegen. Vielleicht waren sie befreundet?

Irgendwann war Iris stehen geblieben, fasziniert von der unfassbaren Präzision der Roboter in der Fertigungsstraße, die nahtlos um das Skelett eines Wagens herumtanzten. Als sie den Blick löste, um nachzusehen, wo Hunter abgeblieben war, stellte sie fest, dass er unmittelbar hinter ihr stand und sich schmunzelnd das Kinn rieb. Er hatte sie offensichtlich beobachtet. Einen Augenblick lang war Iris sich vorgekommen, als wäre sie bei etwas sehr Persönlichem ertappt worden. Doch als sich sein Schmunzeln in ein breites Lächeln verwandelte, war ihr Unbehagen sofort verflogen. Sie hatten sich angesehen, ein gemeinsamer Moment der Wertschätzung vielleicht, für die atemberaubende Technik, für den Ort, an dem sie sich befanden. Er hatte ihrem Blick einen Moment standgehalten. Dann hatte er weggesehen, tief durchgeatmet und sich mit der Hand durch die Haare gestrichen. Der Ausdruck in seinen Augen ging ihr eine ganze Weile nicht aus dem Kopf. Die Anspannung in seinem Kiefer. Dass er sich offensichtlich zusammenriss.

Als sie die Fabrik nach einem höchst interessanten Gespräch mit dem Werksleiter wieder verlassen hatten, war

Hunters Wagen repariert. Iris hatte die verbleibende Reisezeit genutzt, um einen mobilen Mechaniker aufzutreiben. Sie hatte ihm beschrieben, wo ihrer Ansicht nach das Problem lag, und es war dem Mechaniker gelungen, die benötigten Teile gegen eine Expressgebühr aufzutreiben. Als sie einstiegen, um ins Hotel zu fahren, und Hunter mühelos den Motor startete, hatte er über das ganze Gesicht gestrahlt.

«Das ist Musik in meinen Ohren», hatte er gesagt.

Das in die Jahre gekommene Hotelgebäude war offenbar gerade erst renoviert worden. In der Luft hing noch der schwache Geruch nach frischer Farbe und neuen Teppichen, und die Uniformen der Mitarbeitenden sahen aus wie frisch aus der Verpackung – strahlend weiße Blusen, mit dem Firmenschriftzug in Rot auf der Brust. Die junge Frau an der Rezeption schenkte Hunter einen langen, eindringlichen Blick, der in krassem Gegensatz zu dem Blick stand, den sie für Iris erübrigte – flüchtig und desinteressiert –, aber Hunter schien es nicht zu bemerken. Als die Frau feststellte, dass sie getrennte Zimmer hatten, versuchte sie, ihn in ein Gespräch zu verwickeln, ob er beruflich in der Gegend sei, wie lange er bleiben werde und wohin es danach gehe.

Iris hatte den Dialog fasziniert verfolgt – die Art, wie Hunter die Fragen der Frau beantwortet hatte, freundlich und trotzdem distanziert. Als die Rezeptionistin Iris eincheckte, schaffte sie es gerade eben so, ihr die Zimmernummer zu nennen. Als sie in den Aufzug gestiegen waren und Hunter den Knopf für die zweite Etage gedrückt hatte, sagte sie: «Du hast eine Verehrerin.»

«Tja, was soll ich sagen, ich bin ein attraktiver Kerl.»

«Aha. Dann hast du ihre Anmache also doch bemerkt. Für mich sah es kurz so aus, als hättest du es vielleicht nicht mitbekommen.»

Hunter zog eine Augenbraue hoch. «Das war nicht wirklich subtil.»

«Kein Interesse?» Iris wusste selbst nicht, warum sie ihn das fragte. Diese Neugier sah ihr nicht ähnlich.

Hunter zuckte die Achseln. «Nicht wirklich.»

Iris *war* neugierig. Sie wollte mehr. Mehr Informationen. Mehr Einzelheiten. Aber Hunter blieb einsilbig, als sie den Flur entlanggingen. Diese Seite von ihm war sie nicht gewohnt. Sie hätte ihn gern gefragt, was er heute Vormittag im Auto hatte sagen wollen – wegen Sonntagabend. Aber noch ehe sie den Mut fassen konnte, räusperte er sich und fragte: «Wollen wir nach unten gehen und noch etwas essen?»

Iris hatte die Frage befürchtet. Sie wusste nicht, ob sie dazu im Stande war, mit ihm an einem Tisch zu sitzen und Konversation zu machen.

Heute vor drei Jahren, fast auf die Stunde genau, hatte sich jenes Gespräch ereignet, das ihr gesamtes Leben verändern sollte. Sie hatte keine Ahnung, ob sie allein sein wollte, um sich dem Schmerz hinzugeben, oder lieber in Gesellschaft, um den Schmerz zu verdrängen. Wollte sie tatsächlich da runter, um mit Hunter zu Abend zu essen? Sie wusste es einfach nicht. Offenbar hatte sie ein bisschen zu lange nachgedacht, denn Hunter legte den Kopf schief und sah sie fragend an.

«Weißt du, was?», sagte er. «Nimm dir ruhig Zeit, darüber nachzudenken. Ich habe jedenfalls Hunger. Ich bringe jetzt mein Gepäck ins Zimmer und gehe nach unten ins Restaurant.» Er blieb vor seiner Zimmertür stehen und scannte die Schlüsselkarte. «Ich würde mich freuen, wenn du mitkämst.»

Iris schaute die Schlüsselkarte in ihrer Hand an. Nummer 212. Sie sah sich um. Es war das Zimmer direkt gegenüber. Hunter war hineingegangen und hatte die Tür hinter sich ins Schloss fallen lassen. Iris wusste nicht, ob sie schnell ihren Koffer ins Zimmer bringen und zurückkommen oder ob sie sich einfach ins Bett verkriechen und in den Schlaf weinen sollte. Hunter war zurück, ehe sie in der Lage gewesen war, eine Entscheidung zu treffen.

«Du stehst immer noch hier. Mit deiner Tasche.» Er wirkte erstaunt.

«Ja, ich … ich bring die mal rein.» Iris schloss auf und betrat das Zimmer. Durchs gekippte Fenster drang Verkehrslärm, die Vorhänge bewegten sich in der kühlen Brise. Iris durchschritt den Raum und machte es zu. Dann ließ sie die Handtasche aufs Bett fallen. Sie wusste immer noch nicht, was sie tun sollte. Sie musste etwas essen, oder? Sie legte sich die Hand auf den Bauch und spürte nach. Da waren jede Menge Gefühle, aber Hunger war nicht dabei. Ihre Gedanken kehrten zu dem Tag vor drei Jahren zurück. Was hatte sie damals um diese Uhrzeit getan, als sie noch nicht ahnte, was kommen würde?

Iris atmete durch. Es roch, wie es offenbar in allen Hotelzimmern roch: eine Mischung aus frischer Bettwäsche und Reinigungsmitteln, die sie an eine Nacht mit Elliott in York erinnerte. Ihr fiel nicht mehr ein, wann das gewesen war. Alles war so weit weg.

So ging es ihr inzwischen mit den meisten Erinnerungen

an Elliott – als gehörten sie in eine Geschichte oder in ein anderes Leben. Aber diese hier war eine schöne Erinnerung, ungetrübt von allem, was danach kam. Jetzt wusste Iris wieder, was sie beim Zimmerservice bestellt hatten – Champagner und Erdbeeren. Sie konnte sich an die Massage erinnern, die Elliott ihr gegeben hatte, an die Küsse zwischen ihren Schulterblättern, während er ihr mit langen Strichen den Rücken einölte. Sie hatten eine Flussfahrt unternommen und bei einem Glas Wein die Aussicht genossen. Auf dem Schiff war eine Familie mit zwei kleinen Kindern gewesen, und der Jüngere hatte gelacht, weil Elliott für ihn Grimassen schnitt und ihm die Zunge rausstreckte. Iris hatte zugesehen, mit einem Ziehen im Herzen bei dem Gedanken, was Elliott für ein toller Vater sein würde. Sie hatte es kaum erwarten können, endlich eine eigene Familie zu gründen.

Die Erinnerung löste sich in nichts auf, und Iris stand immer noch regungslos in ihrem Hotelzimmer, unfähig, eine Entscheidung zu treffen.

Plötzlich klopfte es. Iris öffnete, und Hunter stand vor ihr, die Hand in den Türrahmen gestemmt.

«Kommst du?», fragt er.

«Ich ... ich weiß es nicht.»

«Mir war nicht klar, dass die Entscheidung so schwierig ist.»

«Nein. Ist sie nicht.»

«Hör mal, wenn es daran liegt, dass du nicht mit mir essen möchtest, können wir gern an zwei getrennten Tischen sitzen. Gerne auch an entgegengesetzten Enden des Lokals.»

Iris bekam ein schlechtes Gewissen. Sie wusste, wie unhöflich sie war, aber einige Momente des heutigen Tages sagten ihr, dass sie Hunter besser auf Abstand hielt. Ihr war plötzlich klar geworden, dass sie den Tag, von dem sie gewusst hatte, dass er schrecklich werden würde, tatsächlich ... *genossen* hatte.

«Nein, Quatsch. Aber ich ...» Iris verstummte und schob sich die Haare hinter die Ohren. «Ich glaube, ich wäre heute Abend keine besonders gute Gesellschaft. Ich habe gerade viel um die Ohren.»

«Na ja», sagte Hunter und verschränkte die Arme. «Ich kann natürlich nur für mich sprechen, aber wenn ich viel um die Ohren habe, hilft mir alleine rumsitzen meistens nicht wirklich weiter.»

Iris drehte sich um zu dem leeren Zimmer mit dem großen Bett und wieder zu Hunter zurück. Plötzlich hatte sie Dianes Stimme im Ohr: *Versuch mal was völlig außerhalb deiner Komfortzone.*

Sie räusperte sich. «Du hast recht», sagte sie. «Lass uns gehen.»

23

Wie ist dein Zimmer?», fragte Hunter auf dem Weg zum Aufzug.

«Es ist okay.» Iris' Arm berührte beim Gehen versehentlich seinen, und sie wich zur Seite aus.

«Mein Bett ist etwas zu kurz», sagte er und drückte den Rufknopf.

«Ja, ich kann mir vorstellen, dass dir das öfter passiert.»

Sie fuhren schweigend nach unten und durchquerten auf dem Weg zum Restaurant die Lobby. Die hübsche blonde Rezeptionistin winkte Hunter lächelnd zu. Er nickte höflich, ohne sie länger als nötig anzuschauen, und wandte sich Iris zu. «Hast du Hunger?»

«Sie ist hübsch», erwiderte Iris.

«Wer?»

«Die Frau an der Rezeption.»

Hunter runzelte die Stirn. «Tatsächlich?»

Iris verdrehte die Augen. «Komm schon, als wäre dir das nicht aufgefallen.»

«Ich objektifiziere Frauen nicht.»

«Zugeben, dass jemand attraktiv ist, ist keine Objektifizierung», widersprach Iris.

«Und was ist mit Anstarren, wenn man jemandem vor der Dusche aufgelauert hat?» Hunter sah sie grinsend an.

Iris wurde rot. «Wie lange wirst du mir das eigentlich noch unter die Nase reiben?»

«Also gibst du es zu?»

«Was gebe ich zu?»

Er hielt ihr die Tür zum Restaurant auf. «Du *hast* mich angestarrt.»

Iris wollte gerade darauf einsteigen – sie hatte nicht gestarrt, Himmel noch mal, sie hatte unter Schock gestanden –, als ein junger Mann mit weißem Hemd auf sie zutrat. «Ein Tisch für zwei?», fragte er. Er hatte lange, zu einem Knoten zurückgebundene braune Haare, und auf dem ovalen Schild auf seiner Brust stand *Jacob*.

Hunter schaute Iris fragend an. Offensichtlich wollte er, dass sie die Führung übernahm. Sein Zögern wirkte echt, wahrscheinlich, weil ihr Widerwille vorhin deutlich zu spüren gewesen war.

Iris nickte dem Kellner zu. «Ja bitte.»

Er führte sie an der Bar vorbei und zeigte ihnen einen Tisch am Fenster mit Blick auf den Parkplatz.

«Wenn Sie bestellen wollen, schauen Sie einfach kurz an der Bar vorbei», sagte Jacob.

«Wird gemacht», antwortete Hunter. «Vielen Dank.»

Der Kellner wandte sich ab und ließ sie allein. Hunter nahm die Speisekarten vom Tisch und reichte Iris eine.

«Also», sagte er. «Du hast beschlossen, mit mir an einem Tisch zu sitzen.»

«Darum ging es überhaupt nicht.» Iris schlug die Karte auf und überflog das Angebot.

«Worum dann?»

Iris hatte weder Lust, ihn mit Halbwahrheiten abzuspeisen oder anzulügen, noch wollte sie ihm die Wahrheit sagen. Sie entschied sich, das Thema zu wechseln.

«Was nimmst du?», fragte sie.

Hunter besaß genug Feingefühl und schloss sich ihrem Schwenk an, ohne mit der Wimper zu zucken. Iris war dankbar dafür.

«Ich glaube, mir ist nach einem Burger», sagte er. «Und dir?»

«Ich nehme den Caesar's Salad.»

Hunter stand auf.

«Zahlt die Firma?», fragte sie.

Hunter nickte. «Ja. Was zu trinken?»

Seit sie eben an der Bar vorbeigelaufen waren und sie plötzlich das berauschende Aroma von Schnaps in der Nase hatte, wollte sie etwas Starkes. Sie sehnte sich nach diesem scharfen Brennen in der Kehle, nach der Taubheit im Kopf, der Leichtigkeit im Körper. Sie zögerte. Wäre es okay, in Hunters Gegenwart Hochprozentiges zu trinken? Was, wenn er immer noch dabei war, sie einzuschätzen, hier, in einem Restaurant, meilenweit entfernt von Taylor and Newton? Aber ein Drink zum Essen sollte drin sein. Noch während sie darüber nachdachte, hatte sie plötzlich Elliott vor Augen. Und den Cuba Libre, den er so gerne trank. Am liebsten halb und halb. Und den Geschmack seiner Lippen hinterher.

«Für mich bitte einen Cuba Libre», sagte sie und versuchte, möglichst gelassen zu klingen.

Hunter sah sie erstaunt an. «War der Rundgang so schlimm?»

«Nein, nur die Begleitung.» Iris biss sich auf die Lippe, um ernst zu bleiben.

Hunter schob die Unterlippe vor. «Interessant.»

«Was ist interessant?»

«Deine Wahl.»

Iris runzelte die Stirn. «Inwiefern?»

«Ich hätte dich eher für eine Frau gehalten, die Wein trinkt. Prosecco. Ab und zu ein Glas Rotwein.»

Iris trommelte mit den Fingern auf dem Tisch. «Hört sich an, als hättest du viel darüber nachgedacht.»

Hunter zuckte die Achseln. «Nicht so viel. Aber ich habe darüber nachgedacht.»

Iris spürte einen Schwall Hitze in sich aufsteigen. Weshalb hatte er über sie nachgedacht?

«Ich mag Wein», sagte sie nervös. «Aber heute Abend ist mir nach Cola mit Rum.»

Iris wollte nicht darüber sprechen. Sie wollte Hunter nicht erzählen, dass sie sich nach dem Geschmack sehnte, der sie an ihren Mann erinnerte. Ein Geschmack, den sie immer noch so deutlich auf der Zunge hatte. Keiner, den sie besonders mochte, das nicht, aber etwas, das sie im Moment dringend brauchte. Sie schaute Hunter entschlossen an, er nickte und ging an die Bar.

Iris saß da und beobachtete aus den Augenwinkeln ein paar Tische entfernt einen Mann und eine Frau, die aussahen, als hätten sie ihr erstes Date – sie lächelten zögerlich und wirkten beide angespannt und schenkten einander ihre volle Aufmerksamkeit. Die Frau wirkte nervös, spielte erst mit ihrer Armbanduhr und schob sich dann eine Haarsträhne hinters Ohr, dabei hätte das gar nicht sein müssen. Der Mann war eindeutig hin und weg von ihr, das konnte Iris an seinen Augen ablesen. Sie leuchteten regelrecht. Iris konnte nicht wegsehen, sie war fasziniert davon, wie einfach es war, sich zu verlieben.

Sie fühlte sich an ihr erstes Date mit Elliott erinnert, ihr Herz war weit offen gewesen und ihr Verstand noch nicht beeinträchtigt von Misserfolgen. Er hatte sie zu einem Italiener in Nottingham eingeladen. Sie hatten Pasta gegessen und Wein getrunken und sich über den neuesten James-Bond-Film unterhalten. Elliott hatte ihr von seinen Zukunftsplänen erzählt, von seiner Reisewunschliste, von seiner Familie, der er nahestand, und seiner Nichte, die er vergötterte. Iris hatte erst gemerkt, wie spät es war, als die Kellnerin kam und fragte, ob sie die Rechnung bringen dürfte, weil sie schließen wollten. Sie hatte erstaunt auf die Uhr gesehen und festgestellt, wie leicht es gewesen war, sich von Elliott in seinen Bann ziehen zu lassen. Sie hatte nicht geahnt, dass es Männer wie ihn überhaupt gab – Männer, die klug waren und attraktiv und ebenso interessiert wie interessant. Sie konnte nicht fassen, dass unbemerkt drei Stunden vergangen waren. Während sie dasaß und Elliott nachsah, der die Jacken holte, war ihr klar geworden, dass dies der Mann war, mit dem sie ihr Leben verbringen wollte.

«Bitte sehr.» Hunter stellte ein Glas vor sie hin und setzte sich wieder. Iris schielte über den Tisch zu dem Getränk in seinem Glas.

«Ist das Wasser?», fragte sie.

Er schaute sein Glas an, als wäre er sich selbst nicht sicher. «Ja.»

«Trinkst du nichts?»

Er schaute sie irritiert an. «Wasser ist ein Getränk.»

Iris verdrehte die Augen. «Du weißt, was ich meine.»

«Ich bleibe beim Wasser.»

Er strich sich die Haare aus dem Gesicht und lehnte sich

zurück. Er wirkte gelassen. Natürlich. Ganz im Gegensatz zu Iris, die den fast unbezwingbaren Drang verspürte, rumzuzappeln. Sie griff zum Glas und trank einen großen Schluck.

Hunter sah sie belustigt an. «Durstig?», fragte er.

Iris seufzte. «Das war eine lange Woche.»

«Wem sagst du das.» Sein Tonfall überraschte sie. Er klang plötzlich gedämpft und irgendwie sorgenvoll. Außerdem hatte er etwas Fahriges, Unkonzentriertes in seinem Blick. Etwas sehr Un-Hunterhaftes.

«Was ist los?» Iris lehnte sich vor, trank noch einen Schluck und leckte sich über die Lippen. Sie musste langsamer machen. Sie hatte noch keinen Bissen gegessen und war Hochprozentiges nicht gewohnt. Sie musste dringend professionell bleiben, trotz der seltsamen Situation: beruflich unterwegs und doch nicht beruflich unterwegs. Sie befanden sich in einer Grauzone, einer unscharfen, verwirrenden Grauzone, die Iris verunsicherte.

«Gar nichts», antwortete Hunter. «Ich bin eben ein viel beschäftigter Typ.»

«Ach so. Viel beschäftigt, attraktiv, offen ...» Iris zählte die Eigenschaften an den Fingern ab. «Jetzt ist mir klar, weshalb die Frau an der Rezeption dich angeschmachtet hat.»

«Die Frau von der Rezeption lässt dir offensichtlich keine Ruhe, Iris. Bist du eifersüchtig?» Hunter sah sie fragend an.

Iris' Reaktion war halb Lachen, halb Stöhnen. «Klar, du wirkst nun mal auf alle Frauen unwiderstehlich», sagte sie ironisch.

«Du sprühst heute Abend mal wieder vor Komplimenten.» Hunter rieb sich grinsend das Kinn und fasste sich unvermittelt an die Hosentasche. Sein Telefon klingelte. Er zog es heraus und sah auf das Display. «Da muss ich rangehen.»

Er erhob sich und verließ den Tisch. Iris bekam gerade noch ein freundliches «Hallo», mit, dann ging er hinaus auf die Terrasse. Es hatte nicht nach etwas Beruflichem geklungen – dazu war Hunters Stimme zu ungezwungen gewesen, sein Tonfall zu warm. Vielleicht seine Freundin? Oder seine Ex-Frau oder ein Freund oder seine Mutter? Oder vielleicht ein Kind? Sie wusste wirklich sehr wenig über ihn, und die vielen Fragen in ihrem Kopf und das nervöse Gefühl im Magen führten sie wiederum zu der Frage, ob sie sich wünschte, es wäre anders.

Iris konnte die Terrasse durchs Fenster sehen, sie lag spärlich beleuchtet neben dem Parkplatz. Hunter ging auf und ab, eine Hand in die Seite gestemmt. Ab und zu blieb er stehen, machte eine verärgerte Geste und fuhr sich mit der Hand durch die Haare oder übers Gesicht. Iris ertappte sich dabei, wie sie sich neugierig vorbeugte, um ihn besser zu erkennen. Sie fragte sich, was zum Teufel sie da tat, und zwang sich wegzusehen. Hunter war schließlich quasi ihr Vorgesetzter. Er führte eindeutig ein Privatgespräch, und es käme sicher nicht gut, wenn er sich jetzt umdrehte und sähe, wie Iris die Stirn ans Fenster presste.

Sie leerte das Glas und genoss das Brennen im Hals, die Hitze in ihren Adern. Ein paar Minuten später kam Hunter zurück und steckte im Hinsetzen das Telefon wieder ein.

«Alles in Ordnung?», fragte sie.

Er sah sie abwesend an. «Wie bitte?»

«Der Anruf, ist alles in Ordnung?»

«Ach so.» Er verlagerte das Gewicht. «Jaja, alles in Ordnung.»

Iris musterte ihn skeptisch. Er sah nicht aus, als wäre alles okay, aber sollte sie nachhaken oder lieber das Thema wechseln? Während sie noch mit Abwägen beschäftigt war, schob Hunter die Ärmel seines Pullovers hoch und stützte die Ellbogen auf den Tisch.

«Das war meine Mutter», sagte er ungewohnt verhalten. Iris beugte sich vor. «Mein Vater ...», fuhr er zögernd fort. «Ihm geht es nicht gut.»

«Oh», Iris schluckte. «Das tut mir leid.»

Hunter antwortete nicht sofort. «Mir auch», sagte er schließlich.

Iris spürte, wie ihr Herz pochte. Vor ihr saß plötzlich eine ganz andere Version dieses Mannes – ein Hunter, der verletzlich war und besorgt, mit gebeugten Schultern und traurigem Blick. Sie hätte ihn jetzt gern getröstet, aber sie wusste nicht, wie.

«Siehst du deine Eltern oft?», fragte sie schließlich.

«Nicht so oft, wie ich gerne würde. Als sie pensioniert wurden, sind sie nach South Wales gezogen. Ich versuche, sie alle paar Monate zu besuchen, aber das lässt sich nicht immer machen.» Hunter legte die gefalteten Hände auf den Tisch. «Ich wünschte, sie würden zurückkommen, aber es gefällt ihnen dort.»

«Was ...» Iris zögerte. Er sollte nicht denken, dass sie neugierig war.

«Demenz», antwortete Hunter.

Iris musste an ihre Großmutter denken. Diese Traurigkeit war ihr vertraut. Diese Trauer.

«Das ist sicher schwer», sagte sie. «Meine Großmutter ... wir wissen seit fünf Jahren, dass sie dement ist. Eine furchtbare Krankheit. Es tut mir sehr leid, Hunter.»

«Danke.» Er sah sie mit zusammengepressten Lippen an.

«Wann bekam er seine Diagnose?»

«Vor ein paar Monaten. Aber im Grunde wussten wir es schon eine ganze Weile. Ich glaube, wir haben es verdrängt – wir haben uns eingeredet, es wäre einfach nur das Alter. Aber dann wurde er immer verwirrter und benahm sich untypisch. Vor etwa einem Jahr rief meine Mutter mich unter Tränen an, um mir zu sagen, dass sie sich Sorgen machte. Ich glaube, sie hatte Angst, das Wort auszusprechen, und war erleichtert, als ich es schließlich tat.»

Iris nickte. «Das ging uns bei meiner Großmutter genauso.»

«Wie geht es ihr heute?», fragte er.

«Sie lebt inzwischen in einem Pflegeheim. Meine Eltern besuchen sie ein paarmal die Woche und holen sie ab. Es gibt gute und schlechte Tage.» Iris beschloss, hinsichtlich der schlechten Tage nicht ins Detail zu gehen, die Aggressionen, mit denen ihre Großmutter ihrer Mutter manchmal begegnete, und die Tatsache, dass sie zwischendurch ihre eigene Tochter nicht mehr erkannte. Ihr stiegen Tränen in die Augen, und ihr Brustkorb wurde eng. Sie hätte ihm gern etwas Tröstendes gesagt, aber sie wusste nicht, was. Hunter war dabei, auf grausame Weise seinen Vater zu verlieren, und der Gedanke brach ihr das Herz. «Aber das ist sehr individuell und lässt sich kaum vergleichen», sagte sie schließlich. «Es gibt bei Demenz keinen typischen Verlauf.»

«Ja, das wird uns auch gerade klar.» Hunter trank einen

Schluck, und Iris musste plötzlich an den Anruf von Sonntagabend denken, an seine aufgewühlte Reaktion und den überstürzten Aufbruch.

«Letzten Sonntag ...», sagte sie. «Der Anruf ...»

«Ja, das war auch meine Mutter. Sie kommt mit ihm nicht mehr alleine zurecht, es wird zu viel für sie. Ich musste nach Wales fahren und sie dabei unterstützen, mit ihm zu einem Termin zu fahren.»

Iris hatte das Gefühl, als würde ein Puzzleteil an seinen Platz gleiten. Sie bekam ein schlechtes Gewissen, weil sie ihm sein Verhalten an dem Abend übel genommen hatte.

«Fährst du oft nach Hause?», fragte er.

«Nicht so oft, wie ich sollte.»

Hunter lächelte verhalten. «Das Leben ist zu hektisch.»

«Die *Arbeit* ist zu hektisch», widersprach Iris. Von ihrem Leben konnte man das seit geraumer Zeit nicht mehr sagen.

Der Kellner kam mit ihren Bestellungen. Iris hatte völlig vergessen, dass sie ja etwas zu essen bestellt hatten, so sehr war sie in das Gespräch vertieft gewesen. Als sie den Blick hob, sah sie, dass es inzwischen um sie herum voller geworden war, die Luft war erfüllt von Gesprächen. An einem Tisch in der Nähe hatten vier Geschäftsmänner Platz genommen, zwei von ihnen hatten ihre Laptops aufgeklappt vor sich auf dem Tisch. Hinter Hunter saßen zwei Frauen, die sich bei einer Flasche Wein angeregt unterhielten. Die Menschen kamen ihr viel zu nah vor, sie hatte das Gefühl, als wären sie in die kleine Blase eingedrungen, in der sie und Hunter kurz ganz allein existiert hatten.

Hunter atmete durch und machte sich über seinen Burger her. Iris fragte sich, ob sie noch einmal auf seinen Vater zurückkommen sollte, und entschied sich dagegen. Sie hatte den Eindruck, dass Hunter für den Moment lieber vergessen wollte, dass sein Vater krank war und er nichts dagegen tun konnte. Iris hatte Verständnis dafür. Sie wusste, wie sich das Bedürfnis anfühlte, die Rollläden herunterzulassen.

Sie aßen schweigend, Iris stocherte in ihrem Salat herum. Ab und zu trafen sich ihre Blicke, und dann schlug Iris das Herz bis zum Hals.

Nach einer Weile kam der Kellner zurück an den Tisch, und Hunter bestellte noch ein Wasser.

Der Kellner schaute Iris an. Sie zögerte, wollte in Hunters Gegenwart auf keinen Fall zu viel trinken. Was, wenn er sie dafür verurteilte? Oder es gegenüber Jeremy Sterling erwähnte? Doch dann fiel ihr Blick auf den Nachbartisch, die vier Männer, die sich leise unterhielten und sich immer wieder über die Laptops beugten. Jeder hatte ein Bier vor sich stehen, und auf dem Tisch standen ein paar leere Gläser. Sie hatten offensichtlich kein Problem damit, Berufliches und Angenehmes zu verbinden. Ein Glas Wein konnte nicht schaden. Außerdem hatte sie Feierabend.

«Ich nehme ein Glas Weißwein, bitte.»

Der Kellner nickte. «Kommt sofort.»

Hunter hatte sich offensichtlich inzwischen wieder gefasst. Er aß, als hätte es dieses schwere Thema nie gegeben. Sie fragte sich, ob er eine bestimmte Strategie hatte, einen Trick, eine Atemübung. Iris wünschte, ihre Sorgen und Ängste ließen sich auch so einfach abschalten.

Kurz darauf kam der Kellner mit den Getränken zurück. Das Restaurant füllte sich mit Hotelgästen, die eindeutig beruflich hier waren, und Leuten, die sich privat hier zum

Essen trafen. Iris nippte an ihrem Wein und beobachtete die Leute, aber ihre Blicke schweiften immer wieder zu Hunter zurück. Sie konnte nicht anders.

Und wenn sie sich nicht täuschte, ging es ihm genauso.

24

Schließlich schob Hunter den leeren Teller zurück und trank einen großen Schluck Wasser. Die Eiswürfel klirrten in seinem Glas. Er lehnte sich zurück und sah sie mit leicht schief gelegtem Kopf an. Die Schmetterlinge in Iris' Bauch ließen keinen Platz mehr für Essen. Sie griff ebenfalls zu ihrem Glas. Hunter beobachtete, wie sie trank und sich dann unwillkürlich die Lippen leckte.

Iris verspürte den Drang, ihm Fragen zu stellen, mehr über ihn zu erfahren. An Hunter war so viel mehr als die arrogante Hülle, die ihr so auf die Nerven ging. Er hatte verborgene Tiefen, versteckte Sorgen, genau wie sie selbst. Sie schob den Teller weg, zog das Glas zu sich heran und nippte daran. Der Blick aus Hunters dunkelbraunen Augen war so intensiv, dass sie errötete. Es war, als könnte er Dinge sehen, die sie unbedingt versteckt halten wollte. Als würde er sie durchschauen, sie wirklich sehen, mitsamt all ihren Rissen und Brüchen.

«Geht es dir gut?», fragte er.

«Mir? Ja, gut, danke.»

Er schaute auf ihren Teller. «Du hast kaum etwas gegessen.»

«Ich habe keinen Hunger.»

Hunter saß so nah vor ihr, dass es Iris plötzlich vorkam, als hätte sie ihn noch nie so deutlich gesehen. Wie ebenmäßig diese Zähne waren. Und so weiß. Wie dicht diese Haare waren. Und so dunkel. Wie fragil ihn die Narbe an seinem Augenwinkel wirken ließ. Er hob die Hand und fuhr sich übers Kinn.

«Du warst also verheiratet?» Sie bereute die Frage sofort. Was war in sie gefahren? Das war viel zu viel. Viel zu persönlich. Hunters Mundwinkel zuckte, er atmete hörbar ein und ließ sich Zeit mit einer Antwort. Schließlich setzte er sich etwas gerader hin und sagte nur. «Ja.»

«Hast du Kinder?» Iris war überrascht, wie dringend sie das wissen wollte.

Hunter schüttelte langsam den Kopf. «Nein. Keine Kinder.»

«Was ist passiert?» Iris hätte sich am liebsten auf die Zunge gebissen. Was war los mit ihr? War sie betrunken? Sie ließ zu, dass ihre Neugier die Kontrolle übernahm.

«Wir haben uns getrennt», sagte Hunter sachlich. In seiner Stimme schwang kein Groll, kein Bedauern, und es kam ihr nicht so vor, als würde er dem Thema aus dem Weg gehen wollen. Eher, als gäbe es dazu eigentlich nichts weiter zu sagen.

«Da bin ich auch schon draufgekommen.» Iris trank einen Schluck Wein. «Aber warum?» Derart neugierig zu sein, sah ihr nicht nur nicht ähnlich, es war auch vollkommen unprofessionell. Sie hatte einen langen Tag hinter sich, und ihre Gefühle fuhren Achterbahn. Sie konnte nicht mehr klar denken. Abgesehen davon hatte Hunter etwas an sich, das sie faszinierte. So etwas hatte sie schon sehr lange nicht mehr erlebt.

«Wie wär's damit?» Die Unterarme vor sich auf den Tisch gestützt, beugte Hunter sich vor. «Wenn wir uns schon unsere Lebensgeschichten erzählen, dann fängst du an.» Er schenkte ihr ein strahlendes Lächeln, aber in Iris hatte nur noch der Gedanke Platz, wie nah er ihr plötzlich war. Sie bräuchte sich nur noch ein kleines Stückchen vorzubeugen, und ihre Gesichter würden sich fast berühren – ihre Lippen. Blinzelnd verscheuchte sie diesen Gedanken.

Ohne sich zu bewegen, sah Hunter sie abwartend an. Er spielte mit ihr – war bereit, über seine Erfahrungen zu sprechen, wenn sie es auch tat. Der Austausch von Liebeskummer und Katastrophen.

«Oh», sagte sie verlegen, spielte unwillkürlich mit der Delle an ihrem Ringfinger. Als sie seinen Blick bemerkte, versteckte sie die Hand unter dem Tisch.

«Dacht ich's mir.» Hunter lehnte sich zurück.

«Ich war auch verheiratet», sagte Iris eilig, in der Hoffnung, dass ihm das reichte.

«Was ist passiert?» Sein Tonfall war sanft und einfühlend.

Iris bekam einen Kloß im Hals. «Ach, das ist kompliziert, weißt du?»

«Nein, weiß ich nicht. Aber ich würde es gerne wissen.»

Sie schaute ihr Glas an und bemerkte, dass es fast leer war, dann schaute sie ihren Teller an und sah, dass sie tatsächlich kaum etwas gegessen hatte. Das war eine ganz schlimme Mischung, ein echter Anfängerfehler. Iris spürte, wie Panik in ihr aufstieg. Sie durfte auf keinen Fall betrunken sein. Sie räusperte sich und rief sich zur Ordnung. Sie sollte jetzt aufstehen, auf ihr Zimmer gehen und den aufsteigenden Rausch ausschlafen.

«Wege verlaufen doch nie schnurgerade», sagte sie. «Es gibt jede Menge Kurven und Abzweigungen, oder?»

«Für mich ist die Ehe ein ziemlich gerader Weg», widersprach Hunter. «Aber das kann ich wahrscheinlich nicht wirklich gut beurteilen.»

«Ich auch nicht. Ich war keine besonders gute Ehefrau.» Iris spielte mit einer Strähne. Sie fühlte sich plötzlich sehr verwundbar.

Hunter senkte den Blick. Dann schaute er sie ernst an.

«Und ich war kein besonders guter Ehemann», sagte er mit rauer Stimme.

«Weißt du, was?» Iris legte den Kopf schief und beugte sich zu ihm vor. «Ich dachte, der heutige Tag würde für mich unerträglich werden, dabei war er gar nicht so schlimm, oder? Aus sehr vielen verschiedenen Gründen, aber was ich eigentlich damit sagen will: Dieser Tag war viel weniger schlimm, als ich erwartet hatte.» Sie verhaspelte sich beinahe, so schnell redete sie. Sie zwang sich zu einer Pause. Hunter durfte auf gar keinen Fall denken, sie wäre betrunken. «Das ist eine Angewohnheit von mir: Ich bausche Dinge auf. Ich weiß selbst nicht, warum, jedenfalls bin ich offenbar nicht in der Lage, mir das abzugewöhnen.» Was redete sie da? Sie wusste, dass sie faselte, und konnte sich nicht stoppen. Der Alkohol hatte ihr die Zunge gelöst, hatte die Schleusen geöffnet, und sie konnte nicht mehr aufhören zu reden.

Hunter zögerte, ehe er antwortete, als wollte er sichergehen, dass sie wirklich fertig war. Sein Blick ging ihr durch und durch. Diese Augen hatten wirklich was an sich. «Ich glaube, wir haben alle ein gewisses Talent, uns zu viele Gedanken zu machen, Iris.»

«Du nicht! Ich kann mir einfach nicht vorstellen, dass du abends nach Hause kommst und anfängst zu grübeln. Au-

ßer vielleicht über den aktuellen iranischen Präsidenten.»
Iris kicherte und schlug sich erschrocken die Hand vor den
Mund.

Hunter kniff die Augen zusammen. Sein Mund zuckte.
«Das wirst du mir für immer unter die Nase reiben, oder?»

«Allerdings.» Iris beugte sich vor, angelte sich eine Gurkenscheibe von ihrem Teller und knabberte daran.

Hunter wurde wieder ernst. «Was ich dich fragen wollte»,
sagte er. «War das eine Ausrede, als du sagtest, du könntest
aus persönlichen Gründen nicht mitfahren?»

«Oh.» Iris legte die angebissene Gurkenscheibe auf den
Teller zurück. «Nein. Das war keine Ausrede.» Sie rang die
Hände, spielte wieder mit dem Ringfinger, zwang sich, damit aufzuhören. «Ich hatte das Gefühl, ich sollte zu Hause
bleiben. Dafür gibt es einen Grund.»

«Verstehe.» Hunter schaute sie unverwandt an. «Möchtest du darüber sprechen?»

Iris dachte nach. Wollte sie darüber sprechen? Über Elliott? Nein, eigentlich nicht. Was sie wollte, war das absolute Gegenteil. Sie wollte etwas tun, das ihr half zu vergessen,
wollte etwas *fühlen*, das ihr half zu vergessen. Ihr Blick ver-
weilte auf seinen leicht geöffneten Lippen, wanderte weiter
zu seinen breiten Schultern, zu den Muskeln, die sich deutlich unter dem Pullover abzeichneten. Sie sah ihn an und
stellte sich seine Kraft vor. Er könnte sie einfach so hochhe-
ben. Iris blinzelte heftig, um die Bilder zu vertreiben, ehe sie
sich festsetzten.

Hunter schaute sie fragend an, seine Stimme klang besorgt. «Geht es dir wirklich gut, Iris? Sollen wir lieber nach
oben gehen?»

Iris kam zurück in die Gegenwart, trank den letzten Schluck Wein und strich sich durch die Haare. Früh ins Bett zu gehen, wäre sicher das Beste. Wenn sie noch länger hier herumsaß und Hunter anstarrte, käme sie womöglich noch auf dumme Gedanken.

«Ja», sagte sie und griff zu ihrer Handtasche. «Gehen wir.»

Iris stand auf, durchquerte mit forschem Schritt das Restaurant und stieß die Doppeltür zur Lobby auf. Hunter folgte ihr. Die Forschheit war aufgesetzt. Sie tat alles, um dem Drang zu entkommen, ihm möglichst nahe zu sein. Ihn zu berühren.

«Iris!» Hunters Stimme drang von hinten an ihr Ohr, entschieden, gebieterisch und – jetzt, wo sie darüber nachdachte – männlich und ziemlich sexy. «Hier entlang.» Er deutete zu den Aufzügen. Iris fragte sich, in welche Richtung sie unterwegs gewesen war. Zum Ausgang offensichtlich. Sie war völlig wirr.

«Oh! Ja, natürlich!» Sie machte eine Kehrtwende und lief in die andere Richtung weiter, direkt auf Hunter zu und stieß gegen seinen Arm. Gott, wie gut er roch! Hunter rührte sich nicht, schaute sie nur amüsiert an. «Was denn?», sagte sie.

Er zuckte die Achseln. «Nichts?»

«Dann komm. Wir müssen ins Bett.» Iris schlug sich die Hand vor den Mund. «Nein, ich … wollte nicht … Ich meine … du weißt schon.»

Hunter grinste sie an, er amüsierte sich offensichtlich königlich. «Nein, leider nicht, glaube ich.»

«Doch, tust du!», widersprach Iris böse. «Wir müssen ins Bett …» Hunter zog spöttisch die Augenbrauen hoch. Iris spürte, wie die Hitze ihr den Hals hochschoss. «Schlafen! Getrennt, natürlich.» Sie faselte schon wieder, fuchtelte mit den Händen, unterstrich jedes Wort. Ihre Wangen brannten. Sie wandte sich ab, ging zum Aufzug und drückte den Rufknopf.

Hunter stellte sich feixend neben sie. Als sich die Aufzugtüren öffneten, ließ er ihr mit einer Geste den Vortritt, stieg ein und drückte den Knopf für die zweite Etage. Es war viel zu still in dieser kleinen Kabine, die plötzlich so viel zu enthalten schien. Iris hörte Hunter atmen. Das Geräusch schien etwas in ihr wachzurütteln, das sie sich nicht erklären konnte. Dann setzte sich abrupt der Lift in Bewegung, und Iris geriet ins Wanken.

«Hoppala», sagte Hunter.

Iris war gegen seinen Brustkorb gestolpert und kam jetzt irgendwie nicht mehr davon los. Sie spürte den Griff seiner Hände an ihren Schultern, stark und fest. Sie hörte sein Herz pochen, es schlug genauso wild wie ihres. Sie hob den Kopf und schaute zu ihm hoch, und auf einmal war es nicht mehr nervig, dass er derart über ihr aufragte, sondern ... anders. Sie rührten sich beide nicht vom Fleck, seine Hände lagen auf ihren Schultern, sie schauten sich wie gebannt in die Augen. Dann ließ er die Fingerspitzen langsam ihre Arme hinuntergleiten, Richtung Ellbogen. Iris' Haut fing an zu kribbeln. Sie merkte, dass sie vergessen hatte zu atmen.

Mit einem *Pling* öffneten sich die Aufzugtüren, Iris machte sich erschrocken los und holte tief Luft. Hunter legte ihr sanft die Hand aufs Kreuz und steuerte sie in den Gang. Es war ein ... *schönes* Gefühl. Seine Berührungen waren so bestimmt, so souverän.

In diesem Moment war Iris sich sicher, dass sie ihm überallhin folgen würde.

25

Hast du deinen Schlüssel?», fragte Hunter.

Sie standen zwischen ihren beiden Zimmern in dem hell erleuchteten Flur. Iris kramte in ihrer Handtasche herum. «Der ist hier irgendwo», murmelte sie. Wieso hatte sie so viel Krempel dabei? Taschentücher, Händedesinfektion, drei verschiedene Lipbalms und zwei Handcremes, eine Schachtel Paracetamol und einen Kamm. Endlich wurde sie fündig. «Hier!» Sie streckte Hunter strahlend die Plastikkarte hin, hielt sie an den Leser und wartete auf das Summen, aber nichts geschah. Sie versuchte es noch einmal. «Die funktioniert nicht.» Sie versuchte es noch ein drittes Mal, aber vergebens.

«Lass mich mal», Hunter streckte die Hand aus, und Iris gab ihm widerstrebend die Karte. Sie war keine Frau, die auf die Hilfe eines Mannes angewiesen war. Sie wechselte bei sich zu Hause die Glühbirnen und die Batterien. Sie verdiente ihr eigenes Geld und bezahlte ihre Rechnungen selbst. Sie baute ihre Möbel selbst auf und mähte ihren Rasen. Sie hatte sogar Hunters Auto wieder zum Laufen gebracht! Aber jetzt stand sie hier und war nicht in der Lage, ihr Hotelzimmer aufzusperren. Die dämliche Schlüsselkarte musste kaputt sein. Jetzt musste sie runter an die Rezeption.

Hunter drehte die Karte um. «Iris? Das ist eine ...» Er studierte die Vorderseite. «Geschenkkarte von einem Gartencenter. Vor einem Jahr abgelaufen.»

«Oh!» Zuerst war Iris wütend auf sich, weil sie so einen dämlichen Fehler gemacht hatte, und auf Hunter, weil er sie auslachte. Doch dann verpuffte die Wut plötzlich und machte etwas anderem Platz: etwas, das sich leicht anfühlte und heiter. Sie fing an zu kichern, hielt sich die Hand vor den Mund und kicherte. Iris hatte die Angewohnheit, sich selbst am allerstrengsten zu kritisieren, ständig ihre Fehler und Defizite zu sehen, und jetzt stand sie hier, eine uralte Geschenkkarte in der Hand, nachdem sie versucht hatte, damit ihr Zimmer aufzusperren, und *lachte*. Sie lachten beide. «Die Dinger sehen alle gleich aus!», sagte sie empört.

«Ja. Absolut identisch», erwiderte Hunter todernst. «Die Rum-Weißwein-Kombi hat damit nichts zu tun.»

«Überhaupt nicht.» Iris kramte wieder in ihrer Handtasche und stieß ganz unten endlich auf die Schlüsselkarte. Als sie sich umdrehte, um es noch einmal zu versuchen, streifte sie dabei versehentlich Hunters Arm und zuckte erschrocken zurück. «Entschuldigung, ich ... äh ...»

«Kein Problem», sagte Hunter. «Weißt du, ich beiße nicht.» Nach kurzem Zögern raunte er: «Es sei denn, du möchtest das.»

Iris' Wangen fingen an zu brennen, und sie hatte plötzlich das Gefühl, zu wenig Luft zu bekommen, aber Hunter stand einfach nur lässig an den Türrahmen gelehnt da. «Dann geh mal besser schlafen», sagte er mit rauer Stimme, löste sich schwungvoll vom Türrahmen und drehte sich zu seinem eigenen Zimmer um.

«Außer ...» Das Wort war ihr unwillkürlich rausgerutscht. Außer was, eigentlich? Was wollte sie sagen? Hunter hatte sich wieder zu ihr umgedreht und fragte sich offenbar dasselbe. «Außer, du möchtest noch kurz mit reinkommen? Auf einen Absacker?»

Hunter fing an zu lächeln, dieses breite Grinsen, das Iris immer direkt unter die Haut ging. Von dem sie den Blick nicht abwenden konnte.

«Klar», sagte er, «warum nicht?» Er trat auf sie zu, nahm ihr die Schlüsselkarte aus der Hand und streifte dabei entschieden langsam ihre Finger. Iris schlug das Herz bis zum Hals, das Blut rauschte ihr in den Ohren. Was war los mit ihr?

Hunter scannte die Karte, das Summen ertönte, und die Tür entriegelte sich. Hunter schob sie auf und ließ Iris den Vortritt.

«Danke», murmelte sie und huschte an ihm vorbei ins Zimmer.

Er ließ die Tür ins Schloss fallen, und plötzlich waren sie zu zweit allein in einem Hotelzimmer mit einem riesengroßen Bett. Iris schluckte. Sie hatte nicht nachgedacht. Wo sollten sie sitzen? Es war genauso wie neulich in Hunters Zimmer im *Radcliffe*, nur dass sie diese Energie zwischen ihnen das letzte Mal nicht gespürt hatte. Oder etwa doch? War sie auch da schon da gewesen, heimlich, im Verborgenen, hatte darauf gewartet, bemerkt zu werden?

«Hier.» Hunter füllte ein Glas mit Leitungswasser und hielt es ihr hin.

«Danke.» Iris nahm es entgegen. «Siehst du? Wenn du willst, kannst du sehr nett sein.»

«Das weiß ich.»

«Der nette Typ, was?»

Hunter nickte. «Stimmt. Ich weiß wirklich nicht, was ich

getan habe, um bei dir den Eindruck zu erwecken, ich wäre irgendwas anderes als nett.»

Iris verdrehte spöttisch die Augen, was womöglich ein bisschen unfair war. Hunter hatte sie schließlich nicht direkt schlimm behandelt, oder? Okay, er hatte sie ab und zu aufgeregt, und die Hickhacks zwischen ihnen waren fast schon zur Gewohnheit geworden. Außerdem hatte er ein bisschen zu viel Spaß daran, ihr immer wieder den Duschvorfall unter die Nase zu reiben. Und dann war da noch der Grund, weshalb er überhaupt bei Taylor and Newton aufgetaucht war. Aber er hatte ihr auch geholfen, ohne dass sie ihn bitten musste und obwohl sie ihm klargemacht hatte, dass sie keine Hilfe brauchte. Er hatte ihr ein T-Shirt geliehen und ihr geholfen, ihren Hausschlüssel zu suchen. Sogar zu einem Abend mit alten Freundinnen hatte er sie begleitet.

Iris sah zu ihm hoch. «Ich glaube, mir fällt es einfach schwer, ein nettes Verhältnis zu jemandem zu pflegen, der meine berufliche Karriere beeinflussen könnte.»

«Iris», sagte Hunter seufzend. «Glaubst du tatsächlich, das wäre der Lieblingspart meines Jobs? Du verbeißt dich da in einen winzig kleinen Bereich. Was ist mit den Verbesserungen, die hoffentlich als Ergebnis meiner Beratungen bei euch Einzug finden werden? Oder mit der Tatsache, dass das, was ich tue, dazu beitragen kann, das Ruder rumzureißen? Was sich übrigens ebenfalls unmittelbar auf deinen Job auswirken würde. Abgesehen davon», sagte er betont, «bist du eine fantastische Ingenieurin, eine hervorragende Managerin. Wie kommst du auf die Idee, dass ich irgendwem etwas anderes sagen würde?»

Iris war baff. Sie stand da und starrte ihn an. «Immerhin habe ich deinen Wagen repariert», sagte sie schließlich.

«Richtig. Wenn auch provisorisch.» Er grinste. «Ich möchte nicht, dass du dir darauf jetzt zu viel einbildest.»

«Ich hatte nicht das richtige Equipment», protestierte sie.

Hunter musterte das Glas in ihrer Hand. «Ich würde das trinken, wenn ich du wäre.»

Iris tat, was er sagte, und er streckte die Hand nach dem leeren Glas aus. Sie reichte es ihm, und er ging ins Bad, um es nachzufüllen.

«Ich stelle dir das ans Bett. Ich habe das Gefühl, du könntest es brauchen, wenn du aufwachst.»

Iris setzte sich aufs Bett und schlenkerte die Schuhe von den Füßen. Sie sah zu, wie er ihr das Glas hinstellte und dann zur Tür schaute. Sie hatte ihm gar keinen Absacker angeboten! Sie hatte ihn auf einen Drink reingebeten, und er hatte ihr was zu trinken besorgt!

«Danke», sagte Iris. «Ich glaube, ich habe gar nichts zu trinken hier, oder?»

«Außer Leitungswasser? Nein. Heißt das, du hast mich unter Vorspiegelung falscher Tatsachen in dein Zimmer gelockt?»

«Erwischt.» Sie lehnte sich gegen das Kopfteil. «Sag mal, vermisst du dein Zuhause?» Sie war sich nicht sicher, woher diese Frage gekommen war, und Hunter wirkte ähnlich überrascht. Er setzte sich auf die Bettkante und sah sie an.

«Eigentlich nicht. Ich vermisse die Idee von einem Zuhause. Jemanden, der auf mich wartet. Aber mein Zuhause ... ist eigentlich nur ein Dach über dem Kopf.» Er sah sie forschend an. «Und du? Spielst du manchmal mit dem Gedanken, zurück nach Hause zu ziehen? Nach Bridlington?»

«Manchmal», antwortete Iris ehrlich. Hunter wartete geduldig, bis sie weitersprach. «Meine Eltern würden sich sehr freuen, wenn ich zurückkäme. Aber irgendwas hält mich davon ab. Vielleicht die Erinnerung daran, dass Nottingham der Ort ist, an dem ich sesshaft werden und meine eigene Familie gründen wollte, wo ich alt werden wollte. Aber jetzt?» Sie zuckte die Achseln. «Ich weiß es nicht.»

«Das ist völlig okay. Es ist okay, nicht auf alles eine Antwort zu haben.» Seine Stimme war leise, sein Gesichtsausdruck sanft.

«Findest du?» Sie rutschte über das Bett und setzte sich direkt neben ihn. Ihre Schultern berührten sich. Sie konnte seine Kraft spüren, seine Stabilität. Sie lehnte den Kopf auf seine Schulter und spürte, wie sich seine Muskeln anspannten.

«Ich sollte besser gehen», sagte er, aber er rührte sich nicht.

«Geh nicht», flüsterte Iris mit rauer Stimme. Ihr war mulmig, sie befand sich endgültig auf unbekanntem Terrain, ihre Schutzmauern waren plötzlich nicht mehr so hoch, und sie fühlte sich verletzlich und ungeschützt.

«Ich glaube, du solltest jetzt schlafen.» Hunter stand unvermittelt auf. Iris streckte den Arm aus, fasste ihn am Handgelenk und schaute nach oben in diese tiefen, dunklen Augen. «Iris ...», sagte er mit angespannter Stimme, beinahe flehend.

Iris strich ihm sanft über den Unterarm und nahm dann

seine Hand. Hunter ließ es zu, versuchte nicht, sich loszumachen.

«Wäre das so schlimm, wenn du bleiben würdest?», fragte sie.

«Iris, du bist betrunken, du weißt nicht, was du da sagst.»

«Ich bin nicht betrunken», widersprach sie. «Ein bisschen beschwipst vielleicht, aber nicht betrunken.» Sie ließ seine Hand nicht los. «Zwei Menschen mit gescheiterten Beziehungen, die einfach nur eine Nacht miteinander verbringen. Wieso nicht?» Iris schluckte. Ihr Hals war ganz trocken. Sie war sich selbst nicht sicher, ob sie glaubte, was sie da sagte. Wäre das überhaupt möglich? Ein One-Night-Stand?

«Iris.» Hunter machte einen Schritt zurück, schloss die Augen und sagte nach kurzem Zögern: «Alkohol bringt einen manchmal dazu, hirnrissige Dinge zu tun.»

«Schon gut», sagte Iris. «Ich hab's kapiert.» Sie rutschte zurück ans Kopfende und zog die Beine hoch. Sie erwartete, dass Hunter ging, aber zu ihrer Überraschung setzte er sich wieder.

«Iris, ich weiß nicht, was du durchgemacht hast, aber ich vermute, es steckt mehr dahinter als nur eine gescheiterte Ehe. Ich würde es gerne erfahren, aber nicht auf diese Weise.»

Iris schüttelte den Kopf. Sie fühlte sich plötzlich sehr nackt.

«Schon gut», sagte sie. «Du kannst gehen.»

Hunter schaute sie forschend an. Dann zog er die Schuhe aus und legte sich neben sie aufs Bett. Er achtete darauf, dass genug Abstand zwischen ihnen blieb.

«Vor einer Weile ist in meinem Leben etwas passiert»,

begann er, «und ich kam nicht gut damit zurecht. Ich fing an, zu viel zu trinken und mich abzuschotten. Ich war nicht mehr der Mann, den meine Frau geheiratet hatte.» Hunter verstummte, und das Schweigen zog sich so sehr in die Länge, dass Iris zu überlegen begann, ob das bereits die ganze Geschichte gewesen war. Doch dann legte er die Hand unter den Kopf und sprach weiter, den Blick immer noch zur Decke gerichtet. «Sie hat mich verlassen, weil ich sie massiv enttäuscht habe. Heute schäme ich mich für den Mann, der ich damals war, auch wenn es nur ein kurzes Intermezzo war. Das ist der Grund, weshalb ich heute Abend beim Wasser geblieben bin. Der Grund, weshalb ich keinen Alkohol mehr trinke.»

Iris drehte sich auf die Seite, um ihn anzuschauen. Hunter tat es ihr nach und hob den Kopf. Sie hätte ihn gern gefragt, was passiert war, aber sie hielt sich zurück.

«Danke für deine Offenheit», sagte sie.

«Weißt du, was? Es fühlt sich gut an, das jemandem zu erzählen. Womöglich fühlt es sich auch einfach gut an, es *dir* zu erzählen.»

Vielleicht hatte das Wasser schon geholfen, und die Wirkung des Alkohols ließ nach, vielleicht lag es daran, dass Hunter sich ihr öffnete und etwas von sich zeigte, das er normalerweise versteckt hielt, jedenfalls fühlte Iris sich noch verletzlicher als eben schon. Aber diese Verletzlichkeit war weder schrecklich noch beängstigend. Sie war … befreiend.

Hunter streckte die Hand aus und strich ihr sanft die Haare aus dem Gesicht, schob ihr eine Locke hinters Ohr und streifte dabei mit den Fingerspitzen ihren Hals. Iris spürte seine Berührung am ganzen Körper, es rieselte ihr den Rücken hinunter und bis in die Zehenspitzen. Sie fragte sich, welche Empfindungen er ihr wohl sonst noch bereiten konnte. Was er mit seinen Händen noch alles anstellen konnte. Sie schloss schnell die Augen, aus Angst, dass er darin ihre Gedanken las.

«Wenn du reden möchtest», sagte er, «sag mir Bescheid. Vielleicht fühlt es sich für dich auch gut an.» Seine Stimme klang sanft, und Iris spürte die Wärme seines Atems auf ihrer Wange. Sie wollte, dass er weitersprach, damit sie seine Nähe weiter auf ihrer Haut spüren konnte.

Sie schlug die Augen auf und nickte. «Mache ich», flüsterte sie.

Iris hob die Hand und fuhr sanft mit der Fingerspitze die Narbe in seinem Gesicht nach, ließ den Finger über den Hals abwärts gleiten, streichelte ihm über den Brustkorb und weiter zum Bauch. Hunter sah ihr tief in die Augen, sein Kiefer war angespannt, die Schultern steinhart. Es war, als wäre er unter ihrer Berührung erstarrt. Auf den Ellbogen gestützt, sah sie ihn an. Sie fragte sich, wie es sein konnte, dass sie ihn bis jetzt nicht so gesehen hatte, so einfühlsam, charmant und sanft.

«Geh nicht», flüsterte sie und ließ die Hände weiter nach unten wandern bis zu den Knöpfen seiner Jeans. Diese Dreistigkeit passte nicht zu ihr. Gleichzeitig hatte die Art, wie ihre Finger unter seinen Pullover glitten, etwas Natürliches und die Wärme seiner Haut etwas Tröstliches. Iris rutschte näher, ihre Nasen berührten sich beinahe, sein schwerer Atem traf auf ihre Haut. Plötzlich stand Hunter unvermittelt auf.

«Ich muss gehen.» Hunter bückte sich, griff sich seine Schuhe und verließ auf Strümpfen eilig das Zimmer. Iris hörte, wie die Tür hinter ihm ins Schloss fiel und kurz darauf auch die Tür gegenüber. Sie blieb regungslos liegen und starrte die Tür an, fragte sich, ob er vielleicht wiederkam, und wusste gleichzeitig, dass das nicht geschehen würde. So viel hatte sie inzwischen über ihn gelernt: Wenn Hunter Monroe eine Entscheidung traf, blieb er dabei.

Iris drehte sich mit rasendem Herzen auf den Rücken. Das Blut pochte in ihren Ohren. Sie fühlte sich benommen.

«Ach, Iris Nightingale», sagte sie leise. «Was hast du nur getan?»

Sie streckte die Hand aus und strich über die leere Bettseite, wo Hunter eben noch gelegen hatte. Ihr brannten Tränen in den Augen. Er hatte sie verlassen. Er war gegangen, ehe irgendwas passiert war, und trotzdem hatte sich in ihrem Herzen etwas verändert. Irgendwie hatte ihr Herz sich trotz der hohen Mauern, die sie darum errichtet hatte, plötzlich von selbst befreit.

Iris legte sich die Hand auf ihr pochendes Herz, schloss die Augen und ließ sich von dem Rhythmus in den Schlaf wiegen.

26

Iris war früh wach, was sie als Zumutung empfand. Sie wollte sich nur die Decke über den Kopf ziehen und sich so schnell wie möglich zurück in den Schlaf flüchten – aber sie wusste, dass das nicht klappen würde. Ihr ging zu viel durch den Kopf. Ihr Mund war viel zu trocken. Sie griff zu dem Glas Wasser, das Hunter für sie auf den Nachttisch gestellt hatte, trank es in einem Zug leer und ließ sich zurück aufs Kissen plumpsen. Sie rieb sich die Augen, legte sich die Hände vors Gesicht und stöhnte. Wie sollte sie Hunter nach dem gestrigen Abend je wieder unter die Augen treten? Er war bestimmt angewidert von ihrem Verhalten – ihrer Zudringlichkeit. Sie stöhnte wieder, noch lauter diesmal. Hatte sie ihn tatsächlich auf einen Absacker in ihr Zimmer gebeten? Hatte sie tatsächlich ihre Hand unter seinen Pullover geschoben? Bei der Erinnerung drehte sich ihr der Magen um. Das war noch viel schlimmer als der Duschvorfall. Das würde Hunter mit Sicherheit nie vergessen.

Sie war beschwipst gewesen, das ließ sich nicht leugnen, trotzdem konnte sie sich sehr deutlich erinnern, und zwar an jede Einzelheit. Daran, wie sie ein Glas Cuba Libre herunterstürzte, dicht gefolgt von Weißwein. Die Erinnerung versetzte ihr heftige Gewissensbisse. Jetzt, wo sie seine Vergangenheit kannte, fühlte sie sich schrecklich, sich in seiner Gegenwart betrunken zu haben.

Sie setzte sich auf und schaute zur Tür. Direkt gegenüber

lag Hunter jetzt wahrscheinlich im Bett und schlief tief und fest. Iris verspürte den Drang, zu ihm hinüberzugehen und ihn zu wecken, um ihm zu sagen, dass es ihr leidtat und es vollkommen richtig von ihm gewesen war zu gehen, ehe sie sich komplett zum Affen machte. Was hatte sie sich nur dabei gedacht?

Iris war völlig verwirrt. Ihr Herz und ihr Kopf sagten völlig verschiedene Dinge. Hatte sie sich das nur eingebildet, oder war da wirklich etwas zwischen ihnen gewesen? Das, was sie selbst letzte Nacht empfunden hatte, ließ sich nicht leugnen, das war kein kleiner Funke gewesen, sondern eher ein Großbrand. Dieses Gefühl war eben beim Wachwerden immer noch da gewesen, tief in ihren Eingeweiden – ein Brennen, eine Unruhe. Sie schlug die Decke zurück und stand auf. Sie würde versuchen, diese Erinnerungen zusammen mit ihren Gefühlen in eine dunkle Ecke zu verbannen. Irgendwohin, wo sie so tun konnte, als gäbe es sie nicht. Wahrscheinlich war sie einfach nur müde, ausgelaugt von dem Gefühlskarussell der letzten Wochen, von dem Jahrestag, von dem Versuch, Dinge begreifen zu wollen, die nicht zu begreifen waren.

Iris putzte sich die Zähne, wusch sich das Gesicht mit eiskaltem Wasser und zog ihre Sportsachen an, um in den hoteleigenen Fitnessraum zu gehen. Sie würde ein paar Meilen auf dem Laufband absolvieren, vielleicht noch eine kurze Runde auf dem Fahrrad. Es war noch nicht mal sieben. Sie hatte noch jede Menge Zeit, ehe die Begegnung mit Hunter unvermeidlich wurde.

Der fast leere Fitnessraum war nicht besonders groß. Vor der Glasfront zum Parkplatz stand eine Reihe Laufbänder und Bikes und gegenüber befanden sich ein paar Geräte. Eines der Laufbänder war belegt. Von Hunter. In Shorts. Mit schweißglänzender Haut. Iris überlegte, ob sie kurzerhand umdrehen und lieber im Freien laufen sollte, auch wenn sie die Gegend nicht kannte, aber er hatte in den dunklen Fenstern bereits ihr Spiegelbild gesehen. Er warf einen kurzen Blick über die Schulter, ohne langsamer zu werden.

«Guten Morgen!», rief er.

Vielleicht sollte sie trotzdem gehen und sich später mit den Konsequenzen auseinandersetzen. Oder sie verkroch sich zu den Geräten und wartete, bis er gegangen war. Aber es war zwecklos. Früher oder später würde sie mit ihm reden müssen. Besser, sie brachte es hinter sich.

Sie nahm das Laufband links von ihm. Es gab insgesamt drei, aber da er auf dem mittleren lief, hatte sie keine andere Wahl, als direkt neben ihm zu trainieren.

«Guten Morgen», antwortete sie so gelassen wie möglich.

Er lächelte sie keuchend an. «Früher Vogel und so weiter.»

Iris drückte auf Start und justierte die Geschwindigkeit. Sie warf einen verstohlenen Blick auf Hunters Anzeige. Er lief schnell und hatte bereits sechs Kilometer absolviert. Sie trabte los und steigerte langsam die Geschwindigkeit. Sie versuchte, sich auf irgendetwas anderes zu konzentrieren als auf ihn, zum Beispiel auf die Katze, die draußen in der Morgendämmerung zwischen den Autos umherschlich. Aber es war unmöglich, an etwas anderes zu denken als an den Mann, der neben ihr vor sich hin keuchte. Sollte sie etwas sagen, sich entschuldigen zum Beispiel?

«Wie geht es deinem Kopf?», fragte er unvermittelt.

Iris erschrak, dann antwortete sie: «Gut.» Das war gelogen. Sie hatte zwar keine Kopfschmerzen, aber sie fühlte sich trotzdem äußerst unwohl. Ihr Verstand war wirr, vernebelt von allen möglichen, komplizierten Emotionen.

Hunter reduzierte die Geschwindigkeit zu einem langsamen Dauerlauf. «Das freut mich zu hören.»

«Es tut mir leid», sagte Iris eilig. Sie wollte es hinter sich bringen, ehe sie der Mut verließ. «Das mit gestern Abend. Das war sehr unprofessionell von mir, ich war ein bisschen beschwipst und ...»

Sie spürte seine Blicke. Sie hätte sich ihm gern zugewandt, hätte gern sein Gesicht gesehen, aber sie brachte es nicht über sich.

«Das ist nicht nötig.»

«Doch, ist es», beharrte sie. «Hätte ich gewusst, dass du keinen Alkohol trinkst ...»

«Das macht mir nichts aus. Außerdem war es irgendwie witzig ...»

Iris reduzierte die Geschwindigkeit, um sich ihm anzupassen. «Was? Mir dabei zuzusehen, wie ich die Hemmung verliere?»

Er wischte sich mit dem Handrücken den Schweiß von der Stirn. «Dir dabei zuzuschauen, wie du versuchst, mit einer Geschenkkarte die Zimmertür zu öffnen.»

Iris musste lachen. Sie fragte sich, ob sie noch mehr sagen sollte, sich dafür entschuldigen, dass sie ihn betatscht hatte, oder für den Vorschlag, die Nacht mit ihr zu verbringen, aber irgendwie hatte sie von peinlichen Entschuldigungen im Moment genug. Außerdem nahm Hunter die ganze Sache offensichtlich mit Humor.

«Wie lautet der Plan für heute?», fragte sie stattdessen

in dem Versuch, das Gespräch zurück auf die professionelle Ebene zu bringen. Wo es hingehörte.

«Die Konferenz beginnt um zehn. Bis dorthin sind es etwa zehn Minuten Fahrt.» Hunter ließ das Band im Schritttempo auslaufen und stieg ab. «Treffen wir uns um neun zum Frühstück?»

Iris fragte sich, ob er beleidigt wäre, wenn sie sagte, sie würde sich lieber eine Stunde unter die Dusche stellen, um die Scham wegen gestern Abend abzuwaschen. Hunter wischte sich mit einem Handtuch den Schweiß aus dem Nacken. Sie riskierte einen Blick. Er sah ihr interessiert beim Laufen zu. Es sah nicht so aus, als stünde der gestrige Abend zwischen ihnen.

«Okay», sagte sie. «Gern.»

Hunter blieb noch einen Moment neben dem Laufband stehen. «Viel Spaß, Iris», sagte er dann und ging.

Iris steigerte allmählich die Geschwindigkeit und arbeitete sich an die Fünfkilometermarke heran. Sie konzentrierte sich auf ihre Herzfrequenz, ihre Atmung, den Rhythmus ihrer Schritte auf dem Laufband, auf all das, um nur ja nicht an Hunter zu denken – an die muskulösen Oberschenkel unter der kurzen Laufhose, an das T-Shirt, das an seinem Brustkorb geklebt hatte.

Daran, wie ihr ganzer Körper bei seinem Anblick reagiert hatte.

⋆⋆⋆

Als sie das Hotel verließen, regnete es heftig. Hunter bot an, den Wagen zu holen, und Iris schaute ihn spöttisch an.

«Das ist nur Wasser», sagte sie und sprintete los. Mit einem Wettrennen am frühen Morgen hatte er offensichtlich nicht gerechnet, aber er kam schnell hinterher, trotz der Berge, die er zum Frühstück vertilgt hatte. Iris hatte kaum etwas runtergebracht, nur eine Scheibe Toast und etwas Obst, dazu einen großen Becher Kaffee. Hunter hatte sie zweimal gefragt, ob er ihr noch etwas vom Buffet holen könne, doch das mulmige Gefühl in ihrem Magen hatte entschieden protestiert.

Sobald sie im Wagen saßen, strich Iris sich die nassen Locken aus dem Gesicht und fuhr sich mit den Zeigefingern unter den Augen entlang. Sie hoffte, dass die Wimperntusche nicht verlaufen war. Hunter musterte sie. Ihm lief ein Regentropfen über das Gesicht und fiel auf das frische weiße Hemd.

«Du hast da was ...», sagte er und deutete auf ihre Wange.

«Wimperntusche?»

Hunter nickte. Iris klappte die Sonnenblende herunter, doch es gab keinen Spiegel. Sie stöhnte genervt. «Ich weiß wirklich nicht, was die Leute an Oldtimern so toll finden.»

Hunter lächelte. Er beugte sich zu ihr, zögerte kurz und rieb ihr dann mit dem Daumen über die Wange. Iris stockte der Atem, als sein Blick an ihren Lippen hängen blieb.

«Bitte sehr», sagte er leise und senkte die Hand. «Weißt du, deinen Trick mit der Büroklammer würde ich nur zu gerne mal live erleben.»

Iris lachte. «Ja, das war cool.» Ein inneres Bild tauchte auf, unvermittelt und lebhaft. Sie selbst, über den Motorraum gebeugt, Hunter dicht hinter ihr. Sie versuchte, die Vorstellung zu verdrängen, aber es gelang ihr nicht ganz. Das Gefühl blieb. Ihr zog sich der Magen zusammen, und die Schmetterlinge fingen an zu tanzen.

Hunter blinzelte heftig. «Finde ich auch.» Er drehte sich zurück nach vorn und ließ den Motor an.

Iris räusperte sich. *Reiß dich am Riemen,* befahl sie sich.

«Also, was genau steht uns heute bevor?», fragte sie.

«Das Kernthema der Konferenz ist Operational Excellence», erklärte Hunter. «Ich vermute, es wird vor allem um digitale Transformation gehen, dazu ein paar allgemeine Vorträge über Innovationen und Kulturwandel, solche Sachen.»

Iris nickte. «Das wird Spaß machen.» Sie meinte es ernst. Das war genau ihr Ding. Sie liebte es, Neues zu lernen. Es war eine ganze Weile her, seit sie zuletzt beruflich unterwegs gewesen war und die Gelegenheit hatte, ihr Hirn kreativ werden zu lassen, und die Führung durch die Fabrik am Vortag hatte ihr endlich wieder den Blick auf diese Welt eröffnet. Seit der Sache mit Elliott mangelte es Iris an Vertrauen in sich und in die Zukunft. Sie hatte es sich in der tagtäglichen Routine bei Taylor and Newton bequem gemacht. Man hatte sie in Ruhe gelassen, niemand hatte versucht, sie zu drängen oder zu fordern. Am allerwenigsten sie selbst.

«Wir haben schon wieder was gemeinsam», sagte Hunter. «Unsere Vorstellung von Spaß.»

Er hatte recht. Sie hatte tatsächlich Spaß mit Hunter, so sehr sie auch versuchte, es abzustreiten. Sie fragte sich, was sie vielleicht außerdem gemeinsam genießen würden. Plötzlich fiel ihr wieder ein, wie er gestern Nacht aus ihrem Zimmer geflohen war, und unwillkürlich hielt sie vor Scham die Luft an.

27

Als sie ins Hotel zurückkehrten, war es bereits dunkel. Es hatte aufgehört zu regnen, und der Abend war trocken und kühl. Die Konferenz war ein echter Augenöffner gewesen. Iris hatte sich den ganzen Tag Notizen gemacht, Informationen aufgesaugt wie ein Schwamm und seit langer Zeit zum ersten Mal wieder diesen elektrisierenden Funken in sich gespürt. Hunter war ganz in seinem Element gewesen. Immer wieder waren Leute auf ihn zugekommen, die ihn von irgendwo kannten, um sich mit ihm zu unterhalten, und er hatte Iris jedes Mal vorgestellt und sie mit seinem lässigen Charme in sämtliche Gespräche eingebunden.

Beim Mittagessen war Iris mit einer Frau namens Lina ins Gespräch gekommen, die in der Luftfahrtindustrie arbeitete. Sie hatte das gleiche selbstbewusste Auftreten wie Hunter, dieselbe Leidenschaft, und arbeitete als leitende Projektingenieurin bei Boeing in Bristol. Hunter hatte sich zurückgelehnt und Iris das Gespräch überlassen, die Fragen über Fragen hatte. Lina sprach mit großem Enthusiasmus über technische Neuerungen, über ihre Karriere und ihre Zukunftspläne. Iris musste zugeben, dass sie ein bisschen neidisch war. Sie konnte nicht mal so tun, als würde das Thema Parfum in ihr derartige Emotionen wecken. Als sie den Speisesaal verließen, hatte Hunter Iris mit hochgezogener Augenbraue angesehen.

«Du warst sehr an Lina interessiert», sagte er.

«Ja, ihre Arbeit fasziniert mich.»

Hunter lächelte zufrieden, als hätte er soeben eine Information bekommen, auf die er gewartet hatte.

Der Rest des Tages war vergangen wie im Flug; ein paar Vorträge von Expertinnen und Experten verschiedener Sparten, alle klug und eloquent. Iris war gefesselt gewesen. Als die Konferenz offiziell vorüber war, hatte Hunter sich noch mit dem Geschäftsführer unterhalten, und Iris hatte sich mit ein paar anderen ganz selbstverständlich dazugestellt. Erst als sie gingen, war ihr bewusst geworden, wie selbstverständlich dieses Gefühl der Zugehörigkeit für sie gewesen war. Sie hatte sich nicht wie eine Hochstaplerin gefühlt. Sie wusste, dass sie sich ihren Platz in dieser Welt rechtmäßig verdient hatte.

Auf der Rückfahrt hatte Hunter plötzlich die Musik leise gestellt und Iris aus heiterem Himmel nach ihrem Lieblingsessen gefragt. «Pizza», hatte sie geantwortet, und fünf Minuten später hatten sie vor einem Take-away-Laden gehalten.

«Du hast gestern Abend kaum was gegessen», hatte Hunter in Reaktion auf ihr verständnisloses Gesicht gesagt. «Und heute Morgen und heute Mittag auch nicht.» Er hatte recht, sie hatte auch auf der Konferenz nur an ihrem Essen herumgepickt. Die emotionale Achterbahnfahrt der letzten Tage hatte ihr den Appetit geraubt. «Wollen wir uns eine große Pizza teilen?», hatte er gefragt.

Iris hatte spontan der Magen geknurrt, und sie hatte genickt. «Ja, gern.»

Eine halbe Stunde später waren sie mit der Schachtel zurück im Hotel, und der verlockende Duft von frischer Steinofenpizza umwehte sie. Als sie mit dem Lift in den zweiten Stock fuhren, lächelten sie sich befangen an. Gleich war es so weit, sie würden im Flur stehen und sich entscheiden müssen, ob sie in seinem Zimmer essen würden oder in ihrem. Ihr Zimmer weckte bei ihnen beiden garantiert peinliche Erinnerungen an den letzten Abend, andererseits sah Hunters Zimmer bestimmt genauso aus wie ihres. Egal wie sie sich entschieden, sie würden auf alle Fälle gleich schon wieder zu zweit allein in einem Hotelzimmer sein, zum dritten Mal in drei Tagen.

Sie gingen den Flur entlang, und Iris kramte in ihrer Handtasche nach der Schlüsselkarte. Sie warf einen prüfenden Blick darauf, der Hunter nicht entging. Er grinste.

«Sei still!», sagte sie warnend.

Zwischen ihren beiden Zimmertüren blieben sie stehen.

«Gehen wir zu dir oder zu mir?», fragte Hunter mit einem Glitzern in den Augen.

Iris hoffte, dass sie nicht rot wurde, scannte ohne ein Wort die Schlüsselkarte und drückte ihre Tür auf. Hunter zögerte keine Sekunde. Er folgte ihr ins Zimmer und stellte den Pizzakarton auf den Tisch.

«Iris?», sagte er plötzlich ernst. «Darf ich dich was fragen?»

O Gott! Iris zog sich der Magen zusammen. Wollte er etwa über den gestrigen Abend sprechen? Ihr sagen, dass so was nie wieder vorkommen durfte? Sie wich zwei Schritte zurück, um etwas Abstand zu gewinnen.

«Ja?»

«War das gestern Abend ernst gemeint, als du mich gefragt hast, ob ich bei dir bleibe?»

Iris hatte einen Kloß in der Kehle. Hunter sah sie forschend an, mit gesenktem Kinn und loderndem Blick.

«Ich ... äh ...», stammelte sie. Sie hatte vergessen, wie man spricht. Sie war völlig durcheinander. Ihre Hände waren schweißnass. «Es ... es tut mir leid. Das war unangemessen.»

O Gott, musste er das etwa melden? An Jeremy? An Diane? An die Personalabteilung?

«Iris», sagte Hunter nachdrücklich. «Das war nicht die Frage.»

«Können wir das bitte einfach vergessen?», flehte sie.

«Vergessen?», wiederholte Hunter fassungslos. «Ich habe die ganze Nacht und den ganzen heutigen Tag an nichts anderes gedacht und mich gefragt, ob du es vielleicht, nur vielleicht, tatsächlich so gemeint haben könntest. Ich habe mich gefragt, ob es vielleicht mehr war als nur der Alkohol, ob du die Chemie zwischen uns womöglich auch spüren kannst. So wie ich.»

Iris bekam kaum noch Luft.

«Nein», sagte sie mit zitternder Stimme.

«Was, nein?», fragte Hunter.

Iris schluckte. «Nein. Das war nicht nur der Alkohol.»

Einen Moment lang sagten sie beide kein Wort. Standen nur da und schauten sich an. Iris versuchte zu ergründen, was Hunter jetzt dachte, was er fühlte. Sie jedenfalls spürte es überall – dieses Gefühl, das er von Anfang an in ihr erzeugt hatte und das sie so sehr genervt hatte, weil es sie an die Möglichkeit erinnerte, glücklich zu sein.

«Ich muss es aus deinem Mund hören, Iris.» Seine Stimme war tief und ruhig, und er wandte den Blick nicht von ihr ab.

Iris versuchte, all ihren Mut zusammenzunehmen, um ihm endlich zu sagen, was sie sagen wollte. «Ich ... ich wollte, dass du bei mir bleibst.»

Hunter wirkte erleichtert, dann hoben sich seine Mundwinkel. Er machte einen großen Schritt auf sie zu, nahm sie in die Arme und hielt sie so fest, als hinge sein Leben davon ab. Sanft nahm er ihr Gesicht zwischen die Hände.

«Okay», sagte er, und sein Atem ging schnell und flach. «Diesmal gehe ich nicht wieder weg.»

Er beugte sich zu ihr und küsste sie. Seine Lippen waren weich und warm, sein Kuss drängend und kraftvoll. Iris verlor sich darin. Sie zog ihn an sich, eine Hand um seinen Nacken gelegt, die andere zögerlich auf seiner Brust. Hunter strich ihr die Locken aus dem Gesicht, küsste ihren Hals bis hinunter zum Schlüsselbein. Seine Hände wanderten forschend zu ihrer Taille, weiter zu den Hüften und wieder zurück zu ihren Haaren. Iris' Haut fing an zu prickeln, in ihrem Magen tobte es. Sie wollte ihn anfassen, seinen Körper erforschen, so wie er ihren erforschte, aber sie fühlte sich gehemmt, als hätte sie vergessen, wie es geht.

Hunter übernahm bereitwillig die Führung. Er zog ihr den Mantel aus, hob sie hoch, half ihr, die Beine um seine Hüften zu schlingen. Er trug sie durchs Zimmer, drängte sie gegen die Wand.

«Hast du eine Ahnung, wie lange ich das hier schon tun will?» Er schaute ihr in die Augen und gab ihr das Gefühl, auf eine Weise gesehen zu werden, wie sie schon sehr lange von niemandem mehr gesehen worden war.

Iris antwortete nicht. Sie war nicht dazu in der Lage. Hunter stemmte sie mit den Hüften gegen die Wand und knöpfte ihr sehr langsam die Bluse auf, ließ sich Zeit, genoss jede winzige Bewegung.

Iris ließ die Finger über seine kräftigen Schultermuskeln aufwärts gleiten und weiter durch die Haare. Sie umfasste sein Gesicht, streichelte über seinen Hals, presste die Handflächen auf seine Brust. Sie konnte nicht genug von ihm kriegen.

Hunter löste ihre Beine von seinen Hüften, stellte sie hin und schob ihr die Bluse über die Schultern. Sie spürte seine Blicke über ihren Körper gleiten, sah, wie seine Lippen sich teilten. Zärtlich strich er ihr eine Strähne hinters Ohr, streichelte mit dem Daumen über ihre Wange. Iris streckte die Hände aus, wollte dringend etwas forscher sein, ein wenig mutiger. Zitternd begann sie, ihm das Hemd aufzuknöpfen. Hunter half ihr, es abzustreifen, und wandte sich dann wieder Iris zu. Mit selbstsicheren Bewegungen öffnete er den Knopf ihrer Hose. Iris ertastete die harten Brustmuskeln, die dunklen Haare darauf. Sie spürte sein klopfendes Herz unter ihrer Hand.

Er hob sie mühelos hoch, trug sie zum Bett und legte sie darauf. Iris schaute zu ihm auf, ihre Haut brannte vor Erregung, sie wollte ihn anfassen, ihn fühlen. Sie biss sich auf die Unterlippe, konnte es kaum noch erwarten, sein Gewicht zu spüren, ihre Hände über seinen Körper gleiten zu lassen. Hunter beugte sich zu ihr hinunter und küsste ihre Schulter. Dann ließ er die Zunge über ihr Schlüsselbein gleiten und biss sie zärtlich ins Ohr. Stöhnend griff Iris nach seinen Armen, spürte die angespannten Muskeln unter der Haut. Sie hatte vergessen, wie gut sich das anfühlte. Wie wichtig es war. Es war so lange her!

Er senkte sich auf sie, sein Brustkorb ruhte auf ihren Brüsten. Langsam ließ er die Hand über ihren Oberschenkel gleiten und übersäte ihr Kinn mit sanften Küssen. Iris konnte es kaum erwarten. Ihr Verlangen nach ihm war übermächtig, ihr Herz raste.

Hunter kniete sich neben sie, ließ die Finger unter ihren Hosenbund gleiten, zog ihr die Hose aus und warf sie beiseite. Iris setzte sich auf und schmiegte sich an ihn. Er schob die Hand auf ihren Rücken und öffnete den BH. Iris streifte ihn ab, beobachtete dabei Hunters Gesicht, den hungrigen Ausdruck in seinen Augen.

«Iris ...», keuchte er.

Sie ließen sich zurück auf die Matratze sinken. Ihre Küsse wurden gieriger, ihr Rhythmus war ein bisschen unbeholfen. Hunters Zunge umspielte ihre, dann zog er sich zurück und biss ihr zärtlich in die Lippe. Iris keuchte auf, drückte den Rücken durch, grub ihm die Fingernägel in die Schultern.

Hunter löste sich von ihr und ließ den Blick über ihr Höschen gleiten, registrierte die zarte schwarze Spitze. Er keuchte leise und ließ die Finger unter den Stoff gleiten, dann hielt er inne: «Ist das okay?», fragte er.

Iris schaute ihn an. Es gelang ihr kaum, diesen Mann über ihr mit dem Mann in Einklang zu bringen, der sich alberne Socken gekauft hatte, nur um sie zu ärgern. Sie wollte ihm sagen, dass es definitiv okay war, dass es genau das war, was sie jetzt brauchte. Doch ein kleiner Teil in ihr hielt sich noch immer zurück, stellte sich schützend vor das, was noch immer verletzt war.

«Ja», sagte sie deshalb nur. Sie wollte ihn küssen, ihn küssen und küssen und nie wieder damit aufhören.

Sie spürte den weichen Stoff ihres Höschens über die Beine gleiten. Hunter richtete sich auf und betrachtete sie, ließ den Blick schamlos über ihren nackten Körper gleiten und machte sich nicht die Mühe, die Gier in seinen Augen zu verbergen.

«Du bist ...» Andächtig zog er die Unterlippe zwischen die Zähne. «Vollkommen.»

Iris spürte, wie sie knallrot wurde, und zog Hunter wieder zu sich herunter. Seine Küsse wurden drängender, dann bewegten sich seine Lippen weiter zu ihrem Kiefer, zum Ohr, zum Hals. Zu ihren Brüsten. Iris keuchte auf, als er mit der Zunge ihre Nippel reizte, erst langsam und behutsam und dann, als ihr Stöhnen lauter wurde, schneller und fester. In ihr Becken kam Bewegung, und er hielt sie bei den Hüften. Dann ließ er langsam eine Hand zwischen ihre Beine gleiten, liebkoste sie und bewegte die Fingerspitzen tastend aufwärts.

Als seine Finger in sie hineinglitten, stöhnte Iris auf. Hunters Berührungen setzten ihren Körper unter Strom. Sie brauchte ihn. Da war etwas Instinktives, Animalisches in ihr, das ihn haben musste, eine Gewalt, der sie nichts entgegenzusetzen hatte. Iris richtete sich auf und griff nach seiner Gürtelschnalle, doch Hunter wich ihr aus.

«Noch nicht», sagte er bestimmend, ohne den Blick aus ihrem zu lösen. Die Tatsache, dass er offensichtlich das Kommando hatte, machte ihre Empfindungen noch intensiver. Iris überließ sich ihm bereitwillig. «Leg dich hin, Iris», sagte er.

Sie gehorchte. «Aber das ist ...» Keuchend hielt sie inne, als seine Hand sich zwischen ihren Beinen bewegte, als sein

Mund ihren Nippel streifte, als er den Kopf auf ihren Bauch senkte, mit der Zunge über die Haut abwärts leckte. «... unfair», brachte sie schließlich heraus. Ihr Verstand weigerte sich, sich auf irgendetwas anderes zu konzentrieren als auf Hunters Lippen und das Ziel, das sie offensichtlich ansteuerten.

«Total fair.» Er schob ihre Schenkel auseinander, ließ sich vom Bett gleiten und senkte den Kopf zwischen ihre Beine. Sein Blick war konzentriert und voller Leidenschaft. Es war, als gäbe es auf der Welt nur noch sie beide.

Iris hob den Kopf und sah Hunter zu, sah, wie sein Mund ihre Vulva berührte, spürte seine Zunge. Die Wellen der Lust, die sie durchströmten, gaben ihr das Gefühl, schwerelos zu sein. Sie konnte sich stöhnen hören. Sie fühlte, wie sie zitterte, wie etwas in ihr sich aufbaute, etwas entfernt Vertrautes, aber mit einer Intensität, die sie längst vergessen hatte.

Sie bäumte sich auf, vergrub die Hände in seinen dichten Haaren, zog und zerrte daran. Hunter drückte ihr fest eine Hand auf den Bauch, um sie zu halten, die zweite Hand spürte sie wieder zwischen ihren Beinen, und schon waren seine Finger wieder in ihr. Es war beinahe zu viel. Beinahe.

Plötzlich und ohne Vorwarnung hielt er inne, und Iris lag bebend da. Sie wollte mehr. Brauchte mehr. Ihr war schwindelig. Hunter war aufgestanden und öffnete seinen Gürtel, löste dabei keine Sekunde seinen Blick aus ihrem. Er zog ein Kondom aus der Brieftasche und riss die Verpackung auf. Iris setzte sich auf und zog ihm mit zitternden Händen die Hose herunter. Sie wollte ihn endlich in sich spüren. Er rollte sich das Kondom über, schob sie zurück auf die Matratze und senkte sich auf sie. Er nahm ihr Bein und legte es um sich, schloss jede Lücke zwischen ihnen.

«Ist das okay?», fragte er.

Iris wusste nicht genau, woran es lag, ob an der Zärtlichkeit in seinem Tonfall oder dem wilden, ekstatischen Ausdruck in seinen Augen oder an der aufreizend sanften Berührung auf ihrem Oberschenkel, jedenfalls war sie sich in diesem Moment sicher, dass sie noch nie etwas so dringend gewollt hatte.

«Ja. Ja! Mehr als okay.» Iris legte ihm die Hände auf den Hintern und zog ihn an sich. Als er in sie eindrang, warf sie den Kopf in den Nacken, dieses Gefühl ausgefüllt zu sein, dieses Kribbeln bis in die Fingerspitzen war überwältigend. Aus Hunters Brustkorb löste sich ein tiefes Stöhnen und hallte vibrierend in ihr wider.

Er lehnte den Kopf an ihre Schulter, packte ihr Bein, wurde still. «Fuck», murmelte er.

Iris umfasste seine Hüften, zog ihn noch näher an sich, wollte ihn tief in sich spüren. Er legte ihr die Hand auf den Arm.

«Langsam», flüsterte er. «Du machst mich wahnsinnig.»

Er versuchte, seinen Atem zu beruhigen und kurz runterzukommen, und dass das nötig war, ließ sie ihn nur noch dringender wollen.

Anfangs bewegte Hunter sich ganz behutsam in ihr, zögernd. Dann schneller, drängender. Iris keuchte und stöhnte und gab Geräusche von sich, die sie nicht von sich kannte, doch das war ihr egal. Sie krallte sich in seine Oberarme, ihre Nägel gruben sich ihm ins Fleisch. Hunters Atem wurde lauter, seine Bewegungen schneller.

Sie küssten sich gierig, wild und voller Leidenschaft. Hunter verschränkte seine Finger mit ihren, zog ihre Hand hoch über ihren Kopf und hielt sie dort fest. Die Hitze in ihr steigerte sich zu einem Punkt, wo es kaum noch auszuhalten war. Sie krallte sich noch fester an ihn, ihr Rücken wölbte sich unwillkürlich, ihre Schenkel umklammerten seinen Körper.

«Hunter!», stöhnte sie. Ihr Herz raste wie wild. Sie machte die Augen zu und biss sich fest auf die Lippe, als er sie endgültig über die Klippe trieb. Ihr Körper erschauderte, ihre Finger umklammerten seine, als eine Welle der Lust sie mit sich fortspülte.

Als sie die Augen wieder aufmachte, bemerkte sie, dass er sie ansah. Er küsste sie sanft und zärtlich. Iris nahm sein Gesicht zwischen ihre Hände, erwiderte den Kuss ein bisschen drängender, umkreiste seine Zunge mit ihrer.

«Du bist so wunderschön», flüsterte er in ihren Mund. Er stützte sich mit einer Hand auf der Matratze ab und schob die andere unter ihren Po. Iris zog ihn an sich. Seine Bewegungen wurden wieder schneller, er sah ihr tief in die Augen, dann stöhnte er auf, ein Zucken durchfuhr ihn, und er erschauderte genauso, wie sie eben erschaudert war.

28

Sie lagen still da, beide schweißglänzend und hellwach. Iris fühlte sich unglaublich ruhig, unglaublich friedlich.

Irgendwann stand Hunter auf, um ins Bad zu gehen, und als er sich wieder neben sie legte, fiel ihr auf, dass seine Haare völlig verwuschelt waren. Er drehte sich seitlich zu ihr, stützte den Kopf auf den Arm und legte ihr sanft die Hand auf den Bauch.

«Das war ... unerwartet», sagte sie.

Hunter beugte sich zu ihr und gab ihr einen Kuss auf die Wange. «Eine Sekunde lang dachte ich, jetzt käme was Beleidigendes.»

Iris lachte. «Wie kommst du denn darauf?»

«Ich glaube, die Antwort auf diese Frage kennen wir beide.» Er zog eine Augenbraue hoch.

Iris zog eine Schnute. «Ich bin mir sicher, dein Ego könnte das verkraften.»

«Ich nicht. Seit ich dich kenne, musste mein Ego ganz schön einstecken.»

Plötzlich wurde sein Gesicht ernst. Iris folgte seinem Blick und sah, dass er ihre Hand musterte. Sie hatte schon wieder geistesabwesend mit ihrem Ringfinger gespielt. Sie hörte auf damit und legte sich auf die Seite, um ihn anzusehen.

«Ich kann gut zuhören», sagte er leise.

Iris streichelte sein Gesicht. «Das bezweifle ich nicht.»

«Ich weiß nicht, ob dir das klar ist, aber ich wollte, dass

das passiert, seit du mir zum ersten Mal unterstellt hast, ein Serienmörder zu sein.»

Sie lachte wieder. «Vielleicht sollten wir das besser nicht überanalysieren.»

«Ja. Ich hab nichts gesagt.» Hunter beugte sich vor und gab ihr einen Kuss auf die Nasenspitze. «Als du mich gestern Abend angebaggert hast – als du endlich erkannt hast, dass ich unwiderstehlich bin», fügte er grinsend hinzu, «war es sehr hart, Nein zu sagen. Ich muss zugeben, die Nacht war sehr einsam.»

«Jedenfalls war es sehr ritterlich von dir, dich in dein eigenes Bett zu verziehen.»

«Das war nicht ritterlich. Das war das einzig Richtige.»

Iris fuhr mit der Fingerspitze die Narbe in seinem Augenwinkel nach. «Was ist da passiert?»

«Ich wurde von einem Hai angegriffen. Oder von einem Bären? Was klingt cooler?»

«Definitiv Hai.» Iris lächelte. «Nein, im Ernst. Was ist passiert?»

Auf seiner Stirn erschien eine steile Falte. «Versprich mir, dass du nicht lachst.»

Sie sah ihn übertrieben nachdenklich an. «Okay», sagte sie schließlich. «Versprochen.»

Hunter holte tief Luft, dann sagte er: «Ich bin vom Skateboard gefallen.»

«Ach so. Warum sollte ich darüber lachen?»

«Weil ich achtunddreißig war.» Iris unterdrückte den Impuls loszuprusten. Die Vorstellung von Hunter auf einem Skateboard war einfach zu gut.

«Das war nicht so peinlich, wie es klingt», sagte er.

«Das beurteile ich. Her mit den Details», sagte Iris streng.

«Also gut. Stell dir folgende Szene vor. Der Sohn eines Freundes hat zum Geburtstag ein Skateboard bekommen. Er war völlig aus dem Häuschen. Wir gingen in einen Skatepark, und er wollte unbedingt diesen einen Trick machen, aber dann bekam er Schiss. Also haben wir uns gemeinsam ein paar Videos angesehen, und er bat mich, ihm zu zeigen, wie das geht. Da konnte ich schlecht Nein sagen, oder?» Hunter verlagerte das Gewicht und rutschte ein Stückchen näher an Iris heran. «Bei den Typen in dem Video sah es total einfach aus. Es nennt sich Backside Kickturn – man fährt die Rampe rauf, dreht oben das Board um und fährt wieder runter. Leider hat sich rausgestellt, dass Skateboarden nicht so einfach ist, wie es aussieht. Als ich versuchte, das Board zu drehen, habe ich das Gewicht ein bisschen zu weit nach hinten verlagert, und schon war's vorbei. Ich bin direkt auf die Kante geknallt.»

«Aua!» Iris verzog das Gesicht.

«Ja. Aber ich muss zugeben, schmerzhafter als der Cut war die Blamage.»

Wieder ließ Iris sanft den Finger über die Narbe gleiten, beugte sich vor und küsste sie. «Musstest du genäht werden?»

«Nein, nur geklebt. Aber wenn jemand fragt, dann war das ein Hai, okay?»

«Versprochen», sagte sie. «Weißt du, die Vorstellung, dass du Freunde mit Kindern hast, ist ein bisschen … surreal.»

Hunter runzelte die Stirn. «Wie meinst du das?»

«Du vermittelst irgendwie den Eindruck, als gäbe es in deinem Leben nur lose Bekannte, mit denen du dich zum

Quizabend triffst, und Arbeitskollegen. Es fühlt sich an wie ein Teil von dir, den du anderen nicht zeigst.»

«Dir hätte ich den schon gezeigt», sagte er, und es klang so aufrichtig, dass ihr ganz warm wurde. «Ich habe lockere Bekannte, und ich habe Freunde, die ich schon seit meiner Jugend kenne.»

«Tatsächlich?»

«Ja, aber wir sehen uns leider viel zu selten.»

«Wieso das?»

Er dachte kurz nach. «Einige sind aufs Land gezogen, als sie Kinder bekommen hatten. Irgendwann gründeten die, die in der Stadt geblieben waren, ebenfalls Familien, und sind inzwischen vor allem mit Dingen beschäftigt, die erwachsene Männer ohne eigene Kinder offenbar nicht tun dürfen.»

Sie zeichnete mit den Fingerspitzen eine Spur auf seinen Arm, fuhr die sanfte Kurve seines Bizepses nach. «Aber du darfst doch sicher einen Freund mit Kind begleiten?»

«Das hab ich einmal versucht», sagte er. «Ich war mal mit einem Freund und seiner Tochter zu Besuch auf einem Bauernhof. Irgendwann wurde ich von einer Frau angesprochen und gefragt, welches mein Kind wäre, woraufhin ich, anstatt zu flunkern, sagte, ich hätte keine Kinder. Sie hat mich argwöhnisch angesehen und den Rest der Zeit nicht mehr aus den Augen gelassen.»

Iris lachte. «Verstehe. Ich stelle mir das schwer vor, auf Dauer den Kontakt zu halten, wenn man so unterschiedliche Lebenswege einschlägt.»

«Das Leben hat die Angewohnheit, einen dorthin zu führen, wo man sein soll, findest du nicht?»

«Hmm, darüber bin ich mir noch nicht ganz im Klaren.»

Grinsend beugte Iris sich vor und küsste ihn. Hunter zog sie an sich und erwiderte den Kuss. Sie fragte sich, ob er recht hatte, war sie hierfür bestimmt? So funktionierte das Leben nicht, oder etwa doch?

«Unsere Pizza ist inzwischen sicher kalt.» Hunters warmer Atem kitzelte sie am Ohr.

«Ich finde, kalte Pizza wird sträflich unterbewertet.»

Er ließ die Hand über ihre Hüfte und die Brust hinaufwandern bis in die Haare. Als sie ihr Bein über ihn schob, griff er sie am Knöchel, drehte sich auf den Rücken und zog sie auf sich. Iris beugte sich über ihn und küsste ihn leidenschaftlich. Sie konnte spüren, wie er wieder steif wurde, rutschte ein Stückchen hoch und brachte sich in Position.

«Was ist ...?» Hunter räusperte sich. «Mit dem Kondom?»

«Ich verhüte?» Iris betonte es wie eine Frage, wollte wissen, ob er einverstanden war. Hunter formulierte seine Antwort nicht verbal. Er schob sie auf sich und stöhnte, aber vielleicht war das auch sie gewesen. Iris war nicht mehr in der Lage zu denken. Sie richtete sich auf, warf den Kopf in den Nacken und wiegte sich auf ihm, seine Hände an ihren Hüften. Sie hätte nie geglaubt, dass sie sich jemals wieder so lebendig fühlen würde.

Ihr ging es hervorragend. Sie lümmelte in einen flauschigen Bademantel gehüllt auf dem Bett und aß kalte Pizza, während Hunter ihr von seinem vorherigen Projekt erzählte. Er war von einem Pharmaunternehmen angeheuert worden, um die Lieferkette unter die Lupe zu nehmen, und hatte schließlich dabei geholfen, diverse Engstellen im System zu beseitigen. Sie war völlig in seinen Bann gezogen.

Es war schön spät. Beziehungsweise früh. Kurz nach zwei Uhr morgens. Der warme Schimmer der Nachttischlampe tauchte das Zimmer in eine behagliche Atmosphäre. Iris fühlte sich pudelwohl damit, einfach nur dazusitzen und Hunter zuzuhören, während er mit lebhaften Gesten und glänzenden Augen von seiner Arbeit erzählte. Sie biss ein letztes Mal in das Pizzastück und warf die Kruste zurück in die Schachtel.

Sie hatten geredet und geredet, sich dazwischen immer wieder geküsst, unfähig, über längere Zeit die Finger voneinander zu lassen. Iris war erschöpft. Sie legte sich hin, ohne Hunter aus den Augen zu lassen. Nur in Boxershorts legte er sich neben sie und zog sie an sich. Die Wärme seiner Haut wirkte beruhigend auf sie. Iris spürte, wie sie wegdämmerte, es fühlte sich an, wie sanft zu sinken, und sie war sich nicht sicher, dass sie dagegen hätte ankämpfen können, selbst wenn sie gewollt hätte. Sie hörte sein Herz schlagen, ein regelmäßiger Rhythmus direkt an ihrem Ohr. *Daran könnte ich mich gewöhnen,* war ihr letzter bewusster Gedanke, ehe sie einschlief.

29

Sollten wir zurückfahren?», fragte Iris und hoffte, die Antwort würde Nein lauten. Es war kurz nach neun, und sie war noch nicht bereit abzureisen. Sie war sich nicht sicher, ob sie's jemals sein würde. Es kam ihr vor, als wäre ein Funke in ihr neu entfacht worden, etwas Belebendes, Aufregendes und Warmes, das sie gleichermaßen erregte und ängstigte.

Hunter knabberte zärtlich an ihrem Ohrläppchen, dann streiften seine Lippen über ihren Hals, seine Zunge fuhr über ihre Haut. «Ich bin noch nicht bereit zurückzufahren», murmelte er.

«Ich auch nicht.»

«Die Late-Check-out-Strafe übernehme ich», sagte er. Iris küsste ihn. «Die können mein ganzes Geld haben», fügte er hinzu. Sie streichelte sanft seinen Oberkörper. «Und mein Haus. Und mein Auto auch.»

Iris lachte in die Kuhle an seinem Hals hinein. «Ich muss unter die Dusche», sagte sie und strampelte die Decke weg.

Hunter musterte sie lüstern. «Alles klar.» Er grinste. «Ich rufe unten an und gebe Bescheid, dass wir später abreisen.»

Fast hätte Iris einen Rückzieher gemacht, aber er nannte bereits die Zimmernummern und arrangierte alles. Er legte auf, nahm Iris bei der Hand und ging mit ihr ins Bad. Sie tat, als würde sie sich sträuben, aber sie kam nicht gegen ihn an. Lachend ließ sie sich von ihm mitziehen.

Er stellte sich mit ihr unter die Dusche und drehte das

Wasser auf. Dann hob er ihr Kinn an und küsste sie. Die Dusche kam ihr plötzlich viel kleiner vor als gestern nach dem Work-out. Hunters Schultern waren beinahe so breit wie die Duschkabine. Plötzlich wirkte der Körper, der ihr gerade noch bedrohlich und einschüchternd vorgekommen war, stark und solide. Wie dazu gemacht, um sich daran anzulehnen.

Sie standen unter dem heißen Strahl und erforschten einander mit Händen und Blicken, während um sie herum der Wasserdampf aufstieg. Iris' Selbstvertrauen schwang sich in ungeahnte Höhen auf, als sie sah, welche Wirkung sie auf ihn hatte. Sie hatte vergessen, wie gut es sich anfühlte, begehrt zu werden. Sie drehte sich zur Wand um, spreizte die Beine und zog ihn an sich. Sie beugte sich leicht vor und stemmte die Hände gegen die Fliesen. Er nahm sie bei den Hüften. Sie drehte den Kopf und sah ihm in die Augen, als er mit Verlangen im Blick in sie eindrang. Sie schloss die Augen und überließ sich mit zitternden Beinen dem Gefühl, das sich da in ihr aufbaute. Eine Hand weiter gegen die Wand gestemmt, um nicht das Gleichgewicht zu verlieren, umklammerte sie mit der anderen Hunters Hand, als hätte sie Angst, er könnte sie verlassen.

Zehn Minuten, ehe sie endgültig die Zimmer räumen mussten, eilte Hunter zu sich nach drüben, um seine Sachen zu packen. Iris saß wartend auf der Bettkante und fragte sich, wie sie sich künftig verhalten sollte, jetzt, wo er sie nackt gesehen hatte. Jetzt, wo er mit seiner Zunge ihren Körper erforscht hatte. Jetzt, wo er in ihr gewesen war. Ein solches Level an Intimität ging normalerweise mit Romantik und einer Beziehung einher, aber sie war sich nicht sicher, ob das auch für Hunter galt. Sie waren sich unglaublich nahe gewesen, aber sie wussten beide, dass er nach London zurückkehren würde, zu einem Leben, von dem sie so gut wie nichts wusste.

Unwillkürlich musste Iris an das erste Mal mit Elliott denken. Der Vergleich war so krass, dass es ihr vorkam wie zwei verschiedene Welten. Elliott und sie hatten lange damit gewartet – zu lange vielleicht – und hatten damit überzogene Erwartungen geschürt, es zu etwas Unerreichbarem gemacht. Iris erinnerte sich noch an das Gefühl von Elliotts Händen auf ihrem Körper, dann seine schüchternen, zögernden Berührungen. Wie anders dagegen Hunters Berührungen waren – er war ein Mann, der wusste, was er tat, und sich seiner selbst sicher war.

Elliott war behutsam gewesen, vielleicht ein wenig zu behutsam, und Iris war nicht selbstbewusst genug gewesen, die Führung zu übernehmen. Es war schön gewesen und zärtlich und liebevoll, und Elliott hatte ihr währenddessen ins Ohr geflüstert, wie sehr er sie liebte, dass er sie anbetete. Die Erinnerung war glasklar, und plötzlich überfiel Panik Iris. Hunter war seit Elliott der erste Mann, mit dem sie geschlafen hatte. Der erste Mann, den sie *geküsst* hatte. Auf völlig irrationale Weise kam es ihr so vor, als hätte sie Elliott betrogen.

Diane hatte ihr immer wieder gesagt, sie solle sich selbst nett behandeln, mit sich sprechen wie mit ihrer besten Freundin. Würde sie ihrer besten Freundin etwa sagen, sie dürfte sich nie wieder verlieben? Nie wieder etwas empfinden?

Unwillkürlich sog sie scharf die Luft ein, versuchte, die Zweifel zu vertreiben, die sie plötzlich einhüllten wie Gewitterwolken. Ein Klopfen riss sie aus ihren Gedanken. Sie stand auf und versuchte, die Verunsicherung abzuschütteln, die sich schmerzhaft zwischen ihren Rippen eingenistet hatte. Sie nahm ihr Gepäck und öffnete die Tür.

«Hey!» Hunter stand lässig an den Türrahmen gelehnt da und lächelte sie an.

«Hey», erwiderte Iris ein wenig schüchtern. Sie merkte, wie sehr sie sich freute, ihn zu sehen, dabei war er nur ein paar Minuten weg gewesen.

Er machte einen Schritt auf sie zu, und sie lehnte sich an ihn, die Wange sanft an seiner Brust. Er nahm sie in die Arme. Er fühlte sich an wie eine Schutzmauer zwischen ihr und der Welt.

«Alles okay?», fragte er in ihre Haare hinein.

Sie löste sich von ihm und sah ihn an.

«Ja, alles okay.»

Er machte keinerlei Anstalten zu gehen, stand einfach nur da, den Kopf leicht geneigt, und schaute sie an, als wäre sie für ihn ein aufgeschlagenes Buch. «Bist du sicher?»

Sie nickte.

Er beugte sich zu ihr herunter, legte ihr sachte die Hand auf den Hinterkopf und küsste sie zärtlich. Sofort fing es in ihrem Unterleib an zu ziehen, und ein Schwarm Schmetterlinge flog auf.

«Ich glaube, wir müssen wirklich auschecken.»

«Ja, du hast recht», sagte Hunter widerwillig.

Sie machten sich auf den Weg zum Aufzug, hatten es nicht sonderlich eilig. «Und?» Er sah sie verschmitzt an. «Wie war die Geschäftsreise?»

«Meinst du im Hinblick auf die Arbeit oder das Drumherum?»

Er schaute sie an. «Eigentlich meinte ich die Arbeit, aber jetzt machst du mich neugierig.»

«Also was die Arbeit angeht, war es sehr erhellend.»

Sie erreichten den Aufzug, Hunter drückte den Rufknopf, und sie stiegen ein.

«Und ... das Drumherum?», fragte er.

Iris hielt den Blick starr auf die Türen gerichtet. «Der Service war exzellent», sagte sie grinsend.

«Exzellent, ja? Vielleicht sollte ich mein LinkedIn-Profil ergänzen.»

«Ich bin mir sicher, das steht da längst drin.»

«Nicht wortwörtlich, nein. Darf ich dich zitieren?»

Iris spürte seinen Blick auf sich, aber sie sah ihn nicht an.

«Lieber nicht. Übrigens, ich vermute, so lange wie heute Morgen hast du noch nie geduscht.»

Hunter drehte sich zu ihr um. «Ist das etwa eine Anspielung auf meine außergewöhnliche Ausdauer?»

Iris verdrehte die Augen.

«Aber ich muss dir recht geben», sagte er. «Ich hab es genossen. Alles davon.»

Die Türen glitten auf, und sie betraten die Lobby. Hinter der Rezeption stand wieder die Frau vom Abend ihrer Anreise. Die blonden Haare waren zu einem Dutt frisiert, der rote Lippenstift hob sich leuchtend von ihrem gebräunten Teint ab. Der oberste Knopf ihrer Uniformbluse stand offen und enthüllte ein Goldkettchen mit Namenszug. *Alexis.* Als sie Hunter sah, richtete sie sich auf und fing an zu strahlen.

«Guten Morgen», sagte sie fröhlich und schaute auf die Uhr. «Möchten Sie auschecken?»

«Ja bitte.» Hunter lehnte sich gegen den Tresen, die Schlüsselkarte in der Hand.

«Wie war Ihr Aufenthalt bei uns?», fragte Alexis.

«Es war ...» Hunter sah Iris mit funkelnden Augen an. «Exzellent. Und die Duschen sind wirklich hervorragend.»

Alexis wirkte verunsichert. Iris verdrehte die Augen und gab Hunter ihre Schlüsselkarte.

«Ich warte draußen», sagte sie. «Ich brauche ein bisschen frische Luft.»

«Ist das auch sicher die richtige?», sagte er und nahm die Karte entgegen.

Die Hände in die Hüften gestemmt, schoss Iris zurück: «Wer hat gleich wieder deinen Wagen zum Laufen gebracht?»

Hunter stützte den Ellbogen auf den Empfangstresen. «Sagte ich schon, dass ich das sehr gerne mit eigenen Augen gesehen hätte?»

Iris grinste. Währenddessen stand Alexis da und folgte etwas ratlos dem Geplänkel. Iris wandte sich ab und ging. An der Tür drehte sie sich verstohlen um. Hunter wirkte desinteressiert, sah sich, während er auf die Rechnung wartete, in der Lobby um und drehte ungeduldig an seiner Armbanduhr. Die Tatsache, dass diese schöne Frau offenbar nicht in der Lage war, ihn zu beeindrucken, machte Iris froh.

Vor dem Hotel wurde sie von einer lebhaften Brise begrüßt. Iris brauchte tatsächlich frische Luft, vor allem aber brauchte sie vor der Rückfahrt noch einen Moment für sich. Sie versuchte, die guten Gefühle zu genießen, aber das Gefühl, Elliott betrogen zu haben, drängte sich in den Vordergrund. Sie fragte sich, ob sie sich inzwischen so sehr daran gewöhnt hatte, sämtliche Energie in Selbstbestrafung zu stecken, dass sie nie wieder damit aufhören konnte.

«Bist du bereit?» Hunter stand plötzlich neben ihr.

Iris nickte und folgte ihm zum Wagen.

Hunter öffnete den Kofferraum und verstaute ihr Gepäck.

«Hast du am Wochenende schon was vor?», fragte er.

Verunsicherung befiel sie. Fragte er, weil er das Wochenende mit ihr verbringen wollte? Und falls ja, wollte sie das auch?

«Eigentlich nicht», sagte sie schließlich.

Hunter nickte. «Gut», sagte er.

«Gut?»

«Ja, gut.» Er schloss den Kofferraum. «Dann habe ich dich ganz für mich allein.»

Iris stieg ein und wandte ihm das Gesicht zu. Er schaute sie an, und als er lächelte, wusste sie, dass es keinen Ort gab, an dem sie gerade lieber gewesen wäre als hier bei ihm.

30

Wieder füllte Musik den Wagen, als Hunter den Motor anließ, doch diesmal stellte er sie ab. Er verließ den Parkplatz, fädelte sich in den Verkehr ein, schaltete hoch bis in den fünften Gang und legte Iris sanft die Hand auf den Oberschenkel. Iris nahm sie in ihre und betrachtete ihre verschränkten Finger. Es war ein in vielerlei Hinsicht seltsames Gefühl, jemanden wie Hunter so nahe an sich heranzulassen, nachdem sie jahrelang nach Gründen gesucht hatte, alle auf Abstand zu halten – andererseits fühlte es sich ... genau richtig an.

Ein lautes Geräusch riss Iris aus ihren Gedanken. In der Mittelkonsole vibrierte Hunters Telefon.

«Könntest du bitte nachsehen, wer es ist?», fragte er.

«Natürlich.» Iris nahm das Telefon zur Hand. *Mum* stand auf dem Display.

«Es ist deine Mutter», sagte sie zu ihm.

Hunter schien kurz zu zögern. «Könntest du es auf Lautsprecher stellen? Vielleicht ist was mit meinem Vater», sagte er schließlich.

«Klar.» Iris fühlte sich ein bisschen unwohl. Ihr blieb nichts anderes übrig, als ein intimes Privatgespräch mitzuhören. Sie nahm den Anruf an, drückte das Lautsprechersymbol und hielt Hunter das Telefon hin.

«Hallo, Mum, ist alles okay?»

«Hallo, Liebling. Ja, ich wollte mich nur kurz entschuldigen, weil ich dich gestern während der Arbeit angerufen habe.»

«Kein Problem, Mum. Wie geht es Dad?»

Am anderen Ende erklang ein langes Seufzen. «Er schläft. Die Nacht war ein bisschen holprig.»

Iris konnte ihr anhören, wie viel sie für sich behielt. Es klang, als würde sie ihre Worte sehr sorgfältig wählen, um, wie Iris vermutete, ihren Sohn nicht zu beunruhigen.

«Vielleicht solltest du dich auch ein bisschen ausruhen», antwortete Hunter. «Du klingst müde.»

«Mir geht's gut. Mach dir um mich keine Sorgen.»

Iris warf Hunter einen Blick zu. Er wirkte angespannt. Sie streichelte ihm sanft über den Oberarm.

«Ich komme euch bald besuchen. Sobald mein derzeitiges Projekt abgeschlossen ist. Ich habe mich über Pflegemöglichkeiten informiert. Wir müssen darüber reden, okay?»

«Das eilt doch nicht. Konzentrier du dich auf deinen Job, und wir sehen uns, wenn du mal wieder Zeit hast.»

Hunter atmete hörbar aus. «Ich melde mich bald. Falls du in der Zwischenzeit irgendwas brauchst, …»

«Ich weiß, Liebling», fiel seine Mutter ihm ins Wort. «Die Telefonnummern stehen alle am Kühlschrank. Da, wo du sie hingehängt hast. Bis bald. Hab dich lieb.»

«Ich dich auch, Mum.» Hunters Mutter legte auf, und im Auto wurde es still. Eine Weile saßen sie da und hingen ihren Gedanken nach.

Es hatte sich schön angefühlt, Hunter mit seiner Mutter telefonieren zu hören. Seine Besorgnis war offensichtlich gewesen, und plötzlich kam Iris ein Satz in den Sinn, den ihr Vater einmal zu ihr gesagt hatte: *Achte darauf, wie ein Mann*

seine Mutter behandelt – das verrät dir viel über seinen Charakter.
Sie ertappte sich dabei, dass sie Hunter verstohlen musterte,
wie um sich sein Gesicht einzuprägen.

Er seufzte. «Was für eine vertrackte Situation. Meine Mutter ist überfordert, und ich mache mir Sorgen, dass irgendwas passiert, wenn sie sich nicht langsam Hilfe holt. Aus der
Ferne kann ich nicht viel für sie tun.»

«Könnten sie sich vorstellen, in deine Nähe zu ziehen?»

Hunter schüttelte den Kopf. «Nicht, solange ich in London lebe.»

«Also ist das der Plan, wenn du bei Taylor and Newton fertig bist? Deine Eltern besuchen?»

«Ja. Ich nehme mir im Anschluss ein paar freie Tage und
fahre zu ihnen. Ich möchte mit meiner Mutter über mögliche Optionen sprechen.»

Iris hätte ihn gern gefragt, welches Projekt als Nächstes
anstand und über welchen Zeitraum; wohin es ihn zog, wenn
er aus London wegging; ob er vorhatte, sie wiederzusehen.
Doch sie schluckte die Fragen, deren Antworten die Gefahr
der Zurückweisung bargen, herunter und gab sich heimlich
ein Versprechen: Sie würde die Sache mit ihm genießen, was
immer es auch sein mochte, wie lange es auch halten mochte, ohne es zu sehr zu analysieren oder sich um die Zukunft
Gedanken zu machen. Das war leichter gesagt als getan, aber
sie wollte es zumindest versuchen. Nach einer stockfinste-
ren Phase ihres Lebens hatte sie ein bisschen Licht verdient,
oder nicht?

«Wales eignet sich genial zum Laufen», sagte Hunter. «Es
ist ein bisschen hügelig, und die Landschaft ist sensationell.»

Iris widerstand dem Drang, hinter seinen Worten eine

versteckte Bedeutung herauszulesen. Sie hielt sich an ihr Versprechen: Im Augenblick sein und nicht an die Zukunft denken.

«Ich erinnere mich noch, dass ich als Kind mal in den Ferien in Wales war», sagte sie, «Urlaub auf dem Bauernhof, dort gab es zwei Zwillingslämmchen, deren Mutter gestorben war. Ich bin jeden Morgen ganz früh aufgestanden und habe dem Bauern geholfen, sie mit der Flasche zu füttern. Ich kann mich noch gut an die Landschaft erinnern. Überall Weiden und dahinter das Meer. Man konnte stundenlang wandern, ohne jemandem zu begegnen.» Iris lächelte unwillkürlich.

«Ich habe jedes Mal das Gefühl, in einer anderen Welt zu landen, wenn ich dort ankomme.» Hunter verstummte. Er musste sich konzentrieren, um eine Lkw-Kolonne zu überholen. Dann räusperte er sich und sprach weiter.

«Vor etwa vier Jahren haben meine Ex-Frau und ich uns am Stadtrand von London ein Haus gekauft. Ehrlich gesagt, eine ziemliche Bruchbude. Gerade, als wir damit begonnen hatten, Zeit und Energie hineinzustecken, hatte ich beruflich eine schwierige Zeit. Damit kam alles wieder zum Stillstand. Als wir uns trennten, zog sie aus. Ich habe sie letztes Jahr ausbezahlt und mich wieder an die Arbeit gemacht, aber mit jedem Schritt kamen neue Probleme ans Licht. Inzwischen bin ich fast so weit, dass ich verkaufen kann, ich warte nur noch auf neue Böden. Sobald die verlegt sind, kommt der Kasten auf den Markt. Ich kann's kaum erwarten, ihn endlich los zu sein.»

«Wow! Das klingt nach einer Herkulesaufgabe», sagte Iris.

«Ja, so könnte man es nennen. Im Grunde steht da jetzt ein neues Haus.»

«Überlegst du nicht, doch selbst dort wohnen zu bleiben?», fragte sie.

«Auf keinen Fall!»

«Wohin zieht es dich denn?»

Nach einem kurzen Zögern sagte er: «Das weiß ich noch nicht.»

Diesmal war das Schweigen zwischen ihnen voll unausgesprochener Fragen. Ein paarmal hatte Iris das Gefühl, Hunter wollte etwas sagen und würde sich dann doch dagegen entscheiden. Anstatt sie anzusehen, hielt er den Blick starr auf die Straße gerichtet, und sie warf ihm immer wieder verstohlene Seitenblicke zu, speicherte kleine Einzelheiten ab: wie seine Haare sich im Nacken kringelten, wie er sich beim Nachdenken leicht auf die Innenseite der Wange biss; fast, als wollte sie sich für immer einprägen, wie er aussah.

«Habt ihr ein gutes Verhältnis, du und deine Ex-Frau?», fragte sie schließlich.

Sie bereute die Worte sofort. Natürlich war sie neugierig, aber was, wenn Hunter sie jetzt dasselbe fragte oder ihre Neugier unangemessen fand? Iris war inzwischen so lange aus der ganzen Dating-Nummer raus, dass sie nicht mehr wusste, wie Coolsein ging und ob schon allein die Vorstellung, sie würden auf eine Beziehung zusteuern, unangemessen war. Vielleicht wollte Hunter nichts weiter als einen kleinen Flirt, eine Ablenkung von zu vielen einsamen Nächten in seinem Hotelzimmer. Doch danach hatte es sich nicht angefühlt. Iris senkte den Blick auf ihren Schoß, wo seine Hand inzwischen wieder in ihrer lag.

«Ich glaube schon, aber wir haben nicht mehr allzu viele Berührungspunkte», antwortete er. «Sie war eine Zeit lang sehr verletzt und wütend auf mich, wofür ich absolutes Verständnis habe. Vor ein paar Monaten sind wir uns zufällig über den Weg gelaufen. Wir haben uns unterhalten, und ich habe mich bei ihr entschuldigt. Ehrlich gesagt hatten wir schon eine ganze Weile Probleme – die ließen sich nur einfacher ignorieren, solange es gut lief. Wie dem auch sei, sie machte auf mich einen glücklichen Eindruck. Sie hat wieder jemanden kennengelernt und trägt mir nichts nach.»

«Ich vermute, mehr kann man nicht verlangen», sagte Iris. Sie hatte ein komisches Gefühl im Magen, als er von dieser namenlosen Frau sprach, die er einmal sehr geliebt hatte.

«Ja. Die Situation war beschissen, aber wie immer im Leben: Es bleibt einem nichts anderes übrig, als daraus zu lernen.»

«Was hast du daraus gelernt?», wagte sie sich vor.

«Na ja, ich habe gelernt, dass es nicht gut für mich ist, meine Emotionen wegzutrinken. Ich habe gelernt, dass es okay ist, Gefühle zu haben und darüber zu sprechen.» Hunter zögerte, dann fragte er: «Was ist mit dir? Was hast du aus deiner Erfahrung gelernt?»

Iris erstarrte. Ihre Kehle war wie zugeschnürt. Das hatte sie jetzt von ihrer Neugier. Zur Strafe wurde sie mit Fragen konfrontiert, für die sie sich nicht bereit fühlte. Sie konnte es ihm nicht erzählen. Unmöglich. Er würde sie verachten.

«Es ist …» Iris räusperte sich. «Kompliziert. Eine lange Geschichte. Ist es okay, wenn ich dir ein andermal davon erzähle?»

«Natürlich.» Hunter warf ihr einen kurzen Seitenblick zu

und drückte ihre Hand. Iris war überrascht, wie viel Bedeutung in einer schlichten Geste liegen konnte. *Es ist okay.*

Sie wandten sich unverfänglicheren Themen zu, sprachen über Berufliches und die Reise, unterhielten sich über die Konferenz und dann übers Laufen. Iris erfuhr, dass Hunter am liebsten Langstrecken lief. An dem Morgen, als sie in der Dusche über ihn gestolpert war, hatte er gerade seine zehn Kilometer mit knapp unter vierzig Minuten absolviert. Außerdem hatte er sich für den London-Marathon im nächsten Jahr angemeldet und hoffte auf eine Zeit unter drei Stunden, ein Ziel, das Iris Bewunderung abrang. Sie wusste, dass diese Zeiten und Strecken für den Körper eine große Herausforderung waren.

Die Rückfahrt verging wie im Fluge, und Iris erschrak fast, als sie die Schilder von Nottingham sah.

«Ich kann nicht glauben, dass wir schon da sind», sagte sie.

«Wenn man sich gut unterhält, verfliegt die Zeit», sagte Hunter.

Draußen wurde es bereits dunkel, und es fing an zu regnen. Hunter schaltete die Scheibenwischer ein. Vor Iris' Haus angekommen, stellte er den Motor ab. Sie lösten beide den Sicherheitsgurt, schauten sich an und fingen gleichzeitig an zu sprechen.

«Oh. Du zuerst», sagte er.

«Ich wollte nur Danke sagen.»

Er runzelte die Stirn. «Wofür?»

«Dafür, dass du gefahren bist. Die Reise arrangiert hast ... die in jeder Hinsicht sehr interessant war. Und ...», Iris nahm all ihren Mut zusammen, «für alles andere auch. Fürs Dasein, fürs Zuhören. Obwohl ich nicht besonders nett zu dir war.» Iris spürte ihre Verletzlichkeit wie schon lange nicht mehr. Sie musste den Augenkontakt abbrechen. Sie senkte den Blick auf seine Hand, die sanft ihr Bein streichelte.

«Iris, ich wäre nirgendwo lieber gewesen.» Er legte ihr behutsam den Finger unters Kinn und hob es leicht an, damit sie ihn ansah. «Nirgendwo. Okay?» Er klang aufrichtig und bestimmt. Iris floss fast das Herz über.

Sie nahm all ihren Mut zusammen und nickte. «Möchtest du mit reinkommen?», fragte sie schließlich.

Hunter grinste. «Ich dachte schon, du fragst nie.»

Iris ging voraus und überlegte fieberhaft, in welchem Zustand sie die Wohnung hinterlassen hatte. Hatte sie das Bett gemacht? Die Schmutzwäsche in den Wäschekorb geworfen? Doch sie hätte sich keine Sorgen zu machen brauchen, denn Hunter hatte nur Augen für sie.

31

Iris lag im Bett und dachte staunend darüber nach, wie es kommen konnte, dass ihr Leben sich auf einmal in eine kitschige Romanze verwandelt hatte – und dass sie damit absolut einverstanden war. Es war Sonntagmorgen, und sie hörte Hunter unten in ihrer Küche hantieren. Verführerisch zog der Geruch von gebratenem Speck durchs Haus. Sie hatte im Halbschlaf mitbekommen, wie er aufgestanden war, sie sanft geküsst und dabei irgendwas von Frühstückmachen gemurmelt hatte, ehe er leise nach unten gegangen war.

Hunter war, wie sich herausgestellt hatte, ein begnadeter Koch. Sie waren am Vorabend noch kurz gemeinsam im Supermarkt gewesen – wobei er den Wagen vollgepackt hatte, als hätte er eine Mission zu erfüllen – und als sie zurückgekommen waren, hatte er sich sofort ans Kochen gemacht und so selbstverständlich in ihrer Küche hantiert, als wäre er bei sich zu Hause.

Iris war währenddessen nach oben gegangen, um zu duschen, und hatte ihn aus dem Bad mit Schränken und Geschirr klappern hören. Seit Elliott war außer ihrem Vater kein Mann mehr im Haus gewesen. Der Gedanke hatte sie gestresst, und sie hatte fast panisch das Gesicht in den warmen Wasserstrahl gehalten und tief geatmet, während um sie der Dampf aufstieg. Sie hatte versucht, sich auf ihre innere Stimme zu konzentrieren, auf die leise, freundliche Stimme, die meistens in dem ganzen anderen Lärm unterging. Die Stimme, die ihr sagte, dass es okay war, den nächsten Schritt zu gehen, und sie damit weder Elliott verriet noch das Gelübde, das sie einst abgelegt hatte.

Das Essen, das Hunter eine gute Stunde später fertig hatte, sah aus wie etwas aus dem Feinschmeckerlokal.

«Steak mit Spargel und Kartoffelgratin», hatte er verkündet.

Er hatte sogar den Tisch gedeckt und eine ihrer Duftkerzen angezündet.

«Gibt es eigentlich irgendwas, das du nicht kannst?», hatte Iris ihn gefragt.

«Mich gut kleiden, offensichtlich.»

Iris hatte gelacht. «Ja, stimmt! Danke, dass du mich daran erinnerst.»

«Und mir ordentlich die Haare kämmen.»

«Ich mag deine Haare.»

Er hatte in gespielter Überraschung die Augenbrauen hochgezogen. «Iris, das war ein Kompliment!»

«Ja, ich weiß. Ich werde jetzt den Mund halten, sonst passt du mit deinem aufgeblasenen Ego nicht mehr durch die Tür, wenn du gehst.»

«Was? Wohin sollte ich denn gehen?» Sein Tonfall hatte fröhlich geklungen, aber etwas in seinen Augen hatte die Beiläufigkeit Lügen gestraft, und Iris war klar gewesen, dass er sie damit fragte, ob er bleiben sollte.

«Weißt du, was? Wenn du versprichst, mir morgen früh Frühstück zu machen, könntest du genauso gut über Nacht hierbleiben», hatte sie ebenso beiläufig gesagt, aber sie wussten beide, dass das, was da zwischen ihnen seinen Anfang nahm, alles andere als beiläufig war.

Abends hatten sie es sich auf dem Sofa bequem gemacht und eine Netflix-Serie angeschaut. Iris hatte sich wirklich bemüht, sich auf die Handlung zu konzentrieren, aber sie war immer wieder zu Hunter und seinem gleichmäßigen Herzschlag abgeschweift. Plötzlich hatte sie Tränen in den Augen gehabt, ohne zu wissen, woher sie kamen oder was sie zu bedeuten hatten. Bis ihr klar wurde, dass sie zum ersten Mal seit einer Ewigkeit glücklich und zufrieden war. Sie schlang die Arme um seinen Brustkorb und ließ die Tränen lautlos laufen, weil sie diesen perfekten Tag nicht kaputtmachen wollte.

Iris schob die Decke weg und rieb sich den Schlaf aus den Augen. Sie konnte keine Sekunde länger liegen bleiben, sie wollte nach unten und nachschauen, was Hunter trieb. Bei der Vorstellung, wie er in ihrer Küche stand, mit ihren Sachen hantierte und Frühstück machte, wurde ihr vor Aufregung fast schwindelig. Sie zog den Bademantel an und ging ins Bad, musterte ihr Spiegelbild. Die Haare standen ihr wild vom Kopf ab, ein höchst ungewohnter Anblick. Vor ihrem inneren Auge flammte ein Bild auf: Hunter hinter ihr, die Hand in ihren Haaren vergraben, während er ihren Rücken küsste und ihr ihren Namen ins Ohr hauchte. Bei der Erinnerung fing alles an zu prickeln. Iris musste grinsen.

Als sie nach unten kam, stand er in der Küche und briet Eier mit Speck, nur mit Boxershorts am Leib. Iris zuckte unwillkürlich zurück. Ihr Verstand brauchte tatsächlich einen Augenblick, um sich darüber klar zu werden, dass dies keine Wiederholung des Duschvorfalls war. Dies war jetzt ihre Wirklichkeit: Hunter, halb nackt in ihrer Küche, beinahe lächerlich attraktiv im Morgenlicht. Iris setzte sich an den Küchentisch, stützte das Kinn in die Hände und beäugte ihn schamlos, registrierte die sexy verstrubbelten Haare und die dunklen Stoppeln auf seiner Haut.

«Guten Morgen!», sagte er fröhlich mit dem Pfannenwender in der Hand und einem breiten Grinsen im Gesicht. Seine leicht raue, verschlafene Stimme weckte sofort wieder die Schmetterlinge in Iris' Bauch.

«Ist dir nicht kalt?», fragte sie.

Hunter zuckte die Achseln. «Nein. Warum? Dir etwa?»

«Nein, aber ich habe auch etwas mehr an als du.»

«Ziemlich schade, finde ich», erwiderte er. «Daran sollten wir nach dem Frühstück unbedingt etwas ändern.»

Iris lachte, lehnte sich zurück und schaute ihm zu, während er fröhlich summend weitermachte. Sie schlug die Beine übereinander und verschränkte die Arme, um sich davon abzuhalten, aufzustehen und ihn anzufassen, nur um sich zu vergewissern, dass er echt war. Das war alles viel zu schön, um wahr zu sein. Viel zu perfekt.

Hunter verteilte den Pfanneninhalt auf zwei Teller und brachte sie zusammen mit zwei Tassen Kaffee zum Tisch.

«Danke», sagte Iris und nahm sich eine Scheibe Toast.

«Gut geschlafen?»

«Sehr gut sogar.»

Das hatte sie selbst überrascht. Noch vor ein paar Wochen hätte sie sich nicht vorstellen können, je wieder einen Mann in ihr Bett zu lassen. Dieses Kapitel ihres Lebens hatte sie nach Elliott sehr bewusst beendet, das Kapitel, das von der

Möglichkeit handelte, mit einem anderen Menschen glücklich zu sein. Diane meinte, sie wollte vermeiden, ein zweites Mal alles zu verlieren. Aber war das nicht die logische Konsequenz aus dem, was passiert war? Was wäre sie schließlich für eine Ingenieurin, wenn sie ihre analytischen Fähigkeiten nicht in ihre persönlichen Entscheidungen einbeziehen würde? Trotzdem saß sie jetzt hier und frühstückte mit einem Mann, der ihr bewusst gemacht hatte, dass ihr analytischer Verstand die menschlichen Faktoren einkalkulieren musste – was es bedeutete, glücklich zu sein, und wie sehr sie sich das für ihre Zukunft wieder wünschte.

Sie unterhielten sich angeregt, das Gespräch floss mühelos. Es fühlte sich erstaunlich behaglich und vertraut an.

«Wie bist du dazu gekommen, dich als Unternehmensberater selbstständig zu machen?», fragte Iris. «Du kommst doch auch aus der technischen Ecke, oder?»

«Aha, dann hast du die Mail also tatsächlich gelesen?»

«Musste ich ja. Außerdem war sie weniger fad, als ich befürchtet hatte.» Iris grinste.

«Zu freundlich!», sagte Hunter lachend. «Ja, richtig, ursprünglich bin ich Ingenieur. Ich liebe es, Probleme zu lösen – ob Kreuzworträtsel, Kurzschlüsse oder komplexe Lieferkettenthemen.» Hunter trank einen Schluck Kaffee. «Wo siehst du dich in fünf Jahren?»

«Mir war nicht klar, dass das hier ein Bewerbungsgespräch ist», scherzte Iris, doch er ließ sie nicht vom Haken.

«Weich mir nicht aus.»

«Okay. Ehrlich gesagt weiß ich das nicht. Ich hatte mir meine Zukunft immer bei Taylor and Newton vorgestellt, intern die Leiter hochklettern quasi.»

«Hat sich das geändert?»

Iris dachte nach. «Ich weiß nicht genau. Ich liebe meinen Beruf, aber ich habe das Gefühl, dass die konkrete technische Seite immer öfter zu kurz kommt.»

«Das passiert häufig, wenn man gut in seinem Job ist», sagte Hunter. «So was bleibt nicht unbemerkt, und man bekommt mehr zu tun, aber nicht unbedingt mehr von dem, was man liebt. Zuerst wird man Trainer, dann Supervisor und plötzlich hat man einen Managementtitel und hockt von morgens bis abends am Schreibtisch, brütet über Tabellen und beaufsichtigt die Arbeit anderer.»

«O Gott, Tabellen!», stöhnte Iris.

«Für manche Leute ist das ein Traum ... Aber andere haben das Gefühl, dass dabei allmählich ihre Seele erstickt.»

Sie nickte. «Ja, das Gefühl kenne ich.»

«Was ist *dein* Traum? Wo hat für dich alles begonnen?» Aufmerksam sah Hunter sie aus seinen dunklen Augen an.

Iris atmete langsam aus. «Das ist eine große Frage.»

Er lächelte. «Ich bin ein großer Typ.»

Iris legte das Besteck beiseite und schaute ihn an. «Früher habe ich meinem Vater immer bei den alten Autos geholfen, die er kaufte. Ich habe mit Begeisterung alles über die Motoren gelernt, mir die Hände schmutzig gemacht. Irgendwann fing ich an, mich für Flugzeuge zu interessieren. Dad nahm mich mit zum Flughafen, und wir suchten uns einen Platz mit Blick auf die Startbahn. Wir schauten den Maschinen beim Starten und Landen zu, notierten uns sämtliche Einzelheiten, und zu Hause recherchierte ich die verschiedenen Flugzeugtypen. Ich war völlig fasziniert; für mich war das der absolute Gipfel der Ingenieurskunst. Ich war völlig besessen. Sogar Modelle habe ich gebaut.»

«Tatsächlich?» Hunter sah sie mit leuchtenden Augen an. In seiner Gegenwart hatte sie das Gefühl, der interessanteste Mensch der Welt zu sein.

Sie nickte. «Es waren Hunderte. Sobald ich nachmittags aus der Schule kam, setzte ich mich dran. Ich dachte immer, irgendwann würde ich in der Luftfahrtbranche landen, aber dann ...» Sie verstummte.

«Aber dann?», hakte Hunter nach.

«Ich kam frisch von der Uni, brauchte finanzielle Sicherheit, wollte ein Haus kaufen. Am Anfang habe ich noch versucht, auf den idealen Job zu warten, aber der kam einfach nicht. Irgendwann landete ich dann bei Taylor and Newton. Ursprünglich sollte das nur vorübergehend sein, aber ich wurde schnell befördert. Und als dann dieses Haus kam und ich die Hypothek aufnehmen musste, konnte ich es mir nicht mehr leisten, woanders wieder zum Einstiegsgehalt anzufangen.»

Hunter nickte. «Ja, das kann ich gut nachvollziehen.»

«Wirklich?»

«Natürlich. Als ich überlegte, ob ich den Schritt in die Selbstständigkeit wagen soll, hatte ich viele schlaflose Nächte.»

«Tatsächlich?» Sie konnte sich nicht vorstellen, dass Hunter sich von irgendetwas um den Schlaf bringen ließ.

Er nickte. «Wieso überrascht dich das?»

«Du wirkst ... unerschütterlich.»

«Unerschütterlich?» Er lachte. «Nein. Ich bin durchaus zu erschüttern.»

«Ich habe noch nie erlebt, dass du die Kontrolle verlierst.»

Hunter sah sie ungläubig an. «Iris! Glaubst du tatsächlich, ich hätte in deiner Gegenwart die Kontrolle?» In Iris' Bauch rumorte es, und ihr wurde heiß. Sein Blick war gleichzeitig verspielt und sehr intensiv.

«Ich ... äh, keine Ahnung?», stammelte sie.

«Als du dir in der Firma mein T-Shirt geliehen hast ...» Er schloss die Augen und stöhnte leise.

«Echt? Das hat dich angemacht?»

«Oh ja!» Hunter nickte bedächtig.

«Du magst dieses T-Shirt offensichtlich sehr, was?»

Lachend stand er auf, griff nach ihrer Hand, zog sie zu sich hoch und küsste sie leidenschaftlich.

«Hast du heute schon was vor?», fragte er zwischen an ihren Lippen.

«Nein, normalerweise würde ich heute laufen ...» Sie beendete den Satz nicht, weil er sie schon wieder küsste, langsam und forschend erkundete er mit der Zunge ihren Mund.

«Ich habe eine bessere Idee», sagte er und durchkämmte mit den Händen ihre Haare.

Er hob sie mühelos hoch, sie schlang die Beine um seine Hüften und verschränkte die Finger in seinem Nacken. Er trug sie nach oben ins Schlafzimmer und legte sie behutsam aufs Bett, wo sie für den Rest des Vormittags blieben.

Iris konnte nicht genug von ihm kriegen. Konnte ihm nicht nah genug kommen. Ihr wurde klar, dass sie nicht wollte, dass Hunter wieder ging – nicht an dem Abend, nicht am nächsten Tag und auch nicht am Tag danach.

Dieser Gedanke jagte ihr schreckliche Angst ein.

32

Irgendwann machten sie sich auf den Weg zu einem späten Mittagessen. Die Wolken rissen auf, und dazwischen kam ein blauer Himmel zum Vorschein. Unterwegs hielt Hunter Iris' Hand, als wäre es die natürlichste Sache der Welt.

«Weißt du, was?», sagte er. «Ich finde, ich sollte mich bei deiner Freundin Emma bedanken. Mit einem Geschenkkorb? Einem Blumenstrauß?»

Iris schaute ihn grinsend an. «Warum das denn?»

«Na ja, vor dem Abend im *Lakehouse* war ich mir nicht ganz sicher, ob du mich magst.»

«Ging mir genauso!», schoss sie zurück.

«Aber ...», fuhr er fort, «... als der Abend vorbei war, war mir alles klar.»

Iris zog die Augenbrauen hoch. «*Uneitel* muss unbedingt auch noch auf deine Liste deiner Vorzüge.»

Hunter blieb abrupt stehen und schaute sie an. «Ich wollte dich unbedingt küssen», sagte er. «Unten am See. Und ich war mir ziemlich sicher, dass du auch von mir geküsst werden wolltest.»

Iris stockte der Atem. «Ja, ich bin mir auch ziemlich sicher», gestand sie. «Aber dann musstest du weg.»

«Ja. Ich konnte die ganze Fahrt nach Wales über an nichts anderes denken. An dich. Und dass ich dich küssen wollte. Trotz Interessenkonflikt.»

«Ach so? Du hast Interessenkonflikte?», frotzelte sie.

«Hatte», verbesserte er sie.

«Was hat sich verändert?» Sie legte ihm die Hand auf die Brust.

«Hör zu.» Plötzlich war der frotzelnde Tonfall verschwunden. «So wie jetzt habe ich schon sehr lange nicht mehr empfunden. Mein Auftrag bei Taylor and Newton endet in zwei Wochen. Das hier ...» Er machte eine Geste, die sie beide einschloss, und wirkte plötzlich verlegen. Zögernd schaute er sie an. «Na ja, ich hoffe, es überdauert meine Zeit bei der Firma.»

Ein unerhörtes Glücksgefühl wallte in Iris auf. Womit hatte sie es verdient, ausgerechnet über diesen Mann zu stolpern?

«Ich auch», antwortete sie leise.

Er machte einen Schritt auf sie zu, beugte sich zu ihr hinunter und gab ihr, mitten auf der Straße, einen langen, innigen Kuss, der ihr Herz höherschlagen ließ. Er streichelte ihr über die Arme und griff ihr sanft in die Haare. Iris stellte sich auf die Zehenspitzen, presste sich an ihn, staunend, was für Gefühle Hunter in ihr wachrief. Ein lustvoller Schauer jagte ihr über den Rücken. Als sie sich voneinander lösten, stupste er sanft mit der Nasenspitze gegen ihre und schloss kurz die Augen.

«Ich glaube, ich werde nie wieder damit aufhören, dich küssen zu wollen», raunte er.

Iris wurde es eng in der Brust, eine Woge der Emotionen drohte sie mit sich zu reißen. Sie wollte ihm sagen, dass es ihr genauso ging, aber etwas hielt sie davon ab. Hunter wäre schon bald wieder weg, aber selbst wenn er beschließen würde, zurückzukommen oder ganz dazubleiben, woher wollte sie wissen, dass sie ihm immer genügen würde?

Sie aßen in einem neuen Café in der Innenstadt zu Mittag, das Iris schon eine ganze Weile hatte ausprobieren wollen. Hunter erkundigte sich nach ihrer Kindheit, ihrer Familie, ihrem Leben oben in Bridlington. Über diesen Teil ihres Lebens zu sprechen, fiel ihr leicht, und sie ertappte sich dabei, wie sie ihm unbefangen alles erzählte, was er wissen wollte.

Auch sie fragte ihn nach seiner Kindheit und merkte, dass sie ihn wirklich kennenlernen wollte, inklusive der lustigen kleinen Macken, die sie ursprünglich so genervt hatten. In Wirklichkeit hatte sie seit ihrer allerersten Begegnung auf der Bank im Park etwas für ihn empfunden.

Auf dem Rückweg machten sie einen kleinen Schlenker durch den Park. Es war ein herrlicher Sonntagnachmittag, die Wege waren mit Herbstlaub bedeckt, und die Sonne strahlte.

«Wollen wir?» An der Bank, an der sie sich kennengelernt hatten, blieben beide unwillkürlich stehen.

Iris nickte, setzte sich und lud ihn mit einer Geste ein, sich ganz nah neben sie zu setzen.

«Bist du sicher, dass ich mich nicht lieber auf die Bank da drüben setzen soll?», fragte Hunter feixend.

«Hm. Ich glaube, heute musst du mich wärmen.» Iris kuschelte sich in seine Armbeuge, und er zog sie noch ein Stückchen näher an sich. Trotz Sonne lag eindeutig der nahende Winter in der Luft, doch Hunter war offensichtlich immer warm. Bei ihr zu Hause war er die ganze Zeit in Boxershorts herumgelaufen, mit nacktem Oberkörper. Es hatte Iris manchmal regelrecht wehgetan, ihn anzusehen in seiner muskulösen Pracht.

«Dass ich immer wieder hierherkomme, hat einen Grund», sagte sie leise.

«Ja?»

«Wie du weißt, war ich verheiratet. Mein Mann ... er ...» Sie musste schlucken. «... ist gestorben.» Das Wort schnürte ihr die Kehle zu, und sie musste all ihre Kraft aufwenden, um es herauszupressen. Sie war sich nicht sicher, ob sie es überhaupt schon einmal ausgesprochen hatte, zumindest nicht so direkt. Sie hatte die Tatsache immer umschrieben, sie um ihrer selbst willen abgeschwächt. Für sie war *Elliott gegangen*, hatte sie *verlassen*.

«Iris. Du musst mir nicht ...», setzte er an, aber sie fiel ihm ins Wort.

«Ja, ich weiß. Aber ich möchte es.» Sie drehte sich um und strich sanft über die Bronzeplakette auf der Rückseite der Bank. *Elliott Richmond. Er ruhe in Frieden.* «Weißt du, ich habe diese Bank ihm zu Ehren hier aufstellen lassen und dort drüben seine Asche verstreut.» Sie deutete auf ein kleines Blumenbeet gegenüber der Bank, die Blumen waren inzwischen verwelkt und braun. «Ich rede mir ein, dass ich hierherkomme, um seiner zu gedenken, aber ... aber das stimmt nicht. Ich gedenke seiner nicht, ich mache mich nur selbst traurig, wenn ich hier bin, und füttere meine Schuldgefühle. Und irgendwann werde ich wütend.»

Hunter sah sie an. Er sagte kein Wort, und dafür war Iris ihm dankbar; sie hatte das Gefühl, in ihr hätten sich endlich die Schleusen geöffnet, und jetzt musste alles raus.

«Er hat sich umgebracht. Er hatte Schulden angehäuft, von denen ich damals keine Ahnung hatte, und die Firma, für die er arbeitete, entdeckte, dass er Gelder veruntreut hatte. Es gab eine Untersuchung. Als er endlich den Mut hatte, mir davon zu erzählen, reagierte ich entsetzt. Ich sagte ihm, ich wollte die Scheidung. Ich bekam nie die Gelegenheit herauszufinden, ob ich das nur aus der Wut heraus gesagt hatte oder ob es mir tatsächlich ernst damit war. Ich stürmte aus dem Haus, floh zu meinen Eltern, und als ich zurückkam, war er verschwunden. Ich versuchte, ihn zu erreichen, doch sein Telefon war ausgeschaltet, also probierte ich es bei seinen Eltern, seinem Bruder, seinen Freunden ... Auf einer bestimmten Ebene wusste ich es bereits. Ich wusste, dass es um mehr ging als nur ein ausgeschaltetes Telefon. Ich spürte es tief in mir. Ich wusste, dass ich ihn nie wieder würde erreichen können.»

Iris fühlte die Erinnerung an diesen Tag unmittelbar in ihrem Herzen. Die Qualen, die Ungewissheit. Die Schuldgefühle. Wäre alles anders gekommen, wenn sie Elliott beigestanden hätte? Wenn sie ihm in seinen schwärzesten Momenten die Hand gehalten hätte, anstatt wegzurennen? Sie hatte doch gelobt, ihn zu lieben, in guten wie in schlechten Zeiten, in Gesundheit wie Krankheit, und hatte dann bei der ersten Hürde versagt. Immer und immer wieder hatte Iris diesen letzten Tag in ihrer Erinnerung Revue passieren lassen. Sie erinnerte sich an die Scham in Elliotts Blick, als er ihr alles gestanden hatte. Sie hörte den Zorn in ihrer Stimme, die Enttäuschung. Sie sah ihn deutlich vor sich, den Ausdruck absoluter Verzweiflung in seinem Gesicht, als sie ihm sagte, sie wolle die Scheidung, sah die stummen Tränen auf seinen Wangen, als sie ihre Tasche packte. Er hatte so zerbrechlich gewirkt. Dies waren die Erinnerungen, die Bilder, zu denen sie sich zwang, wenn sie auf dieser Bank saß.

Dies waren die Erinnerungen, die sie verfolgten. Dies waren die Erinnerungen, die es ihr unmöglich gemacht hatten weiterzugehen.

«Ich habe ihn im Stich gelassen», flüsterte sie. «Als es schwierig wurde, bin ich weggelaufen. Ich … ich …» Eine einzelne Träne lief ihr übers Gesicht, und Hunter beugte sich vor, um sie wegzuwischen. Sein Daumen streichelte sanft ihr Gesicht. Iris fasste sich an die Brust. «Ich hätte ihn unterstützen müssen. Ich hätte für ihn da sein müssen, ihm helfen, anstatt abzuhauen.»

Iris spürte, wie sich die altvertraute, erdrückende Last der Trauer auf sie niedersenkte. Sie ließ den Kopf auf Hunters Schulter sinken.

«Deshalb wollte ich nicht mit auf die Reise», flüsterte sie. Ihr versagte fast die Stimme. «An dem Tag waren es drei Jahre, seit er gestorben ist.»

«Iris …», flüsterte Hunter in ihre Haare hinein. Sie hob den Kopf und sah ihn an, und einen Augenblick lang – einen flüchtigen, kaum zu fassenden Moment lang – wirkte er erschüttert, konnte ihr nicht in die Augen sehen. Doch er fing sich sofort wieder und atmete tief ein. Er wandte sich ihr zu und nahm zärtlich ihr Gesicht zwischen die Hände. Er wirkte blass, und seine Mundwinkel waren schmerzlich nach unten gezogen. «Iris», sagte er mit belegter Stimme. «Das tut mir schrecklich leid.» Er gab ihr einen Kuss auf den Scheitel und nahm sie in die Arme. Als Iris sich an ihn schmiegte, merkte sie, dass er feuchte Augen hatte. Eine einzelne Träne lief ihm langsam über das Gesicht.

33

Zwei Wochen später

Gedankenverloren zupfte Iris an ihrem Käsesandwich herum. Ihr Magen war wie zugeschnürt. Sie saß in derselben Kantine wie immer, umgeben von denselben Leuten, folgte demselben Tagesablauf. Und doch war nichts mehr so, wie es gewesen war. *Gar nichts.*

Diane hatte sich zum Mittagessen zu ihr gesetzt und versuchte behutsam, sie zum Reden zu bringen.

«Iris!», sagte sie besorgt. «Sprich mit mir. Es tut mir weh, dich so zu sehen.»

Iris atmete aus und stippte mit dem Zeigefinger ein paar Krümel vom Tisch. Sie konnte nichts essen; sie hatte nicht mehr richtig gegessen, seit Hunter weg war. Trotzdem beharrte sie weiter auf ihrer Mittagsroutine. Es war wichtig, den Schein zu wahren.

«Meinst du nicht, du solltest dir ein paar Tage freinehmen? Zu deinen Eltern fahren, vielleicht?» Dianes Stimme war fest und ruhig, ein krasser Gegensatz zu dem, wie Iris sich fühlte. Sie fühlte sich an die Zeit mit dem Lego-Kolosseum erinnert; Dianes sanftes Locken und die dahinter liegende Sorge.

«Nein.» Iris schüttelte den Kopf, ohne Diane anzusehen. «Ich muss weitermachen. Ich brauche dringend Routine.»

«Hör mal.» Diane sah sich eilig um, um sich zu vergewissern, dass niemand in der Nähe war. Sie legte die Arme auf den Tisch und beugte sich zu Iris vor. «Ich weiß, dass die Frage langsam lästig wird, ich weiß, dass du nicht darüber reden willst, aber ich kapier immer noch nicht, was da passiert ist. Warum er nach einem perfekten Wochenende einfach ... *gegangen* ist.»

«Ja, Di, er ist einfach abgehauen», sagte Iris. «Und bitte spar dir die Frage ... Ich weiß immer noch nicht, warum.»

Diane hatte Iris, seit Hunter gegangen war – er hatte an jenem Sonntagabend ihr Haus verlassen, war verschwunden und hatte sich nie wieder gemeldet – fast täglich gelöchert, und Iris hatte ihr jedes Mal dieselbe Antwort gegeben. Was hätte sie auch sonst sagen sollen? Sie wusste es nicht. Sie hatte keine Ahnung, und es tat ihr jedes Mal wieder weh, das laut aussprechen zu müssen. Ihr war klar, dass Diane es gut mit ihr meinte, aber sie wünschte, ihre Freundin würde das Thema endlich fallen lassen. Sie wollte die ganze Sache einfach nur vergessen.

Diane sah sie stirnrunzelnd an. «Ich habe Jeremy gefragt, warum Hunter plötzlich gegangen sei, und er meinte, es habe einen familiären Notfall geben», sagte Diane. «Ehrlich gesagt, er wirkte ziemlich angefressen deswegen. Ich hatte den Eindruck, als habe er ihm die Ausrede nicht ganz abgekauft.»

«Geht mir genauso.» Iris wickelte das Sandwich in ein Stück Alufolie. «Aber das geht am Thema vorbei. Er ist weg, das war's.»

Wenn sie spätabends mit verweinten Augen zu Hause im Dunkeln saß, betete sie sich diesen Satz immer wieder vor wie ein Mantra, in der Hoffnung, dass ihr Gehirn es schließlich akzeptierte. *Er ist weg, das war's.* Doch irgendwann verwandelte sich das Mantra in eine Version, die düsterer war und verheerend und sich wie eine eisige Klammer um ihr Herz legte: *Alle verlassen dich, Iris.*

Diane sah sie forschend an. «Hat er überhaupt Familie?», fragte sie.

«Eltern, aber die leben in South Wales. Keine Geschwister. Keine Kinder. Nur eine Ex-Frau.»

Als Iris am Montagmorgen zur Arbeit gekommen war und erfahren hatte, dass Hunter aufgrund eines familiären Notfalls überraschend hatte wegfahren müssen, hatte sie sich Sorgen gemacht. Sie hatte gedacht, seinem Vater wäre etwas passiert und Hunter hätte überstürzt nach Wales aufbrechen müssen. Das war schließlich schon einmal passiert. Als sie dann Dienstag immer noch nichts von ihm hörte, hatte sie sich keine großen Gedanken gemacht und wenn, dann drehten sie sich um Hunter und sein Wohlergehen und nicht um sie selbst. Sie wusste, dass er ihre private Telefonnummer nicht hatte, und auch wenn ihr das plötzlich ein bisschen seltsam vorkam, hatte sie sich mit dem Gedanken beruhigt, dass sie sich spätestens Mittwoch bei der Arbeit wiedersehen würden. Sie hatte immer wieder ihren Posteingang überprüft, in der Annahme, dass er ihr eine Mail schreiben würde, sobald die akute Krise, was auch immer das sein mochte, vorüber wäre.

Am Mittwochabend dann veränderten sich Iris' Gefühle. Die Sorge wich etwas anderem – nicht direkt Zorn, aber es ging in die Richtung. Fassungslosigkeit, gemischt mit schmerzhafter Sehnsucht. Sie hatte Hunters Ingenieur-T-Shirt aus dem Trockner gezogen und darin geschlafen, als würde ihn das zurückbringen.

Donnerstag hatte endgültig die Wut die Oberhand gewonnen. Sie führte ein unkontrollierbares Eigenleben, rauschte durch ihre Adern, setzte ihre Haut in Flammen. Wie konnte er ihr das antun? Wäre sein Vater tatsächlich krank geworden – was Iris inzwischen bezweifelte –, hätte er inzwischen garantiert fünf Minuten gehabt, um sich bei ihr zu melden. Eine kurze E-Mail, ein Anruf in der Firma. Mehr wäre nicht nötig gewesen.

Freitagabend, auf ihrer Bank im Park, wäre Iris beinahe schwach geworden und hätte ihn angerufen. Seine geschäftliche Telefonnummer stand schließlich in der E-Mail-Signatur. Doch dann hatte ihr Stolz die Oberhand gewonnen und sie dazu gezwungen, auf die eindeutige Botschaft zu hören, die er ausgesendet hatte. Hunter hatte sie verlassen. Er war am Sonntagabend zur Tür rausspaziert und hatte sich nicht noch mal umgedreht, hatte weder angerufen noch eine Mail geschrieben noch ihr bei der Arbeit eine Nachricht hinterlassen. Nichts. Diese Umstände machten es Iris unmöglich, ihm nachzulaufen. Er war gegangen. Und er kam nicht wieder zurück.

Seitdem war eine weitere Woche ins Land gezogen, eine weitere Woche des Schweigens, und hatte den endgültigen Beweis für das geliefert, was Iris tief in sich längst gewusst hatte. Es gab keine Familienkrise, nur Hunters ganz persönliche.

Diane seufzte. «Warum rufst du ihn nicht an?» Auch diese Frage stellte sie mindestens zum vierten Mal, und Iris leierte zum mindestens vierten Mal dieselbe Antwort herunter.

«Ich werde ihn wegen einer persönlichen Angelegenheit

auf keinen Fall auf seinem Diensthandy anrufen, und außerdem, wozu?»

Dies war ihre allerletzte Verteidigungslinie: ihr Stolz. Auf keinen Fall würde sie vor den Augen ihrer Kolleginnen und Kollegen in Tränen ausbrechen und um einen Typen weinen, der den Schwanz eingezogen und die Beine in die Hand genommen hatte.

«Weil du eine Erklärung verdient hast», antwortete Diane bestimmt. «Du hast ihm dein Herz geöffnet, und er verpisst sich einfach nach London? Nein! Das ist inakzeptabel.»

«Es ist nicht verboten, Diane.»

«Sollte es aber sein!», schimpfte sie.

Iris zupfte an ihrer Nagelhaut herum. «Menschen tun einander ständig so was an», murmelte sie.

«Aber nicht meiner besten Freundin.»

Iris lächelte gequält und trank einen Schluck Kaffee. Diane stieß ihre Gabel mit Schwung in die Nudeln, und Iris fragte sich, ob sie dabei an Hunter dachte.

«Ehrlich, Diane, mir geht es gut», sagte sie. «Ich brauche nur ein bisschen Zeit, um in die Spur zu kommen.» Das war gelogen. Ihr ging es nicht gut. Ganz und gar nicht. Sie wurde den Gedanken nicht los, dass das alles ihre Schuld war. Sie hatte Hunter von Elliott erzählt und ihn damit verjagt.

Diane lehnte sich über den Tisch und nahm ihre Hand. «Es tut mir so leid, dass ich dich zu der Reise mit ihm ermutigt habe.»

«Das ist nicht deine Schuld.»

«Doch. Ich hätte ihn vorher gründlich unter die Lupe nehmen sollen. Ich schulde dir einen Gefallen. Du musst nur sagen, welchen.»

«Ich glaube, das hebe ich mir für später auf.»

«Dachte ich mir schon.» Diane attackierte wieder ihre Nudeln. «Max hat sich gestern Abend nach dir erkundigt.»

«Max?»

«Ja? Mein Cousin? Erinnerst du dich?»

Iris seufzte. «Ich glaube nicht, dass sich meine Probleme mit einem Blind Date lösen lassen, Di.»

«Wieso Blind Date? Ihr habt euch doch neulich schon getroffen. Er ist nicht grottenhässlich, außerdem ist er mit mir verwandt, ich bürge für ihn.»

Iris wusste, dass sie es gut meinte, dass sie nur versuchte, ihr ein bisschen Ablenkung in Gestalt eines gut aussehenden Chemielehrers zu verschaffen, aber sie war nicht in der Stimmung für ein Date.

«Nicht grottenhässlich reicht also für mich», sagte sie.

Diane zog einen Flunsch. «Du weißt, was ich meine. Er sieht okay aus, ist anständig, hat einen guten Job, noch alle Zähne im Mund und so weiter. Es würde dir guttun.»

Iris schaute sie an. «Du dachtest auch, mit Hunter zu verreisen, würde mir guttun.»

«Touché. Hör mal, ich sage nicht, dass du dich auf irgendwas einlassen sollst, aber ein Date mit Max ist garantiert besser, als rumzusitzen, an Hunter zu denken und Trübsal zu blasen.» Diane sah auf die Uhr. «Mist. Ich muss los, ich hab in fünf Minuten ein Meeting mit Jeremy. Denk darüber nach, okay?» Diane sammelte ihre Sachen zusammen und verließ im Laufschritt die Kantine.

Iris saß da und bemühte sich zu tun, was Diane ihr geraten hatte, nämlich über ein Date mit Max nachzudenken, aber sie scheiterte kläglich. Sie war nicht in der Lage, an irgendetwas anderes zu denken als an Hunter Monroe und die riesige Lücke, die sein Verschwinden in ihr Leben gerissen hatte.

⁎

Iris schleppte sich durch den restlichen Tag. Sie hatte Kopfschmerzen, und ihr Magen schwankte ständig zwischen Hunger und Übelkeit. Sie war unkonzentriert, machte Fehler und vergaß ein wichtiges Meeting. Sie wusste, dass ihre Kollegen nachsichtig waren, weil Diane sie daran erinnert hatte, dass sich gerade Elliotts Todestag gejährt hatte. Iris wollte zwar kein Mitleid, aber solange ihr das den Freiraum verschaffte, den sie gerade brauchte, sollten die anderen denken, was sie wollten.

Abends lief sie nach Hause und hörte dabei ausgerechnet Escala, die Musik, mit der Hunter sie bekannt gemacht hatte, bedauerte, sie heruntergeladen zu haben.

Als sie nach Hause kam, holte David nebenan gerade die Mülltonne rein. Instinktiv wollte Iris so schnell wie möglich ins Haus huschen und die Tür hinter sich zumachen. Doch sie musste an das denken, was Diane ihr über David erzählt hatte, also zwang sie sich dazu, die Ohrhörer herauszunehmen und höflich zu lächeln. Iris war nicht die Einzige, die jemanden verloren hatte.

«Waren Sie laufen?» David machte ein paar Schritte auf sie zu.

«Ja. Ich bin heute aus dem Büro zurückgelaufen.»

Iris hatte das aufrichtige Bedürfnis, ihre schreckliche Ignoranz wiedergutzumachen, aber sie wusste nicht, wo sie anfangen sollte. David hatte Elliott gekannt. Sie waren Nachbarn gewesen. Er war auf der Trauerfeier gewesen und hatte ihr Blumen geschickt. Und zum Dank war sie ihm aus dem Weg gegangen, hatte sich in ihrer kleinen Blase eingeschlossen, zu der Menschen mit diesem gewissen Blick keinen Zugang hatten – dieses Mitleid, das ihr jedes Mal einen Stich versetzte, dieser bestimmte Tonfall, der ihr die Tränen in die Augen trieb. Sie hatte das Mitgefühl anderer Menschen nicht gewollt, weil sie glaubte, es nicht verdient zu haben.

«Hatten Sie einen schönen Tag?», fragte David.

«Ja, danke. Und selbst?»

Er nickte. «Unfassbar, dass Sie und Diane Kolleginnen sind. Phil hat sich sehr gefreut, sie nach so langer Zeit plötzlich wiederzusehen.»

«Diane ging es genauso. Sie spricht in höchsten Tönen von Ihrem Sohn.» Iris trat verlegen von einem Bein aufs andere und spielte mit den Ohrhörern in ihrer Hand. «Sie hat mir ... sie hat mir das mit Ihrer Frau und Ihrer Tochter erzählt.» Iris sah, wie sein Gesichtsausdruck sich veränderte. Erkannte den flüchtigen Schrecken, den Stich, der sich immer noch blitzschnell einen Weg ins Herz bahnen konnte. «Es tut mir sehr leid, David. Es tut mir leid, dass es passiert ist und auch dass ich nichts davon wusste. Ich bin immer viel zu sehr in Eile.»

David schob die Hände in die Hosentaschen. «Danke, Iris. Manchmal fühlt es sich immer noch an, als wäre es gestern passiert. Dann wieder habe ich Angst zu vergessen, wie das Lachen meiner Tochter klang oder wie meine Frau beim Zeitunglesen aussah, mit der Brille auf der Nasenspitze.»

Iris lächelte mitfühlend. Sie wusste genau, was er meinte.

Sie bekam manchmal regelrecht Panik, wenn sie versuchte, sich eine bestimmte Einzelheit von Elliott oder ihrem gemeinsamen Leben in Erinnerung zu rufen. Falls sie sich nicht sofort an den Klang seiner Stimme erinnerte oder an den Anblick seiner Lachfältchen, überkamen Verzweiflung und Trauer sie, und sie meinte, nicht nur Elliott verloren zu haben, sondern auch noch ihre Erinnerungen an ihn.

«Sie wissen sicher besser als die meisten, wovon ich spreche.» David holte tief Luft.

Iris nickte. «Manchmal kann ich Elliott hören.» Das hatte sie noch nie jemandem erzählt. «Manchmal, wenn ich in der Küche bin, höre ich ihn oben singen oder herumgehen. Er war ein richtiges Trampeltier. Natürlich höre ich ihn nicht wirklich. Das ist nur ein gemeiner Streich.»

«Vielleicht», sagte David eilig, «ist es aber auch ein sehr schöner Streich.» Iris schaute ihn verwundert an. «Ich habe meine Frau noch lange im Haus hantieren hören oder auch singen. Anfangs machte mich das traurig, weil es mich so brutal an meinen Verlust erinnerte. Aber jetzt vermisse ich es. Was würde ich darum geben, sie noch einmal zu hören.»

Eine Träne löste sich und lief Iris übers Gesicht. Sie konnte die Sehnsucht und den tiefen Schmerz in seiner Stimme nur allzu gut nachvollziehen. «Darf ich Sie etwas fragen?»

«Selbstverständlich.» David nickte.

«Sie müssen nicht darauf antworten, aber ich würde gerne wissen, ob Sie sich je bereit fühlten weiterzugehen? Dazu, vielleicht noch einmal eine neue Liebe zu finden?»

David kratzte sich verlegen am Kopf und antwortete nicht sofort. Iris fühlte sich unbehaglich und begann, die Frage zu bedauern. Das war übergriffig von ihr gewesen. Sie war zu weit gegangen. Doch schließlich hob David den Blick und sah sie an.

«Ich war mit meiner großen Liebe verheiratet. Ich glaube, ich dachte, so etwas würde ich nie wieder erleben, und habe deshalb nie danach gesucht. Stattdessen bekam Phil alles, was ich an Liebe in mir habe.»

«Natürlich.»

«Aber ...», fügte er hinzu, «im Rückblick frage ich mich schon, wie mein Leben verlaufen wäre, wenn ich mein Herz noch einmal geöffnet hätte.»

«Dazu ist es nie zu spät», sagte Iris.

«Nein, das stimmt.»

Langsam wurde ihr kalt. Sie warf einen verstohlenen Blick über die Schulter. «Ich sollte zusehen, dass ich unter die heiße Dusche komme. Es war schön, mit Ihnen zu sprechen.»

«Finde ich auch, Iris.»

Sie wandte sich ab, zog den Schlüssel aus der Tasche, sperrte auf und ging ins Haus. Sie schloss die Tür, lehnte sich dagegen und ließ den Tränen freien Lauf. Iris hatte Hunter ihr Herz geöffnet, und das hatte sie jetzt davon. Sie durfte das nie wieder zulassen, es war zu schmerzhaft, zu grausam. Weshalb hatte er sie ermutigt, zu fühlen und sich zu öffnen? War sie naiv gewesen? Hatte sie zu viel erwartet? Immer und immer wieder kaute Iris diese Fragen durch, sezierte, was sie wann gesagt, was sie getan, wie sie reagiert hatte. Stellte einfach alles infrage. War überhaupt irgendwas zwischen ihnen real gewesen? Oder war alles eine Lüge?

Iris fragte sich, ob Hunter womöglich plötzlich sein Arbeitsethos in die Quere gekommen war. Hatte er nicht gesagt, er befände sich in einem Interessenkonflikt? Hatte sie das Problem unterschätzt? Oder hatte ihn das, was sie ihm über Elliott erzählt hatte, abgeschreckt? Das musste der Grund sein. Vielleicht konnte Hunter die Vorstellung, mit einer Witwe liiert zu sein und ihre Trauer mittragen zu müssen, nicht ertragen. Sie versuchte, sich seine Reaktion in Erinnerung zu rufen. Er hatte erschüttert gewirkt. Besorgt. Zwar hatte er auf dem Weg nach Hause ihre Hand gehalten, aber ihr war die Veränderung nicht entgangen. Plötzlich hatte etwas zwischen ihnen gestanden. Sie hatte es gespürt, als sie durch den Park gelaufen waren, als sie wieder bei ihr waren, als sie ihn im Flur geküsst hatte. Iris hatte sein Zögern als ritterliche Zurückhaltung interpretiert. Sie hatte ihn für taktvoll gehalten.

Doch wenn sie jetzt darüber nachdachte, wurde ihr bewusst, dass Hunter ihr kaum hatte in die Augen sehen können. Auch seine Stimme war leiser gewesen. Er hatte weniger geredet und einen Hauch distanzierter gewirkt. Hatte ihr Geständnis ihm die Augen geöffnet, ihm Iris so gezeigt, wie sie selbst sich sah? Als Partnerin eine Versagerin? Egoistisch und grausam? Dazu fähig, einen geliebten Menschen dazu zu treiben, das Undenkbare zu tun?

Mit einem Schluchzen ließ sie sich zu Boden sinken. Sie zog die Knie an die Brust, legte den Kopf auf die Arme und ergab sich ihrer Trauer. Sie weinte bis zur Erschöpfung, bis sie keine Tränen mehr in sich hatte und ihre Augen wund und geschwollen waren. Durch den Spalt in der offenen Tür zum Wohnzimmer sah sie das Kolosseum stehen.

Sie nahm einen tiefen, zittrigen Atemzug. Hunter hatte sie in Schutt und Asche gelegt, aber sie würde die Ruinen wieder aufbauen. Was blieb ihr auch anderes übrig?

34

Am Dienstagmorgen joggte Iris zur Arbeit. Sie duschte in der Damendusche, das Wasser wie immer nur lauwarm und die Fliesen unter ihren Füßen eiskalt. Als sie angekommen war, war ihr Blick unwillkürlich zur Tür der Herrenumkleide gewandert und den Bruchteil einer Sekunde hatte sie damit gerechnet, dass Hunter auf den Flur trat, in seinem weißen Hemd und der schwarzen Hose, nach Duschgel duftend und mit feuchten Haaren. Ihr Herz hatte bei der Vorstellung einen Sprung gemacht und heftig an ihrer Entschlossenheit gezerrt.

Nach dem Duschen kontrollierte sie die Laufdaten auf ihrer App. Sie war langsamer gewesen, entsprechend niedrig war ihr Endorphinspiegel. Sie war erschöpft, geistig und körperlich. In den letzten zwei Wochen hatte sie öfter mit dem Gedanken gespielt, mit dem Laufen auszusetzen und ihrem Körper eine dringend benötigte Ruhepause zu gönnen. Doch weil sie wusste, dass ihre Routine sie schon einmal aus einem finsteren Zustand gerettet hatte, klammerte sie sich daran wie eine Ertrinkende.

Iris wischte mit dem Handtuch den Dunst vom Spiegel. Sie erkannte sich selbst nicht wieder. Ihre Augen waren rot unterlaufen und lagen tief in den Höhlen, ihre Haut war aschfahl. Ihre Unterlippe begann zu zittern, und sie sah der Frau im Spiegel zu, wie sie verzweifelt um Gelassenheit kämpfte. Sie stützte die Handflächen gegen die geflieste Wand und ließ das Kinn auf die Brust sinken. Wie hatte Hunter ihr das antun können? Wie hatte er einfach so gehen können, trotz allem, was sie ihm anvertraut hatte?

Eine Ewigkeit saß sie auf der Bank im Umkleideraum. Sie war am Ende. Sie hatte keine Ahnung, wie sie den Tag durchstehen sollte. Dabei war es erst kurz nach acht. Langsam trudelten die Verwaltungsangestellten ein. Sie brauchte dringend einen Kaffee. Ihre Kehle war trocken und ihr Energielevel auf null. Widerstrebend stand sie auf, föhnte sich die Haare, cremte sich das Gesicht ein und ging in die Kantine.

Sie trat durch die Schwingtür und blieb abrupt stehen. An einem der Tische saß mit dem Rücken zu ihr ein Mann und tippte auf seinem Laptop. Er trug ein weißes Hemd und eine schmal geschnittene schwarze Hose. Er hatte breite Schultern, und seine Haare waren verstrubbelt. Iris wäre beinahe in Ohnmacht gefallen. *Nein*, dachte sie. *Das kann nicht sein.*

Sie verspürte den Drang, auf dem Absatz kehrtzumachen und zu fliehen. Sich in ihrem Büro zu verkriechen und die Tür abzusperren. Sie war benommen. Ihr zitterten die Knie. Doch dann kam die Wut zurück und mit ihr die Entschlossenheit. In ihrem Bauch rumorte es, und die Hitze schoss ihr ins Gesicht. Nein! Das hier war *ihr* Arbeitsplatz, und *sie* hatte nichts verkehrt gemacht. Sie würde sich nicht verstecken. Sie marschierte direkt auf den Tisch zu.

Der Mann hob den Blick und sah sie aus hellblauen Augen an. Er trug eine Brille. «Kann ich Ihnen helfen?», fragte er.

Iris blinzelte hektisch, versuchte zu verstehen, was los war. Sie hatte sich vor ihm aufgebaut, die Hände in die Seiten gestemmt, bereit für eine Konfrontation, und plötzlich saß da ein Mann mit amerikanischem Akzent und Kinnbärtchen. Ein Mann, der definitiv nicht Hunter war.

«Entschuldigen Sie», stammelte Iris, «ich habe Sie verwechselt.»

«Oh ... bitte entschuldigen Sie.» Er nahm die Brille ab und musterte Iris aus zusammengekniffenen Augen – helle, eng beieinanderstehende Augen, die denen von Hunter kein bisschen ähnelten. «Wobei ich nicht genau weiß, wofür eigentlich.» Er lächelte sie freundlich an, dann wurde sein Blick wieder kritisch. Iris wurde sich bewusst, dass sie stocksteif vor ihm stand und ihn noch immer wütend anstarrte, teils, weil er es nicht war, und teils, weil sie geglaubt hatte, er könnte es sein.

«Ich bin diejenige, die sich entschuldigen muss.» Iris erinnerte sich an ihre Manieren und ließ die Arme sinken.

«Möchten Sie sich zu mir setzen?» Der Mann deutete auf den Stuhl ihm gegenüber.

«Nein danke, ich ...» Plötzlich fiel ihr wieder ein, weshalb sie gekommen war. «Ich hole mir nur schnell einen Kaffee. Auf mich wartet ein Haufen Arbeit.»

Sie machte auf dem Absatz kehrt und ging zum Automaten hinüber. Sie spürte die Blicke des Amerikaners, doch sie drehte sich nicht um. Er fragte sich sicher, was es mit dieser Verrückten auf sich hatte, die da im Stechschritt auf ihn zugekommen war, um ihn böse anzustarren. Bewusst atmete Iris das Aroma der frisch gemahlenen Kaffeebohnen ein. Ihr Herz schlug so heftig, dass sie es im ganzen Körper spüren konnte.

Nach Elliotts Tod hatte Iris das Gefühl gehabt, ihre Welt wäre zusammengebrochen. Nicht den geringsten Lichtschimmer am Ende des ewig langen dunklen Tunnels hatte sie gesehen, sondern das Gefühl gehabt, langsam und elend unter dem Gewicht von Schuld und Trauer zu ersticken. Es hatte viele Tränen und große Entschlossenheit und jede Menge Rückschläge gebraucht, aber sie hatte den nachtschwarzen Tunnel der Verzweiflung durchschritten und war irgendwann tatsächlich auf der anderen Seite wieder ans Licht gekommen. Und jetzt stand sie hier und lief Gefahr, alles, was sie geschafft hatte, einfach wegzuwerfen.

Zehn Minuten später stand sie in Dianes Büro. In ihrem Herzen keimte eine Idee, und sie hatte das Gefühl, sie laut aussprechen zu müssen, ehe sie einen Rückzieher machte.

«Okay, Diane», sagte sie und ging nervös auf und ab. «Wegen Max. Du hast grünes Licht. Bitte organisiere was für mich.»

«Wie bitte? Ich soll ein Date mit Max arrangieren?» Diane hatte noch nicht mal den Mantel ausgezogen. Iris hatte sie auf dem Flur abgepasst und in ihr Büro begleitet.

«Ja. Bitte.»

«Das ist wunderbar, Iris, wirklich fantastisch, aber ich verstehe nicht, warum du dabei so …», Diane legte den Schal ab und musterte Iris, «… wütend wirkst, so aggressiv?»

«Bin ich nicht. Ich muss das jetzt tun.» Iris klatschte in die Hände und versuchte, enthusiastisch zu sein, aber es funktionierte nicht. Sie ließ die Arme sinken und zwang sich, still zu stehen.

«Willst du tatsächlich in dieser Stimmung zu einem Date aufkreuzen?» Diane verschränkte die Arme und sah sie an.

«Ich bin okay, Diane. Bis dahin habe ich mich längst wieder beruhigt. Ich bin nur eben in der Kantine versehentlich einem Typen in die Arme gerannt, der aussah wie Der, Dessen Name Nicht Genannt Werden Darf.»

Diane fing an zu grinsen. «Ach so, du hast Xander getroffen.»

«Wer ist Xander?»

«Hunter zwo», antwortete Diane.

«Dieser Ami?», fragte Iris. «Du machst Witze.»

«Nein. Jeremy hat jemand Neuen ins Boot geholt, der beendet, was Hunter begonnen hat. Er ist zwar definitiv kein Upgrade, aber hässlich ist er auch nicht.» Diane setzte sich hin, doch Iris blieb stehen.

«Sind diese Unternehmensberatertypen eigentlich alle Dreimeterriesen mit dunklen Haaren und Angebernamen?», fauchte Iris.

«Du meinst groß, dunkelhaarig und gut aussehend?»

Iris verzog das Gesicht. «Nein. Meinte ich nicht. Organisierst du jetzt was mit Max für mich oder nicht?»

«Aber natürlich. Wenn du mich so lieb bittest. Jetzt, wo du's sagst, Max meinte erst gestern, er würde gerne mal eine Frau kennenlernen, die in der Lage ist, ihm so richtig Angst einzujagen.»

Iris starrte sie an.

«Okay, okay.» Diane lenkte ein. «Ich kümmere mich darum.»

Erst als Diane ihren Laptop aufklappte, wurde Iris klar, worum sie da gerade gebeten hatte. Sie würde sich zu einem Date treffen. Einem echten Date. Mit einem Mann. Mit einem Mann, der nicht Hunter war.

«Na ja ...» Plötzlich war sie verunsichert, aber Diane gab ihr keine Gelegenheit zurückzurudern.

«Raus jetzt! Verschwinde! Ehe du wieder anfängst, an dir und deiner Daseinsberechtigung zu zweifeln.» Iris bewegte sich nicht. «Das ist ein Befehl», sagte Diane.

Iris ballte die Fäuste, drehte sich um und floh. Sie fragte sich, ob sie von ihrer neuen Entschlossenheit beeindruckt sein sollte oder darüber entsetzt.

35

Es war etwas mehr als drei Wochen her, seit Iris und Max sich zum letzten Mal gesehen hatten, und aus seinen Dreitagestoppeln war der Ansatz eines Vollbarts geworden. Max trug ein gestreiftes T-Shirt unter einem Jeanshemd, dazu beige Chinos und Sneakers. Das T-Shirt mit dem Periodensystem, das er auf Dianes Geburtstagsparty angehabt hatte, hatte ihr zwar besser gefallen, aber er sah trotz Bart auf lässige Art gut aus und hätte sicher viele Frauen zum Schwärmen gebracht. Doch Iris war weit davon entfernt zu schwärmen. Zwar hatte sie durchaus Zugang zu dem logisch denkenden Teil ihres Gehirns, der ihr sagte, dass Max eine gute Partie wäre – attraktiv, intelligent, mit offenem Lächeln und in der Lage, ein Gespräch zu führen –, doch der emotionale Teil befand sich noch immer in freiem Fall und jammerte, dass Max nicht Hunter war.

Als müsste sie daran erinnert werden.

«Hey! Schön, dich wiederzusehen.» Max sprang vom Barhocker, als er sie sah. Kurz wirkte er unsicher, doch dann lächelte er und beugte sich zu ihr, um sie zu umarmen. Er roch nach Aftershave und Pfefferminze. Gott, wie sie Hunters Geruch vermisste!

«Ja, finde ich auch», antwortete sie.

Max setzte sich wieder, und Iris schob sich linkisch auf den Barhocker neben ihm. Diane hatte Zeit und Ort ihres Treffens vorgeschlagen, Donnerstagabend um halb acht in einer Bar, in die Iris sich vorher noch nie gewagt hatte. Es war gemütlich, mit rustikalem Holzboden und Wänden in Dunkelblau und Beige. Im Hintergrund lief leise Musik.

«Was möchtest du trinken?», fragte Max.

«Nur einen Orangensaft bitte.»

Nachdem er bestellt hatte, drehte Max sich so zu ihr hin, dass ihre Knie sich beinahe berührten.

«Gut siehst du aus.» Er lächelte sie scheu an, und Iris spüre, wie sie errötete.

Sie hatte sich zwar keine besondere Mühe gegeben – dazu hatten ihr die Zeit und die Lust gefehlt –, aber sie hatte die halbe Stunde zwischen Arbeit und Weggehen trotzdem genutzt. Sie trug eine enge schwarze Jeans, die genauso unbequem war, wie sie aussah, dazu eine weiße Seidenbluse und ihre Lederjacke. Ihre blonden Locken hingen offen herab, und sie hatte sich noch kurz die Wimpern getuscht und Lipgloss aufgetragen.

«Ehrlich gesagt», fuhr Max fort, «war ich mir nicht sicher, ob du auftauchst. Als ich Diane bat, ein Treffen mit dir zu arrangieren, meinte sie, du datest derzeit eher niemanden.»

«Sie hat recht. Ich mache so was eigentlich nicht», antwortete Iris.

Er grinste, und ein kleines Grübchen erschien in seiner Wange. «Da bin ich aber froh, dass du für mich eine Ausnahme machst.»

Iris fühlte sich schuldig. Sie machte diese Ausnahme nicht für Max, sondern für sich, um sich aus ihrer Komfortzone rauszuschubsen, die sich so eng und selbstmitleidig anfühlte. Sie tat es hauptsächlich, um die Temperatur zu testen, um rauszufinden, ob sie überhaupt noch irgendetwas fühlte. Ihr war klar, dass Max theoretisch gut zu ihr passen würde. Das hatte Diane ihr oft genug gesagt. Auch die zufällige Begegnung neulich im Pub war unkompliziert und nett gewesen. Vielleicht war die Tatsache, dass er in ihr nicht dieselben Gefühle weckte wie Hunter, sogar gut. Iris hatte auf die harte Tour gelernt, dass Hunter nicht der Richtige für sie war.

«Und?» Max räusperte sich. «Wie ist es so, Diane als Kollegin zu haben?»

«Für mich super.»

Max zog die Nase kraus. «Im Ernst? Ich dachte immer, sie wäre eine ziemliche Leuteschinderin.»

Iris lachte. «Damit hast du absolut recht. Aber sie ist auch sehr kompetent, immer fair und zugänglich ...»

«Meinen wir wirklich dieselbe Diane?» Er grinste schief.

«Warum? Hast du als ihr Cousin andere Erfahrungen gemacht?»

Max winkte ab. «Quatsch. Diane ist super. Sie hat immer auf mich aufgepasst. Trotzdem würde ich sie nicht auf dem falschen Fuß erwischen wollen.»

«Nein. Ich auch nicht.»

Sie lachten. Iris war dankbar, dass sie mit Diane ein gemeinsames Thema hatten, ein gutes Mittel gegen ihre Verlegenheit. Sie war, ehe sie Elliott kennengelernt hatte, nur auf einer Handvoll Dates gewesen und hatte sich jedes Mal sehr unwohl gefühlt. Einmal war sie mit einem Typen, den sie abends in einer Kneipe kennengelernt hatte, ins Kino gegangen. Sie hatte sich vorsichtshalber einen Taschenalarm besorgt. Kurz vor Ende des Films war das Ding plötzlich in ihrer Handtasche losgegangen, schrill und laut, und hatte

Will Smith und dem Hund in *I am Legend* ihren besonderen Moment kaputtgemacht. Panisch hatte Iris nach dem kleinen rosa Plastikding gewühlt und dabei den gesamten Inhalt ihrer Handtasche auf dem Boden verstreut, der zu ihrem Entsetzen leicht abschüssig war, was dazu führte, dass ihr alles davongekullert war. Sie hatte auf Händen und Knien zwischen den Reihen den Boden abgetastet, um Schminkzeug und Taschentücher, ihre Geldbörse und das Telefon wieder einzusammeln. Währenddessen hatte der Alarm erbarmungslos weitergeschrillt. Schließlich hatte sie getan, was jeder vernünftige Mensch in dieser Situation getan hätte: Sie war weggerannt und hatte den Typen einfach sitzen lassen. Danach war sie bei jedem ersten Date – es waren ohnehin nur drei gewesen – immer etwas angespannt gewesen.

«Wolltest du immer schon Chemielehrer werden?», fragte sie ihn jetzt.

«Nein. Ich wollte in einer Band spielen, aber da ich weder singen kann, noch ein Instrument beherrsche, war das ein bisschen schwierig. Harte Branche eben.» Iris lachte, und die Anspannung in ihren Schultern löste sich ein wenig. Das lief doch gar nicht so schlecht, oder? «Chemielehrer war also mein Plan B», fuhr Max fort.

«Gefällt dir der Job?», fragte Iris und trank einen Schluck.

«Meistens. Mit interessierten Schülern ist es der beste Job der Welt. Ich liebe es, wenn die Kids sich für Naturwissenschaften begeistern. Natürlich gibt es immer auch die, die einfach nur mit dem Bunsenbrenner Sachen anzünden wollen.»

Iris lächelte. «Ja, ich kann mir gut vorstellen, dass das alles mit den Schülern steht und fällt. Ich erinnere mich übrigens immer noch sehr gut an meine Chemielehrerin.»

«Tatsächlich»?

«Ja. Miss Arnold war eine großartige Lehrerin.» Iris hatte ihre begeisterte Art zu unterrichten immer noch vor Augen.

«Wie toll. Ich sage mir immer, wenn ich mit dem, was ich tue, auch nur das Leben eines einzigen Schülers beeinflusse, ist es alle Mühen wert.»

«Das tust du bestimmt.»

«Was ist mit dir?», fragte Max. «Du liebst offensichtlich auch, was du tust – Diane sagte, du bist leitende Ingenieurin. Was bedeutet das?»

«Ich liebe vor allem die technische Seite des Berufs. Ich liebe es, Probleme zu lösen und mir die Hände schmutzig zu machen. Die Leitungsposition hat mich in letzter Zeit ein bisschen davon abgebracht, fürchte ich.»

Er nickte. «Das ist häufig der Fall, oder?»

Iris hatte in den letzten Wochen viel über ihren Job und ihre weitere Laufbahn nachgedacht. Ihre Leidenschaft lag definitiv weder darin, Leute zu führen, noch in Meetings rumzusitzen oder die Arbeit anderer zu kontrollieren, und definitiv nicht in der Herstellung von Damendüften. Sie liebte es, zu tüfteln und mit neuen Technologien zu arbeiten. Sie erinnerte sich an die Konferenz, wie enthusiastisch Lina von ihrem Job in der Luftfahrtindustrie erzählt hatte, und an den Funken, der in ihr aufglomm, als sie sich vorstellte, selbst endlich in der Branche zu arbeiten, von der sie schon immer geträumt hatte.

Iris wusste, dass Hunter maßgeblich daran beteiligt war, dass sie plötzlich ihre Zukunft hinterfragte. Eine gefühlte Ewigkeit hatte sie es kaum gewagt, davon zu träumen, dass sich die Dinge jemals zum Besseren wenden könnten. Hunters Zielstrebigkeit und sein Tatendrang hatten sie zu der Frage animiert, wohin sie eigentlich wollte. Er hatte ihr die Augen geöffnet. Vielleicht, dachte Iris, gab es Menschen, die irgendwann in deinem Leben deinen Weg kreuzten, um dir eine neue Richtung aufzuzeigen, aber nie dazu bestimmt waren zu bleiben. Dieser Gedanke hatte sie tatsächlich kurzzeitig getröstet, aber nur so lange, bis die Logik wieder die Überhand gewann. Iris glaubte weder an Schicksal noch an göttliche Fügung. Iris glaubte an Beweise und Tatsachen – und Tatsache war, dass Hunter sie verlassen hatte. Ihre Gefühle waren der Beweis dafür, dass ihr lieber gewesen wäre, er hätte es nicht getan.

Max und sie unterhielten sich eine weitere Runde Getränke lang und klapperten sämtliche Themen ab, die für ein erstes Date typisch waren: Hobbys und Interessen, wo man aufgewachsen war und mit wem. Es war, gemessen an Iris' eingeschränkten Vergleichsmöglichkeiten, ein gelungenes Date. Max war interessant, hatte Stil, freundliche Augen und ein sympathisches Lächeln. Er besaß viele liebenswerte Eigenschaften. Iris hatte den Verdacht, dass Diane ihm im Vorfeld von Elliott erzählt hatte, und sie war dankbar dafür. Er fragte sie weder, ob sie schon mal verheiratet gewesen war oder wie lange sie schon Single war – eine Frage, die sie jedes Mal aus der Fassung brachte. Wie lange genau war sie denn schon Single? Zählte der Moment, an dem ihr Mann gestorben war, oder zählte der Zeitpunkt der Trauerfeier, oder war sie irgendwann in den Wochen und Monaten danach offiziell wieder Single geworden?

Kurz vor zehn sah sie möglichst auffällig auf die Uhr.

«Ich glaube, ich muss langsam los», sagte sie. «Ich muss morgen früh raus.»

Die spontane Entscheidung, mit Max auszugehen, war genau zwei Tage her, und Iris hatte sich in den letzten achtundvierzig Stunden ununterbrochen den Kopf zerbrochen, wie sie aus der Sache wieder rauskommen könnte – eine Krankheit vortäuschen zum Beispiel, irgendwas Akutes, von dem sie schnell genug genas, um am Freitag wieder in die Firma zu gehen; oder Arbeit vortäuschen, was kein guter Schachzug gewesen wäre, wenn man bedachte, dass die Frau, die dieses Date für sie arrangiert hatte, ihre Vorgesetzte war. Oder ein familiärer Notfall, aber sie wollte auf keinen Fall riskieren, dass es so was wie Schicksal am Ende *doch* gab und sie es unnötig herausforderte. Oder aber, sie machte einfach ein tapferes Gesicht und stand das durch.

«Ich auch. Ich habe morgen früh Pausenhofaufsicht.» Max trank aus und sah sie an. «Das war ein wirklich schöner Abend.»

«Finde ich auch», antwortete Iris. Das war nicht gelogen. Es war tatsächlich ein schöner Abend gewesen, aber gemessen an den jüngsten Erfahrungen war *schön* ein bisschen wenig.

Sie standen auf und gingen. Max hielt ihr die Tür auf, und Iris trat hinaus in die kühle Abendluft. Ein wenig verlegen, blieben sie stehen.

«Wo parkst du?», fragte Max.

«Gleich dahinten.»

«Ich auch.»

Sie liefen um die Ecke zu dem kleinen Parkplatz hinter

dem Lokal, und Iris suchte in ihrer Tasche nach dem Autoschlüssel. Wieso musste sie dabei ausgerechnet an den ersten Abend im Hotel denken? Wieso dachte sie jetzt an Hunter, während Max offensichtlich an sie dachte? Neben ihrem Auto blieben sie stehen. Max wandte sich ihr zu, in seinen Augen spiegelte sich der Schein der Laterne. Er hatte schöne Augen, dachte Iris, freundlich und offen, aber sie vermochten nicht, irgendwas in ihr zu wecken. Rein gar nichts.

«Ich würde das gern bald wiederholen», sagte Max. «Vielleicht schaffen wir es ja sogar, uns direkt zu verabreden, ohne Dianes Hilfe?» Er lachte. Iris war natürlich klar, was er damit beabsichtigte – er fragte sie nach ihrer Telefonnummer, ohne sie nach ihrer Telefonnummer fragen zu müssen.

Sie wusste nicht, was sie sagen sollte. Es fühlte sich an wie ein Schritt zu weit, wie eine Verpflichtung, zu der sie nicht bereit war. Selbst Hunter hatte ihre Telefonnummer nicht gehabt. Das hätte ihr, wenn sie jetzt darüber nachdachte, eine Warnung sein müssen – er war Sonntagabend gegangen, ohne sie nach ihrer Nummer zu fragen. Sie fragte sich, ob er das absichtlich getan hatte, um sich davon abzuhalten, sie in einem schwachen Moment anzurufen. Er war nicht der Typ, der solche organisatorischen Dinge, wie nach einer Telefonnummer zu fragen, einfach vergaß. Alles an Hunter war strukturiert und methodisch.

«Hör mal, Max», sagte sie. «Du bist ein sehr netter Mensch, und das war wirklich ein sehr netter Abend.»

Max verzog das Gesicht. «Oh, oh, das klingt nicht, als wolltest du mich wiedersehen.»

«Tut mir leid. Es ist nicht so, dass ich dich definitiv nicht wiedersehen möchte, ich bin mir einfach noch nicht sicher.»

Max lächelte gequält und zog den Autoschlüssel aus der Tasche.

«Ich verstehe. Diane hat mir erzählt, was mit deinem verstorbenen Mann passiert ist. Ich kann mir vorstellen, dass es schwer ist, wirklich zu wissen, wann man wieder bereit ist, sich auf jemand Neuen einzulassen.»

Genau das war der Punkt, dachte Iris: Es war überhaupt nicht schwer gewesen. Bei Hunter. Ohne es zu merken, hatte sie sich mit Händen und Füßen dagegen gewehrt, aber als dann endlich der richtige Zeitpunkt gekommen war, hatte sie es *gewusst*.

«Danke für dein Verständnis», sagte sie und drückte sanft seinen Arm.

«Natürlich. Falls du je Lust auf ein zweites Date bekommen solltest, lass es mich wissen. Ich bin mir sicher, Diane würde vermitteln. Wahrscheinlich wäre sie sogar bereit, als Anstandswauwau mitzugehen.» Er lachte, sperrte auf und stieg ins Auto.

Iris wartete, bis er zurückgesetzt hatte und wegfuhr, ehe sie selbst einstieg. Sie lehnte den Kopf zurück und richtete den Blick zum Himmel, wo der Vollmond klar und rund leuchtete.

Sie fragte sich, ob Hunter – wo auch immer er war – ihn ebenfalls sah.

Sie wischte sich die Tränen weg, die ihr schon wieder übers Gesicht liefen. Dann startete sie den Motor und fuhr nach Hause.

36

Am Freitagmorgen lief Iris tief in Gedanken durch den Flur zu ihrem Büro. Sie war so abgelenkt, dass sie nicht mitbekam, wie Xander direkt vor ihr aus einem der Besprechungszimmer kam und sie beinahe mit ihm zusammengestoßen wäre. Sie stieß einen kleinen Schreckensschrei aus.

«Entschuldigung. Ich wollte Sie nicht erschrecken», sagte Xander, eine Hand lässig in die Hosentasche geschoben. Er lächelte sie freundlich an und machte keinerlei Anstalten weiterzugehen.

«Kein Problem», sagte sie noch immer etwas atemlos. «Ich habe nicht aufgepasst.» Sie sah an ihm hoch. Er war groß und breit und ähnelte Hunter tatsächlich in vielem und ließ sie trotzdem gänzlich kalt.

«Wie gut, dass ich Sie treffe, Iris», sagte Xander. «Ich hatte gehofft, ich könnte demnächst mal bei Ihnen mitlaufen, falls Sie nichts dagegen haben.»

«Das hat der andere Typ bereits erledigt», antwortete Iris schroff. Als sie ihren Tonfall bemerkte, fügte sie eilig hinzu: «Der Berater, der vor Ihnen hier war. Hat er Ihnen keine Aufzeichnungen hinterlassen?»

«Hunter? Ja, natürlich. Er hat mir jede Menge Mails geschickt.»

«Oh, wie kooperativ!», murmelte Iris.

Xander sah sie neugierig an. «Sie sind wohl nicht besonders gut auf ihn zu sprechen, was?»

«Nein, Blödsinn, ich …»

Xander fiel ihr ins Wort. «Schon gut. Ehrlich gesagt bin ich im Augenblick auch kein Fan von ihm. Wenn das hier vorbei ist, schuldet er mir mehr als nur drei Bier.»

Iris runzelte die Stirn. «Kennen Sie sich?»

«Logisch. Hunter und ich kennen uns seit ewigen Zeiten», sagte er beiläufig, ohne zu ahnen, dass diese Information auf Iris wirkte wie ein Schlag in den Magen. «Wir waren Kommilitonen. Wir haben uns im Laufe der Jahre immer mal wieder Jobs zugeschoben, aber ich muss gestehen, die Sache hier ist tatsächlich ein bisschen lästig.»

Iris hatte es die Sprache verschlagen. Ihr Herz raste. Schließlich sagte sie: «Wie meinen Sie das?»

«Na ja, er rief mich letztens am Sonntagabend um kurz nach neun mit der Bitte an, den Job zu übernehmen, am besten sofort. Was natürlich nicht ging, ich steckte noch mitten in einem Projekt in London. Aber weil Hunter ein alter Freund ist und ziemlich verzweifelt klang, verkürzte ich die Londoner Sache und nutzte die Zwischenzeit, um mich hier einzulesen. Zwei Wochen später war ich dann da.»

Xander schraubte die Wasserflasche auf, die er in der Hand hielt, und nahm einen Schluck. Iris sah ihm abwesend zu und versuchte zu begreifen, was er ihr da erzählte. Hunter hatte diesen Typen noch am Sonntagabend angerufen, um ihn zu bitten, die Beratung bei Taylor and Newton zu übernehmen. Das war kein Zufall, es musste mit ihr zu tun haben. Der Kloß in ihrem Hals wurde immer größer.

«Was für ein Notfall hat ihn denn so schnell nach London zurückgerufen?», brachte sie schließlich heraus. Sie versuchte, nicht zu neugierig zu klingen, aber es gelang ihr nicht.

Xander strich sich über das Kinnbärtchen. «Ich weiß es nicht genau.»

«Dann sind wir schon zwei.» Iris holte tief Luft. Ihr schwirrte der Kopf.

Sein entgeisterter Blick sagte ihr, dass sie zu viel preisgegeben hatte. Fehlte bloß noch, dass er Hunter anrief, um zu fragen, was es mit der offensichtlich auf Krawall gebürsteten technischen Leiterin auf sich hätte.

«Bitte verzeihen Sie», sagte sie. «Das war unangemessen. Es geht mich nichts an.»

«Ist ...» Xander musterte sie eindringlich. «Ist was vorgefallen? Zwischen Ihnen beiden, meine ich?»

«Was? Nein!», rief Iris. «Natürlich nicht.» Sie hörte, dass ihre Stimme schrill und viel zu laut war, und konnte Xander ansehen, dass er ihr kein Wort glaubte.

«Ich habe gewusst, dass da mehr dahintersteckt als ...», setzte er an, aber Iris fiel ihm ins Wort.

«Mehr als was?» Sie verschränkte die Arme vor der Brust und sah ihn herausfordernd an.

Xander runzelte die Stirn. Er schob sich die Brille auf die Nasenwurzel hoch und schaute sich um, ob niemand in der Nähe war. «Diese Zeit im Jahr ist für Hunter generell schwierig, mehr kann ich nicht sagen, das steht mir nicht zu. Trotzdem. Als wir sprachen, hatte ich das Gefühl, dass mehr dahintersteckt. Ich hätte allerdings nicht gedacht, dass es eine Frau wäre.»

Sie wollte ihm sagen, dass ihre Beziehung zu Hunter rein beruflicher Natur gewesen war, aber etwas hielt sie davon ab zu lügen – ein verletzlicher Teil in ihr, der sich nach Antworten sehnte. Dieses Gespräch war vielleicht ihre einzige

Chance, um endlich ein bisschen Ordnung in das Chaos zu bekommen, das seit inzwischen fast drei Wochen in ihrem Kopf herrschte. Sie holte tief Luft und hielt für einen Moment den Atem an.

«Okay. Ja, wir hatten ein ...» Iris vergewisserte sich, dass sie immer noch allein auf dem Flur waren, und senkte die Stimme. «... eine Affäre, so könnte man es vielleicht nennen. Dann ist er plötzlich verschwunden. Ohne ein Wort. Ohne ein Auf Wiedersehen. Gar nichts.»

Xander kratzte sich am Kopf. Iris fragte sich, ob es ihm unangenehm war, über etwas derart Intimes zu sprechen, aber er sah nicht danach aus. Sie konnte nur hoffen, dass er sie jetzt nicht für absolut unprofessionell hielt und Jeremy in Kenntnis setzte.

«Als wir telefonierten, klang er fix und fertig», sagte Xander sanft. «Ich glaube nicht, dass er ohne sehr guten Grund einfach so gegangen wäre.»

Iris senkte den Blick. Es gab nur eine Antwort: *Der gute Grund war ich. Ich habe etwas falsch gemacht. Ich habe ihn verjagt.*

Xander räusperte sich. Iris hob den Blick. Er hatte die Brille abgesetzt und schaute sie nachdenklich an. «Iris, Hunter hat sehr viel durchgemacht.»

«Was haben Sie damit gemeint, als Sie sagten, diese Zeit im Jahr ist schwierig für ihn?», fragte sie.

Jetzt war ihm das Gespräch endgültig unangenehm. Er wandte sich ab, verlagerte nervös das Gewicht. «Dazu kann ich wirklich nichts sagen, Iris, es tut mir leid.» Er setzte die Brille wieder auf. «Vielleicht sollten Sie mit ihm sprechen?»

Sie seufzte. «Warum sagen das ständig alle?»

«Alle?»

«Na ja ... Sie und Diane.»

Xander wirkte überrascht. «Diane Woodman?»

«Ja. Wir sind befreundet. Sie ist die Einzige, die das mit Hunter und mir weiß. Außer Ihnen.»

«Interessant. Ich hatte irgendwie das Gefühl, Diane wäre ...», Xander dachte einen Moment nach, «... ein bisschen aggressiv? Als es um Hunter ging, meine ich.»

Iris musste unwillkürlich lächeln. «Ja, sie hat kein großes Talent, ihre Gefühle zu verbergen.»

«Hören Sie», sagte Xander. «Ich kann nur sagen, Hunter ist einer von den Guten. Meines Wissens hat er so etwas noch nie getan, weshalb ich glaube, dass es dafür einen sehr guten Grund geben muss. Er hatte seit seiner Scheidung keine Beziehung mehr – zumindest nicht, soweit ich das weiß.»

Iris nickte. Sie war sich sicher, dass er einen guten Grund hatte, und sie befürchtete, dass sie dieser Grund war.

«Ich möchte Sie bitten, dieses Gespräch vertraulich zu behandeln», sagte sie. Die Vorstellung, dass Jeremy oder sonst jemand aus der Firma davon erfuhr, erfüllte sie mit Grauen.

«Natürlich.» Xander musterte sie ernst. «Denken Sie einfach noch mal drüber nach. Es wäre vielleicht aufschlussreich, ihn anzurufen.»

«Ich habe ja nicht einmal seine Telefonnummer», sagte sie. «Zumindest nicht die private.»

Xanders Gesicht hellte sich auf. «Aber ich. Ich könnte ...»

«Nein!», unterbrach ihn Iris. «Nein, vielen Dank. Wenn Hunter mit mir reden möchte, weiß er, wo er mich finden kann.»

«Verstanden.» Er nickte. «Ich melde mich nächste Woche

bei Ihnen, dann können wir organisieren, dass ich ein paar Stunden bei Ihnen mitlaufe.»

Iris blieb regungslos stehen und sah ihm nach. Was war Hunter widerfahren, und hatte es etwas mit seinem plötzlichen Verschwinden zu tun?

⋆⋆⋆

Mittags in der Kantine kam Diane zu ihr an den Tisch gestürmt, setzte sich und schaute sie erwartungsvoll an.

«Und?», fragte sie und trommelte mit den Fingern auf den Tisch.

«Was, und?»

«Max! Euer Date!» Diane machte sich nicht die Mühe, besonders leise zu sprechen, und Iris sah sie warnend an. «Wie ist es gelaufen?», fragte Diane ein wenig leiser. «Ich hatte ehrlich gesagt noch gestern Abend auf einen Lagebericht gehofft, aber ich dachte mir, du warst vielleicht zu beschäftigt ...»

«Ach so.» Iris wollte Dianes Enthusiasmus eigentlich nicht zerstören, aber das mit Max ließ sich genauso wenig erzwingen, wie sich das mit Hunter bekämpfen ließ. «Es war nett. Max ist super, aber ich glaube nicht, dass da irgendwas draus wird.»

Diane sah sie skeptisch an. «Im Ernst? Hast du ihm überhaupt eine Chance gegeben, Iris?»

«Natürlich. Wir haben was getrunken und uns ein paar Stunden unterhalten, aber ich habe nichts *empfunden*.»

«Vielleicht würde sich das mit der Zeit entwickeln?»

«Ich glaube, ich bin noch nicht bereit. Ich hätte mich gar

345

nicht darauf einlassen sollen, solange Hunter mir noch im Kopf herumspukt.»

«Ach, Iris. Ich wünschte, ich könnte was für dich tun. Ich hatte gehofft, dass Max dir dabei hilft zu erkennen, dass es da draußen noch andere Männer gibt – anständige Typen.»

«Hat er ja. Genau das ist der Punkt, Diane – dass er ein anständiger Typ ist, spielte keine Rolle. Weil er ...» Iris verstummte, weil ihr das, was sie hatte sagen wollen, mit einem Mal peinlich war.

«Weil er nicht Hunter ist?», sagte Diane.

Iris nickte stumm, sie war schon wieder den Tränen nahe.

Diane senkte die Stimme zu einem Flüstern. «Du liebst ihn, stimmt's?»

Iris prustete spöttisch. «Ich kenne ihn doch kaum! Ich liebe ihn nicht. Ich ... ich ...»

Diane saß da, hob fragend die Augenbrauen und sah dabei zu, während Iris die Wahrheit traf wie ein Blitzschlag. Ihr blieb förmlich die Luft weg.

«O Gott! O Gott!» Sie schlug die Hände vors Gesicht. Wieso war ihr das nicht schon längst klar geworden? Im letzten Monat hatte sie nichts anderes im Kopf gehabt als ihn, Hunter hatte jeder wache Gedanke gegolten und die im Schlaf erst recht. Sie hätte das doch merken müssen! «Was soll ich denn jetzt tun?», fragte sie.

«Vielleicht doch mit ihm reden?», schlug Diane zögernd vor.

«Ich wünschte wirklich, die Leute würden endlich aufhören, mir ständig denselben Ratschlag zu geben.»

«Welche Leute?»

«Du!», rief Iris. «Und Xander.»

Diane sah sie fassungslos an. «Du hast mit Xander über Hunter gesprochen?»

«Die beiden kennen sich privat», erklärte Iris.

«Wie bitte?»

«Sie haben zusammen studiert.»

«Was hat er dir erzählt? Weiß er, warum Hunter verschwunden ist? Hat er mit ihm gesprochen?» Diane war kaum zu bremsen. Als sie Iris' gequältes Gesicht sah, riss sie sich etwas zusammen. «Entschuldige. Ich beruhige mich. Eine Frage nach der anderen. Was hat er gesagt?»

«Er meinte, diese Zeit im Jahr ist für Hunter immer schwierig und dass er sich schon gedacht hat, dass da noch mehr dahinterstecken muss.»

«Warum ist diese Zeit im Jahr schwierig für ihn?»

Iris zuckte die Achseln. «Das wollte er nicht sagen.»

«Warum denn nicht?» Dianes Gesicht wurde streng. Sie wollte genauso dringend Antworten wie Iris.

«Er meinte, mir das zu sagen, steht ihm nicht zu», sagte Iris niedergeschlagen.

«Aber er hat dir geraten, mit Hunter zu sprechen.» Diane sah Iris fragend an.

«Ja.» Seufzend ließ sie sich gegen die Stuhllehne sinken. «Er meinte, Hunter ist einer von den Guten und dass es für sein Verhalten einen triftigen Grund geben muss.»

Diane kniff die Augen zusammen. «Mehr hat er nicht gesagt?»

«Nur dass er seit der Scheidung keine Beziehung mehr hatte. Vielleicht hat er gemerkt, dass es zu früh war. Vielleicht ist er noch nicht bereit weiterzugehen.»

Diane runzelte die Stirn. «Iris! Ich finde wirklich, du solltest dringend mit ihm sprechen.» Sie klang flehend.

«Um was zu sagen? Bitte, Hunter, ich muss ständig an dich denken? Kannst du mir bitte erklären, warum du kein Problem damit hattest, ein ganzes Wochenende mit mir zu verbringen, nur um dann ohne ein Wort abzuhauen? Nein! Sicher nicht.» Iris war laut geworden. Eilig schaute sie sich um, doch offensichtlich hatte niemand zugehört. «Ich habe auch meinen Stolz», sagte sie.

Diane zögerte. «Aber dafür nicht den Mann, den du liebst.»

Stöhnend ließ Iris den Kopf auf die Tischplatte sinken. Diane hatte recht, aber was sollte sie dagegen tun? Hunter hatte seine Entscheidung getroffen, und Iris würde sicher nicht bei ihm zu Kreuze kriechen.

Sie setzte sich wieder auf und trank den lauwarmen Kaffee aus. «Er ist gegangen», sagte sie heiser. «Nach allem, was ich ihm erzählt habe, ist er einfach gegangen. Wie konnte er das nur tun?» Ihre Stimme war nur noch ein Flüstern. «Was hab ich nur wieder falsch gemacht?»

Diane atmete hörbar ein. «Iris, hör auf damit, okay? Das hier hat nichts mit dir zu tun», sagte sie streng.

«Wieso fühlt es sich dann so an, als hätte es was mit mir zu tun? Wieso haben mir die beiden einzigen Männer, die ich jemals geliebt habe, das Herz gebrochen?»

37

Abends, auf dem Firmenparkplatz, blieb Diane neben ihr stehen.

«Lass uns morgen was unternehmen», sagte sie. «Ich hole dich um elf Uhr ab.»

Iris wollte widersprechen. «Samstagvormittags gehe ich immer ...»

Diane fiel ihr ins Wort. «Laufen. Ich weiß. Aber morgen nicht. Du brauchst eine Pause. Morgen haben wir was vor.»

Iris wusste, dass ihre Freundin recht hatte – sie brauchte wirklich eine Pause, sie ging auf dem Zahnfleisch –, trotzdem hatte sie Angst, von ihrer Routine abzuweichen, weil sie sich dann noch verlorener fühlen würde als sowieso schon. Andererseits, hier stand ihre Freundin und bot ihr Hilfe an. Besser gesagt bestand sie darauf, ihr zu helfen.

«Okay», sagte Iris zögernd. «Danke.» Außerdem konnte sie, wenn sie wieder zu Hause war, immer noch laufen gehen.

Sie sah Diane nach, wie sie sich in ihr rotes Cabrio setzte, und ging dann zu ihrem Auto. Der Mond stand hell und tief am Abendhimmel und zog ihren Blick wie magisch an. Sofort war sie in Gedanken wieder bei Hunter. Iris hasste die Tatsache, dass einfach alles sie an ihn erinnerte. Sie hasste die Tatsache, dass sie in der Firma, in der sie seit Jahren arbeitete, nicht mal mehr eine Tasse Kaffee trinken konnte, ohne an ihn denken zu müssen. Sie hasste die Tatsache, dass ihr Bett sie an ihn erinnerte, ihr Sofa, ihre Dusche. Jedes skurrile Stückchen Information, das ihr zu Ohren kam, jedes weiße Hemd, das sie sah. Jedes Mal, wenn sie den Umkleideraum benutzte. Hunter war überall. Und nirgendwo.

Unterwegs machte Iris am Park halt, der still und dunkel dalag, und nahm den altvertrauten Weg zu ihrer Bank. Der Boden war übersät mit feuchtem Herbstlaub, und es roch modrig. Sie schob die Hände tief in die Manteltaschen und vergrub das Gesicht in ihrem Schal. Sie setzte sich, schlug die Beine übereinander und ließ den Blick auf Elliotts Blumenbeet auf der anderen Seite des Weges ruhen.

«Hallo», flüsterte sie schniefend, und eine Träne tropfte von ihrer Nase. «Ach, Elliott, ich weiß nicht, was ich tun soll.» Sie fing an zu schluchzen, heftig und unaufhaltbar. Sie schlug sich die Hand vor den Mund und sah zum Himmel hoch. «Bist du da irgendwo?»

Eigentlich sprach Iris nie zu Elliott, schon gar nicht laut. Sie behielt grundsätzlich alles für sich, was sie irgendwie für sich behalten konnte, aber aus irgendeinem Grund hatte ihr Körper offenbar das unbezwingbare Bedürfnis, sich auszusprechen und auszuheulen. Sie war nicht mehr länger im Stande, sich zusammenzureißen.

«Elliott, es ...» Iris sah sich eilig um, doch außer ihr war weit und breit niemand zu sehen. «Es tut mir leid. Es tut mir leid, dass ich nicht für dich da war, als du mich brauchtest. Es tut mir leid, dass du das alles allein durchmachen musstest. Ich wünschte ...» Ihre Stimme brach, doch tapfer sprach sie weiter. «Ich wünschte, du wärst damit früher zu mir gekommen, ehe das alles zu groß geworden war, um es zu begreifen. Ich wünschte, du hättest dich nicht so weit von mir entfernt. Hätte ich doch nur die Kraft gehabt, dich wieder zu mir zurückzuholen», schluchzte sie mit tränenerstickter Stimme. «Ich werde dich immer lieben, Elliott. Immer.»

Sie lehnte sich zurück und schloss die Augen. Sie fragte sich, ob Elliott irgendwo da draußen war, an einem fernen Ort, in einer anderen Welt. Falls es so war, hoffte sie, dass er seinen Frieden gefunden hatte.

⋆⋆⋆

Um kurz nach elf am folgenden Vormittag erschien Diane in ihrem roten BMW vor Iris' Haustür. Anstatt auszusteigen, hupte sie nur und wartete bei dröhnendem Heavy Metal, während Iris zuschloss.

«Guten Morgen!», rief sie. «Ich habe Kaffee mitgebracht!» Diane trug eine riesige Sonnenbrille, ein breites, perlenbesetztes Haarband, einen übergroßen grauen Sweater mit der Aufschrift «Harvard» und dazu graue Jeans. Die Sonne stand strahlend am Himmel, und Iris klappte beim Einsteigen automatisch die Sonnenblende herunter und stellte die Musik leiser. In der Mittelkonsole standen zwei Becher Kaffee. Iris schnallte sich an und nahm sich einen.

«Danke», sagte sie und trank einen Schluck.

«Bereit?», fragte Diane fröhlich.

Iris stellte den Becher zurück in den Halter. «Ja, bereit. Aber wofür eigentlich?»

«Das ist eine Überraschung.»

Iris musterte sie skeptisch. «Ich mag keine Überraschungen», murrte sie.

Diane schüttelte grinsend den Kopf. «Natürlich magst du keine Überraschungen.»

«Was soll das denn heißen?»

«Du bist ein Kontrollfreak», sagte Diane ungerührt.

«Bin ich nicht!», widersprach Iris entrüstet. «Ich mag nur keine Überraschungen.»

«Ich weiß. Kannst du mir einen Gefallen tun? Tu wenigstens so, als wärst du ein bisschen aufgeregt.»

Iris klatschte übertrieben in die Hände und riss die Augen auf. «Besser? Sagst du's mir jetzt?»

«Iris, lehn dich einfach zurück und genieß die Fahrt, okay?» Diane wendete und fuhr zurück Richtung Hauptstraße.

Iris gähnte. «Können wir dann wenigstens was anderes hören, bitte?»

«Was hast du gegen meine Musik einzuwenden?»

«Einfach alles.» Iris drückte ein paar Knöpfe, schaltete auf Radioempfang um und suchte einen Sender, der etwas Erträgliches spielte.

«Nett siehst du aus.» Diane warf ihr einen kurzen Seitenblick zu.

Iris hatte sich Mühe gegeben, weil sie nicht wusste, was Diane vorhatte, und sowieso seit etwa vier Uhr morgens auf den Beinen gewesen war. Sie hatte sich für eine schwarz-beige karierte Hose und ein schwarzes Poloshirt entschieden und sogar ein bisschen Make-up aufgelegt, um wenigstens so auszusehen, als wäre alles okay. Vielleicht hörte Diane dann endlich auf, sich Sorgen um sie zu machen.

«Danke.» Iris gähnte schon wieder.

«Ist es gestern spät geworden?»

«Irgendwie schon.»

Sie war mit rot verweinten Augen aus dem Park nach Hause gekommen. Trotz der Erschöpfung hatte sie sich leichter gefühlt, wie befreit, als wären die vielen, ungeweinten Tränen der Grund für das Gewicht auf ihren Schultern gewesen. Als sie schließlich ins Bett gegangen war, hatte sie etwas getan, das sie seit Ewigkeiten nicht mehr gemacht hatte – sie hatte die Fotoalben rausgeholt. Sie waren mit einer dünnen Staubschicht überzogen gewesen, und Iris hatte behutsam mit der Hand darübergewischt. Sie hatte ein Album nach dem anderen aufgeschlagen und sich jedes einzelne Foto angesehen. Sanft hatte sie mit dem Finger Elliotts Gesicht berührt, sich in seinem Lächeln verloren. Iris hatte sich an Details erinnert, die im Laufe der Zeit verblasst waren. Elliotts Tränen, als sie bei ihrer Hochzeit in der Kirche auf ihn zugegangen war. Die Hochzeitstorte, von der noch immer ein Stück im Gefrierschrank lag. Die Schuhe, nach denen sie eine Ewigkeit gesucht hatte. Irgendwann war sie umringt von Bildern eingeschlafen. So viele Erinnerungen. So viele schöne Momente.

Iris spürte Dianes Blick auf sich. «Du siehst nachdenklich aus», sagte sie. «Woran denkst du? Oder an wen?»

Iris schnaubte unwillig. «Können wir das bitte heute ausnahmsweise lassen?»

«Wovon sprichst du?», fragte Diane gespielt unschuldig.

«Hunter! Ich will ihn endlich vergessen. Ich muss ihn vergessen!» Sie nahm den Becher aus dem Halter und trank einen großen Schluck.

Vielleicht spürte Diane, dass sie ein bisschen Raum brauchte, um sich wieder zu fassen, jedenfalls reagierte sie nicht gleich. Schließlich sagte sie: «Bist du sicher, dass das der richtige Weg ist?»

«Ja!» Iris versuchte, möglichst überzeugt zu klingen. «Habe ich eine andere Wahl? Er hat seine Gefühle sehr deutlich gemacht.»

«Genau das ist der Punkt, oder?», sagte Diane behutsam. «Das hat er eigentlich nicht, oder?»

Iris schaute sie an. «Wie meinst du das?»

An einer roten Ampel hielt Diane und wandte sich ihr zu. «Er hat sich in Luft aufgelöst.» Sie schnippte mit den Fingern. «Einfach so.»

«Er hat sich nicht in Luft aufgelöst», widersprach Iris. «Er hat sich entschieden zu gehen.»

«Ohne ein Wort der Erklärung», beharrte Diane.

«Ja, aber so sind Menschen eben!», rief Iris.

Diane beugte sich vor und stellte das Radio ab. «Ja, manche Menschen. Aber Hunter?»

Die Ampel schaltete auf Grün, und Diane trat aufs Gas. «Er wirkte sehr professionell», sagte sie. «Seine Firma hat einen guten Ruf. Sein Terminkalender war voll mit Meetings.»

Iris seufzte. Darüber hatte sie sich schon so oft den Kopf zerbrochen. Sie war es leid, über Hunter zu sprechen, an ihn zu denken und über seine Beweggründe zu spekulieren. Die Schlussfolgerung lautete jedes Mal wieder, dass sie ihm mit irgendetwas eine derartige Angst eingejagt hatte, dass er geflohen war.

«Menschen ändern ihre Meinung», sagte sie achselzuckend. «Sogar Menschen wie Hunter.»

Diane runzelte die Stirn. «Glaubst du das wirklich? Dass er einfach seine Meinung geändert hat?»

Iris massierte sich die Nasenwurzel. «Willst du wissen, was ich glaube? Nein, ich glaube nicht, dass er einfach seine Meinung geändert hat. Ich glaube, dass ich irgendetwas gesagt oder getan habe, das ihn vergrault hat, okay? Irgendwie habe ich es geschafft, alles kaputtzumachen, ohne es zu merken.»

«Ach, Iris», sagte Diane sanft. «So habe ich das doch nicht gemeint. Ich glaube nicht, dass es was mit dir zu tun hat. Zumindest nicht so. Bitte werde jetzt nicht sauer, aber ich habe ein bisschen recherchiert.»

Iris funkelte Diane böse an. «Wie meinst du das?»

«Ich habe seine Firma unter die Lupe genommen», sagte Diane nicht ohne Stolz.

Iris riss die Augen auf. «Du hast was?»

Diane sprach ungerührt weiter. «Hunter hat sich vor drei Jahren offensichtlich ein halbes Jahr Auszeit genommen. Jedenfalls gibt es eine entsprechende Lücke in seiner Auftragsliste.»

Iris dachte, da käme noch mehr, aber Diane schwieg.

«Aha. Dann hat er sich also eine Auszeit genommen», sagte Iris. «Das ist ja nicht verboten.»

«Nein. Aber vielleicht steckt mehr dahinter. Du hast gesagt, er ist geschieden, richtig?»

«Richtig.» Iris dachte nach. Hunter hatte ihr erzählt, er hätte das Haus in London vor vier Jahren gemeinsam mit seiner Ex-Frau gekauft. Kurz darauf hatten sie sich getrennt. Sie musste zugeben, dass der Zeitraum passte. Sie überlegte, was Hunter sonst noch gesagt hatte. Etwas sei passiert, das ihn dazu gebracht habe, zu viel zu trinken. Hatte er deshalb eine Pause gemacht? Und was war dieses *Etwas* gewesen?

«Kann schon sein», sagte sie. «Kann aber auch sein, dass wir hier einfach nur versuchen, Sinn zu finden, wo kein Sinn ist. Manche Menschen haben einfach ...» Sie suchte nach dem richtigen Begriff, doch Diane kam ihr zuvor.

«... Angst? Ich sage nur, dass eine Auszeit von einem halben Jahr für eine Scheidung ziemlich viel ist. Das muss ihn sehr getroffen haben.»

Iris wandte den Blick ab und schaute zum Fenster hinaus. «Mir schien er den Eindruck zu machen, als wäre alles wieder okay.»

«Bist du sicher? Ich finde, jemand, dem es wirklich gut geht, würde nicht einfach so verschwinden.»

Iris seufzte genervt. «Ich habe gesagt, er macht einen okayen Eindruck. Ich habe nicht gesagt, dass er kein Arschloch ist.»

Diane lachte auf. «Okay. Vielleicht ist er nur ein Riesenarschloch, aber vielleicht hat die Begegnung mit dir ... haben seine Gefühle für dich ... einfach alles wieder hochgeholt.»

Erbost drehte Iris den Kopf. «Und was ist mit mir?», rief sie. «Glaubst du etwa, das mit ihm hätte bei mir nicht auch jede Menge wieder hochgeholt? Er ist einfach gegangen! Er ist abgehauen, obwohl ich ihm das mit Elliott erzählt habe!» Iris standen Tränen in den Augen, sie hatte einen dicken Kloß im Hals. Sie hatte von diesem Thema endgültig die Nase voll. Sie verschränkte die Arme und ließ sich in den Sitz plumpsen.

«Iris, ich will niemandes Partei ergreifen. Ich sage nur, dass ...»

«Lass es einfach», fuhr Iris auf. «Bitte. Ich will ihn einfach nur vergessen. Ich habe mich von meinen Gefühlen mitreißen lassen und bezahle dafür.»

«Weißt du, ich bin froh, dass du überhaupt noch Gefühle hast», sagte Diane leise. Sie setzte den Blinker und bog ab. «Seit Elliotts Tod hast du dir alle Mühe gegeben, möglichst gar nicht zu fühlen. Ich kannte Elliott, Iris. Er hat dich geliebt. Er würde nicht wollen, dass du dich weiter selbst bestrafst.»

«Ich bestrafe mich nicht!», widersprach Iris, aber sie wusste, dass Diane recht hatte.

«Es war nicht deine Schuld, Iris», sagte Diane bestimmt.

Iris schnürte es die Kehle zu. Sie holte zittrig Luft, versuchte mit aller Macht, nicht wieder in Tränen auszubrechen. «Aber ich habe ihm nicht geholfen. Meine Reaktion ...»

«War absolut menschlich», sagte Diane. «Elliott ging es nicht gut, Iris. Er sah keinen Ausweg mehr. Das ist traurig und brutal, aber es muss nicht den Rest deines Lebens bestimmen. Er würde das garantiert nicht wollen, und ich glaube, tief in dir drin weißt du das auch.»

«Aber, ich ...» Iris schluckte. «Ich weiß nicht mehr, wie man was anderes fühlt als Scham und Schmerz.»

«Doch, Iris, das weißt du», sagte Diane sanft. «Wie war das denn, als du mit Hunter zusammen warst? Er hat dir das Gefühl gegeben, wieder lebendig zu sein.»

Iris wischte sich eilig eine einzelne Träne weg. «Woher willst du das wissen?» Ihre Stimme brach.

«Komm schon, Iris, das hat doch ein Blinder mit Krückstock gesehen. Ihr habt euch von Anfang an gekabbelt. Er hat dein Feuer neu entfacht. Plötzlich war die alte Iris wieder da. Es war schrecklich, dir sagen zu müssen, dass Hunter nicht wiederkommt.»

Iris schloss die Augen und versuchte, mit dem beheizten

Sitz zu verschmelzen, versuchte, die in ihr aufwallenden Gefühle in Schach zu halten.

«Iris, sprich mit ihm!», sagte Diane flehend. «Wenn auch nur, um zu verstehen, was passiert ist.»

«Und wie soll ich das deiner Meinung nach anstellen?», fragte Iris. «Bei ihm zu Hause aufkreuzen und ihn zur Rede stellen?»

«Ich habe eine bessere Idee», sagte Diane.

In dem Moment bogen sie auf einen Parkplatz ein. Sie waren am *Lakehouse*, vor ihnen lag der Pub und dahinter der See. Es herrschte strahlendes Herbstwetter, es war einer dieser Tage, an denen Iris vergaß, dass sie das Ende des Sommers nicht mochte. Für solche Tage nahm sie sogar die immer länger werdenden Nächte in Kauf: Der Himmel war strahlend blau, die Sonne wärmte, der Parkplatz war übersät mit raschelndem Herbstlaub in leuchtenden Farben.

«Was wollen wir denn hier?» Iris schaute zum glitzernden See hinüber, dessen Oberfläche die Sonnenstrahlen reflektierte. Sie dachte daran zurück, wie sie neulich mit Hunter hier gestanden hatte, und seine Worte hallten in ihren Ohren: *Ich wollte dich unbedingt küssen, unten am See.*

«Was trinken.» Diane stellte den Motor ab.

Iris hielt einen Augenblick die Luft an. Ihr war plötzlich ganz elend. Sie hatte ein höchst ungutes Gefühl. «Mit wem?», fragte sie und wusste, dass ihr die Antwort nicht gefallen würde.

Diane zog die Augenbrauen hoch. «Ich finde, du solltest hören, was er zu sagen hat, Iris.»

Iris' Herz trommelte wie wild gegen ihren Brustkorb. «Du hast mit ihm gesprochen! Spinnst du?»

«Ja, okay. Ja, ich habe mit ihm gesprochen», sagte Diane. «Ich habe meine Freundin leiden sehen und wollte helfen.»

«Das ist absolut übergriffig!», rief Iris.

Diane hob ergeben die Hände. «Ja, ich weiß. Ich weiß, und wenn du willst, darfst du mich dafür gerne hassen, aber ich bereue es trotzdem nicht. Hunter sitzt da drin und wartet auf dich. Ob du reingehst, ist deine Entscheidung. Wenn du mir hier und jetzt ins Gesicht sagst, dass du ihn nicht wiedersehen willst, drehen wir um, ich fahre dich nach Hause und verliere nie wieder ein Wort über ihn. Aber falls es in dir auch nur einen winzigen Teil gibt, der hören will, was er zu sagen hat, der verstehen will, was passiert ist, weißt du, was du jetzt zu tun hast.»

Iris fing panisch an zu keuchen. Sie hatte sich zwar Gedanken gemacht, was sie vorhaben könnten – hauptsächlich drehten sich ihre Ideen um Shoppen und Essen –, aber darauf wäre sie im Leben nicht gekommen. «Weiß er, dass ich komme?», fragte sie heiser.

Diane nickte. «Ja. Der Treffpunkt war seine Idee.»

Iris schlug die Hände vors Gesicht und versuchte, sich zu beruhigen. Sie zitterte und spürte, wie Diane ihr sanft die Hand auf die Schulter legte.

«Iris.» Dianes Stimme war kaum mehr als ein Flüstern. «Ich konnte nicht mehr mit ansehen, wie traurig du warst. Deshalb habe ich ihn angerufen.»

«Was hast du gesagt?», nuschelte Iris in ihre Hände hinein.

«Ich habe gesagt, dass du viel durchgemacht und was Besseres verdient hast. Dass ich von ihm enttäuscht bin.»

Iris zuckte zusammen. «Aua! Die Enttäuschungskarte!»

«Er sagte, dass er nicht wusste, was er tun sollte», fuhr Diane fort. «Ich hab gesagt, er muss dir erklären, was passiert ist. Er hat zugestimmt, und wir haben uns hier verabredet.»

«Weiß er, dass du mich hergelockt hast?», wollte Iris wissen. «Oder glaubt er am Ende, ich wäre freiwillig hier?»

«Er sagte, dass du ihm ganz sicher nicht die Chance gibst, sich zu erklären, woraufhin ich meinte, das solle er mir überlassen.» Diane lächelte. «Offensichtlich kennt er dich ziemlich gut», sagte sie. «Zumindest weiß er, wie dickköpfig du bist.»

Iris stöhnte. Auch wenn sich alles in ihr dagegen sträubte, wusste sie, dass sie es tun musste. Sie musste die Gelegenheit ergreifen zu verstehen, was passiert war.

«Ist er schon da?», fragte sie mit Blick auf den Pub.

Diane sah auf die Uhr. «Ja. Wir sind spät dran.»

«Gut so!», sagte Iris durch zusammengepresste Lippen. «Ich hoffe, er sitzt wie auf glühenden Kohlen.»

«Mit Sicherheit. Er klang sehr traurig.»

Iris zog die Augenbrauen hoch. «Tatsächlich?»

Diane nickte. «Ja. Regelrecht reuevoll, um genau zu sein. Er hat mir richtig leidgetan.»

«Ja klar, armer Hunter, das muss wirklich schlimm für ihn gewesen sein», murmelte Iris zynisch.

«Im Ernst», sagte Diane. «Er hörte sich nicht gut an. Bitte Iris, gib ihm einfach die Chance, sich zu erklären, okay? Und lass bitte diesmal deine üblichen Reaktionen sein.»

«Was für Reaktionen?» Iris schaute sie finster an.

«Leuten ins Wort fallen und zum Angriff übergehen und selbstgerecht sein und dich hinter derart hohen Mauern verschanzen, dass niemand mehr an dich herankommt.»

Iris fühlte sich ertappt. «Tue ich doch gar nicht.»

«Doch, tust du. Und zwar schon viel zu lange.» Diane drehte sich zur Rückbank um, angelte ein Buch aus der Tasche und nahm das Lesezeichen heraus. «Ich warte hier auf dich», sagte sie, ohne den Blick von den Seiten zu nehmen.

Iris wurde von der Wärme des offenen Feuers empfangen. Sie blieb einen Augenblick bei der Tür stehen und versuchte, sich zu wappnen. Fast drei Wochen lang hatte sie vergeblich versucht, über Hunter hinwegzukommen. Sie hatte Angst, dass die bevorstehende Begegnung alles nur noch schlimmer machte. Was, wenn er gekommen war, um ihr zu sagen, dass das mit ihnen ein Fehler gewesen war? Sie holte tief Luft und versuchte, sich einzureden, dass die Wahrheit immer noch besser wäre als dieser erbärmliche Schwebezustand. Wie dem auch sei, jetzt gab es kein Zurück mehr. Sie musste wissen, was passiert war. Sie brauchte einen Schlussstrich, so schmerzhaft er auch sein würde.

Sie sah ihn sofort. Es war kaum etwas los und er saß am selben Tisch wie sie beide damals mit ihren Freundinnen. Hunter wirkte verändert, saß mit hängenden Schultern da, seiner Haltung fehlte die gewohnte selbstbewusste Ausstrahlung. Der gesenkte Blick war auf die gefalteten Hände gerichtet. Wenn Iris sich nicht völlig täuschte, wirkte er ziemlich nervös.

Sie musterte ihn, ohne den Türgriff loszulassen. Wenn sie wollte, konnte sie immer noch gehen, und Hunter würde gar nicht mitbekommen, dass sie hier gewesen war. In diesem

361

Moment hob er den Kopf, ihre Blicke trafen sich, und sein Gesicht wurde weich. Iris ließ den Türgriff los und ging auf ihn zu.

Hunter stand auf. «Hey», sagte er, machte zögernd einen Schritt auf sie zu und hielt dann unsicher inne. So hatte Iris ihn noch nie erlebt.

«Hallo.» Iris hielt Abstand und setzte sich auf den freien Platz ihm gegenüber. Die Sonne schien durchs Fenster und beleuchtete sein Gesicht. Bei seinem Anblick bekam sie wildes Herzklopfen. Sie hatte ihn vermisst. Sie hatte ihn so sehr vermisst, dass ihr jeden Tag, seit er gegangen war, das Herz wehgetan hatte. Falls sie jemals daran gezweifelt hatte, dass sie ihn liebte, war dies die Antwort: Der chaotische Rhythmus ihres Herzschlags, die schweißnassen Hände. Die Sehnsucht, ihm nahe zu sein, ihn zu berühren, von ihm berührt zu werden. Als er sie ansah, spürte Iris den Druck der Sehnsucht in ihrer Brust wie ein handfestes Gewicht.

Hunter setzte sich wieder und rutschte nervös hin und her, es schien ihm schwerzufallen, eine bequeme Position zu finden. Er stützte die Unterarme auf den Tisch und beugte sich leicht zu ihr vor. Er hatte sich länger nicht rasiert und sah müde aus.

Iris lehnte sich zurück, versuchte, möglichst viel Abstand zu halten. Gleichzeitig musste sie dem Drang widerstehen, auf seinen Schoß zu schlüpfen und sich an ihn zu schmiegen.

Er räusperte sich. «Wie geht es dir?», fragte er.

«Gut», log sie. «Und dir?»

«Nicht gut, ehrlich gesagt», antwortete er. «Iris, es tut mir unglaublich leid, dass ich einfach so abgehauen bin, ich wusste nicht, was ich tun sollte. Aber so hätte ich nicht gehen dürfen. Das war unverzeihlich.»

Fast wäre Iris ihm ins Wort gefallen, um eine Erklärung zu fordern, aber sie riss sich zusammen. Sie saß da und wartete und hoffte darauf, dass er den Anstand besaß, sich zu erklären. Auf dem Tisch standen zwei Gläser Orangensaft. Sie zog eines zu sich heran und trank einen Schluck.

«Iris», fuhr Hunter fort. «Ich weiß zwar nicht, wo ich anfangen soll, aber ich werde dir alles erzählen.»

«Diane wartet draußen auf mich», erwiderte sie knapp. «Besser, du beeilst dich.»

Sie musste ihre ganze Kraft darauf verwenden, all die Gefühle, die Hunters Anwesenheit in ihr auslöste, nicht zu fühlen. All die Gefühle, die dafür sorgten, dass sie sich an ihn klammern und ihn nie wieder loslassen wollte. Ihr war klar, dass er gekommen war, um endgültig einen Schlussstrich zu ziehen. Sie wollte einfach nur, dass es vorbei war.

Verlegen angesichts ihrer Schroffheit, nickte er demütig. «Ja, verstehe.»

Iris zog sich der Magen zusammen. Das war's, dachte sie, gleich würde er ihr sagen, dass seine Gefühle für sie nicht tief genug waren.

«Hunter, sag einfach, was du zu sagen hast.»

«Also gut.» Er zögerte, holte tief Luft. «Ich habe deinen Mann gekannt, Iris. Ich kannte Elliott.»

38

Iris saß stocksteif da, doch in ihr tobte es. Ihr war schwindelig. Ihr Herz pochte wie wild, und das Blut schoss ihr mit nie
erlebter Heftigkeit durch die Adern. Sie konnte sich nicht
bewegen. Sie hatte sich, seit Hunter verschwunden war, alle
möglichen Szenarien ausgedacht, aber nicht dieses. Nicht
mal ansatzweise.

«Ich hatte keine Ahnung, dass du seine Witwe bist, das
musst du mir glauben», sagte Hunter mit belegter Stimme.
«Du hast einen anderen Nachnamen, deshalb wäre ich niemals auf die Idee gekommen.»

Iris hatte bei der Heirat ihren Namen behalten. Vielleicht
wäre es anders gewesen, wenn sie Kinder gehabt hätten,
aber sie waren nur zu zweit gewesen, und sie hatte seinen Nachnamen nicht gebraucht, um sich Elliott nahe zu
fühlen.

«Ich wurde von der Firma engagiert, für die Elliott als
Buchhalter arbeitete. Ich war derjenige, der damals die Un-
stimmigkeiten aufdeckte, die zu den Ermittlungen wegen
Betrugs führten. Ich war am Boden zerstört, als ich von Elli-
otts ...» Er zögerte, war, wie die meisten, wenn sie in ihrem
Beisein Elliotts Selbstmord erwähnten, unsicher, was die an-
gemessene Bezeichnung war. «... Tod erfuhr.» Er sah sie an.
«Ich fühlte mich verantwortlich. Ich hatte das Gefühl, den
Tod eines jungen Mannes verschuldet zu haben. Meine größ-
te Angst bestand darin, dass ich einen Fehler gemacht hatte,

die Tatsachen falsch interpretiert hatte und er in Wirklichkeit unschuldig war.»

«War er nicht», flüsterte Iris. Ihr Mund war wie ausgedörrt.

Hunter schüttelte den Kopf. «Nein, war er nicht. Aber das schmälerte nicht meine Schuldgefühle. Ich war Elliott ein paarmal begegnet. Ich mochte ihn. Was, wenn ich ihn einfach hätte damit durchkommen lassen? Was, wenn ich ihm einen diskreten Hinweis gegeben hätte, eine Chance, alles geradezubiegen? Wäre er dann noch am Leben? Die Vorstellung verfolgte mich, trieb mich dazu, viel mehr zu trinken, als mir guttat, und die ganze Welt für mein Elend verantwortlich zu machen, dafür, dass ich eine Rolle dabei gespielt hatte, dass ein anderer Mensch sich das Leben nahm.»

Stumm und starr saß Iris da. Sie war sich plötzlich ihres Atems überbewusst, spürte, wie die Luft bis ganz nach unten in die Lunge strömte, einen Moment lang dort blieb und dann wieder herauskam. Iris konnte sich jetzt nicht mit der Tatsache beschäftigen, dass der Mann, der da vor ihr saß – der Mann, in den sie sich verliebt hatte – durch irgendeinen wahnwitzigen Zufall gleichzeitig der Mann war, der die Betrügereien ihres Ehemanns aufgedeckt und zur Anzeige gebracht hatte. Es war so grausam, dass Iris es nicht fassen konnte.

«Iris?» Hunter sah sie forschend an, offensichtlich auf der Suche nach einer Reaktion, zu der sie außerstande war. Sie versuchte, Ordnung in ihren Verstand zu bringen – Fragen zu formulieren, Antworten, irgendwas. Aber es gelang ihr nicht. In ihrem Kopf herrschte ein chaotisches Durcheinander aus verworrenen Gedanken.

«Ich weiß, wie schwer das zu begreifen ist», sagte Hunter leise. «Ich habe Verständnis, wenn du mir sagst, dass du Zeit brauchst, um das zu verdauen. Mir ist sehr wichtig, dass du weißt, wie leid es mir tut. Außerdem tut mir leid, dass ich Panik bekam, als mir klar wurde, dass es schon lange vor unserer ersten Begegnung im Park eine Verbindung zwischen uns gab. Mir tut leid, dass es eine solche Verbindung zwischen uns überhaupt gab. Und mehr als alles andere tut mir die Rolle leid, die ich beim Selbstmord deines Mannes spielte.»

«Bist du deshalb hergekommen?», fragte Iris. «Hast du deshalb den Job bei uns angenommen? Wegen Elliott?»

Er schloss die Augen, und Iris sah, wie sein Brustkorb sich hob und senkte. Zögernd öffnete er die Augen wieder und schaute sie an. «Ja», sagte er. «Als das Angebot hereinkam, hatte ich das Gefühl, noch mal an denselben Ort zurückkehren zu müssen, exakt drei Jahre später. Das ist der wahre Grund, weshalb ich an dem Abend im Park war. Ich hatte in Elliotts Nachruf gelesen, dass seine Frau zu seinem Gedenken im Park eine Bank hatte aufstellen lassen.»

Die Stille dehnte sich aus. Iris versuchte zu begreifen, was Hunter da gesagt hatte, aber es fühlte sich an, als würde ihr Gehirn in Zeitlupe arbeiten. Sie schaute starr geradeaus, hielt den Blick auf seinen Brustkorb gerichtet. Sie bekam keinen einzigen Gedanken zu fassen.

«Iris», sagte er leise und beugte sich ein Stückchen weiter vor. «Bitte sprich mit mir.»

«Wir waren an dem Abend beide wegen Elliott dort», murmelte sie.

«Ja», sagte Hunter. «Das stimmt. Doch ich habe an dem

Abend noch etwas anderes gefunden. Etwas, von dem ich nicht mal wusste, dass ich es suche.»

Iris wandte sich ab. Die Linie zwischen Freude und Schmerz war so unfassbar dünn.

«Es tut mir leid», wiederholte Hunter. Seine Stimme brach, und er atmete in dem Versuch, die Fassung zu behalten, tief ein.

Iris hatte den Moment nie vergessen, als die Nachricht von Elliotts Tod sie erreicht hatte. Der Schock hatte sich tief in ihren Verstand gegraben, der Schmerz sich in ihr Herz geschnitten. An einem regnerischen Abend hatten plötzlich zwei Polizeibeamte vor ihrer Tür gestanden, ein Mann und eine Frau. Der Mann hatte sie gebeten, ihren Namen zu bestätigen und dass ihr Ehemann Elliott Richmond hieß. Iris hatte gerade noch nicken können, dann hatten ihre Knie nachgegeben, und sie hatte sich verzweifelt zuerst an der Tür festgehalten und dann an der Polizistin, die ihren Arm genommen und sie ins Wohnzimmer geführt hatte. Sie erinnerte sich an die endlosen Fragen, die sie zwar hören, auf die sie aber nicht antworten konnte. *Hat er einen Abschiedsbrief hinterlassen? Hat er Ihnen Grund zu der Annahme geliefert, dass er selbstmordgefährdet war? Möchten Sie, dass wir jemanden für Sie anrufen?* Sie wusste noch, dass sie den Blick starr geradeaus gerichtet hatte, auf ein Foto von ihnen beiden, das auf dem Kaminsims stand. Es stammte aus einem Urlaub in Griechenland, im Hintergrund der Sonnenuntergang über dem Ionischen Meer. Sie hatten so glücklich ausgesehen. Iris hatte das Bild angestarrt und gewusst, dass sie nie wieder glücklich sein würde.

Sehr viel später dann, lange nach der Trauerfeier, lange

nachdem Iris aufgehört hatte, zur Therapie zu gehen, auf die ihre Eltern bestanden hatten, hatte Elliotts ehemalige Chefin Nicola sich gemeldet, um ihr Elliotts persönliche Dinge aus dem Büro vorbeizubringen. Am nächsten Tag war sie mit einer Schachtel und einem Strauß Lilien zu Besuch gekommen. Iris hatte Nicola gemocht. Sie war unkompliziert und sachlich. Im Gegensatz zu allen anderen hatte sie nicht versucht, irgendwas zu beschönigen, sondern war respektvoll und einfühlend gewesen. Sie hatte Iris an Diane erinnert. Nicola hatte ihr von den Ermittlungen erzählt und dass der Berater, der engagiert worden war, um ihnen zu helfen, das Geschäft zu optimieren, auf Unregelmäßigkeiten in der Buchhaltung gestoßen war. Iris versuchte, sich zu erinnern, wie sie damals auf Nicolas Schilderungen reagiert hatte. Hatte sie Hunter, von dem sie damals noch nichts ahnte, gehasst? Sicher nicht, er hatte schließlich nur seine Arbeit gemacht. Außerdem war sie viel zu sehr damit beschäftigt gewesen, die Schuld bei sich zu suchen. Dabei wäre es einfach gewesen, einen Teil davon einfach abzuwälzen. Doch sie hatte es nicht getan. Jetzt, wo sie Hunter gegenübersaß und mit der unfassbaren Verstrickung konfrontiert war, war sie sich nicht sicher, ob sie immer noch so dachte.

«Ich muss gehen», sagte sie und stand so abrupt auf, dass die Stuhlbeine über den Boden scharrten. Sie zitterte, und ihr war speiübel.

Hunter stand ebenfalls auf und trat zögernd etwas näher. Er sah aus wie am Boden zerstört, doch Iris vermochte nicht zu sagen, was das mit ihr machte. Sie wusste im Augenblick überhaupt nichts mehr. Sie musste allein sein. Sie drehte sich um und verließ im Laufschritt die Bar.

Im Freien blieb sie vornübergebeugt stehen und atmete, die Hände auf die Knie gestützt, die kühle, klare Herbstluft ein.

«Iris!» Hunters Stimme drang an ihr Ohr.

Sie richtete sich auf, hob den Kopf, und dann sahen sie einander schweigend an. Schließlich senkte Hunter den Kopf und machte einen Schritt auf sie zu.

«Weißt du, Iris, ich hatte versucht, mir eine Welt vorzustellen, in der du über all das, was ich dir gerade erzählt habe, hinwegkommen würdest», sagte er. «Ganz ehrlich? Es ist mir nicht gelungen. Ich wusste, dass du mich hassen würdest, und bin zu dem Schluss gekommen, dass es besser ist, das Schöne, das zwischen uns war, zu bewahren, anstatt es zu zerstören, indem ich dir die Wahrheit sage.»

«Du hast mir nicht mal die Wahl gelassen!», entgegnete sie unter Tränen. «Du hast mir das Recht abgesprochen, meine eigene Entscheidung zu fällen.»

Er sah kurz zu Boden, dann hob er den Blick. «Das war nicht meine Absicht. Als Elliott starb, war ich in Therapie, um zu verarbeiten, was passiert war. Als ich erfuhr, wer du bist, habe ich sofort meinen Therapeuten angerufen und einen Termin vereinbart. Ich bin momentan mehrmals die Woche dort.»

Iris wusste, dass Elliott zu dem Zeitpunkt, als Hunter die Unterschlagung aufdeckte, längst verzweifelt gewesen war, weil er so tief in Schulden steckte. Sie kam damals schon nicht mehr an ihn heran – auch niemand sonst. Am tiefsten hatte sie verletzt, dass Elliott ein Doppelleben geführt hatte. Die vielen Geheimnisse, die Lügen. Die Ärztin hatte ihm Antidepressiva verschrieben, aber die hatte er nicht genommen – Iris hatte die ungeöffneten Schachteln Monate nach seinem Tod bei seinen persönlichen Dingen gefunden. Er hatte einen riesigen Bereich seines Lebens vor allen anderen verborgen.

Der Großteil seiner Schulden resultierte aus Glücksspiel, was für Iris unbegreiflich gewesen war. Sie hatte nicht einmal gewusst, dass er gern spielte. Wie hatte ihr das entgehen können? Immer wieder waren ihr von da an Situationen in den Sinn gekommen, die sie damals nicht richtig gedeutet hatte. Einmal hatte sie Elliott bei der Rückkehr von einer Dienstreise schlafend auf dem Sofa vorgefunden, den Laptop offen auf der Brust. In dem Moment, als sie ihn davon befreien wollte, war er panisch hochgeschreckt und hatte mit derartiger Wucht den Bildschirm zugeknallt, dass sie meinte, das Glas wäre zersprungen. Zu dem Zeitpunkt war die Stimmung zwischen ihnen bereits angespannt gewesen, und Iris hatte damals wochenlang mit der Überzeugung gelebt, er hätte eine Affäre und würde E-Mails von einer heimlichen Geliebten vor ihr verbergen.

«Iris», sagte Hunter flehend und riss sie aus ihren Erinnerungen. «Bitte …»

«Du hättest mit mir reden müssen!», rief Iris aus und sah ihn wütend an. «Du hättest dableiben und es wenigstens versuchen müssen. Ich hatte dir von Elliott erzählt, dir muss doch klar gewesen sein, was du mir mit deinem plötzlichen Verschwinden antun würdest! Wie ich mich fühlen würde!» Es gelang ihr nicht, ihre Gefühle zu verbergen. Ihre Stimme brach.

«Das Allerletzte, was ich wollte, war, dich zu verletzen», antwortete er.

Iris musterte ihn forschend. Sie glaubte ihm, aber das änderte nichts an der Tatsache, dass er einfach abgehauen war.

«Ich habe jeden Tag an dich gedacht», sagte Hunter. «Ich war am Boden zerstört – und ich weiß, dass es für dich auch nicht leicht war», fügte er eilig hinzu. «Ich will, dass du weißt, wie sehr ich dich vermisst habe und dass ich alles für eine zweite Chance tun würde.»

Iris wich zurück. «Ich muss gehen», sagte sie tonlos. Sie spürte die Tränen, die hinter ihren Augen lauerten, das Schluchzen in ihrer Kehle. Sie brauchte Raum. Sie musste dringend einen klaren Kopf bekommen.

Hunter nickte betreten. «Eines sollst du noch wissen, ehe du gehst: Alles, was ich dir gesagt habe, alles, was zwischen uns war, war echt. Alles. Unsere Gefühle füreinander waren echt. Bitte vergiss das nicht.»

39

Iris hatte eine schlaflose Nacht hinter sich.

Würde sie Hunters Anblick je wieder ertragen, jetzt, wo sie von seiner Verbindung zu Elliott wusste? Das Gespräch mit Diane auf der Rückfahrt war chaotisch gewesen. Sie hatte ohne Punkt und Komma geredet und ihr schluchzend und mit laufender Nase versucht, alles zu erzählen. Diane war von der Wendung der Ereignisse sichtlich überrumpelt gewesen und hatte Iris schließlich die eine Frage gestellt, auf die sie keine Antwort hatte: «Was willst du jetzt tun?»

Irgendwann hatte der Schlaf sie schließlich doch noch überwältigt, und sie hatte bis zehn Uhr geschlafen. Das war so lange nicht mehr vorgekommen, dass ihr Körper sich regelrecht unwohl fühlte, als würden sämtliche Muskeln zuckend nach Bewegung schreien. Sie ging eine kleine Runde laufen, stellte sich unter die Dusche, antwortete auf Dianes besorgte Nachrichten und putzte anschließend das Haus von oben bis unten. Sie versuchte, ihren Gedanken durch permanente Bewegung zu entkommen, aber sie blieben ihr hartnäckig auf den Fersen. Was sollte sie jetzt tun?

Ihr Verstand zwang ihr Bilder von Hunter und Elliott gemeinsam auf und bedrängte sie mit allen möglichen Szenarien. Wann waren sie einander zum ersten Mal begegnet? Hatte Elliott sie je erwähnt? Hatte Hunter Elliott von seiner Frau erzählt? Sie versuchte, sich zu erinnern, ob Elliott jemals einen externen Berater erwähnt hatte, aber ihr fiel nichts ein.

Hunter hatte ihr vor dem *Lakehouse* eine Visitenkarte gegeben, auf der er seine private Telefonnummer notiert hatte. Iris hatte sie in die Tasche geschoben und seitdem keines Blickes mehr gewürdigt. Sie konnte ihm nicht verzeihen, dass er lieber abgehauen war, anstatt mit ihr zu sprechen, auch wenn er wenigstens zu seinem Therapeuten gefahren war, was ihr Respekt abnötigte. Sie fragte sich, ob die Dinge womöglich anders gelaufen wären, wenn Elliott damals denselben Schritt gewagt hätte, wenn er sich Hilfe geholt hätte, aber sie schob den Gedanken eilig beiseite. Das Was-wäre-wenn-Spiel war gefährlich und führte nirgendwohin.

Iris stand zögernd vor dem Schrank im Gästezimmer. Sie wusste genau, was hinter den Türen lauerte. Sie dehnte die verschränkten Finger und wappnete sich. Auf dem obersten Brett stand eine Schachtel, die randvoll war mit Erinnerungen, Erinnerungen an ihr gemeinsames Leben mit Elliott. Sie stellte sich auf die Zehenspitzen, streckte sich und holte sie aus dem Schrank.

Es war inzwischen spätnachmittags, die tief stehende Sonne fiel durch die Ritzen in den Jalousien, und Staubpartikel tanzten im Licht. Iris setzte sich im Schneidersitz auf den Teppich und breitete den Schachtelinhalt vor sich aus. Eine Quittung aus dem Restaurant, in dem sie ihr erstes Date gehabt hatten. Ein Streifen Automatenfotos von ihnen beiden, Grimassen schneidend und sich küssend. Geburtstags- und Jahrestagskarten. Ein Schlüsselanhänger, ein Souvenir von ihren Flitterwochen auf Bali. Kinokarten für den ersten Film, in dem sie gemeinsam waren. Zwei Zugfahrkarten von ihrer

Reise mit dem Eurostar. Iris nahm jeden Gegenstand einzeln heraus und betrachtete ihn, ehe sie ihn zu den anderen legte. Dann stieß sie auf einen Zettel. Sie nahm ihn heraus und faltete ihn behutsam auf. Es war eine Nachricht von Elliott, kurz nach ihrer Hochzeit, ein Abschiedsbriefchen, ehe er beruflich verreist war. Sie wusste zwar nicht mehr, wohin, aber sie konnte sich noch an das Gefühl erinnern, mit dem sie sich das Zettelchen lächelnd an die Brust gedrückt hatte. Sie war sich damals vorgekommen wie die glücklichste Frau der Welt.

Zitternd strich sie die Knicke glatt und musterte die vertraute Handschrift.

Iris, meine Frau!! Wow, dich so zu nennen, fühlt sich immer noch ziemlich schräg an, aber wunderschön schräg (was uns beide ziemlich gut beschreibt!). Ich werde dich vermissen, und du mich auch, das weiß ich (logisch!). Deshalb wartet im Gästezimmer eine kleine Überraschung auf dich, damit dir ohne mich nicht langweilig wird. Viel Spaß! Ich liebe dich unendlich! Kuss, E.

Iris war sofort nach oben ins Gästezimmer gelaufen und hatte dort die Geschenktüte entdeckt. Darin war der Modellbausatz für ein Flugzeug gewesen – eine Supermarine Spitfire. Sie erinnerte sich noch genau an die Vorfreude in ihrem Bauch, als sie die vielen winzigen Einzelteile darin entdeckt hatte. Auf der Schachtel klebte ein gelber Zettel mit Elliotts Schrift. Darauf stand: *Freue mich schon auf das Ergebnis!*

Iris' Blick fiel auf die sorgsam zusammengeklebte Spitfire, die mit all den anderen Dingen in die Schachtel gewandert war. Vorsichtig hob sie das Flugzeug heraus, wog es in der Hand und dachte an die Arbeit zurück und wie sie das fertige Modell im Wohnzimmer drapiert hatte, um es Elliott zu zeigen, sobald er wieder zu Hause war. Sie hielt es in die Höhe, und als die Sonnenstrahlen die Farbe zum Leuchten brachten, wurde ihr plötzlich etwas klar: In dem Bemühen, dem Schmerz auszuweichen, hatte sie sich zugleich von allem Guten abgeschnitten, von all der Liebe und Freude, mit der Elliott ihr Leben bereichert hatte, und das war eine ganze Menge gewesen.

Am Montagmorgen fuhr Iris besonders früh zur Arbeit. Die dicken grauen Wolken kündigten Regen an. In ihrem Büro fuhr sie den Laptop hoch und ging dann in die Teeküche, um sich einen Kaffee zu holen. Sie versuchte vergebens, nicht an die Begegnung mit Hunter zu denken, in dessen geliehenem T-Shirt sie immer noch schlief. Sie rührte gerade den Kaffee um, als hinter ihr die Tür aufging.

«Iris.» Sie erkannte den amerikanischen Akzent sofort. Als sie sich umdrehte, stand Xander vor ihr, in einem hellblauen Hemd, den Laptop unter den Arm geklemmt. «Guten Morgen», sagte er, legte den Computer auf den Tisch und nahm sich eine Tasse vom Regal.

«Guten Morgen», erwiderte Iris befangen. Xander und Hunter waren befreundet. Er wusste, was mit Elliott passiert war, aber nicht, wie sie damit in Verbindung stand. Am besten, sie verabschiedete sich schnell, aber Xander hatte anderes im Sinn.

«Wie wäre es mit Mittwoch?», sagte er. «Ich wollte Ihnen doch mal ein paar Stunden über die Schulter schauen.»

«Äh ...» Iris versuchte, sich ihren Terminkalender vors innere Auge zu holen, aber vergebens. Im Augenblick funktionierte sie von Tag zu Tag, und auch das gerade eben so. «Ich werfe einen Blick in meinen Kalender und gebe Ihnen Bescheid.»

Er nickte und rührte zwei Löffel Zucker in seinen Kaffee. «Haben Sie zufällig was von unserem gemeinsamen Freund gehört?»

Iris, die gerade hatte gehen wollen, erstarrte mit dem Kaffeebecher in der Hand. Sie drehte sich um. Xander lehnte mit dem Rücken am Tresen.

«Ich ... äh ...», stammelte sie.

«Bitte entschuldigen Sie meine Neugier», sagte er, als er ihr offensichtliches Unbehagen bemerkte.

«Nein, es ist nur ... ja. Ja, wir haben uns tatsächlich gesehen. Am Samstag», sagte Iris.

«Ah, ja?» Xander hob die Augenbrauen.

«Er hat mir erklärt, was passiert war», sagte sie leise und warf eilig einen Blick über die Schulter, um zu sehen, ob sie ungestört waren.

Xanders Gesicht verriet nichts. Er stand nur da und sah sie aufmerksam an. «Tatsächlich?»

«Ja.» Iris nickte. «Ich weiß jetzt Bescheid.»

Xander holte tief Luft, stieß sich vom Schrank ab und machte einen Schritt auf sie zu.

«Ich habe ihn erlebt, als er in einer sehr schlechten Verfassung war», sagte er. «Als ich neulich mit ihm telefoniert hab, kurz nachdem er hier angefangen hatte, da klang er plötzlich ...», Xander unterbrach sich und legte nachdenklich die Stirn in Falten, «... fast euphorisch. Ich dachte, es läge an dem Projekt, aber jetzt bin ich mir nicht mehr so sicher.» Xander lächelte Iris an, die immer noch starr vor ihm stand. «Na dann, hoffentlich bis Mittwoch», sagte er, machte einen Schritt um sie herum, nahm seinen Laptop vom Tisch und verschwand.

Iris blieb stehen, wo sie war, nippte an ihrem Kaffee und dachte über das nach, was Xander gesagt hatte. War Hunter tatsächlich begeistert gewesen, sie kennenzulernen? Ihr tat das Herz weh, wenn sie an ihn dachte. Sie legte die Hand auf die Brust, atmete zittrig ein, wappnete sich, trat hinaus auf den Flur und ging rüber zu Dianes Büro. Es gab auch noch andere Dinge als Hunter Monroe. Nach der letzten Begegnung mit David hatte sich eine Idee bei ihr eingenistet. Vielleicht ergab sich hier eine Möglichkeit, den Gefallen einzulösen, den Diane ihr schuldete. Nachdem sie das letzte Mal einfach so hereingeplatzt war und Dianes Meeting mit Jeremy Sterling gestört hatte, klopfte sie höflich an, und einen Augenblick später ertönte Dianes Stimme: «Herein!», rief sie.

Iris betrat das Zimmer, setzte sich auf den Besucherstuhl und stellte den Kaffeebecher auf den Tisch.

«Iris ... wie geht es dir?» Diane sah sie besorgt an.

«Mir geht es gut», antwortete Iris.

Diane lächelte mitfühlend. Sie wusste, dass Iris nicht die Wahrheit sagte. «Sprich mit mir, Iris. Bitte. Was ist gerade los in diesem wunderbar hyperaktiven Gehirn zwischen deinen Ohren?»

«Ich bin eigentlich nicht gekommen, um über mich zu

sprechen.» Iris beugte sich vor. «Ich bin gekommen, um deine Schulden einzutreiben.»

Diane sah sie fragend an. «Wie bitte?»

«Du schuldest mir noch einen Gefallen», sagte Iris.

Diane machte ein verwirrtes Gesicht. «Welchen Gefallen?»

«Weißt du das nicht mehr?» Iris räusperte sich und ahmte Dianes Stimme nach. «Du hast was gut bei mir, keine Kleinigkeit, sondern was richtig *Großes*.»

«Mist», murmelte Diane. «Ich hatte gehofft, du hättest das vergessen.»

Iris grinste. «Keine Chance.»

Diane verschränkte skeptisch die Arme und lehnte sich zurück. «Na dann, raus damit. Was kostet mich das?»

«Schön, dass du fragst.» Iris rutschte nach vorn auf die Stuhlkante. Zu ihrem eigenen Erstaunen genoss sie die Situation «Du erinnerst dich doch an David, oder?»

«Meinst du deinen Nachbarn?» Zwischen Dianes Augenbrauen erschien eine steile Falte.

«Richtig», entgegnete Iris. «Er ist ein sehr netter Typ ...»

«Okay?»

Iris stützte die Ellbogen auf den Tisch und legte das Kinn in die Hände. «Ich glaube, ihr würdet euch gut verstehen», sagte sie mit hochgezogenen Augenbrauen.

Diane hatte so viel für Iris getan, sowohl beruflich als auch persönlich, und Iris wollte endlich auch mal etwas für sie tun. Sie war sich sicher, dass es an dem Abend, als Diane und David sich vor ihrer Haustür kennenlernten, zwischen den beiden gefunkt hatte, ob Diane das nun zugeben wollte oder nicht. Außerdem hatte sie nach der Samstagsaktion von Diane und Hunter kein Problem mehr damit, übergriffig zu sein oder irgendwelche Grenzen zu überschreiten.

Iris lächelte, und Diane gab sich geschlagen.

«Okay», sagte sie. «Wie lautet der Plan?»

40

Die Woche verging wie im Flug, und das trübe Regenwetter war der perfekte Spiegel für Iris' Gefühlswelt. Sie vermisste Hunter, und die Zeit heilte definitiv keine Wunden.

Xander war am Mittwochvormittag bei Iris mitgelaufen, und Hunter war nicht noch mal zur Sprache gekommen. Iris hatte starr nach Schema F gehandelt, seine Fragen beantwortet und ihn auf einen für sie durchschnittlichen Vormittag mitgenommen. Xander hatte aufmerksam zugehört und sich ab und zu Notizen gemacht. Als er sich kurz vor der Mittagspause bedankte und verabschiedete, merkte Iris, dass sie ein bisschen enttäuscht war. Hatte sie gehofft, er würde über Hunter sprechen und ihr gar einen Rat geben, der wie durch ein Wunder plötzlich Ordnung in ihr Gedankenchaos brächte? Sie ließ sich gegen die Stuhllehne plumpsen und stöhnte frustriert auf.

Am Freitagabend hatte sie das Gefühl, die Begegnung mit Hunter läge eine Ewigkeit zurück. War das tatsächlich erst letzten Samstag gewesen? Sie ging durch den Park zu ihrer Bank und dachte daran, wie sie erst neulich gemeinsam diesen Weg gegangen waren. Sie konnte sich an das Gefühl ihrer Hand in seiner erinnern. An die Wärme, den Halt. Seine Abwesenheit hatte ihr deutlich gemacht, mit welcher Geschwindigkeit er Einfluss auf ihr Leben genommen hatte, wie viel Raum er darin beansprucht hatte, allein durch seine Anwesenheit.

Ihr Telefon vibrierte in der Manteltasche, und sie nahm es heraus, zog den Handschuh aus und scrollte sich durch die Textnachrichten. Nach dem Treffen damals im *Lakehouse* hatte Emma Iris in eine WhatsApp-Gruppe aufgenommen, in der auch Laila und Steph waren. Sie versuchten, sich für die Feiertage zu verabreden. Eilig sagte Iris für das infrage kommende Datum zu, schob das Telefon zurück in die Tasche und zog sich den Handschuh wieder an.

Es hatte aufgehört zu regnen, und der Abend war kalt und klar. Der Frost, der für die kommende Nacht vorhergesagt worden war, lag bereits in der Luft. Iris zog den Mantel enger um sich und rieb mit dem Handschuh über Elliotts Plakette, als sie sich setzte.

«Hallo», flüsterte sie und fuhr mit dem Finger seinen Namen nach. *Elliott Richmond.* Sie schlug die Beine übereinander und verschränkte die Arme, um sich warm zu halten. Der Tag, an dem sie direkt hier Elliotts Asche verstreut hatten, war genauso kalt und klar gewesen. Sie erinnerte sich nur verschwommen daran, sie hatte zu sehr unter dem Eindruck ihrer Trauer gestanden. Lediglich an einzelne Momente konnte sie sich erinnern, aber es kam ihr vor wie ein Puzzle, bei dem so viele Teile fehlten, dass man das ganze Bild nicht erkennen konnte.

Elliotts Eltern hatten rechts und links von ihr gestanden, das wusste sie noch. Auch dass es still gewesen war und der Himmel klar. Sie hatte schreckliche Kopfschmerzen gehabt, und es war ihr schwergefallen, gegen die Sonne zu schauen. Sie erinnerte sich, wie Elliotts Asche von einem Windhauch erfasst worden war und sie gedacht hatte, sie könnte keinen einzigen Tag überleben.

Sie verlagerte das Gewicht. In ihren Augen brannten Tränen. Sie räusperte sich schniefend.

«Ich weiß nicht, was ich tun soll, Elliott. Ich glaube, ich habe mich verliebt. In einen anderen. Und ich …» Ihr stockte die Stimme, und sie musste tief Luft holen, um weitersprechen zu können. «Es tut mir leid. Es tut mir leid, dass ich dich im Stich gelassen habe. Weißt du, ich habe in einer Schachtel mit Erinnerungen gekramt, und dabei ist mir etwas klar geworden. Mir ist klar geworden, was für ein schönes Leben wir beide hatten, Elliott, und das werde ich niemals vergessen. Du hast mich sehr geliebt, und tief in meinem Herzen weiß ich, dass du nicht wollen würdest, dass ich nur noch auf Sparflamme lebe. Aber es ist so: Der Mann, in den ich mich verliebt habe, und du, ihr kanntet euch.»

Iris rang die Hände. Der Kloß in ihrem Hals wurde immer größer. Aber sie wusste, dass sie weitersprechen musste, es kam ihr entgegen aller Logik und Vernunft lebensnotwendig vor. Doch das machte es nicht leichter.

«Er heißt Hunter. Hunter Monroe. Ihr hattet beruflich miteinander zu tun.» Nach kurzem Zögern sagte sie: «Er war derjenige, der die Unterschlagung entdeckte.» Schniefend versuchte Iris, die Tränen zurückzuhalten. «Die Sache ist die, Elliott: Ich habe versucht, ihn zu hassen. Ich habe versucht, wütend auf ihn zu sein. Ihm die Schuld zu geben. Aber das geht nicht. Ganz egal, wie ich es auch hinzubiegen versuche, in meinem Herzen weiß ich, dass er nur seinen Job gemacht hat und dass das, was passiert ist, ihn fast zugrunde gerichtet hat.» Sie wischte sich über die Wangen, und die Tränen versickerten in der Wolle ihrer Handschuhe.

«Ich hoffe, du kannst mir verzeihen», sagte sie schluchzend. «So, wie ich dir verziehen habe. Und weißt du, es hat ziemlich lange gedauert, aber ich glaube, ich habe mir endlich ebenfalls verziehen.»

⁎

Als Iris nach Hause kam, war es bereits kurz vor neun. Eine Laterne tauchte die Straße vor ihrem Haus in orangefarbenes Licht. Sie war müde und erschöpft, außerdem war ihr die Kälte unter den Mantel gekrochen. Zitternd und mit gekrümmten Schultern und eingezogenem Kopf trat sie vor ihre Haustür. Ein unerwartetes Geräusch ließ sie aufschrecken. Sie drehte sich um und entdeckte Phil, der eben die Autotür öffnete. Er hob grüßend die Hand, und als er ihr Gesicht sah, versiegte sein offenes Lächeln.

«Iris? Ist alles in Ordnung?» Er machte die Tür wieder zu und kam näher.

Iris nickte, doch sie konnte ihre verquollenen Augen spüren und war sich sicher, dass die Wimperntusche verlaufen war. «Alles okay», sagte sie. «Es war nur einer dieser Tage.»

Er sah sie forschend an. «Stress bei der Arbeit?»

«Unter anderem», erwiderte Iris.

Phil blieb unschlüssig stehen, er wollte eindeutig nicht aufdringlich sein.

«Tja», sagte er und schob die Hände in die Hosentaschen. «Mein Dad und Diane, was?» Sein Lächeln war wieder da, wahrscheinlich hoffte er, dass ein Themenwechsel half, und Iris stellte erleichtert fest, dass es stimmte. Bei dem Gedanken an die beiden wurde ihr sofort etwas wohler ums Herz.

«Morgen Abend, oder?», fragte Iris, obwohl sie den Termin natürlich kannte. Diane hatte den ganzen Tag kein anderes Thema gehabt.

«Ganz genau. Sie gehen zu einem neuen Italiener in der Stadt.» Phil warf einen Blick über die Schulter zur Haustür und senkte die Stimme. «Dad ist ein bisschen nervös», sagte er.

«Diane auch.» Iris hatte die ganze Woche damit verbracht, sie davon zu überzeugen, dass sie und David gut zusammenpassen würden. Sie hatte ihre Freundin noch nie so nervös und aufgeregt erlebt.

«Ich bin mir sicher, die beiden werden sich prima verstehen», sagte Phil fröhlich. «Ich fahr dann mal, ich habe morgen Frühschicht.»

«Arbeitest du auch samstags?», fragte Iris.

«Ja. Bei uns herrscht Personalmangel», antwortete er. «In jüngster Zeit sind einige Ingenieure gegangen, und es mangelt an passenden Bewerbern und Bewerberinnen. Du suchst nicht zufällig einen neuen Job?», fügte er lachend hinzu. «Moment mal», sagte er, als er Iris' Gesicht sah. «Suchst du tatsächlich einen neuen Job?»

«Na ja, ich ... ich meine ...» Iris fing an zu stammeln. «Ich suche nicht aktiv. Außerdem habe ich in der Luftfahrtbranche noch nie gearbeitet. Auch wenn das immer mein Traum war.»

Phil strahlte sie an. «Das spielt überhaupt keine Rolle», sagte er. «Bei uns gibt es ein eigenes Programm für branchenfremde Quereinsteiger. Du musst dich unbedingt bewerben. Wenn du willst, begleite ich dich durch den Prozess», sagte er enthusiastisch.

Bei dem Gedanken fing ihr Herz an zu pochen. *Sie*, eine Luftfahrttechnikerin?

«Also, wenn du meinst ...», sagte sie.

Sofort zog Phil eine Visitenkarte aus der Tasche. «Hier», sagte er. «Meine Nummer. Ruf mich an, dann besprechen wir die Einzelheiten.»

Iris nickte. «Okay.» Mehr brachte sie nicht zustande. Das Adrenalin schoss durch ihre Adern, und ihr war ein bisschen schwindelig.

«Also, bis dann.» Phil stieg ein, ließ den Motor an und fuhr winkend davon.

Iris brauchte einen Moment, um sich zu sammeln, dann sperrte sie die Haustür auf. Wie gern hätte sie Hunter jetzt davon erzählt.

41

Iris konnte immer noch nicht fassen, dass sie es tatsächlich tat. Plötzlich war alles ganz schnell gegangen.

«Herein», rief Diane.

Iris betrat das Büro und setzte sich Diane gegenüber an den Schreibtisch. Sie war nervöser als nötig, schließlich wusste Diane, weshalb sie gekommen war.

«Ich glaube, du hast etwas für mich, Iris», sagte Diane und legte die gefalteten Hände auf den Tisch.

Iris reichte ihr den Umschlag mit ihrer Kündigung. Sie würde noch bis Jahresende bleiben und nach den Feiertagen in ihrem neuen Job anfangen. Der Gedanke war gleichermaßen beängstigend wie aufregend.

Diane öffnete den Umschlag, zog das Schreiben heraus und las konzentriert. Als sie fertig war, hob sie den Blick und fing an zu lächeln.

«Als deine Vorgesetzte bedauere ich sehr, dass du das Unternehmen verlässt. Aber als Freundin bin ich absolut begeistert.» Aus dem Lächeln wurde ein breites Grinsen. «Wie fühlst du dich?»

«Ich bin okay», sagte Iris und atmete auf. «Ich glaube, die Zeit ist reif.»

«Ich glaube, die Zeit ist schon seit einer ganzen Weile reif.» Diane legte die Kündigung auf den Tisch und strich sich die Haare aus dem Gesicht. «Manchmal sind Veränderungen durchaus etwas Gutes», sagte sie sanft.

«Ich weiß.»

Dianes Blick wurde streng. «Das bezieht sich nicht nur aufs Berufliche.»

«Aha.» Iris wusste genau, was Diane meinte. Sie brachte das Thema Hunter nach wie vor mindestens zweimal pro Woche zur Sprache, aber Iris weigerte sich beharrlich, mit ihm zu sprechen. Ihr war klar geworden, dass sie sich auf keinen Fall von der Meinung oder den Ratschlägen anderer beeinflussen lassen durfte, und das schloss Diane mit ein. Ausnahmsweise musste sie sich selbst vertrauen. «Und? Wie war's gestern Abend mit David? Ihr wart essen, oder?»

Diane sah sie strahlend an. «Es war ... schön.»

«Was war das jetzt? Date Nummer fünf?», fragte Iris.

«Nummer sechs», korrigierte Diane sie. «Morgen sehen wir uns wieder.»

Iris freute sich sehr für die beiden, und Phil ebenfalls. Sie hatte ihn neulich kurz gesehen, direkt vor ihrem Einstellungsgespräch. Phil hatte ihr erzählt, sein Vater wirkte so glücklich wie seit Ewigkeiten nicht mehr.

«Na dann, viel Spaß, ihr zwei», sagte Iris, stand auf und wandte sich zum Gehen.

«Iris?» Sie drehte sich noch einmal um. Diane hielt die Kündigung in der Hand. «Ich bin stolz auf dich.»

Iris musste plötzlich schlucken. «Ich auch», sagte sie.

Der Dezember kam mit Bilderbuchfrost. Der Park sah aus wie eine Weihnachtskarte. Die Bank fühlte sich kalt und feucht an, aber das machte Iris nichts aus. Sie hatte die ganze Woche damit verbracht, sich zu sortieren und künftige Projekte vorzubereiten, damit die Übergabe zum Jahreswechsel möglichst reibungslos verlief.

Hunter war ständig in ihren Gedanken gewesen. Elliott von ihm zu erzählen, war für sie ein großer Schritt gewesen, sie fühlte sich leichter, freier. Sie wollte sich die schönen Dinge des Lebens nicht länger vorenthalten, hatte sich viel zu lange kasteit.

Iris ließ den Blick über die Wiese schweifen, wo im Frühling aufs Neue die Blumen sprießen würden, leuchtend und wunderschön. Sie erinnerte sich an einen Spaziergang mit Elliott durch diesen Park vor einigen Jahren. Es war ein warmer Märztag gewesen, unter den Bäumen hatten die Osterglocken geblüht. Elliott war stehen geblieben, um sie zu bewundern. «Sind die nicht wunderschön?», hatte er gesagt. Iris hatte den Kopf an seine Schulter gelehnt und war seinem Blick gefolgt. «Sie kommen jedes Jahr pünktlich wie ein Uhrwerk.» Er hatte ihr den Arm um die Schultern gelegt, sie an sich gezogen und sie auf den Scheitel geküsst. «Sie erinnern mich an dich», hatte er gemurmelt. «Leuchtend und schön. Widerstandsfähig. Außerdem machen sie mich glücklich.» Iris hatte lächelnd zu ihm hochgesehen.

«Ich bin so froh, dass ich damals den Mut hatte, dich anzusprechen», hatte er hinzugefügt, und Iris hatte bei der Erinnerung an ihre erste Begegnung gelacht – sie in dreckigen Klamotten und Elliott so entzückend nervös. «Die Chance auf Glück sollte man immer ergreifen, findest du nicht?», hatte er gesagt.

Iris schob die Hand in ihre Handtasche. Elliott hatte sie geliebt und würde wollen, dass sie glücklich war. Sie kramte erst Hunters Visitenkarte heraus und dann ihr Telefon. Sie tippte die Nummer ein und drückte den grünen Button, ehe sie es sich anders überlegen konnte. Es fing laut an zu klingeln, und Iris war verwirrt. Es klang wie ein Stereoeffekt. Sie schaute ihr Telefon an, hielt es weit von sich gestreckt und konnte das Klingeln immer noch viel zu gut hören. Verstört hob sie den Blick, dann setzte ihr Herz ein paar Schläge aus. Sie drückte sich erschrocken das Telefon an die Brust.

Hunter stand direkt vor ihr.

Ein Lächeln umspielte seine Lippen, aber es lag auch Anspannung darin. Er zog das Telefon aus der Tasche, hob ab und nahm es ans Ohr.

«Hallo?», sagte er.

«Hallo», wiederholte Iris, nahm ebenfalls das Telefon ans Ohr und sah zu ihm auf.

«Tut mir leid, aber der Zeitpunkt ist denkbar ungünstig», sagte er in den Hörer, ohne den Blick aus ihrem zu lösen. Wie sehr hatte sie seinen intensiven Blick vermisst!

«Oh ... ich ... äh ...» Iris' Herz pochte wie wild gegen ihren Brustkorb, und sie spürte ein verräterisches Kratzen in der Kehle.

Er machte einen Schritt auf sie zu. «Ich wollte gerade die

Frau, die ich liebe, fragen, ob sie irgendwann mit mir ausgehen möchte», sagte er.

Iris antwortete nicht. Sie wusste kaum noch, wie man atmet. Die Frau, die er *liebte?* Langsam ließ sie das Telefon sinken und legte auf. Hunter schob sein Telefon in die Tasche zurück. Iris zitterten die Beine, ihre Knie schlugen regelrecht gegeneinander. Sie rutschte ein Stückchen nach vorn, stand aber nicht auf. Dabei wollte sie aufstehen – sie wollte aufstehen und sich an ihm festhalten, wollte ihren Kopf an seiner Brust bergen und seine Arme um sich spüren – aber sie war sich nicht sicher, ob sie es schaffen würde. Stattdessen setzte Hunter sich neben sie, mit ein bisschen Abstand, er wirkte nach wie vor unsicher. Er legte den Arm auf die Lehne und sah sie an.

«Ich liebe dich, Iris», sagte er und schaute ihr dabei direkt in die Augen. «Ich liebe dich sehr.» Er streckte den Arm aus und nahm ihre Hand. «Es tut mir leid, dass ich abgehauen bin», sagte er. «Wenn du mir verzeihen kannst, verspreche ich dir, es für den Rest meines Lebens wiedergutzumachen.»

Iris sah ihn forschend an. Er hatte Ringe unter den Augen und war magerer, seine Wangenknochen traten deutlicher hervor, und seine Kinnpartie war noch kantiger geworden. Er sah aus, als hätte er ein paar harte Wochen hinter sich. Sein Anblick schnitt ihr ins Herz.

«Aha», sagte sie und drückte seine Hand. «Und? Fragst du mich jetzt, ob ich mit dir ausgehe?»

Hunter lächelte sanft. «Möchtest du mit mir ausgehen, Iris?», fragte er und beugte sich zu ihr.

Sie packte ihn mit beiden Händen am Mantelkragen, zog ihn zu sich und küsste ihn leidenschaftlich.

«Ist das ein Ja?», murmelte Hunter.

Iris nickte und löste sich von ihm, um ihn richtig anzusehen. Er nahm ihr Gesicht zwischen seine Hände, umfasste sanft ihre Wangen und schaute ihr in die Augen. Sein Blick weckte etwas in ihr, es fühlte sich schön an und warm und aufregend. Es fühlte sich an wie Zuhause und Weihnachten und Feuerwerk. Hunter küsste sie und murmelte dabei: «Ich liebe dich. Ich hab dich vermisst. Ich hab dich so vermisst.»

«Keine Geheimnisse mehr?», fragte sie.

«Keine Geheimnisse mehr.»

Iris schmiegte sich in seine Armbeuge, sein kräftiger Körper hielt sie fest, und seine Wärme umfing sie.

«Ich habe bei Taylor and Newton gekündigt», sagte sie.

«Tatsächlich?»

«Ja. Ich habe einen neuen Job. In der Luftfahrtbranche.»

«Iris …» Hunter ließ sie los und sah sie begeistert an. «Das ist wunderbar. Wann fängst du an?»

«Im Januar», antwortete sie. «Neues Jahr, neuer Anfang.»

Hunter strich ihr zärtlich die Haare aus dem Gesicht. «Ich freue mich sehr für dich.»

Es war ein wunderbar warmes Gefühl, jemanden zu haben, der sich für ihre Zukunft interessierte – jemanden, der sich für sie freute, jemanden, der sie *liebte*. Hunter nahm sie fest in die Arme und barg das Gesicht in ihren Haaren.

«Ich habe auch Neuigkeiten», sagte er.

«Ach ja?»

Er ließ sie los. «Ich habe letzte Woche das Haus verkauft. Die Leute wollen sofort einziehen, es sollte also schnell über die Bühne gehen.»

«Wow, das sind großartige Neuigkeiten.» Iris hätte gern

gefragt, was er jetzt vorhatte, aber für den Fall, dass seine Pläne sie nicht beinhalteten, ließ sie es bleiben. Er spürte ihr Zögern und sah sie lächelnd an.

«Ich hab dir ja gesagt, dass mir die Gegend hier gefällt», sagte er und ließ den Blick über den Park schweifen.

«Ja, stimmt.»

«Ich bin schon seit einer Woche wieder im *Radcliffe*. Hab mir ein paar Immobilien angesehen.» Sanft streichelte er mit dem Daumen über ihren Handrücken.

«Du bist schon seit einer Woche hier?»

Iris konnte es nicht fassen. Während sie nachts in seinem T-Shirt allein in ihrem Bett gelegen und seine Visitenkarte angestarrt hatte wie in einer traurigen Schmonzette, war er direkt um die Ecke gewesen.

«Ja. Und ich glaube, ich habe was gefunden, das mir gefällt.» Er lächelte.

«Hier?»

Hunter nickte. «Hier», wiederholte er. «Ich gehe nicht noch einmal weg.»

Epilog

Ein Jahr war vergangen wie ein Wimpernschlag. Iris hatte vor einem halben Jahr ihr Haus verkauft und war gemeinsam mit Hunter in ein kleines Cottage auf dem Land gezogen. Zum Jahreswechsel hatte sie Taylor and Newton verlassen und in der Luftfahrtbranche ihre Liebe zur Technik neu entdeckt. Am Anfang war es nicht leicht gewesen, doch sie hatte ihre Entscheidung nie bereut. Sie war am richtigen Ort.

«Alles okay?», fragte Hunter und lehnte sich zu ihr.

Sie nickte und drückte unter dem Tisch seinen Oberschenkel.

Sie waren im *Lakehouse* und feierten Davids Geburtstag. Diane saß neben David, und die beiden sahen sich immer wieder verliebt an. Phils Frau und die Kinder hatten sich ebenfalls angeschlossen, und es war eine wunderbare Feier. Diane hatte Iris über die neuesten Veränderungen bei Taylor and Newton informiert. Das Beratungsprojekt war ein Erfolg gewesen, die Firma hatte ihre Engpässe überwunden und Marktanteile hinzugewonnen. Xander hatte eine Reihe produktiver Vorschläge gemacht, die das Geschäft schnell in Schwung brachten und mit der Verschlankung der Produktionsprozesse zu tun hatten. Kein einziger Job war verloren gegangen, obwohl ein paar Abteilungen umstrukturiert worden waren.

Iris war nicht mehr so streng, was ihre Laufroutine betraf: Sie lief am Wochenende gemeinsam mit Hunter durch die wunderschöne Hügellandschaft der Peaks, und das viele Auf und Ab hatte sie beide noch fitter gemacht. Sie hatte inzwischen sogar ihren ersten Stadtlauf hinter sich, und es war weniger schlimm gewesen, als sie befürchtet hatte.

Hunter hatte im vergangenen Jahr ausschließlich Projekte betreut, zu denen er pendeln konnte, obwohl Iris ihm immer wieder gesagt hatte, ihretwegen müsse er sich keine lukrativen Aufträge entgehen lassen, doch er verspürte nicht den Wunsch, ohne sie zu sein.

Sie hatten viele gemeinsame Reisen unternommen. An Silvester waren sie in Barcelona gewesen und im Februar zum Sonnetanken in Mexiko. Sie waren in die USA gereist, um den Grand Canyon zu sehen, der schon immer auf Iris' Wunschliste gestanden hatte. Iris fühlte sich wohl wie nie zuvor, ein Umstand, der ihr immer noch – manchmal – Angst machte. Sie liebte Hunter von ganzem Herzen, und das machte sie seltsam verletzlich, aber es wurde leichter.

Als sich nach dem Geburtstagsessen alle verabschiedet hatten, hielt Hunter Iris davon ab, ins Auto zu steigen.

«Wie wär's mit einem Spaziergang am See, um der alten Zeiten willen?», fragte er.

Iris schaute zum Wasser. Über dem See hing groß der Mond – es war ein Vollmond –, und sie konnte sich ein Grinsen nicht verkneifen.

«Du willst doch nur deiner Mondsucht frönen, stimmt's?»

Sie stellte sich auf die Zehenspitzen und gab ihm einen Kuss. Er beugte sich zu ihr, die Hände fest um ihre Taille gelegt, und ließ sanft die Zunge über ihre Lippen gleiten. Ein leises Stöhnen löste sich aus seiner Brust.

«Ich hatte den ganzen Abend nur Augen für dich», sagte er, legte den Arm um sie und ging über den knirschenden Kies mit ihr zum See.

Kalter Wind wehte übers Wasser, und das Abbild des Monds ruhte auf der tintenschwarzen Oberfläche. Sie musste zugeben, dass der Anblick spektakulär war, aber als sie am Ufer angekommen waren und sie sich zu ihm umdrehte, stellte sie fest, dass Hunter den Mond keines Blickes würdigte. Wortlos sank er vor ihr auf ein Knie. Er streckte die Hand aus und offenbarte eine geöffnete Schmuckschachtel. Iris schlug sich mit wild pochendem Herzen die Hand vor den Mund.

«Iris, ich liebe dich sehr», sagte Hunter mit bebender Stimme. «Ich weiß noch genau, wie ich vor einem Jahr hier stand und nur den Wunsch hatte, dich zu küssen. Noch größer allerdings war der Wunsch, alles von dir zu wissen.» Er räusperte sich. «Du hast einen besseren Menschen aus mir gemacht», sagte er. «Du hast mein Quizwissen verbessert. Du hast mir klargemacht, dass mein Leben ohne dich keine Bedeutung hatte. Erweist du mir die Ehre, meine Frau zu werden?»

Iris stieß einen leisen Schrei aus. Sie machte einen Schritt auf ihn zu und dann einen zweiten und versuchte, den Ring zu erkennen, aber ihre Sicht war verschwommen. Sie blinzelte die Tränen weg und erkannte einen oval geschliffenen, goldgefassten Diamanten. Ein breites Grinsen stahl sich auf ihr Gesicht. Ihr Herz schlug aufgeregte Purzelbäume. Hunter kniete weiter vor ihr, mit ausgestrecktem Arm und nervös zusammengebissenem Kiefer, und wartete geduldig auf ihre Antwort. Iris wurde klar, dass sie nichts gesagt hatte – sie war absolut im Augenblick versunken, für sie stand die

Zeit still. Dann schlich sich allmählich Besorgnis in Hunters Züge, und Iris riss sich los.

«Ja!», es kam entschieden lauter heraus, als sie gedacht hatte, voller Begeisterung angesichts der Vorstellung, mit diesem Mann verheiratet zu sein. Mit dem Mann, der in ihr Leben getreten und alles verändert hatte, mit dem Mann, den sie so sehr liebte, dass es ihr immer noch den Atem raubte.

«Ja!», wiederholte sie laut. «Ja!»

Hunter steckte ihr den Ring an den Finger, erhob sich und küsste sie, lange und zärtlich, eine Hand auf ihrem Rücken, die andere in ihrem Haar. Iris schlang ihm die Arme um den Nacken und, als er sie hochhob, die Beine um die Hüften.

«Ich liebe es!», flüsterte sie ihm ins Ohr. «Und ich liebe dich!» Sie lehnte sich zurück und wischte sich eine Träne von der Wange.

«Bist du okay?», fragte er zärtlich.

«Ich bin mehr als okay», entgegnete Iris.

Sie hob den Blick zum Nachthimmel, Hunters Arme hielten sie sicher umfangen. Die Sterne blinkten. Iris schaute nach oben und war plötzlich fest überzeugt, dass Elliott sich für sie freute. Dass er ihnen seinen Segen gab, wo immer er auch sein mochte.

Danksagung

Ich möchte mich bei vielen unglaublich talentierten Menschen für den Beitrag bedanken, den sie geleistet haben, um Iris' Geschichte bis an diesen Punkt zu bringen. Wer ein Buch schreibt, verbringt viel Zeit allein, und das Wissen um die Unterstützung so vieler wunderbarer Menschen gab mir das Gefühl, nie wirklich allein zu sein, wofür ich sehr dankbar bin. Meiner Agentin Tanera Simons und auch Laura Heathfield danke ich dafür, dass sie mir und meiner Arbeit eine Chance gegeben haben und mich unermüdlich ermutigt, angeleitet und positiv bestärkt haben. Ich hätte mir für mich und meinen Roman keine besseren Fürsprecherinnen wünschen können. Ein weiterer Dank gilt Mary Darby von der Abteilung für Auslandsrechte und dem gesamten Darley-Anderson-Team. Imogen Papworth, Robin Morgan-Bentley, Nicola Wall und das ganze Team von Audible – vielen Dank für die wunderbare Zusammenarbeit. Für mich ist ein Traum wahr geworden. Caroline Hogg, Jenni Davis und Camilla Rockwood, euch danke ich für euren scharfen Blick, euren reichen Wissensschatz und dafür, dass ihr Iris' Geschichte zu dem gemacht habt, was sie heute ist. Meinem Mann danke ich ausdrücklich für sein technisches Wissen, das Iris' Karriere mitgeprägt hat, sowie für seine unerschütterliche Liebe und Unterstützung. Vielen Dank an meine Familie und meine Freunde – alle, die dieses Buch in seiner frühen Fassung gelesen haben, und alle, die sich an das Verbot halten, es jemals zu lesen –, eure Hilfe und euer Enthusiasmus haben mir alles leichter gemacht. Vor allem aber danke ich *Ihnen* dafür, dass Sie Iris Nightingale eine Chance gegeben und Ihre Zeit mit all den Figuren verbracht haben, die mir so sehr ans Herz gewachsen sind – ich hoffe, es hat Ihnen ebenso viel Spaß gemacht, ihnen zu begegnen, wie mir.

Kristina Moninger
Neun Tage Wunder

Anni war sich noch nie so sicher: In Lukas hat sie die Liebe ihres Lebens getroffen. Dabei wollte sie ihrem Nachmieter doch nur die Schlüssel für die Wohnung in die Hand drücken – und ganz bestimmt nicht ihr Herz. Doch vom ersten Moment an spürt sie eine einzigartige Verbindung zu Lukas. Neun magische Tage und Nächte verbringen sie zusammen – bis Anni einer Wahrheit auf den Grund kommt, die ihre Liebe unmöglich macht.

432 Seiten

Zehn Jahre später ist Anni eine andere geworden. Zusammen mit dem aufstrebenden Schriftsteller Ben und seiner Tochter lebt sie in einem kleinen Häuschen an der Elbmündung. Hier in Glückstadt scheint alles perfekt – bis Anni von der Vergangenheit eingeholt wird. Aber wie hätte sie ahnen können, dass Ben und Lukas sich begegnen? Und dass damit ein Teil ihres Lebens ans Licht kommt, den sie bisher auch vor Ben verheimlicht hat …?

«Eine wunderschöne Liebesgeschichte – herrlich gefühlvoll, romantisch und fesselnd.» Meike Werkmeister, Spiegel-Bestsellerautorin

Weitere Informationen finden Sie unter **rowohlt.de**